NORA ROBERTS

Rosenzauber

Autorin

Nora Roberts wurde 1950 in Maryland geboren. Ihren ersten Roman veröffentlichte sie 1981. Inzwischen zählt sie zu den meistgelesenen Autorinnen der Welt: Ihre Bücher haben eine weltweite Gesamtauflage von über 500 Millionen Exemplaren. Auch in Deutschland erobern ihre Bücher und Hörbücher regelmäßig die Bestsellerlisten. Nora Roberts hat zwei erwachsene Söhne und lebt mit ihrem Ehemann in Maryland. Unter dem Namen J. D. Robb veröffentlicht Nora Roberts seit Jahren ebenso erfolgreich Kriminalromane.

Nora Roberts

Rosenzauber

Roman

Deutsch
von Uta Hege

blanvalet

Die Originalausgabe erschien 2011 unter dem Titel
»The Next Always« bei The Berkley Publishing Group,
a division of Penguin Putnam Inc., New York.

MIX
Papier | Fördert
gute Waldnutzung
FSC® C014496

Penguin Random House Verlagsgruppe FSC® N001967

1. Auflage 2025

Published by arrangement with Eleanor Wilder
Dieses Werk wurde vermittelt durch die
Literarische Agentur Thomas Schlück GmbH, 30161 Hannover

Neumarkter Straße 28, 81673 München
produktsicherheit@penguinrandomhouse.de
(Vorstehende Angaben sind zugleich
Pflichtinformationen nach GPSR)

Umschlaggestaltung: Johannes Wiebel | punchdesign;
unter Verwendung von Motiven von stock.adobe.com (grape_vein; Ortis)
und Shutterstock.com (Anelina; Vibrant Image Studio; Jan Martin Will;
Sylvie Corriveau; Keri Delaney)
BSt · Herstellung: DiMo · SaVo
Satz, Druck und Bindung: GGP Media GmbH, Pößneck
Printed in Germany
ISBN 978-3-7341-1393-2

www.blanvalet.de

Für John Reese,
den Besten seines Faches,
und die gesamte Mannschaft des BoonsBoro Inn.

Der Gesang und die Stille im Herzen,
das sind Prophezeiungen und zugleich Ausdruck
eines wilden und vergeblichen Verlangens.
Henry Wadsworth Longfellow

I

Obwohl sie inzwischen seit mehr als zwei Jahrhunderten standen, hatten die schlichten steinernen Mauern nichts von ihrer Kraft und ihrer Stärke verloren. Einst aus den Hügeln und Tälern der Umgebung gebrochen, wurden sie aufgerichtet als Zeichen menschlichen Verlangens, Dinge zu erschaffen, die Zeugnis ablegen von seiner Existenz und über seine Lebenszeit hinausreichen. Dieser Wunsch, Spuren in der Welt zu hinterlassen, ist dem Menschen angeboren.

Generationen drückten dem Stein ihren Stempel auf, verbanden ihn, dem Geschmack der Zeit und den wechselnden Bedürfnissen entsprechend, mit anderen Materialien wie Ziegeln, Holz und Glas. Die Mauern wurden erweitert, verwandelt und verstärkt. Aber trotz aller Veränderungen wirkte das Haus an der Kreuzung wie ein Fels in der Brandung und schien das Geschehen ringsum unerschütterlich zu bewachen.

Erst sah es, wie immer neue Gebäude in seiner Nachbarschaft entstanden und wie aus der kleinen Ansiedlung langsam eine Stadt wurde, in deren Zentrum es nun lag. Bald begann man die unbefestigten Straßen zu asphaltieren, und nach und nach verschwanden Pferde und Kutschen, um Automobilen Platz zu machen. Auch immer neue Moden zogen an dem alten Haus vorüber – nur es selbst behauptete unangefochten seinen angestammten Platz, ein Sinnbild der Beständigkeit im Wandel der Zeiten.

Es erlebte Kriege, hörte das Echo des Kanonendonners, die Schreie der Verwundeten, die Gebete der Verängstigten. Bekam Blut und Tränen, Glück und Zorn, Geburten und Todesfälle mit. In guten Zeiten blühte es auf, doch es überlebte auch die schlechten, und obwohl es mehrfach den Besitzer wechselte und sein Verwendungszweck sich änderte, überdauerten die steinernen Mauern alle Wechselfälle des Lebens.

Allerdings hinterließ die Zeit ihre Spuren. Das Holz der eleganten Veranden im Erd- wie im Obergeschoss wurde morsch, Glasscheiben zerbrachen, der Putz bröckelte, und Ziegelsteine barsten. Und manch einer, der mit seinem Auto am Rand des Marktplatzes bei Rot an der Ampel halten musste und beobachtete, wie Tauben durch leere Fensterhöhlen flatterten, hatte sich in den vergangenen Jahren schon manches Mal gefragt, wie dieses alte, heruntergekommene Haus früher wohl ausgesehen haben mochte.

Beckett wusste es genau.

Nachdenklich stand er, die Daumen in die Taschen seiner Jeans eingehakt, auf dem Marktplatz und schaute hinüber. Es wehte nicht das kleinste Lüftchen, und eine drückende Hitze lastete wie schon den ganzen Sommer über auf dem Städtchen. Auch die blaue Plastikfolie, die die gesamte Fassade vom Dach bis zur Straße verdeckte, bewegte sich nicht die Spur, hing einfach schlaff herunter. Sie war im Winter angebracht worden, um das Haus gegen weitere Schäden durch Kälte und Frost zu schützen – jetzt bewahrte sie das Haus und alle, die darin eifrig arbeiteten, vor neugierigen Blicken.

Nur wenige wussten wie Beckett genau, wie es drinnen derzeit aussah und wie es aussehen würde, sobald die Renovierung abgeschlossen war. Schließlich hatte er, gemeinsam mit seinen beiden Brüdern und seiner Mutter, das Ganze geplant und war darüber hinaus der Architekt, dessen Namen die Entwürfe für den Umbau trugen.

Nichts störte die Stille dieses frühen Morgens, und er hörte nur seinen eigenen Atem und das leise Scharren seiner Tennisschuhe auf dem Asphalt, als er seinen Beobachtungsposten verließ und die Straße überquerte, hinüberging zu dem alten Haus, das bald zu neuem Leben erwachen würde. Er freute sich, als er im Licht der Straßenlampen sah, wie gründlich die Ziegel und der Stein gereinigt worden waren.

Natürlich handelte es sich nach wie vor um ein altes Gebäude, und dieser Charakter sollte auch erhalten bleiben, denn genau das machte einen Teil seines Reizes und seiner Schönheit aus. Nur die Verwahrlosung der vergangenen Jahrzehnte war beseitigt worden, sodass es bereits jetzt regelrecht gepflegt wirkte. Zum ersten Mal fiel ihm das soeben auf – jetzt, in der Dämmerung des anbrechenden Morgens.

Er ging zur Rückseite über ausgedörrte, harte Erde, auf der nichts mehr wuchs, und vorbei an Schutthaufen, die sich überall auftürmten. Bald würde es hier ebenfalls anders aussehen, ganz anders. Genauso hübsch und einladend wie die Holzveranden vor den Zimmern in den beiden Obergeschossen, die bereits zum Teil restauriert und gestrichen waren. Originalgetreu anhand alter Fotos. Und was unwiederbringlich verloren war, hatte man sorgsam rekonstruiert. Wenn alles fertig montiert war, sah es bestimmt großartig aus. Ryder, der Älteste der Montgomerys und Bauleiter des Unternehmens, hatte bereits einen Termin dafür festgelegt.

Er wusste es von Owen, dem mittleren der drei Brüder, der ihnen andauernd mit irgendwelchen Listen, Plänen, Zeitvorgaben in den Ohren lag. Nicht ein einziger Nagel konnte in die Wand geschlagen werden, ohne dass er es irgendwo notierte. Oder ohne Beckett umgehend davon in Kenntnis zu setzen, ob es ihn nun interessierte oder nicht.

In diesem Fall jedoch lag ihm eine Menge daran, denn wie sämtliche Montgomerys war er von dem alten Gemäuer völlig besessen. Gleich beim ersten Mal, als er das Foyer des Hauses betrat, das schon früher einmal ein Hotel gewesen war, hatte es ihn gepackt und nicht mehr losgelassen. Eine eigenartige Erfahrung, die ihm noch bei keinem anderen Projekt je begegnet war. Und bestimmt würde ihn auch kein zukünftiges Vorhaben je wieder so in seinen Bann ziehen. Den anderen erging es ebenso.

Beckett betätigte den Lichtschalter, und die schmucklosen Arbeitslampen, die von der Decke baumelten, erhellten die kahlen Räume, den nackten Betonboden, die unverputzten Wände, die herumliegenden Werkzeuge, die Planen und all das andere Material. Es roch nach Holz, Mörtel und Staub und ganz schwach nach gerösteten Zwiebeln, die offenbar Bestandteil eines Lunchpakets gewesen waren, das einer der Handwerker dabeihatte.

Eigentlich war es viel zu dunkel, um etwas zu sehen, zumal in den oberen Stockwerken, wo es kaum Lampen gab. Er wusste, dass es eine Schnapsidee war, mitten in der Nacht auf einer Baustelle aufzutauchen, obwohl er hundemüde war, aber dieser Ort zog ihn nun einmal magisch an.

Ja, es musste irgendeine Art von Magie sein, dachte er, als er durch einen Rundbogen ging, den bald eine schwere alte Holztür füllen würde. Er schaltete seine Taschenlampe ein und tastete sich vor bis zur Halle, wo statt einer Treppe derzeit nur eine Leiter nach oben führte.

So mitten in der Nacht, ohne den Lärm der Nagelpistolen und Sägen, ohne Radioberieselung und Stimmengewirr, wenn die Schatten Einzug gehalten hatten, spürte er die magische Ausstrahlung dieses Ortes besonders. Und er registrierte instinktiv, dass es nicht wirklich ruhig hier war, nicht vollkommen still, wie man es eigentlich erwartet hätte. Beckett fand das fast ein bisschen unheimlich.

Und gerade das zog ihn unwillkürlich an.

Er stieg die Leiter hinauf und ließ seine Taschenlampe über die Wände der ersten Etage gleiten. Wie immer stimmte Owens Bericht: Ry und seine Leute waren hier mit der Isolierung fertig geworden. Er verzog sein fein geschnittenes Gesicht, das im Dunkeln wie gemeißelt wirkte, zu einem breiten Grinsen, und ein zufriedenes Funkeln trat in seine blauen Augen.

»So langsam wird's«, sagte er leise vor sich hin, doch in den leeren Räumen schien seine Stimme zu hallen. Dann folgte er dem Strahl der Taschenlampe weiter durch die Dunkelheit, ein groß gewachsener Mann mit den schmalen Hüften und langen Beinen der Montgomery-Männer sowie sanft gewelltem, rötlich braunem Haar, einem Erbe der mütterlichen Familie.

Vorsichtig stieg er gegen alle Vorsätze auch noch ein Stockwerk höher. Wenn er nicht bald den Heimweg antrat, würde er aufstehen müssen, kaum dass er ins Bett gegangen war. Was er sah, vertrieb jedoch seine Gedanken an Schlaf.

»So gefällt es mir«, murmelte er.

Diese Räume hatte er als Domizil der künftigen Hotelchefin geplant und an nichts gespart. Zufrieden betrachtete er nun sein Werk, das sichtlich Gestalt angenommen hatte, seit die Zwischenwände eingezogen worden waren. Alles stimmte, entsprach exakt seinen Plänen. Er sah es jetzt zum ersten Mal.

»Du bist ein verdammtes Genie, Beck«, lobte er sich selbst. »Aber geh jetzt, um Himmels willen, endlich heim.«

Schwindlig und ein wenig benommen kehrte er zurück zur Leiter. Er wusste nicht, ob seine euphorische Freude oder die Müdigkeit schuld waren an diesem merkwürdigen Gefühl.

Kaum zurück im ersten Stock drang ein leises Summen an sein Ohr. Die Stimme einer Frau. Und gleichzeitig mit dem Geräusch wehte ein Geruch zu ihm herüber: der Duft nach Geißblatt, süß und wild und reif.

Obwohl es in seinem Innern zu kribbeln begann, hielt er die Taschenlampe völlig ruhig, während er ihren Lichtstrahl in die noch unfertigen Gästezimmer wandern ließ. Dann war beides weg: das Geräusch ebenso wie der Duft.

Beckett schüttelte den Kopf.

»Ich weiß, dass du hier bist«, rief er laut und deutlich. »Und ich schätze, dass du schon seit einer ganzen Weile in diesem Gemäuer wohnst. Wir richten es wieder her, so schön wie früher, denn das hat es verdient. Und ich kann, verdammt noch mal, nur hoffen, dass es dir gefallen wird – nachträgliche Änderungen sind nicht mehr möglich.«

Einen Moment blieb er noch stehen, hing seinen Gedanken nach und versuchte sich vorzustellen, dass da tatsächlich jemand zwischen den alten Mauern hauste und hören konnte, was er sagte. Aber vielleicht war all das bloß ein Produkt seiner überreizten Fantasie. Oder seiner Müdigkeit.

Zurück im Erdgeschoss merkte er sofort, dass die Arbeitslampen nicht mehr brannten, schaltete sie wieder an und mit einem Schulterzucken erneut aus. Es wäre nicht das erste Mal, dass die derzeitige einsame Bewohnerin des Hauses ihnen ins Handwerk pfuschte, dachte er und rief: »Gute Nacht«, trat durch die Hintertür nach draußen und sperrte von außen wieder ab.

Dieses Mal wartete er nicht erst darauf, dass die Ampel grün wurde, sondern ging gleich über die Straße hinüber zur anderen Ecke des Marktes, wo sich über der Pizzeria Vesta seine Wohnung einschließlich Büro befand. Er lief den leicht abfallenden Gehweg hinab bis zum Parkplatz hinter dem Haus, schnappte sich seine Tasche aus der Fahrerkabine seines Pick-ups und beschloss, jeden zu ermorden, der es wagen sollte, ihn vor acht Uhr aus dem Bett zu klingeln.

Dann betrat er das Treppenhaus und stieg die Stufen hinauf. Ohne Licht zu machen, bewegte er sich im Schein der Straßenbeleuchtung, der durchs Fenster fiel, bis zu seinem Bett, ließ seine Kleider einfach zu Boden fallen, warf sich bäuchlings auf die Matratze und schlief bald ein, in der Nase nach wie vor den süßen Duft von Geißblatt.

Das Handy klingelte um fünf vor sieben.

»Mist.« Er krabbelte aus seinem Bett, tastete nach seiner Jeans, zog verschlafen etwas aus der Hosentasche und hielt es an sein Ohr. Erst als sich niemand meldete, merkte er, dass er seinen Geldbeutel in der Hand hielt.

»Verflucht.« Er fand sein Handy und erkundigte sich schlecht gelaunt: »Was zum Teufel willst du schon so früh?«

»Dir einen guten Morgen wünschen«, gab Owen ungerührt zurück. »Ich komm gerade mit Kaffee und Gebäck aus dem Sheetz. Sie haben eine neue Bedienung in der Frühschicht. Eine wirklich heiße Braut.«

»Wenn ich rüberkomme, schlag ich dir den verdammten Schädel ein.« »Dann gibt's weder Kuchen noch Kaffee. Ich bin auf dem Weg zur Baustelle. Ry ist wahrscheinlich schon dort. Schließlich haben wir für heute früh eine Besprechung angesetzt.«

»Aber erst um zehn.«

»Hast du meine SMS nicht gelesen?«

»Welche? Ich war gerade mal zwei Tage weg, und trotzdem hast du mir ungefähr eine Million verdammter Nachrichten geschickt.«

»Ich meine die mit der Mitteilung, dass die Besprechung bereits um Viertel nach sieben stattfindet. Also schau zu, dass du in die Klamotten kommst«, beschied Owen ihn kurz und bündig und legte einfach auf.

Beckett fluchte erneut, gab sich jedoch geschlagen, beeilte sich mit Duschen und Anziehen. Gut, dass er sich zumindest nicht um sein Frühstück kümmern musste, dachte er, als er die Wohnungstür hinter sich zuzog.

Draußen war es unverändert heiß. Es schien sogar, als würden die Wolken, die sich während der Nacht am Himmel aufgetürmt hatten, die stickige Luft noch festhalten. Beckett kam es vor, als tauche er in eine feuchte, warme Watteschicht ein. Schon von ferne hörte er, dass die Arbeit in dem alten Haus bereits in vollem Gange war. Ein vertrautes Gemisch aus Stimmen und dem Lärmen der Maschinen. Er traf gleichzeitig mit Owen ein, der soeben seinen Pick-up auf dem Hof abstellte. Der frisch gewaschene Wagen glänzte ebenso im Sonnenschein wie die metallenen Werkzeugkästen auf der Ladefläche.

Sein Bruder trug Jeans, ein weißes T-Shirt, und am Gürtel hing eine Handytasche, Owens lebenswichtiger Begleiter, ohne den er nicht mehr auskam. Beckett dachte manchmal, dass er sich von dem Ding, falls entsprechende Apps existierten, sogar einen Gutenachtkuss geben lassen würde. Abgesehen von seinen leicht verkratzten Arbeitsschuhen sah der mittlere Montgomery frisch und topfit aus, hatte sein ebenfalls rötliches Haar ordentlich frisiert, und selbst für eine gründliche Rasur schien er Zeit gefunden zu haben, denn keine Bartstoppel beeinträchtigte die Glattheit seines hübschen Gesichts, wie sein immer noch verschlafener Bruder missmutig feststellte.

»Gib mir den verdammten Kaffee«, knurrte er.

Owen nahm einen großen Pappbecher mit einem B aus dem Karton.

»Ich war erst um drei zurück.« Beckett trank einen großen Schluck, der hoffentlich seine Lebensgeister wecken würde.

»Warum denn das?«

»Ich bin erst kurz vor zehn in Richmond losgekommen und stand dann eine halbe Ewigkeit im Stau. Erspar mir bitte die Bemerkung von wegen Staumeldungen hören und gib mir lieber einen Donut, ja?«

Owen ignorierte die schlechte Laune des Jüngeren. »Die Balustraden für die Veranden werden wirklich sehr schön«, sagte er locker. »Der Aufwand und das viele Geld haben sich auf jeden Fall gelohnt.« Er nickte in Richtung des Pick-ups, der neben seinem stand. »Die Trockenwand im zweiten Stock ist auch schon aufgestellt. Heute kommt die zweite Putzschicht drauf. Die Dachdecker allerdings hängen ein bisschen hinterher, weil sie kein Kupfer mehr haben. Stattdessen nehmen sie sich erst mal die Schieferplatten vor.«

»Das ist nicht zu überhören«, stellte Beckett fest und musste ziemlich laut werden, um das Kreischen der Steinsäge zu übertönen.

Auf dem Weg zum Eingang informierte Owen seinen Bruder weiter über den Fortgang der Arbeiten und brachte ihn auf den neuesten Stand der Dinge. Aufgeputscht durch Koffein plus Zucker fühlte Beckett sich einigermaßen verhandlungsfähig und begrüßte freundlich die Arbeiter, während er Owen in das provisorische Büro folgte, wo Ryder bereits vor einer Sperrholztischplatte auf zwei Böcken stand und stirnrunzelnd ausgerollte Pläne betrachtete, während sein zotteliger, gutmütiger Mischlingshund und ständiger Begleiter neben seinen Füßen vor sich hin schnarchte. Er trug den merkwürdigen Namen Dumbass, weil er zwar ein ganz lieber, aber zugleich ein wenig trotteliger Kerl und nicht der Hellste war.

Der Geruch des frischen Gebäcks allerdings entging ihm nicht. Erwartungsvoll schlug er mit seinem buschigen Schwanz auf den Boden, bis Beckett sich erweichen ließ und ihm ein Stück von seinem Donut zuwarf, das er erstaunlich geschickt auffing. Dumbass, oder D.B., sah nämlich keinen Sinn darin, Stöcke, Bälle oder andere Sachen zu apportieren, und verwandte seine Energie ausschließlich auf das Einfangen von Nahrungsmitteln jeder Art.

»Wenn du jetzt schon wieder irgendeine Änderung verlangst, bring ich dich um, auch wenn ich das eigentlich mit Owen vorhatte.«

Ryder streckte knurrend eine Hand nach seinem Kaffeebecher aus. »Wir müssen diesen Sicherungskasten hier ein bisschen versetzen, damit wir einen Wirtschaftsraum für den ersten Stock abtrennen können.«

Beckett nahm sich einen zweiten Donut und hörte sich die nächsten Änderungswünsche des Bruders an.

Lauter Kleinigkeiten, dachte er. Nicht wirklich wichtig, aber doch Verbesserungen, wie er zugeben musste. Nun gut, schließlich war Ryder von ihnen allen am vertrautesten mit diesem Projekt. Als er allerdings wieder davon anfing, man könnte doch gut auf die Kassettendecke im Speisesaal verzichten, ein Dauerstreitpunkt zwischen ihnen, beharrte er auf seiner Position.

»Die Decke kommt rein, genau wie in den Plänen vorgesehen. Weil sie dem Zimmer erst seinen eigenen Charakter verleiht.«

»Warum denn das?«

»Alles in diesem Haus soll irgendwie an seine Tradition, seine Geschichte erinnern. Und zum Speisesaal gehört eben die Kassettendecke. Sie unterstreicht die Harmonie des Raumes und bringt die Paneele links und rechts der Fenster richtig zur Geltung. Die tiefen Fenster, die Decke und die Einwölbungen in der hinteren Wand ergeben erst das Gesamtbild.«

»Nervensäge.« Ryder blickte auf die Schachtel mit dem Gebäck, nahm sich eine Zimtschnecke, brach ein Ende davon ab und warf es, ohne den wild klopfenden Schwanz seines Hundes auch nur eines Blickes zu würdigen, achtlos in die Luft.

D.B.s Zähne schlugen krachend aufeinander, als er das Stück mit einer schnellen Bewegung auffing und verschlang.

»Wie ist es in Richmond gelaufen?«, fragte Ryder.

»Schlagt mich bitte k.o., bevor ich mich noch einmal bereit erkläre, einem Freund beim Bau einer überdachten Veranda zu helfen.«

»Mit Vergnügen.« Ryder grinste seinen Bruder an. Sein dunkelbraunes, beinahe schwarzes Haar lugte unter einer farbverspritzten Baseballkappe hervor, und spöttisch zog er seine Brauen über den goldgesprenkelten Augen hoch. »Ich dachte, das hättest du vor allem deswegen getan, um dich bei Drews Schwester beliebt zu machen.«

»Das war mit ein Grund.«

»Und wie ist es gelaufen?«

»Sie hat seit ein paar Wochen einen Freund, was allerdings niemand mir gegenüber auch nur mit einer Silbe erwähnte. Tatsächlich habe ich sie nicht ein einziges Mal zu Gesicht bekommen. Und dann die Streitereien zwischen Drew und Jen. Abends beziehungsweise nachts durfte ich mir das vom Gästezimmer aus anhören, und am nächsten

Morgen folgte dann Drews Gejammer, dass sie ihm das Leben zur Hölle mache.«

Er trank seinen Kaffee aus. »Aber die Veranda sieht fantastisch aus.«

»Wenn du schon da bist, könnte ich ein bisschen Hilfe bei den Bücherschränken für die Bibliothek gebrauchen«, mischte Owen sich ein und schaute fragend seinen Bruder an, der sogleich zustimmend nickte.

»Ich muss noch ein paar Dinge erledigen, die in den letzten Tagen liegen geblieben sind, aber nach dem Mittagessen kann ich bestimmt ein bisschen Zeit erübrigen.«

»Das reicht.« Owen drückte ihm einen Ordner in die Hand. »Mom hat sich inzwischen nach Möbeln umgesehen. Hier drin findest du Abbildungen von den Sachen, die sie haben will. Außerdem eine Auflistung, in welche Räume sie sollen, und die entsprechenden Maße. Sie bittet dich, ein paar Skizzen anzufertigen.«

»Hatte ich nicht gerade eben welche gemacht, bevor ich nach Richmond gefahren bin? Unsere Mutter kauft ja fast schneller ein, als ich zeichnen kann.«

»Sie trifft sich morgen mit Tante Carolee. Sie wollen zusammen nach Stoffen schauen, aber vorher möchte sie deine Empfehlung, was wo eventuell passen könnte. Außerdem solltest du dich nicht beschweren. Schließlich hast du in einer entscheidenden Bauphase einfach blaugemacht, weil dir ein heißes Date vor Augen schwebte«, rief Owen ihm in Erinnerung.

»Woraus nichts geworden ist«, warf Ryder spöttisch ein.

»Ach, halt die Klappe.« Beckett klemmte sich den Ordner unter einen Arm. »Tja, dann fang ich am besten sofort mit der Arbeit an.«

»Willst du nicht noch raufgehen und dir ansehen, wie wir vorangekommen sind?«

»Ich war letzte Nacht schon hier.«

»Nachdem du angekommen bist?«, fragte Owen überrascht.

»Ja, um drei Uhr morgens. Sieht wirklich alles fantastisch aus.«

In diesem Augenblick steckte einer der Arbeiter den Kopf durch die Tür. »Hallo, Beck. Ry, der Trockenwandbauer hat irgendeine Frage. Er ist oben in Nummer fünf.«

»Ich komme.« Ryder zog eine handgeschriebene Liste aus dem Clipboard auf dem Tisch und drückte sie Owen in die Hand. »Hier ist das Material, das du bestellen sollst. Es wird Zeit, dass die vordere Veranda endlich einen Rahmen kriegt.«

»Wird erledigt. Brauchst du mich heute Morgen vor Ort?«

»Dumme Frage! Wir müssen bloß noch an die tausend Geländerteile grundieren, ein bis zwei Kilometer Dämmstoff an den Wänden anbringen und die Veranda im ersten Stock verkleiden. Also, was glaubst du?«

»Ich denke, ich bestell schnell das fehlende Material, schnapp mir meinen Werkzeuggürtel und mach mich an die Arbeit.«

»Und ich komm noch mal vorbei, bevor ich am Nachmittag rüber in die Werkstatt muss«, erklärte Beckett und verabschiedete sich schnell, bevor jemand auf die Idee kam, ihm einen Hammer in die Hand zu drücken.

Zu Hause stellte er einen Becher unter seine Kaffeemaschine, füllte Wasser in den Tank und ging, während die

Bohnen gemahlen wurden, die von Owen in seiner Küche hinterlegten Schreiben durch. Außerdem hatte sein Bruder einen gelben Merkzettel für ihn aufgehängt, dass die Blumen frisch gegossen seien. Obwohl er ihn nicht darum gebeten hatte, überraschte es ihn nicht: Ob man einen platten Reifen hatte oder eine Atombombe entschärfen musste – auf Owen war einfach Verlass.

Beckett warf unnütze Postwurfsendungen ins Altpapier und nahm die restlichen Briefe mit hinüber in sein Büro. Und natürlich seinen Kaffee. Er mochte diesen Raum, den er selbst entworfen hatte, nachdem das Haus am Markt ein paar Jahre zuvor in den Besitz seiner Familie übergegangen war. Von seinem schönen alten Schreibtisch aus, den er auf dem Flohmarkt erstanden und eigenhändig aufgearbeitet hatte, konnte er direkt hinüber zur Baustelle sehen.

Überhaupt wohnte er gerne hier und verwarf deshalb immer wieder den Gedanken, aufs Land zu ziehen. Wie seine Brüder besaß er dort nämlich ein großes Grundstück, auf dem bereits ein halb fertiges Haus stand, doch irgendwann hatte er es aufgegeben, daran weiterzubauen.

Für sich alleine fand er es bequemer, wenn er in der Stadt lebte und keine großen Wege machen musste, um sich etwas zu essen zu kaufen. Er brauchte nur in der Pizzeria anzurufen, damit ihm ein Gericht seiner Wahl nach oben gebracht wurde.

Und es war praktisch, zu Fuß zur Bank, zur Post, zum Frisör und in die Buchhandlung gehen zu können. Oder ins nahe Crawford's, wo es morgens ein hervorragendes warmes Frühstück und mittags gute Burger gab. Beckett kannte seine Nachbarn, die Geschäftsleute, den Rhythmus der Stadt. All das sprach gegen einen Umzug aufs Land.

Er blickte auf den Ordner, den Owen ihm in die Hand gedrückt hatte. Zwar war er neugierig, auf was für Ideen Mutter und Tante dieses Mal gekommen waren, nur musste anderes vorrangig erledigt werden. Rechnungen, liegen gebliebene E-Mails, neue Projekte, die sich noch im Entwicklungsstadium befanden.

Auch Owens Arbeitsplan wartete auf eine Durchsicht. Sein Bruder bestand darauf, dass er einmal pro Woche von Ryder aktualisiert wurde, obwohl sie einander ständig sahen und deshalb immer auf dem Laufenden waren. Dass alles so reibungslos lief, war bei einem komplizierten Projekt wie diesem durchaus ein kleines Wunder.

Beckett warf einen Blick auf den dicken weißen Ordner voller Computerausdrucke mit den nach Räumen geordneten Plänen zu Heizung, Klima- und Sprinkleranlage, mit Abbildungen der ausgewählten Wannen, Toiletten, Waschbecken, Fliesen und Wasserhähne. Auch für welche Lampen, Möbelstücke, Bezugs- und Gardinenstoffe sich seine Mutter entschieden hatte, war in diesem unerschöpflichen Ordner festgehalten. Bis die Renovierung abgeschlossen war, würde vermutlich noch so einiges hinzukommen, dafür würde schon Justine Montgomery sorgen.

Jetzt beschäftigte sich Beckett erst einmal mit ihren aktuellen Ideen. Neben jedem von ihr ins Auge gefassten Einrichtungs- oder Dekorationsgegenstand waren die Initialen des Raumes vermerkt, denn abweichend von den nüchternen Nummern, die die Brüder verwendeten, bestand sie darauf, den Zimmern und Suiten die Namen literarischer Liebespaare zu geben. So stand etwa J & R für

»Jane und Rochester«, eine der beiden im ersten Stock gelegenen Suiten mit privatem Zugang und Kamin. Nur eine einzige Ausnahme gab es: Die Suite im oberen Stockwerk hieß einfach »Penthouse«.

Beckett fand die Lösung genial. Während er das Bett für die Jane-und-Rochester-Suite betrachtete, musste er zugeben, dass es eine perfekte Wahl war. Das dunkle Holz und der hübsche Baldachin hätten sicherlich hervorragend nach Thornfield Hall gepasst, dem Besitz des romantischen Helden aus Charlotte Brontës berühmtem Roman *Jane Eyre*. Allerdings verzog er seinen Mund zu einem Grinsen, als er entdeckte, dass am Fußende des Bettes noch ein geschwungenes Sofa stehen sollte. Wozu das? Falls die holde Weiblichkeit vor Verzückung in Ohnmacht fiel? Auch eine Kommode hatte seine Mutter ausgesucht, aber da nannte sie als Alternative einen Sekretär mit Schubladen, was ihm irgendwie ausgefallener und interessanter erschien.

Auch für die zweite Suite im ruhigen hinteren Bereich des Gebäudes, die sie in Anlehnung an William Goldmans Roman *Die Brautprinzessin* »Westley und Butterblume« nannte, schien sie die perfekte Schlafstatt, wie sie in großen Lettern vermerkte, gefunden zu haben, und ähnlich sah es hinsichtlich der Ausstattung der übrigen Räume aus.

Beckett legte den Ordner beiseite, fuhr seinen Computer hoch und brachte die nächsten beiden Stunden damit zu, die Wünsche und Vorschläge seiner Mutter so zu visualisieren, dass man den Raum vor sich zu sehen meinte.

Von Zeit zu Zeit schlug er den Ordner wieder auf und schaute Details wie Steckdosen und Anschlüsse für Flachbildfernseher nach. Nichts durfte übersehen werden.

Schließlich schickte er die neuen Entwürfe per E-Mail seinen Brüdern und vor allem seiner Mutter, damit sie noch einmal überprüfte, ob alles ihren Vorstellungen entsprach, bis hin zu der Höhe von Betten, Nachttischchen und Stühlen.

Was ihn betraf, so brauchte er jetzt eine Pause und einen weiteren Kaffee. Am besten einen Eiskaffee oder einen gekühlten Cappuccino. Weshalb also ging er nicht einfach kurz ins »Turn the Page«? In der kleinen Buchhandlung des Ortes wurde nämlich den Kunden eine breite Auswahl an Kaffeespezialitäten geboten, und manch einer kam nur deswegen und nicht, um ein Buch zu kaufen.

Zudem, dachte Beckett, würde ihm ein kurzer Spaziergang nach dem langen Sitzen sicher guttun. Doch bevor er sich auf den Weg machte, beschloss er, das längst überfällige Rasieren nachzuholen. Bartstoppeln sahen nicht sonderlich gepflegt aus und wärmten überdies. Zumindest kam es ihm so vor.

Schließlich ging er los, schlenderte die Hauptstraße hinab und blieb kurz vor Sherry's Schönheitssalon stehen.

»Na, wie kommt ihr im Hotel voran?«, fragte der Frisör, der gerade Pause hatte.

»Wir ziehen momentan die Trockenwände ein.«

»Weiß ich doch. Ich hab schließlich beim Abladen geholfen.«

Beckett lachte. »Am besten stellen wir dich gleich ein. Wenn du uns ohnehin ständig hilfst.«

Grinsend nickte der Frisör in Richtung des Hotels. »Ich finde es einfach schön, dass es bald wieder in alter Pracht erstrahlt.«

»Ich auch. Bis dann, Dick.«

Kurz darauf stieg er die Stufen zur Veranda des Buchladens hoch, trat unter dem Gebimmel einer Glocke durch die Tür und winkte Laurie zu, die an der Kasse beschäftigt war. Während er auf sie wartete, schaute er sich das Regal mit den Bestsellern und Neuerscheinungen an, blätterte in dem einen oder anderen Buch und las die Klappentexte. Auch einen neuen Titel seines Lieblingsautors John Sandford entdeckte er. Wieso war ihm das bislang entgangen, fragte er sich.

Er liebte die Atmosphäre der Buchhandlung. Alles wirkte anheimelnd und entspannt: die ineinander übergehenden Räume mit der sanft geschwungenen Holztreppe, über die man ins Büro und in die Lagerräume kam und die bei jedem Schritt leise knarrte; die hohen Regale an den Wänden mit den vielen Büchern, die zum Stöbern einluden, dazwischen Tische mit Kunsthandwerk, Nippsachen, Geschenkartikeln und Postkarten.

Auch dieses alte Haus hatte schon vieles erlebt, gute und schlechte Zeiten ebenso wie zahlreiche Veränderungen, aber sich über die Jahrzehnte dennoch die wunderbare Atmosphäre eines alten Stadthauses, das es einmal gewesen war, bewahrt.

Beckett fand immer, dass es in diesem Haus nach Büchern und nach Frauen roch. Was jedoch nicht weiter überraschte, da der Laden schließlich einer Frau gehörte und auch der Rest des Personals weiblich war.

Während er weiter die Regale entlangschlenderte, stieß er ebenfalls auf einen neu erschienenen Walter Mosley, den er zu dem Sandford packte, und schaute die Treppe hinauf zum Büro. Ob Clare heute gar nicht da war oder erst am Nachmittag kam? Er rief sich zur Ordnung, denn schließlich war er nicht ihretwegen hier, sondern weil er einen Cappuccino trinken wollte.

Clare Murphy, die seit zehn Jahren Clare Brewster hieß, wenngleich ihm das nach wie vor nicht in den Kopf wollte. Mutter dreier Söhne und Inhaberin der Buchhandlung. Eine alte Freundin von der Highschool und sein Jugendschwarm, die das Schicksal wieder hierherverschlagen hatte, nachdem ihr Mann von einem irakischen Heckenschützen getötet worden war. Und ihm stand es ganz gewiss nicht zu, sich der Witwe eines Mitschülers, den er gemocht und gleichzeitig beneidet hatte, in irgendeiner Weise zu nähern.

»Tut mir leid, dass ich dich hab warten lassen. Wie geht's dir, Beck?«

»Was?« Aus seinen Gedanken gerissen, kehrte er in die Gegenwart zurück und drehte sich zu Laurie um. »Oh, kein Problem. Ich hab ein paar Bücher gefunden.«

»Wir sind schließlich eine Buchhandlung«, stellte sie lächelnd fest.

»Ich weiß, die Wahrscheinlichkeit, hier nichts Passendes zu finden, ist gering. Ich hoffe nur, dass meine Chancen, einen gekühlten Cappuccino zu bekommen, genauso gut stehen.«

»Auf jeden Fall. Gekühlte Getränke sind derzeit der Renner.« Laurie, das honigfarbene Haar wegen der Hitze hochgesteckt, fächelte sich Luft zu und griff nach einem Becher. »Wie groß soll er denn sein?«

»So groß, wie's geht.«

»Wie läuft's drüben im Hotel?«

»Wir kommen gut voran.« Er trat vor den Tresen, während sie die Espressomaschine anstellte.

Laurie war ein hübsches kleines Ding, ging es ihm durch den Kopf. Sie arbeitete hier, seit Clare den Laden eröffnet hatte, anfangs neben der Schule. Seit fünf oder sechs Jahren? War es wirklich schon so lange her seit Clares Rückkehr?

»Ständig fragen uns die Leute, wann ihr endlich die Plane abnehmt, damit alle sehen können, wie es wird«, erzählte Laurie.

»Genau das wollen wir noch ein bisschen aufschieben, damit es wirklich ein Aha-Erlebnis wird.«

»Schade, ich platze nämlich schon vor Neugier.«

Beckett konnte sie in Anbetracht des Geräuschpegels ringsum zwar nicht kommen hören, aber ganz deutlich spürte er ihre Anwesenheit und drehte genau in dem Moment den Kopf, als sie, eine Hand auf dem Geländer, die geschwungene Holztreppe herunterkam.

Sein Herz machte einen Satz, doch das war nichts Neues. Schon in ihrer Teenagerzeit hatte Clare ihn ständig aus der Fassung gebracht.

»Hallo, Beck. Da bist du ja. Lag ich also richtig mit meiner Vermutung, deine Stimme gehört zu haben.«

Sie sah ihn lächelnd an, und sein Herzschlag schien endgültig auszusetzen.

2

Beckett fasste sich schnell und setzte ein zwangloses Lächeln auf, als sie auf ihn zugelaufen kam. Groß und schlank, strahlend und mit diesem hell leuchtenden Haar erinnerte sie ihn an eine Sonnenblume. Und jedes Mal, wenn sie die Mundwinkel wie jetzt nach oben zog, funkelten in ihren grauen Augen grüne Lichter.

»Schon ein paar Tage her, seit ich dich zum letzten Mal gesehen habe«, meinte sie.

»Ich war unten in Richmond.« Sie war wohl ein wenig in der Sonne gewesen, denn ein sanfter goldener Schimmer lag auf ihrer Haut. »Hab ich irgendwas verpasst?«

»Lass mich überlegen. Irgendjemand hat den Gartenzwerg aus Carol Teckers Vorgarten geklaut.«

»Mein Gott. Ein echtes Verbrechen.«

»Sie hat eine Belohnung in Höhe von zehn Dollar für den Finder ausgesetzt.«

»Dann sollte ich wohl meine Augen offen halten.«

»Und wie läuft's im Hotel?«

»Wir stellen gerade die Trockenwände auf.«

»Das weiß ich doch längst«, winkte sie ab. »Avery hat es mir gestern erzählt, und die wusste es von Ry, weil der gestern auf eine Pizza bei ihr im Restaurant war.«

»Meine Mutter hat inzwischen die meisten Möbel ausgesucht und geht jetzt an die Auswahl der Stoffe.«

»Das ist mal eine echte Neuigkeit.« Das Grün in ihren grauen Augen funkelte, und wie immer brachte ihn das beinahe um den Verstand. Er war dankbar, dass Clare weiterredete. »Die Möbel würde ich gerne sehen. Sie sind bestimmt wunderschön. Stimmt es eigentlich, dass in einem der Bäder eine Kupferwanne installiert wird?«

Beckett hob drei Finger in die Luft. Voller Erstaunen riss sie die Augen auf, aus denen jetzt grüne Blitze zuckten. Sie machte ihn wirklich und wahrhaftig komplett verrückt.

»In drei Bädern? Wo in aller Welt treibt ihr nur solche Raritäten auf?«

»Wir haben eben unsere geheimen Quellen.«

Sie wandte sich an Laurie und stieß einen abgrundtiefen und sehr weiblichen Seufzer aus. »Stell dir vor, du liegst in einer Kupferwanne. Findest du nicht auch, dass das total romantisch klingt?«

Unglücklicherweise stellte Beckett sich sofort vor, wie sie erst aus dem hübschen Sommerkleid mit den roten Mohnblumen auf blauem Grund und dann in eine Kupferwanne steigen würde. Offensichtlich kam er mit der Situation erheblich weniger gut zurecht, als er sich einzureden versuchte.

»Wie geht's den Jungs?«, erkundigte er sich, während er den Geldbeutel aus seiner Tasche zog.

»Bestens. Wir kaufen gerade den ganzen Kram für das neue Schuljahr ein, und das findet zumindest Liam ziemlich aufregend. Harry als angehender Drittklässler tut so, als würde ihn das alles kaltlassen, was natürlich nicht stimmt. Und Murphy: Ich kann es einfach nicht glauben, dass mein Baby jetzt schon in die Vorschule kommt.«

Der Gedanke an die Kinder half ihm immer dabei, seine Gefühle unter Kontrolle zu bringen und Clare für eine Weile wieder in die Schublade mit der Aufschrift »Mutter« zu verfrachten. Da verboten sich schwüle Gedanken von selbst, denn sich eine Mutter unbekleidet vorzustellen, das schickte sich seiner Meinung nach nicht.

»Oh.« Sie klopfte auf den Mosley, bevor Laurie ihn einpackte, und sah Beckett an. »Ich hatte noch keine Gelegenheit, das Buch zu lesen. Du musst mir berichten, was du davon hältst.«

»Sicher. Du solltest übrigens irgendwann mal rüberkommen, damit ich dir alles zeigen kann.«

Abermals zog sie die Mundwinkel hoch: »Wir drücken uns immer die Nasen an den Seitenfenstern platt«, gab sie unumwunden zu.

»Geh einfach hinten rein. Die Tür ist in der Regel geöffnet, zumindest solange die Arbeiter da sind.«

»Wirklich? Das würde ich wirklich gerne tun, aber ich dachte, dann stünde ich den Leuten im Weg herum.«

»Normalerweise ist das auch so, aber …« Beckett verstummte, als die Ladenklingel den nächsten Kunden ankündigte. »Wie dem auch sei, ich muss wieder los.«

»Viel Spaß mit dem Buch«, wünschte ihm Clare und wandte sich dann den beiden Paaren zu, die ihre Hilfe brauchten. »Was kann ich für Sie tun?«

»Wir machen gerade eine Rundreise durch die Gegend«, erklärte einer der Männer. »Haben Sie vielleicht Bücher über die Schlacht bei Antietam?«

»Natürlich. Kommen Sie, ich zeige Ihnen, wo.« Beckett sah ihr hinterher, als sie die paar Stufen in einen etwas tiefer gelegenen Nebenraum hinunterging.

»Tja, dann also bis später, Laurie.«

»Beck?«

Eine Hand am Türgriff, blieb er noch mal stehen.

»Bücher? Cappuccino?« In einer Hand hielt sie eine Tüte, in der anderen den Kaffee.

»Oh ja.« Er lachte und schüttelte den Kopf über seine Vergesslichkeit. »Danke.«

»Gern geschehen.« Sie stieß einen leisen Seufzer aus, als er das Geschäft verließ, und fragte sich, ob ihr Freund ihr wohl jemals so sehnsuchtsvoll hinterherschaute, wie Beckett das soeben bei ihrer Chefin getan hatte.

Wenig später brach auch Clare auf, um für den Versand bestimmte Bücher zur Post zu bringen. Sie atmete tief durch, als sie ins Freie trat und eine sanfte Brise ihre Wangen streichelte.

Sie fand, dass es nach Regen aussah. Hoffentlich behielt sie recht. Sie wünschte sich einen ordentlichen Guss, damit ihr das Gießen der Blumen endlich mal wieder erspart blieb. Und wenn es nicht blitzte und donnerte, konnte sie die Jungen nach dem Abendessen nach draußen schicken, damit sie sich richtig austobten. Bei der Hitze der letzten Tage waren sie lieber im Haus geblieben und entsprechend unleidlich.

Danach würde sie sie in die Badewanne stecken und, da heute Videoabend war, währenddessen etwas Popcorn machen. Reihum durften die Kinder entscheiden, welcher Film angeschaut wurde. Sie würde in ihrer Liste nachschauen, wer von ihren Söhnen sich heute einen Film aussuchen durfte.

Um Streitereien zu vermeiden, führte Clare eine Liste,

auf der genau festgehalten war, wer wann drankam. Denn dass sich drei kleine Jungs auf einen Film einigten, war nahezu ein Ding der Unmöglichkeit. So aber kam jeder von ihnen etwa alle drei Wochen mit seinen persönlichen Vorlieben zum Zug.

Auf dem Rückweg von der Post musste sie an der Ampel beim Markt warten, und mit einem Mal kam ihr zum Bewusstsein, dass sie nach einem kurzen Abstecher in die Ferne wieder dort gelandet war, wo sie zuvor ihr ganzes Leben verbracht hatte.

Sie war neunzehn, als sie als frischgebackene Ehefrau ihre Heimatstadt verließ. Geradezu erschreckend jung, dachte sie jetzt. Damals war sie so aufgeregt gewesen, so voller Zuversicht und Pläne – und vor allem unsterblich verliebt. Keinen Moment hatte sie gezögert, mit Clint als Soldatenfrau nach North Carolina umzuziehen.

Und es lief gut am Anfang. Sie richtete ein Zuhause ein, jobbte als Teilzeitkraft in einem Buchladen, fuhr abends eilig heim, um das Abendessen vorzubereiten. Ein paar Tage, bevor Clint zum ersten Mal in den Irak musste, erfuhr sie, dass sie schwanger war.

Sie hatte eine Heidenangst gehabt, erinnerte sie sich, als sie über die Straße Richtung Pizzeria lief. Aber der naive Optimismus, wie ihn junge Menschen oft an den Tag legen, und die Freude auf das Kind ließen sie schließlich alles andere vergessen. Auch die Sorge um ihren Mann.

Zum Glück kam Clint bald zurück, und sie zogen um nach Kansas, lebten dort gemeinsam fast ein Jahr bis zu Clints zweitem Auslandseinsatz. Er war nicht daheim, als Liam geboren wurde, aber nach seiner neuerlichen Rückkehr kümmerte er sich hingebungsvoll um die kleinen

Söhne. Allerdings waren sein unbekümmertes Wesen und sein fröhliches Lachen auf den fernen Schlachtfeldern in Übersee verloren gegangen.

Und dann musste er zum dritten Mal weg. Als sie ihn zum Abschied küsste, ahnte sie nichts von ihrer neuerlichen Schwangerschaft, und als Wochen später der mit dem Sternenbanner bedeckte Sarg in die Heimat zurückgebracht wurde, bewegte sich Murphy zum ersten Mal in ihr. Das alles schien lange her, jetzt war sie zurück in der Stadt ihrer Kindheit und würde vermutlich nie mehr fortgehen.

Sie betrat die Pizzeria, um ihre Freundin zu besuchen. Es war ruhig um diese Zeit zwischen Mittag- und Abendessen. Nur eine Handvoll Leute saß an den schimmernden dunklen Holztischen. Touristen, keine Einheimischen. Clare musste lächeln, als sie ein kleines lockiges Mädchen entdeckte, das selig auf einer Bank schlief.

Sie winkte Avery zu, die gerade mit einer Kelle Tomatensoße auf dem Pizzateig verteilte. Weil sie hier wie zu Hause war, holte sie sich vom Tresen eine Limonade.

»Ich glaube, heute wird es regnen.«

»Das hast du gestern schon gesagt.«

»Aber heute mein ich es ernst.«

»Dann hol ich am besten sofort meinen Schirm«, antwortete Avery, während sie mit schnellen und geübten Handbewegungen erst Mozzarella- und Salamistücke, danach geschnittene Champignons und schwarze Oliven auf die Pizza streute, um sie anschließend in einen der großen Öfen zu schieben, während sie eine bereits fertige herauszog und sofort in gleichmäßige Stücke schnitt.

Die Bedienung, die aus der Küche kam, zwitscherte

fröhlich »Hallo, Clare«, bevor sie die Pizza und drei Teller an einen der Tische trug.

»Puh«, entfuhr es Avery.

»Hattest du einen anstrengenden Tag?«

»Von halb zwölf bis vor vielleicht einer halben Stunde war die Bude gerammelt voll.«

»Und was ist mit heute Abend?«, erkundigte sich Clare.

»Wendy hat sich wieder mal krankgemeldet, sodass ich wahrscheinlich eine Doppelschicht fahren muss.«

»Wie üblich Probleme mit ihrem Freund?«

»Wenn ich mit diesem Loser zusammen wäre, würde ich mich wahrscheinlich noch viel öfter krankmelden als sie«, meinte Avery. »Schade um das Mädchen. Sie macht wirklich eine gute Pizza, aber auf Dauer ist sie für mich nicht haltbar.« Avery zog eine Flasche Wasser unter dem Tresen hervor und fuchtelte damit vor Clare herum. »Die Jugend heutzutage hat einfach keine Arbeitsmoral mehr«, erklärte sie und verdrehte ihre blauen Augen.

»Wie hieß noch mal der Typ, mit dem du früher zusammen warst und für den du die Schule geschwänzt hast?«

»Lance Poffinberger, ein einmaliger Ausrutscher. Dafür hab ich bitter büßen müssen, denn mein Vater hat mir einen Monat Hausarrest verpasst. Lance arbeitet übrigens inzwischen bei Canfield's als Mechaniker.« Sie zog vielsagend ihre Brauen hoch, während sie einen großen Schluck aus ihrer Flasche nahm. »Mechaniker sollen heiße Typen sein.«

»Ach ja?«

»Natürlich mit Ausnahme von Lance.« Avery lachte und nahm eine Bestellung am Telefon entgegen, holte eine weitere Pizza aus dem Ofen und zerschnitt sie in sechs Teile, bevor die Bedienung sie dampfend und heiß zu einem der Tische trug.

Clare trank ihre Limonade und sah ihrer Freundin bei der Arbeit zu.

Sie kannten sich seit der Highschool, hatten dort gemeinsam die Cheerleader angeführt und sich trotz einer gewissen Konkurrenzsituation immer gemocht. Als Avery aufs College ging und Clare kurz darauf mit Clint nach Fort Bragg übersiedelte, verloren sie sich aus den Augen.

Doch als sie, zwei kleine Jungs im Schlepptau und mit Murphy schwanger, in ihre Heimatstadt zurückkehrte, war auch die Freundin von einst, deren flammend rotes Haar und weiß schimmernde Haut die schottischen Vorfahren verrieten, wieder da und eröffnete gerade ihre Pizzeria.

»Beckett war vorhin bei mir im Laden.«

»Na, wenn das mal nicht ganz was Neues ist.«

Statt auf Averys Sarkasmus einzugehen, setzte Clare ein zufriedenes Lächeln auf. »Er meinte, ich könnte mir das Hotel ruhig mal von innen ansehen.«

»Ach ja? Lass mich noch schnell diese Bestellung erledigen, dann komm ich mit.«

Clare warf einen Blick auf ihre Uhr. »Jetzt hab ich leider keine Zeit. Ich muss die Jungs in einer Stunde abholen, und vorher gibt's noch in der Buchhandlung allerlei zu tun. Aber wie sieht's morgen aus? Vielleicht bevor bei dir und mir der Ansturm der Kunden losbricht?«

»Abgemacht. Ich bin so gegen neun im Lokal, um die Öfen vorzuheizen. Gegen zehn kann ich kurz weg.«

»Dann also um zehn. Jetzt muss ich wirklich los. Erst noch mal rüber ins Geschäft, dann die Kinder abholen,

Abendessen kochen, die Jungs in die Badewanne stecken und zum krönenden Abschluss des Tages zusammen ein Video anschauen.«

»Wir haben leckere Spinatravioli, falls du dir das Kochen sparen willst.«

Clare wollte gerade ablehnen, als ihr der Gedanke kam, dass sie auf diesem Weg vielleicht mal wieder Spinat in ihre Kinder reinbekam. Sie nickte. »Okay. Hör zu, meine Eltern wollen, dass die Jungs am Sonnabend bei ihnen übernachten. Wie wäre es, wenn ich mich dann revanchiere und etwas für uns koche und wir uns bei einer Flasche Wein einen richtig schönen Weiberabend machen?«

»Klingt toll. Wir könnten uns allerdings auch ein bisschen auftakeln und ausgehen. Vielleicht finden sich ja zwei erwachsene Männer, die genauso einsam sind wie wir.«

»Könnten wir natürlich, aber da ich den Großteil des Tages mit drei kleinen Jungs im Schlepptau durch das Einkaufszentrum ziehen werde, um ihnen Sachen für die Schule zu kaufen, bin ich bestimmt derart genervt, dass ich den erstbesten Mann, der mich schräg anredet, erschieße.«

»Dann bleibt's also dabei: nur wir und der Wein«, meinte Avery.

»Perfekt.« Clare nahm dankend die Ravioli, die Avery zwischenzeitlich eingepackt hatte, und wandte sich zum Gehen. »Danke. Wir sehen uns dann morgen.«

»Clare«, rief die Freundin ihr nach. »Ich bring am Samstag auch noch Wein mit, irgendetwas Sündiges zum Nachtisch und meinen Pyjama.«

»Super. Welche Frau braucht einen Mann, wenn sie eine beste Freundin hat?«, sagte sie und trat auf die Straße hinaus, wo sie um ein Haar mit Ryder zusammengestoßen wäre.

»Du bist schon der zweite Montgomery, der mir heute unter die Augen kommt«, erklärte sie. »Beckett hab ich vorhin schon gesehen, jetzt fehlt nur noch Owen.«

»Der ist gerade auf dem Weg zu unserer Mutter. Er und Beck wollen zusammen in der Werkstatt arbeiten. Soll ich dich vielleicht mitnehmen?«, fragte er grinsend. »Ich muss nur schnell das bestellte Essen für die ganze Familie abholen. Meine Mutter findet es nämlich zu heiß zum Kochen.«

Clare hob ihre Tüte in die Luft. »Womit wir beide einer Meinung sind. Grüß sie bitte von mir.«

»Das mach ich. Du siehst wieder bezaubernd aus, holde Clare. Willst du vielleicht mal mit mir tanzen gehen?«

Grinsend drückte sie auf den Ampelknopf. »Hol mich und die Jungs einfach um acht bei mir zu Hause ab.«

In diesem Moment sprang die Ampel um, und während sie sich inmitten anderer Passanten über die Straße treiben ließ, versuchte sie sich daran zu erinnern, wann sie zum letzten Mal tatsächlich von einem Mann zum Tanzen eingeladen worden war.

Sie wusste es nicht mehr.

Die Werkstatt der Montgomerys sah eigentlich aus wie ein Wohnhaus, obwohl unter dem Dach der lang gezogenen Veranda zahlreiche noch unfertige Stücke herumstanden, die wie die beiden Adirondack-Stühle darauf warteten, dass irgendwer sie reparierte und ihnen ihre ehemalige Schönheit zurückgab.

Türen, Fenster, zwei Spülbecken, Kisten voller Fliesen,

Schieferplatten, Sperrholz sowie unzählige Stücke, die von irgendwelchen Baustellen stammten, füllten jeden Winkel aus. Dabei hatte das Gebäude vor geraumer Zeit bereits einen Anbau erhalten.

Owen trieb das Durcheinander in den Wahnsinn, doch er kam trotz Aufräumens nicht gegen Ryder oder Beckett an, die ständig neuen Krempel heranschleppten. Teilweise allein aus dem Grund, um den ordentlichen Bruder zu ärgern.

Lediglich im eigentlichen Arbeitsbereich herrschte sowohl auf den Tischen als auch in den Regalen mit den Werkzeugen und Materialien ein gewisses Maß an Ordnung, das natürlich Owens hohen Ansprüchen nicht wirklich genügte.

Trotzdem arbeiteten die Brüder gut zusammen, so wie jetzt an den Schränken für die Bibliothek. Zwei Standventilatoren sorgten für ein wenig Kühlung, und aus den Lautsprechern der alten Stereoanlage erklang hämmernde Rockmusik.

Unter dem Arbeitstisch döste matt ein Labrador-Retriever-Mischling namens Cus, eine Abkürzung für Atticus, der in Anbetracht seines massigen Körpers unter der Hitze sehr zu leiden schien. Seinem Bruder Finch hingegen war nach Spielen zumute, denn ungefähr alle zehn Sekunden ließ er ein quietschendes Spielzeug direkt vor Becketts Füße fallen. D.B. wiederum interessierte das nicht. Er hatte es sich mit ausgestreckten Pfoten auf einem Haufen Sägemehl bequem gemacht und träumte von irgendwelchen Leckereien.

Beckett arbeitete gerne mit Holz. Er liebte den Geruch und die Textur. Jetzt schaltete er die Säge ab, sah kopfschüttelnd in Finchs erwartungsvoll aufgerissene Augen: »Seh ich so aus, als ob ich spielen will?«

Finch nahm den Ball erneut mit seinem Maul vom Boden auf, um ihn gezielt auf Becketts Stiefeln abzulegen. Obwohl er aus Erfahrung wusste, dass er den Vierbeiner dadurch nur ermutigte, hob er den Ball auf und schleuderte ihn durch die offene Werkstatttür. Der Hund jagte wie von Sinnen hinterher.

Beckett wischte sich den Hundesabber an der Hose ab und griff sich das nächste Brett Kastanienholz. Ohne den Hund, der mit seiner Trophäe wieder zurückkam, weiter zu beachten, setzten sie ihre Arbeit fort, wobei Ryder abmaß und markierte, Beckett sägte und Owen die Stücke entsprechend den Entwürfen, die an einer Sperrholzwand hingen, mit Holzleim und Schraubzwingen miteinander verband.

Einer der beiden deckenhohen Bücherschränke, die den gemauerten Kamin in der Bibliothek flankieren würden, stand bereits weitgehend fertig in einer Ecke und wartete nur noch darauf, gründlich abgeschmirgelt und gebeizt zu werden und eine Tür zu bekommen. Sobald sie mit dem zweiten Stück und der Kaminumrandung fertig waren, würde Owen mit der Feinarbeit beginnen. Sie alle hatten das Metier von der Pike auf gelernt, aber Owen war, wie Beckett neidlos zugeben musste, mit Abstand der Sorgfältigste.

Draußen wurde es langsam dunkel.

Feierabend, beschloss Beckett und schaltete endgültig die Säge aus, warf ein letztes Mal den Ball für Finch und kraulte Cus den Kopf, der gähnend aufgestanden war und sich an seinem Bein rieb, ehe er den Raum verließ.

Beckett nahm drei Flaschen Bier aus dem alten Kühlschrank. »Zeit zum Anstoßen«, erklärte er.

»Das kannst du laut sagen.« Ryder kickte den Ball, den der Hund vor seinen Füßen hatte fallen lassen, so zielsicher durchs offene Fenster wie zu seiner Zeit als Stürmer der Schulmannschaft. Und Finch sprang ohne Zögern hinterher. Alle lachten.

»Dieser Hund ist total durchgeknallt«, meinte Beckett, und sein ältester Bruder ergänzte: »Aber ein super Sprung war's allemal.«

Dann wandten sie sich den Ergebnissen ihrer Arbeit zu. Ryder befeuchtete seinen Daumen und rieb damit an der Innenseite des Regals. »Ein wirklich hübsches Holz. Kastanie zu nehmen war eine gute Idee.«

»Passt bestimmt hervorragend zum Fußboden. Dazu dann noch ein Ledersofa«, überlegte Beckett. »Dunkel, aber möglichst schimmernd und als Kontrast Sessel mit einem helleren Bezug.«

»Was auch immer. Die Deckenlampen, die Mom bestellt hat, sind heute angekommen.« Ryder trank den ersten Schluck von seinem Bier, während Owen sein Handy aus der Tasche zog und darauf herumtippte.

»Hast du sie dir angesehen?«

»Ich hatte genug anderes zu tun.«

Sofort machte Owen sich eine weitere Notiz. »Und was ist mit den Kisten? Sind die wenigstens markiert und in den Lagerraum gestellt worden?«

»Ja, ja. Ich hab sie beschriftet und in den Keller vom Vesta rübergebracht. Die Decken- und Wandlampen für den Speisesaal wurden ebenfalls geliefert und stehen auch dort.«

»Ich brauch die Lieferscheine.«

»Die liegen noch auf der Baustelle, Felix.«

»Wir müssen darauf achten, dass auch der Papierkram seine Ordnung hat, Oscar.« Ein alter Spaß der Brüder, der sich auf den legendären Film *Ein seltsames Paar* mit Jack Lemmon und Walter Matthau bezog, in dem es um einen Ordnungsfanatiker und einen Chaoten geht.

Finch kam erneut durch die Tür getrottet, warf das Spielzeug auf den Boden und verlangte Aufmerksamkeit.

»Lass uns ausprobieren, ob er noch mal durchs Fenster hechtet«, schlug Beckett vor, und Ryder kickte den Ball weg. Sofort setzte der Hund nach, um mit einem dumpfen Schlag auf der hölzernen Veranda zu landen, was D.B. immerhin bewog, zum Fenster zu trotten, seine Pfoten auf den Sims zu stellen, als wolle er dem Kollegen hinterherkrabbeln. Was ihm natürlich nicht gelang.

»Ich brauch allmählich auch einen Hund.« Während sie verfolgten, wie D.B. sich vergeblich abmühte und mit den Hinterbeinen strampelte, trank Owen einen Schluck von seinem Bier. »Sobald dieser Job erledigt ist, schau ich mich nach einem um.«

Sie schlossen die Werkstatt ab, nahmen ihre Flaschen mit nach draußen, unterhielten sich noch kurz über die Arbeit und warfen für den unermüdlichen Finch das Spielzeug zum Apportieren.

Grillen und Leuchtkäfer bevölkerten die Wiese vor dem Haus, und aus dem nahen Wald klang lautes Zirpen. Ab und zu stieß eine Eule einen ihrer lang gezogenen, klagenden Rufe aus, und Beckett dachte an vergangene warme Sommerabende, an denen er und seine Brüder voller Energie und unermüdlich wie Finch herumgelaufen waren. Erst wenn das Licht im Haus, das weithin zu sehen war, an- und ausgeknipst wurde, wussten die Jungs, dass es Zeit war heimzugehen, obwohl sie es immer viel zu früh fanden.

Inzwischen lebte die Mutter alleine in dem großen Haus auf dem Hügel im Wald. Es war für alle ein Schlag gewesen, als der Vater plötzlich starb, und ohne Zögern waren alle drei Söhne wieder in das Haus ihrer Kindheit zurückgekehrt, doch die Mutter hatte das nicht gewollt und sie ein paar Monate nach der Beerdigung praktisch vor die Tür gesetzt. Sie wünschte keine Rücksichtnahme.

Trotzdem hatte mindestens ein Jahr lang immer einer von ihnen unter irgendeinem Vorwand eine Nacht pro Woche dort verbracht. Bis sie merkten, dass Justine Montgomery tatsächlich gut ohne sie zurechtkam. Sie hatte ihre Arbeit, ihre Schwester, die sie regelmäßig traf, ihre Freundinnen in der Nähe und ihre Hunde, und irgendwie schaffte sie es, das große Haus mit Leben zu füllen.

Ryder nickte mit dem Kopf in Richtung des Gebäudes. »Bestimmt sitzt sie mal wieder vor ihrem Computer und sucht im Internet nach irgendwelchem Zeug.«

»Sie macht das wirklich gut«, stellte Beckett anerkennend fest. »Und wenn sie sich nicht darum kümmern würde, müssten wir unsere Zeit dafür opfern. Wobei ich bezweifle, ob wir einen so sicheren Blick hätten wie sie.«

»Na, du doch bestimmt«, gab Ryder spöttisch zurück. »Dunkel schimmernd mit Kontrasten.«

»Es ist schließlich mein Job, mich um das Design zu kümmern, Bruderherz.«

»Apropos Design«, warf Owen ein. »Wir brauchen

noch die Sicherheitsleuchten und die Schilder für die Notausgänge.«

»Bisher hab ich noch nichts Passendes entdeckt. Aber wir nehmen auf keinen Fall etwas Hässliches.« Beckett stopfte seine Hände in die Taschen seiner Jeans. »Irgendwas finden wir bestimmt. So, und jetzt fahr ich erst einmal nach Hause. Morgen steh ich dir den größten Teil des Tages zur Verfügung«, sagte er zu Ryder.

»Dann bring auf jeden Fall deinen Werkzeuggürtel mit.«

Auf dem Weg nach Hause blies der Fahrtwind durch die offenen Fenster. Im Radio erklang ein Titel aus seiner Highschoolzeit, und sofort wanderten seine Gedanken zu Clare.

Er wählte extra den langen Weg und fuhr in einem großen Bogen auf den Seitenstraßen um die Stadt herum. Weil er Lust hatte, noch eine kleine Spritztour zu machen, und nicht etwa, weil er dabei an Clares Haus vorüberkam.

Schließlich war er ja kein Stalker.

Er verlangsamte das Tempo, als er das kleine Haus am Rand von Boonsboro erreichte, in dem nicht nur in Wohnzimmer und Küche, sondern auch auf der vorderen Veranda das Licht brannte. Ihm fiel kein Vorwand ein, um einfach bei ihr anzuklopfen. Nicht dass er das ernstlich geplant hätte, aber …

Er stellte sich vor, wie sie nach einem anstrengenden Tag vielleicht mit einem Buch auf ihrem Sofa lag oder sich beim Fernsehen entspannte, nachdem sie ihre Jungs zu Bett gebracht hatte. Sich ein paar geruhsame Stunden nach dem Trubel des Alltags gönnte.

Er könnte durchaus bei ihr klopfen. »Hallo, ich war

gerade in der Gegend und hab gesehen, dass bei dir noch Licht brennt. Für den Fall, dass ich was reparieren soll – mein Werkzeug ist im Wagen.«

Mein Gott.

Frustriert trat er aufs Gaspedal. Keine andere Frau hatte ihn jemals derart aus dem Gleichgewicht gebracht.

Nicht dass es ihm an Erfahrung fehlte. Im Gegenteil. Er kam gut an beim weiblichen Geschlecht. Er mochte Frauen uneingeschränkt, vom kleinen Mädchen bis zur Urgroßmutter – mochte, wie sie aussahen, rochen, wie sie sprachen und dachten. Ja, sogar Letzteres, obwohl er ihre Denkweise nicht immer nachvollziehen konnte.

Auch um Worte war er ihnen gegenüber nie verlegen. Er brauchte nie nachzudenken, was er sagen sollte, und traf immer den richtigen Ton. Außer bei Clare. Da verhielt er sich ungeschickt wie ein Schuljunge. Und wenn er eine Frau wollte, dann zögerte er nicht, den ersten Schritt zu tun. Nur bei Clare funktionierte das nicht.

Mit einer Frau wie der Schwester von Drew wäre er eindeutig besser dran. Einer, die Spaß am Flirten hatte und ihn nicht ins Grübeln brachte oder Wünsche in ihm weckte, die nicht zu erfüllen waren. Allerhöchste Zeit also, Clare ein für alle Mal aus seinen Gedanken zu verbannen, dachte er, während er auf den Parkplatz hinter seinem Haus fuhr und hinauf zu den dunklen, wenig einladenden Fenstern seiner Wohnung blickte.

Er sollte nach oben gehen, ein bisschen arbeiten und einigermaßen früh schlafen gehen. Aber er wollte nicht alleine sein, und so zog es ihn hinüber zu dem alten Haus. Weil er sehen wollte, wie weit Ry und seine Leute heute gekommen waren, redete er sich ein. Doch in Wahrheit lockten ihn die Stimmen und Geräusche, die er dort wahrgenommen hatte. Besser eine solche Gesellschaft als gar keine, fand er.

In Clares Haus führten derweil die Mighty Morphin Power Rangers Krieg gegen die bösen Mächte. Bomben explodierten, Ranger flogen durch die Gegend, schnellten wieder hoch, rollten sich herum und griffen erneut an. Clare hatte diese DVD und unzählige andere aus der Serie schon so oft gesehen, dass sie mit geschlossenen Augen hätte sagen können, wann die nächste Explosion kam.

Das hatte wenigstens den Vorteil, dass sie tun konnte, als würde sie gebannt den Film verfolgen, während sie sich in Wirklichkeit überlegte, was noch alles erledigt werden musste. Liam hatte seinen Kopf in ihren Schoß gelegt, die Augen zwar noch geöffnet, aber in unbestimmte Fernen blickend. Es würde nicht mehr lange dauern, bis er einschlief.

Harry lag bereits, einen roten Ranger in der Hand, schlafend auf dem Teppich vor der Couch, und allein der Jüngste verfolgte hellwach wie immer das Geschehen auf dem Bildschirm. Murphy war eine ausgemachte Nachteule und würde den Videoabend, wenn es nach ihm ging, bis Mitternacht ausdehnen und ständig um die Erlaubnis betteln, eine weitere Folge sehen zu dürfen.

Clare aber dachte daran, dass sie Überweisungen ausstellen, Wäsche zusammenlegen und die nächste Ladung in die Maschine stopfen musste. Außerdem wollte sie unbedingt noch lesen, denn die regelmäßige Lektüre wichtiger neuer Titel war schließlich ein wesentlicher Bestandteil ihres Berufs.

Angesichts der vielen Dinge, die auf sie warteten, würde sie bestimmt eine ganze Weile zu tun haben.

Trotzdem genoss sie diese gemütlichen Abende mit ihren Söhnen, denn die Zeit, wo die Jungs anderes im Sinn hatten, als mit ihrer Mutter Videos anzuschauen, würde nur zu schnell kommen.

Wie erwartet schaute ihr Jüngster sie jetzt flehend aus seinen großen braunen Augen an, die wie der dunkle Teint ein Erbe des toten Vaters waren, doch dazu hatte er als Einziger ihre blonden Haare.

»Bitte, Mom! Ich bin kein bisschen müde.«

»Zwei Folgen reichen, Zeit ins Bett zu gehen«, erklärte sie und tippte dazu im Takt auf die Nase des Kleinen.

Unglücklich verzog er sein niedliches Gesicht mit der sommersprossigen Stupsnase. »Bitte, nur noch eine Folge!«

Er klang wie ein Verdurstender, der um ein Glas Wasser fleht.

»Ihr müsstet alle längst in den Federn liegen, Murphy«, rief ihm seine Mutter in Erinnerung und hob, als er etwas erwidern wollte, mahnend einen Zeigefinger. »Und wenn du jetzt jammerst, merk ich mir das fürs nächste Mal. Los, steh auf und geh noch zur Toilette, ja?«

»Ich muss aber gar nicht.«

»Trotzdem, probier's wenigstens.«

Er schlurfte davon, während sie Liam auf die Arme hob, seinen Kopf auf ihre Schultern legte und ihn nach oben trug. Sie steckte die Nase in das dichte, gewellte braune Haar und roch den frischen Duft des Shampoos. Im Bad sah sie Murphy vor der geöffneten Toilette stehen. »Ich muss nicht«, trällerte er fröhlich.

»Klapp den Deckel nicht wieder runter, denn Liam muss sicher noch. Und du gehst bitte schon mal ins Bett, mein Schatz. Ich bin gleich bei dir.«

Sie stellte ihren Zweitältesten auf seine Füße, hielt ihn mit der Linken fest, während sie mit ihrer Rechten an seiner Pyjamahose zog. »Komm, Pipi machen.«

»Okay.« Er schwankte, und seine Mutter musste ihm helfen, damit er auch wirklich in die Schüssel zielte und die Wand nicht die Hälfte abbekam.

Als sie ihn anschließend in Richtung des Kinderzimmers schieben wollte, drehte er sich entschlossen um und streckte beide Arme nach ihr aus. Und so trug sie ihn hinüber in den Raum, in dem schon Murphy lag, und packte ihn in das untere der Etagenbetten.

»Bin sofort wieder da. Ich muss nur noch Harry holen«, raunte sie ihm zu und trug den Ältesten genau wie vorher Liam ins Bad. Allerdings war der Große seit einiger Zeit zu der Überzeugung gelangt, dass er sich bei dieser Männersache nicht von seiner Mutter helfen ließ, und so konnte sie nur hoffen, dass er wach genug war, um keine Überschwemmung anzurichten.

Kurz darauf hörte sie, wie er schwungvoll den Deckel zuwarf und die Spülung betätigte.

»Im Auto sitzen blaue Frösche«, sagte er, als er aus dem Bad kam.

»Hm«, machte sie nur. Sie wusste, dass Harry oft sehr lebhaft träumte. »Blau ist eine schöne Farbe«, fügte sie hinzu und führte ihn sanft ins Kinderzimmer. »Rauf mit dir.«

»Aber der Rote fährt.«

»Wahrscheinlich weil er der Ranger ist«, erklärte sie,

küsste ihn, obwohl er schon wieder schlief, zärtlich auf die Wange, beugte sich hinunter zu Liam, um ihm ebenfalls einen Gutenachtkuss zu geben, und wandte sich dann an Murphy. »Mach die Augen zu.«

»Aber ich bin nicht müde.«

»Mach sie trotzdem zu. Vielleicht holst du ja noch Harry und die blauen Frösche ein.«

»Fahren auch Hunde mit?«

»Wenn du magst. Gute Nacht.«

»Nacht. Können wir einen Hund haben?«

»Warum träumst du nicht erst einmal von einem Hund?«

Sie warf ihren Söhnen, die ihr Ein und Alles, ihr Leben und ihre Welt waren, einen letzten Blick zu und schloss die Tür des Zimmers, in dem ein Spiderman-Nachtlicht einen schwachen Schein verbreitete.

Schnell erledigte sie noch ein paar Sachen, bevor sie sich mit ihrem Buch ins Bett legte und darüber einschlief, um von blauen Fröschen, dem roten Ranger, lilafarbenen und grünen Hunden zu träumen und von Beckett Montgomery, der ihr lächelnd entgegenblickte, als sie die Treppe in ihrer Buchhandlung herunterkam.

3

Um neun am nächsten Morgen bog sie auf den Parkplatz hinter ihrem Laden ein. Was würde sie nur ohne ihre Mutter machen?, überlegte sie. Rosie Murphy hatte die drei Jungs bereits am frühen Morgen abgeholt, damit Clare genügend Zeit blieb, um in Ruhe ein paar Dinge zu erledigen, bevor die Kunden kamen.

Sie nahm ihre Taschen, ging zur Hintertür und sperrte auf. Sie liebte die Atmosphäre des ehemaligen Stadthauses, hatte es sich seinerzeit nur kurz angesehen und wusste sofort, dass es wie geschaffen für sie war. Und so überwand sie sich trotz aller Bedenken und wagte den Sprung in die Selbstständigkeit. Keine leichte Entscheidung, zumal beinahe das ganze Geld, das die Army den Witwen ihrer Gefallenen zahlte, dafür draufgegangen war. Nächtelang hatte sie kein Auge zugemacht, aber dann einfach darauf vertraut, dass es eine gute Investition in die Zukunft sei.

In ihre und die ihrer Kinder.

Außerdem hatte es ihr geholfen, nicht ständig an den erlittenen Verlust zu denken. Der Kauf des Hauses, die Überlegungen, wie ihre Buchhandlung aussehen sollte, schließlich die Einrichtung und die Bestellung der Bücher, nahmen sie derart in Anspruch, dass kaum für andere, düstere Gedanken Raum blieb.

Sie selbst wusste nur zu gut, dass ihr Geschäft sie rettete

und vor dem totalen Zusammenbruch bewahrte. Ohne die Arbeit, den Druck und ohne ein konkretes Ziel vor Augen hätte sie die Monate zwischen Clints Tod und der Geburt von Murphy sicherlich nicht unbeschadet überstanden. Doch sie wollte und musste damals stark sein und sich irgendwie auf eigene Füße stellen. Inzwischen hatte sie ihr Ziel erreicht, dachte sie, als sie hinter den Tresen trat, um die Kaffeemaschine anzustellen. Sie war jetzt eine unabhängige Geschäftsfrau, die den Lebensunterhalt für ihre Familie bestritt.

Zwar war es nicht immer leicht, Kinder und Beruf unter einen Hut zu bringen, aber sie schaffte es – nicht zuletzt natürlich dank der Unterstützung ihrer Mutter und guter Freundinnen wie Avery. Zudem liebte sie ihren Laden und alles, was damit zusammenhing. Auch das machte es leichter für sie. Ebenso das Gefühl, in ihrer Heimatstadt angenommen, respektiert und, ja, bewundert zu werden.

Sie bereitete sich einen Latte zu, den sie mit nach oben in ihr Büro nahm, und setzte sich an ihren Schreibtisch, schaltete den Computer an. Bevor sie ihre Website aktualisierte, schickte sie den Schwiegereltern eine kurze Mail mit neuen Schnappschüssen der Kinder.

Als Laurie kurz vor Öffnung des Ladens kam, ging Clare nach unten: Die junge Mitarbeiterin schaute sie mit großen, runden Augen erstaunt an. »He, du siehst fantastisch aus.«

»Vielen Dank.« Clare, die ein grünes Sommerkleid trug, drehte sich einmal um die eigene Achse. »Aber eine Gehaltserhöhung ist trotz dieses Kompliments nicht drin.«

»Im Ernst. Du scheinst irgendwie von innen heraus zu strahlen.«

»Vielleicht liegt es ja bloß an der Hitze. Ich geh übrigens gleich noch mal weg, um mir das Hotel anzusehen. Falls was ist, ruf mich einfach auf meinem Handy an. Ansonsten bin ich in dreißig Minuten zurück.«

»Lass dir ruhig Zeit. Und wenn du wieder da bist, will ich alle Einzelheiten hören. Ach ja, hast du die Bestellung an Penguin schon rausgeschickt?«

»Nein, das mach ich später.«

»Gut, dann kannst du gleich noch ein paar Titel hinzufügen. Da ist nämlich eine größere Bestellung übers Internet reingekommen.«

»Okay. Brauchst du sonst irgendetwas?«

»Vielleicht einen der Montgomerys?«

Grinsend öffnete Clare die Vordertür. »Welcher, ist egal?«

»Ich vertrau ganz auf deine Urteilskraft.«

Clare trat lachend auf die Straße und schrieb auf dem Weg zur Pizzeria eine SMS an Avery. »Auf geht's.«

Die Freundin verstand den Wink und wartete bereits an der Tür. »Ich bin so weit«, rief sie gut gelaunt. Sie war heute ganz in Schwarz gekleidet mit sommerlichem Top und Caprihose. Sie fächelte sich Luft zu und betrachtete neidvoll Clare. »Warum siehst du eigentlich aus, als würde dir nie der Schweiß ausbrechen?«

Clare lachte. »Reines Glück, aber jetzt komm endlich.«

Gemeinsam liefen sie den Gehweg hinauf und duckten sich unter dem Baugerüst hindurch. »Mich hat dieses Gebäude seit jeher fasziniert, und ich hab mir immer vorzustellen versucht, wie es wohl früher einmal ausgesehen hat.«

»Und ich kann es kaum erwarten, endlich zu erfahren,

wie es aussehen *wird*. Wenn der Kasten fertig ist, werden unsere Läden wahrscheinlich noch besser laufen als bisher. Ebenso wie die anderen Geschäfte in Boonsboro.«

»Schön wär's. Also lass uns mal die Daumen drücken, dass es tatsächlich so kommt und die Touristen sich um ein Zimmer in diesem ungewöhnlichen Hotel reißen. Avery, dann kann ich vielleicht noch mehr Autoren zu Lesungen herlocken, und bei dir werden die Hotelgäste garantiert zu Mittag oder zu Abend essen.«

Inzwischen hatten sie die Rückseite des Hauses erreicht. Sie blieben einen Augenblick auf dem mit Bauschutt übersäten Platz stehen und schauten hinauf zu den beinahe fertigen Veranden. »Ich frag mich bloß, was sie hier geplant haben«, sagte Avery. »Nur einen Parkplatz, das wär doch eigentlich schade.«

»Ich hab etwas von einem Brunnen oder sogar einem Swimmingpool gehört.«

»Meinst du, einer der Montgomerys verrät es uns?«

Clare zuckte die Schultern und trat in das Gebäude. »Schau, die großen Rundbogen sind noch da. So ziemlich das Einzige, woran ich mich erinnern kann. Ich war öfter mit meiner Mutter hier, als sich in dem Haus ein Antiquitätengeschäft befand. Sie hat dort manchmal irgendwelche Kleinigkeiten gekauft.«

Sie gingen zu der provisorischen Treppe, die in die oberen Stockwerke führte. »Oben war ich noch nie. Du?«

»Ich hab mich einmal heimlich reingeschlichen, als wir auf der Highschool waren.« Avery grinste. »Zusammen mit Travis McDonald, einer Decke und einer Flasche Apfelwein. Dann haben wir oben miteinander rumgemacht.«

»Schäm dich.«

»Mein Dad hätte mich umgebracht und wäre bestimmt auch jetzt noch ganz schön sauer, wenn er es wüsste. Also sei so lieb und halt die Klappe.« Avery fing an zu lachen. »Und das alles wegen nichts. Es war nämlich furchtbar schnell vorbei, denn bevor es zur Sache ging, wurde es diesem tollen Kerl schrecklich unheimlich. Ständig ist er zusammengezuckt, weil Türen und Bodendielen knarrten. Ich wollte nachschauen, ob da jemand war, aber er hat die Flucht ergriffen. Deshalb weiß ich bis heute nicht, woher der Geruch nach Geißblatt kam.«

»Geißblatt?«, fragte Clare.

»Der Duft war derart stark und durchdringend, als hätte ich meine Nase mitten in einer Ranke stecken gehabt. Bestimmt ist das längst vorbei, das Knarren ebenso wie der Geruch. Wer immer da gehaust haben mag, ist sicherlich längst ausgezogen.«

Clare schaute die Freundin verwundert an. »Du willst mir doch nicht erzählen, dass du an Gespenster glaubst?«

»Das tu ich auf jeden Fall. Meine Ururgroßmutter geht angeblich heute noch im Herrenhaus der Familie in der Nähe von Edinburgh um.« Avery blieb stehen und stemmte die Hände in die Hüften, als sie die Verwandlung des Stockwerks sah. »Wow. So hat es ganz bestimmt nicht ausgesehen, als ich mit Travis hier war.«

Von einem Flur gingen mehrere Türen ab, und Clare trat in einen Raum auf der linken Seite. Die Plane vor den Fenstern färbte das einfallende Licht blau. »Was hier wohl einmal reinkommt? Ein Gästezimmer? Wir sollten wirklich schauen, dass wir einen der Montgomerys finden. Oh, sieh nur, da drüben führt eine Tür auf den Balkon. Das wird sicher wunderschön.«

Avery allerdings fand etwas anderes viel interessanter. »Sieh dir nur die Größe dieses Badezimmers an. Wahnsinnig. Mit einer riesigen Wanne und auch sonst allem Komfort.«

»Mein Bad und das der Jungen zusammengenommen sind wahrscheinlich nicht mal halb so groß.« Clare wurde echt neidisch. »So etwas hätte ich schon gerne. Glaubst du, alle Badezimmer sind so riesig? Ich muss unbedingt wissen, ob es mit diesem Zimmer eine besondere Bewandtnis hat.«

Noch bevor sie aus dem Raum eilen konnte, stieß sie unter der Tür mit Beckett zusammen. Er fasste ihre Schultern, damit sie nicht das Gleichgewicht verlor, und sie fragte sich, ob sie genauso überrascht und fassungslos aussah wie er. Wenn nicht sogar stärker, überlegte sie, weil sich schließlich der Hammer, der in seinem Werkzeuggürtel steckte, nicht in seine, sondern in ihre Hüfte grub.

»Entschuldigung«, sagten sie beide gleichzeitig, und Clare lachte leise auf.

»Ich zuerst. Ich hab nicht geschaut, wohin ich laufe. Die Größe des Badezimmers hier hat mich vollkommen verwirrt. Aber genau deswegen wollte ich nach dir suchen.«

»Ach ja?«

»Ich hoffe, du nimmst es nicht übel, dass wir hier so einfach raufgestiegen sind, doch alle wirkten so beschäftigt. Und jetzt zu dem Zimmer: Bevor ich hier einziehe, will ich unbedingt wissen, wie es eingerichtet wird.«

»Bevor du was tust? Guter Witz.« Er lachte gequält.

Himmel, ihr Geruch, das Gefühl ihrer Haut unter seinen Händen und diese Augen, die heute wie ein nebelverhangener See aussahen – all das brachte ihn um den Verstand.

»Wahrscheinlich wird es dir noch besser gefallen, wenn es fertig ist.«

»Mal mir bitte ein Bild.«

Einen Augenblick lang zögerte er, wusste nicht, ob sie es ernst meinte. Dann trat er einen Schritt zurück. »Nun …«

»Schließlich ist es dein Entwurf.«

»Zum größten Teil zumindest. Oh, hallo, Avery.«

Sie sah ihn aus blitzenden Augen an. »Ich dachte schon, ich sei plötzlich unsichtbar. Also, ich kann es einfach nicht glauben, wie das alles sich verwandelt hat. Als ich das letzte Mal hier oben war, gab es außer zerbrochenen Scheiben, kaputten Ziegeln, Tauben und Gespenstern nichts zu sehen.«

»Die Fenster und die Ziegel zu erneuern war nicht halb so schwierig, wie die Tauben umzusiedeln. Und das Gespenst geistert noch immer herum.«

»Echt?«

Er zuckte zusammen und rückte seine staubige Baseballkappe zurecht. »Red bitte nicht darüber, ja? Nicht solange wir nicht wissen, ob sie eher eine Belastung oder einen Gewinn darstellt.«

»Es ist also eine Sie, was ich mir wegen des Geißblattgeruchs allerdings schon dachte.«

Er zog überrascht die Brauen hoch. »Woher weißt du das?«

»Weil wir uns vor Jahren einmal kurz begegnet sind.

War sehr interessant.« Als sie Becketts entsetzte Miene sah, hob sie einen Finger erst an ihre Lippen und dann an ihr Herz.

»Danke, das ist nett. Also, das Zimmer hier trägt den Namen ›Titania und Oberon‹.«

»Und in das Bad kommt die Kupferwanne, oder?«

»Die riesengroße Kupferwanne«, bestätigte Beckett und trat neben sie. »Da drüben an der Wand wird sie stehen, eingerahmt von passenden Fliesen, und es ist eine Fußbodenheizung vorgesehen.«

»Gleich breche ich in Tränen aus.«

Er entspannte sich ein wenig und fuhr lächelnd fort. »Die Dusche kommt da drüben hin. Sie hat rahmenlose Glastüren und Bronzearmaturen, daneben wird ein Handtuchwärmer hängen, und auf der anderen Seite sind zwei Kupferbecken geplant, jedes auf einer Säule, und dazwischen stellen wir einen runden Kupfertisch. Und als absoluten Clou die Toilette.«

»Das berühmte Zauberklo«, bemerkte Avery. »Davon hab ich bereits gehört. Es soll Bidet und Toilette in einem sein, oder?«

»Stimmt, mit einer automatischen Spülung und einem Deckel, der sich selbsttätig öffnet, wenn man vor die Schüssel tritt.«

»Jetzt ist aber Schluss!«

»O nein, noch lange nicht.« Grinsend kehrte Beckett in das Schlafzimmer zurück. »Das Bett stellen wir so, dass man von dort aus das gesamte Zimmer überblicken kann. Es hat ein eisernes Gestell und einen Baldachin in Kupfer- und Bronzetönen mit einem Rankenmuster. Einfach wunderschön.«

»Darin kommt man sich bestimmt wie in einer Gartenlaube vor«, murmelte Clare.

»Genau, so ist es gedacht. Der Baldachin wird eigens so drapiert, dass sich dieser Eindruck noch verstärkt. Da drüben steht eine Kommode mit einem Flachbildschirm darüber und auf beiden Seiten des Bettes jeweils ein weiß lackiertes Tischchen mit Lampe und unter dem Fenster noch eine Bank. Die Wände streichen wir in einem sanften Grünton, dunkle Holzläden von außen garantieren ausreichenden Schutz vor neugierigen Blicken und vor zu greller Sonne, und innen wollen wir duftige Gardinen aufhängen. Aber da hat meine Mutter noch keine Auswahl getroffen.«

Clare stieß einen Seufzer aus. »Eine romantische Laube für zwei, in der man es sich im Sommer wie im Winter rundherum gemütlich machen kann.«

»Willst du vielleicht den Text für den Werbeprospekt verfassen?«, fragte er und fügte, als sie lachte, hinzu: »Das war nicht als Witz gemeint.«

»Oh.« Verdattert sah sich Clare noch einmal in dem kahlen Zimmer um. »Ich könnte euch sicher dabei helfen, wenn …«

»Du bist engagiert.«

Sie zögerte, erklärte dann aber mit einem Lächeln: »Dann zeigst du uns am besten alles ganz genau. Allerdings in mehreren Etappen«, fügte sie mit einem Blick auf ihre Uhr hinzu. »Denn jetzt hab ich nur noch ein paar Minuten Zeit.«

»Was mich betrifft, so würde ich gerne die Küche sehen«, meldete sich Avery zu Wort. »Küchen sind meine Leidenschaft.«

»Dann werde ich euch zunächst nach unten begleiten. Das hier oben vertagen wir auf später«, wandte Beckett sich erneut an Clare.

»Perfekt. Und wem ist dieser Raum gewidmet?«

Er blickte durch die offene Tür des Nebenzimmers. »Elizabeth und Darcy.«

»Wie schön, ich liebe *Stolz und Vorurteil.* Was werdet ihr …? Nein, nein, erzähl es mir nicht. Sonst komm ich heute gar nicht mehr zurück in meinen Laden.«

»Dann also nur die Highlights«, meinte er, als sie sich auf den Weg nach unten machten. »Gepolsterte Kopf- und Fußteile, Lavendel und Elfenbein, eine frei stehende weiße Wanne, Fliesen in Creme und Blassgold.«

»Hm. Erlesen und elegant. Miss Bennet und Mr. Darcy hätte dieses Ambiente sicher zugesagt.«

»Du schreibst auf jeden Fall die Texte für den Prospekt.« Am Fuß der provisorischen Treppe bog er nach links ab, blieb aber plötzlich stehen, als ein lautes »Verfluchter Mist!« an seine Ohren drang.

»Beruhige dich, ich werde schon eine Lösung finden«, versuchte Owen seinen Bruder Ryder zu beschwichtigen.

»Was ist passiert?«, erkundigte sich Beckett.

Owen stopfte seine Hände in die Taschen seiner Arbeitsjeans. »Karen Abbott ist schwanger.«

»Hat dir deine Mutter nie erklärt, dass es so etwas wie Kondome gibt?«, spöttelte Avery.

Owen sah sie böse an. »Haha. Das Kind ist von Jeff Corver. Die beiden gehen öfter miteinander aus, seit Chad im letzten Jahr aufs College gegangen ist.«

»Wobei es offenkundig nicht geblieben ist«, murmelte Ryder erbost. »Meine Güte, sie muss über vierzig sein.

Wie kann es da passieren, dass sie sich ein Kind anhängen lässt?«

»Und warum fragst du nicht, warum Jeff Corver sie in seinem Alter noch geschwängert hat?«, erkundigte sich Avery.

»Sie ist exakt dreiundvierzig«, stellte Owen fest. »Sie hat es uns verraten, als wir mit ihr darüber sprachen, ob sie nicht die Leitung des Hotels übernehmen will. Und im Grunde war schon alles klar. Und jetzt heiratet sie stattdessen Jeff und sucht mit ihm zusammen Babynamen aus.«

»Dumm gelaufen, auf jeden Fall aus unserer Sicht«, schränkte Beckett ein, als er Clares missbilligende Miene sah. »Wir kennen Karen bereits seit einer Ewigkeit, und sogar die Farben für die Wände ihrer zukünftigen Wohnung waren bereits festgelegt.«

»Und sie ist vom Fach«, warf Owen ein. »Immerhin hat sie im Clarion gelernt. Tja, dann streck ich am besten mal anderweitig meine Fühler aus.«

»Ich wüsste jemanden«, meldete sich Avery erneut zu Wort. »Sie wäre perfekt für diesen Job.« Sie wandte sich an Clare. »Hope.«

»Genau, eine hervorragende Alternative.«

»Was für eine Hope?«, erkundigte sich Owen. »Ich kenne jeden in dieser Stadt, aber von einer Hope hab ich noch nie etwas gehört.«

»Hope Beaumont. Du hast sie bestimmt bei einem ihrer Besuche gesehen. Wir waren zusammen auf dem College und stehen regelmäßig in Kontakt. Sie lebt momentan oben in Washington, D.C., denkt allerdings über einen Umzug nach.«

»Und weshalb findest du sie geeignet?«, wollte Ryder wissen.

»Sie hat Hotelmanagement studiert und begann vor circa sieben Jahren im Wickham, einem todschicken Boutiquehotel in Georgetown. Seit drei Jahren ist sie dort Direktorin.«

»Das klingt fast zu perfekt.« Ryder schüttelte den Kopf. »Und wo ist der Haken?«

»Bei Hope gibt es keinen Haken. Ihr Problem besteht darin, dass sie mit dem Juniorchef des Hotels liiert war, der sie vor Kurzem gegen so ein Partygirl mit ellenlangem Stammbaum und künstlichen Titten eingetauscht hat.«

»Deshalb will sie dort weg, sobald ihr Vertrag ausläuft«, fügte Clare hinzu, »und hält bereits nach neuen Optionen Ausschau.«

»Von Georgetown nach Boonsboro?« Ryder zuckte mit den Schultern. »Weshalb sollte sie das tun?«

»Weshalb nicht?«, gab Avery zurück.

»Avery und ich versuchen schon die ganze Zeit, sie zu überreden, wenigstens in unsere Nähe zu ziehen. Die Gegend gefällt ihr nämlich.«

Je länger sie darüber nachdachte, umso sehnlicher wünschte sich Clare, Hope käme wirklich hierher. »Sie besucht Avery manchmal, und inzwischen haben wir uns ebenfalls angefreundet. Ich finde sie wirklich nett. Letztes Jahr hat sie uns zu einem Weiberwochenende ins Wickham eingeladen, und da haben wir mit eigenen Augen gesehen, wie souverän sie da oben den Laden schmeißt.«

»Glaubt ihr allen Ernstes, als Managerin eines schicken Stadthotels hätte sie Interesse an der Leitung eines B & B in einem Provinzstädtchen wie Boonsboro?«

Avery sah Owen lächelnd an. »Das könnte ich mir durchaus vorstellen, vor allem wenn der Rest des Ladens hält, was die Titania-und-Oberon-Suite verspricht.«

»Gib mir noch ein paar Infos«, bat Owen.

»Zeig mir erst die Küche, und dann kannst du rüber ins Vesta kommen. Dort erzähl ich dir mehr, und wenn du möchtest, ruf ich sie gleich an.«

»Okay.«

»Wie sieht sie überhaupt aus?«, rief ihr Ryder hinterher.

»Das ist einer der unzähligen Gründe, warum Jonathan Wickham nur als ausgemachter Trottel bezeichnet werden kann. Wer sonst tauscht schon eine Frau von ihrem Format, sowohl was Aussehen als auch Intelligenz und Fähigkeiten betrifft, gegen so ein Mädchen ein, an dem fast alles künstlich ist?«

»Genau. Aber jetzt muss ich wirklich los«, sagte Clare. »Lass mich wissen, was Hope zu dem Vorschlag sagt. Es wäre wirklich super, wenn sie käme.« Sie strahlte Beckett an. »Bist du in ein paar Stunden noch hier? Gegen zwei, halb drei hab ich wahrscheinlich noch mal Zeit.«

»Auf jeden Fall.«

»Dann also bis später. Oh, und es wäre wirklich ein Riesenglück für euch, falls ihr Hope für diesen Job gewinnen könntet. Sie ist nämlich echt perfekt.«

Ryder runzelte die Stirn, als sie den Raum verließ. »Ich hab was gegen perfekte Leute. Niemand ist rundherum perfekt, und wenn jemand diesen Eindruck erwecken will, hat er was zu verbergen, und man erkennt die Probleme erst, wenn es zu spät ist.«

»Du bist weiß Gott ein wahrer Optimist.«

»Denk dran: Optimisten sehen den Stiefel immer erst, nachdem er ihnen die Eier in den Hals getreten hat. Und Optimismus sorgt dafür, dass eine dreiundvierzigjährige Frau unerwartet ein Kind kriegt, obwohl sie einen Sohn hat, der bereits aufs College geht.«

»Owen wird eine Lösung finden. Verlass dich drauf.«

Nachdem sie aus dem Hotel zurück war, empfing Clare einen Verlagsvertreter und plauderte kurz mit ihrem UPS-Boten. Sie liebte neue Lieferungen, denn es war immer spannend, was drin war. Und hinter jedem Bucheinband verbargen sich neue Ideen, neue Geschichten, neue Welten.

Während sie die Bücher einsortierte, zeigte ihr das Piepsen ihres Handys, dass sie eine SMS bekommen hatte. Von Avery: »Morgen Gespräch H. mit O. Wenn okay, kommt H. am Wochenende zum Vorstellungsgespräch.«

Schnell simste sie zurück: »Drücke beide Daumen.«

Wäre das nicht wunderbar? Und zwar nicht nur für Hope, sondern für sie alle drei. Sie würden sich bestimmt super verstehen und vieles gemeinsam unternehmen. Und sie hätte quasi ein Standbein in dem luxuriösen Hotel. Sie beschloss, für den nächsten Hochzeitstag ihrer Eltern die Titania-und-Oberon-Suite zu reservieren. Oder lieber das Elizabeth-und-Darcy-Zimmer? Auf jeden Fall wäre es ein perfektes, ausnehmend romantisches Geschenk. Darauf sollte man unbedingt im Hotelprospekt hinweisen.

Sie sollte sich ein paar Notizen machen, dachte sie und klappte abermals ihr Handy auf. Ehe sie jedoch Gelegenheit bekam, dort ein paar Stichworte festzuhalten, trat eine ihrer Stammkundinnen mit ihrer kleinen Tochter durch die Tür, und sie steckte das Handy wieder ein.

»Hallo, Lindsay, hallo, Zoe?«

Clare war völlig vernarrt in dieses kleine Mädchen und hob es auf die Arme, um es auf ihre Hüfte zu setzen.

»Eigentlich hatte ich gar nicht vor reinzukommen«, meinte Lindsay, »aber als wir hier vorbeifuhren, wurde Zoe ganz aufgeregt und wollte dich unbedingt besuchen. Mir blieb gar keine andere Wahl.«

»Vielleicht mag sie ja später mal bei mir arbeiten.« Clare küsste Zoes dunkle Locken, während sie sie zu den Kinderbüchern trug.

Bis die beiden ihre Einkäufe erledigt hatten – zwei Bücher für Zoe, eins für Lindsay sowie eine hübsche Tasche in Form eines Plüschkätzchens für den Geburtstag einer Nichte –, verging eine halbe Stunde, in der Clare den neuesten Klatsch erfuhr, einschließlich neuer Gewichtszunahmen oder Diäterfolge.

Sobald Mutter und Tochter den Laden verlassen hatten, ließ sich auch Laurie wieder blicken. »Ich bin kurzfristig desertiert«, sagte sie entschuldigend.

»Das hab ich bemerkt.«

»Du kommst einfach besser mit ihr klar. Ich krieg immer Ohrenschmerzen von ihrem Geplapper.«

»Mir macht es nichts aus. Sie muss einfach ab und zu mit jemandem reden, und vor allem hat sie mehr als fünfzig Dollar hiergelassen. Dafür bin ich bereit, so einiges zu ertragen. Warst du schon in der Mittagspause? Wenn du kurz wegwillst, geh ruhig.«

»Ich hab mir mein Essen mitgebracht. Einen Salat. Schließlich macht die gute Lindsay nicht als Einzige Diät. Außerdem ist Cassie bereits da. Sie ist nur gerade im Lager, um ein paar Büchersendungen zusammenzustellen.«

»Dann bleib ich so lange vorne. Gegen zwei muss ich allerdings noch einmal weg, bin aber bestimmt zurück, bevor du Feierabend machst.«

»Ruf einfach, wenn du Hilfe brauchst. Dann kommt eine von uns in den Laden.«

Sie konnte nur hoffen, dass das nötig würde, denn von Lindsay abgesehen schien heute niemand Bücher kaufen zu wollen. Sie ging hinüber in die Kinderabteilung, um das Spielzeug wegzuräumen, mit dem die kleine Zoe sich die Zeit vertrieben hatte. Der Gedanke an die weichen, dunklen Locken des kleinen Mädchens rief eine unbestimmte Sehnsucht in ihr wach.

Sie liebte ihre Söhne mehr als alles auf der Welt, doch insgeheim hatte sie immer davon geträumt, einmal eine Tochter zu haben, die sie mit hübschen Kleidern, Schleifen, Barbiepuppen und Ballettschuhen verwöhnen wollte.

Vielleicht verliebte sich Avery ja irgendwann einmal, heiratete und bekam eine Tochter, die sie dann als Tante mit solchen Sachen ausstaffieren konnte. Das wäre wirklich schön, dachte sie, während sie die Bücher aufräumte und die Stofftiere in eine Kiste packte. Ein Mädchen, das mit ihren Jungs wie eine Schwester aufwachsen würde. Und wer weiß, vielleicht verliebte sich eines schönen Tages Murphy in Averys Tochter, sodass sie sich gemeinsam über eine Schar wohlgeratener Enkelkinder freuen durften.

Lachend strich Clare über den Deckel eines Kinderbuchs.

Märchen, dachte sie. Sie hatte Märchen immer schon geliebt. Genau wie Happy Ends.

Vielleicht klammerte sie sich heute sogar noch mehr an

solche Geschichten, weil sie einen schmerzlichen Verlust erlitten hatte und einfach daran glauben wollte, dass es nicht nur in Märchen und Büchern ein glückliches Ende gab, sondern auch im wahren Leben.

»Na, träumst du von mir?«

Sie zuckte zusammen, drehte sich um und versuchte sich nicht anmerken zu lassen, dass sie alles andere als begeistert war, Sam Freemont zu sehen.

»Ich hab gerade aufgeräumt und die Glocke nicht gehört«, sagte sie bemüht freundlich, denn immerhin war er ein Kunde. Dass er sie ständig nervte, weil er sich mit ihr treffen wollte, stand auf einem anderen Blatt.

»Ich bin durch den Hintereingang rein. Wirklich, du solltest die Türen besser sichern, Clare. Nicht dass du hier mal überfallen wirst«, sagte er in belehrendem Ton, und es fiel ihr zunehmend schwerer, nett zu ihm zu sein.

»Ich pass schon auf mich auf. Außerdem bin ich selten ganz alleine hier. Also, Sam, was kann ich für dich tun?«

»Es geht ja wohl eher darum, was ich für dich tun kann.« Er lehnte noch immer in der Tür in seinem mausgrauen Anzug und dem leuchtend blauen Schlips, der, wie er wahrscheinlich glaubte, seine Augen vorteilhaft zur Geltung brachte. »Ich hab gerade mal wieder einen hübschen, fetten Bonusscheck bekommen«, fuhr er augenzwinkernd fort. »Und da wollte ich dich zum Essen einladen, vielleicht in meinem Club. Na, was meinst du?«

Clare wusste, dass es Sam an nichts mangelte, zumindest nicht an Geld. Sein Vater besaß ein gut gehendes Autohaus, seine Mutter entstammte einer reichen alten Ostküstenfamilie, und der Sohn ließ keine Gelegenheit aus, mit dem Geld der Eltern zu protzen.

»Danke für das Angebot. Nur kommt ein Besuch in deinem Club für mich ganz sicher nicht infrage.«

»Du wirst total begeistert sein. Wir bekommen auch den besten Tisch.«

Für ihn immer nur das Beste, dachte sie. Das Größte und das Teuerste. Er änderte sich bestimmt nie. »Schön für dich, aber ich werde am Tisch in meiner Küche sitzen und meine Jungs zu überreden versuchen, ihren Brokkoli zu essen«, antwortete sie.

»Was du brauchst, ist ein Au-pair-Mädchen. Meine Mutter könnte dir da helfen.«

»Danke nein, ich bin nicht interessiert. Und jetzt muss ich weiterarbeiten.«

Sie wollte weg, doch er hielt sie zurück. »Wie wär's dann zumindest mit einem kleinen Champagnerlunch? Jetzt, statt einem Sandwich zum Mittagessen.«

»Ich …« Clare suchte krampfhaft nach einer Ausrede und registrierte erleichtert, dass ein neuer Kunde die Buchhandlung betrat und sie einer Antwort enthob. Wer immer es sein mochte – dieser Person würde sie am liebsten um den Hals fallen.

Es war die Mutter der Montgomery-Brüder mit ihrer Schwester.

»Justine! Ich war heute Morgen drüben im Hotel. Carolee. Wie schön, Sie beide zu sehen.«

Mrs. Montgomery nahm ihre auffällige, rot umrandete Sonnenbrille ab und fächerte sich mit der Hand ein wenig frische Luft zu. Sie schien ziemlich erschöpft. »Wir sind zu Fuß von Bast's hergekommen. Meine Güte, was für eine Hitze! Und du siehst in dem Kleid so frisch wie Eiscreme aus, nein, wie ein Limonensorbet.«

Carolee ließ sich ermattet in einen der Sessel neben dem kleinen Tisch am Fenster sinken. »Himmel, ein Sorbet wäre jetzt genau das Richtige für uns. Aber einer deiner köstlichen Eiskaffees tut's auch.«

»Die Spezialität der Woche ist Cookie Dough Jo, wirklich sündhaft lecker.«

»Mach uns bitte zwei davon.« Justine warf ihre Tasche auf den Tisch, wandte sich einem der Stapel zu und zog ein Buch heraus. »Ich wusste nicht, dass dieser Titel schon erschienen ist. Ist er so gut wie der letzte Roman?«

»Ich finde ihn sogar noch besser.«

»Tja, dann wird mich diese kleine Erholungspause eindeutig mehr kosten als einen Eiskaffee.« Sie schrak zusammen, als krachend die Hintertür ins Schloss fiel. »Was war denn das?«

»Sam Freemont, der auf diese Weise seiner Verärgerung Ausdruck verleiht. Der Kaffee geht übrigens aufs Haus, weil Ihr Erscheinen mich davor bewahrt hat, ihm weiter zu verstehen zu geben, dass ich nicht mit ihm ausgehen will.«

»Dieser Kerl war früher ein kleines Arschloch, jetzt ist er ein großes«, stellte Carolee unbarmherzig fest. »Weißt du noch, Justine, wie er diese hässlichen Gerüchte über meine Darla verbreitet hat? Er wollte, dass sie mit ihm den Abschlussball besucht, und ließ sich um nichts in der Welt abwimmeln. Bis sie unhöflich wurde.«

Ihre Schwester nickte.

»Aus lauter Ärger hat er dann das Gerücht verbreitet, sie sei schwanger und wisse nicht, wer der Vater ist.«

»Wofür Ryder ihn verprügelt hat«, ergänzte Justine. »Nicht dass er das jemals zugegeben hätte. Und auch meine anderen Jungs haben strenges Stillschweigen bewahrt.

Aber ich wusste, dass er dahintersteckte, und habe ihm zur Belohnung einen CD-Player gekauft. Damit er merkte, dass ich im Bild und stolz auf ihn war.«

»Sie haben eben Riley-Blut in ihren Adern, und die Rileys stehen immer füreinander ein. Genau wie die Montgomerys.« Carolee fuchtelte mit ihrem Finger in der Luft herum, als wolle sie jemanden erstechen. »Es liegt daran, wie dieser Freemont aufgewachsen ist. Er wurde nach Strich und Faden verwöhnt, hauptsächlich von seiner Mutter – einer sehr dünkelhaften Frau, die ich noch nie leiden konnte. Sobald dieser Bengel etwas haben wollte, bekam er es. Bloß um damit angeben zu können. Hält sich offenbar für etwas Besseres.«

»Nun, seine Mutter hat zumindest genau das bekommen, was sie verdient, oder etwa nicht?«, stellte Justine schulterzuckend fest. »Ein Riesenarschloch als Sohn.«

Lächelnd wandte sich Clare der Kaffeemaschine zu. So wie Justine Montgomery hatte sie früher werden wollen, so intelligent, stark und selbstbewusst. Außerdem war sie eine wunderbare Mutter, die von ihren Söhnen angebetet wurde, und eine nach wie vor attraktive Frau dazu. Carolee mangelte es ebenso wenig an Energie, nur wirkte sie etwas zarter als ihre dunkelhaarige Schwester, was vielleicht auch an ihrer hellen Haut und dem rötlich blonden Haar lag.

Aber zusammen waren sie unschlagbar.

Jetzt trat Justine zu Clare an den Tresen und legte dort zwei Bücher ab. »Weißt du, Schätzchen, Ryder oder die anderen beiden könnten diesem Typen mal deutlich zu verstehen geben, dass er dich in Ruhe lassen soll. Du brauchst es nur zu sagen.«

»Danke, das ist wirklich nett, aber ich komm schon mit ihm zurecht.«

»Behalt mein Angebot einfach im Hinterkopf. Also, Owen hat mir erzählt, du und Avery wüsstet vielleicht jemanden fürs Hotel, nachdem Karen offenbar ausfällt?«

»Ja, Hope. Sie ist eine Freundin von Avery, aber ich kenne sie ebenfalls und finde, dass euer Hotel eine wirklich fähige Person verdient. Beckett hat uns heute Morgen alles über die Titania-und-Oberon-Suite erzählt. Ich bin schon jetzt total verliebt in den Raum und kann mir bildlich vorstellen, wie grandios er aussehen wird, wenn alles fertig ist.«

»Du und Avery, ihr seid beide gescheite Mädchen, und deshalb nehm ich eure Empfehlung ernst. Dieses Haus …« Sie trat an die Tür und blickte durch die Glasscheibe in Richtung des Hotels. »Ich hab mein Herz daran gehängt. Nicht nur ich, sondern alle. Stimmt's, Carolee?«

»Ich hatte noch nie in meinem Leben so viel Spaß. Schließlich suchen wir alles von den Betten bis zu den Seifenschalen selbst aus, und nächste Woche veranstalten wir überdies einen Schnupperwettbewerb.«

Clare, die gerade die geschlagene Sahne auf den eisgekühlten Kaffee gab, sah sie verwundert an. »Einen was?«

»Wir wollen verschiedene Düfte testen«, klärte Justine sie lachend auf. »Du hattest uns doch auf Joanies kleines Geschäft, Cedar Ridge Soaps, hingewiesen.«

»Oh, sie ist eine wirklich tolle Frau, nicht wahr? Sie hat mir erzählt, dass sie eigens Seifen fürs Hotel herstellen soll. Vor allem das mit den heimischen Ingredienzien finde ich eine fantastische Idee.«

»Jedes Zimmer soll seine eigene Duftnote bekommen.«

»Genial. Seifen, Shampoos, Cremes. Haben Sie auch schon an Duftspender gedacht?«

Justine kniff die Augen zusammen. »Bisher nicht. Kann sie die auch liefern?«

»Sicher. Ich hab ein paar davon zu Hause.«

»Carolee …«

»Ist bereits notiert.«

»Das sieht wirklich verführerisch aus.« Justine nahm die beiden Becher, drückte einen ihrer Schwester in die Hand und wandte sich erneut an Clare: »Hast du noch eine Minute Zeit?«

»Na klar.«

»Es geht um die Bibliothek. Wir werden sie zum größten Teil mit Büchern bestücken, die wir antiquarisch besorgen, aber ein paar Neuerscheinungen sollten ebenfalls darunter sein. Ich dachte an Liebesromane, Thriller, Krimis – alles, was man gerne liest, wenn es draußen regnet und man auf dem Sofa liegt oder es sich vor dem Kamin gemütlich macht. Kannst du mir vielleicht eine Liste zusammenstellen?«

»Natürlich.«

»Misch ruhig broschierte und gebundene Bücher. Ach ja, und über die Gegend brauchen wir natürlich auch was. Landschaft, Geschichte, Sehenswürdigkeiten, du weißt schon. Damit kennt sich niemand besser aus als du. Und vergiss nicht die Themen der Zimmer und Suiten. Das müssen unsere Gäste ebenfalls nachlesen können. Außerdem hätte ich gerne für alle Gäste eine kleine Auswahl an DVDs. Beckett meinte, dass du die ebenfalls besorgen kannst.«

»Auf jeden Fall.«

»Wunderbar. Und wenn dir sonst noch was einfällt, schreib es einfach auf.«

»Das werde ich.« Grinsend wandte sich Clare an Carolee. »Ich merke schon, wie viel Spaß es euch macht und wie ihr andere damit ansteckt. Ich denk später noch mal in Ruhe über alles nach, damit ich ein Gefühl für das Wesentliche bekomme. Übrigens hat Beckett mich gefragt, ob ich den Text für den Hotelprospekt schreiben will.«

»Ach ja?«

»Wenn das für Sie in Ordnung ist.«

»Und ob.« Lächelnd leckte Justine etwas Sahne von der Spitze ihres Zeigefingers ab.

4

Bewaffnet mit einem Notizbuch, in dem sie bereits einiges notiert hatte, überquerte Clare wenig später die Hauptstraße. Sie freute sich auf die Aufgabe und vor allem darüber, dass sie, wenn auch nur in einer Nebenrolle, an dem Vorhaben beteiligt war.

Sie fragte sich, wie wohl die Bibliothek aussehen sollte. Bestimmt gab es dort einen Kamin. Justine hatte so etwas erwähnt. Vielleicht konnte sie den Montgomerys ja sogar beim Einrichten ein wenig zur Hand gehen. Zumindest würde sie einen Großteil der Bücher besorgen.

Sie trat durch die Hintertür und versuchte sich in dem Durcheinander zurechtzufinden. Hier schien ein eher rauer, wenngleich nicht unfreundlicher Ton zu herrschen. »Fick dich doch ins Knie«, hörte sie einen der Arbeiter sagen, woraufhin der andere antwortete: »Kein Bedarf. Schließlich hab ich gestern Abend deine Schwester flachgelegt.«

Clare brach in lautes Lachen aus, und Beckett, der soeben hinzukam, schaute sie verwundert an. »Tut mir leid«, sagte er und wandte sich an die Männer. »Damenbesuch, benehmt euch anständig.«

Er wirkte abgelenkt, fand sie, irgendwie unkonzentriert, als sei ihr Besuch ihm lästig.

»Falls es gerade nicht passt, kann ich an einem anderen Tag kommen.«

»Nein, ich muss nur kurz umschalten – wir können gleich anfangen.«

Erleichtert drehte sie sich einmal um sich selbst. »Und was ist hier geplant?«

»Das Foyer. Zum Hof hin ist eine große gläserne Flügeltür vorgesehen, auf dem Boden werden aufwändige Dekorfliesen verlegt, und über dem großen Tisch wird ein Kronleuchter hängen, allerdings eine moderne Variante. Und dann gibt es natürlich noch Sessel und viele, viele Blumenvasen.«

»Sag mir, dass ihr die Backsteinwand so lasst, wie sie ist.«

»Auf jeden Fall. Sie passt zu dem anderen, denn die Fliesen haben ein mediterranes Design, und auch die Sessel wirken mit dem strohfarbenen Polster und den bronzenen Nägeln eher rustikal. Es wird also alles harmonieren. Lediglich über den Tisch ist noch keine Entscheidung gefallen, und meine Mutter überlegt, noch eine Sitzgruppe zu integrieren.«

Sie versuchte sich ein Bild zu machen und schlug nach kurzem Überlegen vor: »Wie sähe es mit einem kleinen Serviertisch aus?«

»Vielleicht. Über die Bilder müssen wir ebenfalls nachdenken, aber es sollen Werke hiesiger Künstler sein, die man kaufen kann. Eine Liste der Werke und Preise wird in allen Gästezimmern ausgelegt.«

»Eine ausgezeichnete Idee.« Er ratterte alles derart schnell herunter, dass sie mit ihren Notizen kaum nachkam. »Wenn ich dich recht verstanden habe, kann man hier auch einen Kaffee oder Tee oder ein Glas Wein trinken?«

»Ja, aber dafür ist in erster Linie die Lounge vorgesehen. Dort drüben, wo noch alles vollgestellt ist. Da sollen es sich die Gäste später gemütlich machen. Früher befand sich in diesem Bereich übrigens die Durchfahrt für die Kutschen. Meine Mutter denkt für diesen Raum an ein paar Lehnsessel und zwei große, komfortable Ottomanen auf Rollen. Aus gelbem Leder.« Er lächelte und wirkte zum ersten Mal entspannt. »Ich dachte, Ry würde sie dafür irgendwo einweisen lassen.«

»Weiches buttergelbes Leder.« Sie versuchte es sich vorzustellen. »Ich wette, das sieht fantastisch aus.«

»Sie und Carolee haben geschworen, dass der gelbe Bezug ein Muss sei, um das luxuriöse Ambiente noch zu betonen. Ferner wünschen die beiden Damen einen Karten- oder Spieltisch mit limonengrünen Sesseln«, fuhr Beckett fort. »Und natürlich einen riesigen Flachbildschirm. An den Einzelheiten wie der Beleuchtung arbeiten wir noch.«

»Ich kann einfach nicht glauben, wie weit ihr schon mit eurer Planung seid und wie es euch gelingt, ein Haus einzurichten, in dem nicht einmal alle Wände stehen.« Sie kritzelte etwas in ihr Notizbuch. »Übrigens wundert mich die Wahl mit dem gelben Leder nicht. Chintz oder karierte Baumwolle hätten dem Rang des Hotels nicht entsprochen und nicht zu deiner Mutter gepasst.«

»Da magst du recht haben. Bis ins kleinste Detail muss alles stimmig sein. Sie will ein richtiges Juwel aus dem Haus machen. Und wir werden dafür sorgen, dass sie es bekommt.«

Clare hob überrascht den Kopf. »Es ist unglaublich nett, wie ihr miteinander umgeht. So liebevoll und vertraut wünsche ich mir später auch den Umgang mit meinen Söhnen.«

»Ich hab euch des Öfteren beobachtet und würde sagen: Das hast du bereits erreicht.«

»Ach, ich weiß nicht. Manchmal fühl ich mich wie ein Ringrichter, der drei Boxkämpfe gleichzeitig überwachen soll. Aber vermutlich erging es eurer Mutter früher nicht anders.«

»Wenn du sie fragst, wird sie vermutlich behaupten, dass sich das bis heute nicht geändert hat.«

»Was gleichzeitig beängstigend und tröstlich ist.«

Er sah vielleicht gehetzt und ein wenig gestresst aus, aber zugleich unvorstellbar sexy.

Sie erinnerte sich daran, dass sie vor gar nicht langer Zeit von ihm geträumt hatte, und wandte sich verlegen ab.

»Und was ist da unten?«

»Das behindertengerechte Gästezimmer und der Haupteingang zum Speisesaal beziehungsweise Frühstücksraum.«

»Und wie habt ihr dieses Gästezimmer genannt?«

»Marguerite und Percy.«

»Aus *Das scharlachrote Siegel*. Französischer geht's ja wohl nicht.« Sie blätterte in ihren Notizen »Darf ich mir den Raum mal ansehen?«

»Du kannst es gerne versuchen. Allerdings liegt dort noch jede Menge Zeug herum. Es ist zudem das kleinste Zimmer«, erklärte er, als er vor ihr den kurzen Gang hinunterging. »Wir mussten uns an den Grundriss des Gebäudes halten und zugleich die gesetzlichen Vorschriften berücksichtigen. Also haben wir zwei breite Betten und dazwischen einen Nachttisch vorgesehen, auf dem die alte, reich verzierte Lampe meiner Großmutter stehen wird.«

»Ihr verwendet auch Familienerbstücke?«

»Hier und da, wenn's passt. Meine Mutter möchte das.«

»Das ist total lieb und etwas ganz Besonderes. Und die Betten stehen vor den Fenstern?«

»Genau. Sie haben Kopfteile aus Bambusrohr, und an den Fußenden sind Bambusbänke mit gemusterten Stoffkissen vorgesehen, und dazu passen dann die Gardinen und Überdecken. An die Wand gegenüber der Tür kommt ein großer, verschnörkelter Spiegel, die Wände und die Kranzprofile streichen wir cremefarben und die Decke hellblau.«

»Eine blaue Decke. Wie romantisch.« Clare fragte sich, warum sie nicht selbst auf die Idee gekommen war, den Decken in ihrem Haus einen ungewöhnlichen Anstrich zu verpassen.

Wahrscheinlich weil sie einfach verlernt hatte, dass es so etwas wie Romantik gibt.

»Und wie sieht die Bettwäsche aus?«

»Nach langer Debatte haben wir beschlossen, dass wir da eher neutral bleiben wollen, weiß oder ecru, aber auf jeden Fall erstklassige Qualität. Darüber Tagesdecken oder Quilts und dazu jede Menge einfarbige Kissen, vielleicht auch Nackenrollen und Kaschmirplaids oder so.«

»Kaschmir? Ich buche auf der Stelle einen Raum. Pfauenfedern.«

»Wie bitte?«

»Irgendwo solltet ihr Pfauenfedern für die Deko verwenden. Ich weiß, dass sie angeblich Unglück bringen, aber sie fühlen sich einfach herrlich dekadent an.«

»Wird notiert, obwohl das bestimmt nicht ganz einfach wird.«

»Aber sicherlich wunderschön. Zurück zu diesem Raum. Wo kommt die Badewanne hin?«, erkundigte sie sich, während sie über ein paar Eimer sowie einen Stapel Bretter stieg.

»Pass auf, wo du hintrittst«, warnte er sie und nahm zur Vorsicht ihren Arm. »Hier ist lediglich eine große, luxuriöse Duschecke mit einem Regenschauerkopf und mehreren Seitendüsen vorgesehen, die man individuell verstellen kann. Alles aus geölter Bronze. Und als Waschbecken haben wir eine Kristallschüssel auf einem Eisenständer ausgewählt. Sie ist riesengroß und wunderschön. Dazu kommen cremefarbene und blassgoldene Fliesen mit Bordüren von gelben Lilien.«

»*Parbleu*«, warf sie anerkennend ein, und er fuhr grinsend fort: »Außerdem hab ich ein paar hübsche eiserne Regale für die Wand entdeckt. Aber dann ist der Raum auch voll.«

»Das solltet ihr in eurem Prospekt hübscher umschreiben. Etwa so: Besonderen Anforderungen wird durch höchsten Komfort entsprochen. Erleben Sie die Pracht eines vergangenen Zeitalters und genießen Sie zugleich die Bequemlichkeit – nein, sämtliche Annehmlichkeiten –, die die Moderne Ihnen bieten kann.«

Während sie erneut etwas notierte, trat sie einen Schritt zurück, stieß gegen einen Stapel Farbdosen und packte Hilfe suchend seinen Arm, um nicht das Gleichgewicht zu verlieren.

»Vorsicht.« Er schlang einen Arm um ihre Taille, und zum zweiten Mal an diesem Tag standen sie einander ganz dicht gegenüber, nur dass jetzt ein geheimnisvoll blaues Dämmerlicht die Wirkung verstärkte, hervorgerufen durch die Plane vor dem Fenster, und beinahe die Illusion entstand, in das fahle Licht des Mondes eingetaucht zu sein.

Sie wurde im Arm gehalten, dachte sie verwirrt. Von einem Mann, den sie bereits ewig kannte, doch es fühlte sich nicht freundschaftlich an, ganz und gar nicht. Er hielt sie auf eine Weise, die Gefühlsstürme in ihrem Inneren auslöste …

Und für die es nur ein Wort gab: Lust.

Ihr ganzer Körper wurde davon erfüllt, und als sein Blick auf ihren Lippen ruhte, meinte sie den verführerischen Duft von Geißblatt zu riechen.

Mondlicht und Geißblatt, dachte sie, schmiegte sich voller Begehren enger an ihn und stellte sich vor, wie es wohl wäre, wenn er sie das erste Mal berührte, seinen Mund zum ersten Mal auf ihre Lippen presste, sie zum ersten Mal …

Er riss seinen Blick von ihr los, starrte sie mit großen Augen an, und sie hatte das Gefühl, soeben aus einem bizarren Traum erwacht zu sein.

Oh Gott, sie hätte um ein Haar …

»Ich muss wieder los.« Ihre Stimme klang belegt. »Ich … ich hab noch zu tun.«

»Ja, ich auch.« Er zog seine Arme vorsichtig zurück von ihr, als stünde sie unter Strom.

»Na dann.« Sie verließ den Raum mit dem falschen Mondlicht und der süß duftenden Luft.

»Bis bald.« Er stopfte die Hände in die Taschen seiner Jeans.

»Ich werde mir ein paar Sachen, die du mir gezeigt hast, durch den Kopf gehen lassen.«

»Das wäre echt toll. Hör zu, ich kann dir auch einen Ordner überlassen. Da sind sämtliche Pläne und Fotos von den Lampen, Möbeln, Badezimmerarmaturen und dem ganzen anderen Kram drin. Allerdings liegt der in meinem Büro. Ich kann ihn dir entweder in den Laden oder nach Hause bringen.«

»Wie du willst.«

»Und du? Kannst du noch mal herkommen, wenn du ein bisschen Zeit hast, um dich gründlicher umzusehen? Falls ich gerade nicht da bin, wende dich an Owen oder Ry.«

»Gut, das ist gut. Tja, aber jetzt muss ich wirklich langsam los. Meine Mutter bringt die Jungs gleich ins Geschäft, und ich hab vorher noch einiges zu tun.«

»Wir sehen uns.«

»Okay.«

Er sah ihr hinterher und blieb, als sie das Haus verlassen hatte, mit geballten Fäusten stehen. »Idiot«, murmelte er. »Du bist einfach ein Idiot.«

Warum konnte er sich nicht beherrschen? Er hatte sie offenbar völlig verschreckt, sodass sie nur noch wegwollte. Aber das Verlangen, das ihn schon seit Jahren quälte, machte ihn kaputt, wenn das so weiterging.

Am besten hielt er sich erst mal von ihr fern. Er würde ihr den Ordner von einem seiner Männer bringen lassen.

Wie um ihn zu narren und sein Verlangen anzustacheln, roch er wieder den Geißblattduft und hätte schwören können, das leise Lachen einer Frau zu hören.

»Lass mich bloß in Ruhe«, rief er und stapfte nach oben in den ersten Stock, um seine schlechte Laune an den Arbeitern auszulassen.

Clare erging es nicht besser. Unfähig, sofort in die Buchhandlung zurückzugehen und dort ihren Mitarbeiterinnen zu begegnen, stürzte Clare ins Vesta, wo Franny hinter dem Tresen stand und gerade Käse auf eine Pizza häufte.

»Hallo, Clare«, grüßte sie lächelnd. »Wo sind meine Jungs?«

»Noch bei meiner Mutter. Ist Avery da?«

»Hinten in der Küche. Ist etwas passiert?«

Oh Gott, sie sah bestimmt entsetzlich aus. »Nein, alles in bester Ordnung. Ich wollte nur kurz mit ihr reden, weiter nichts.«

Möglichst lässig lief sie in die Küche, wo die Freundin gerade frischen Hefeteig in Portionen schnitt. Steve, der Spüler, klapperte mit dem Geschirr, und eine der Serviererinnen holte ein paar Gläser aus dem Regal.

»Ich muss kurz mit dir reden.«

»Kein Problem. Schieß los. Meine Ohren haben schließlich gerade nichts zu tun.« Avery hob den Kopf, sah Clares Gesicht und verstand. »Gib mir fünf Minuten, ja? Hol uns beiden erst mal was zu trinken, und dann gehen wir raus. Ich muss sowieso runter in den Keller, weil mir ein paar Sachen ausgegangen sind.«

»Ich geh einfach schon mal vor und warte auf dich.«

Sie schnappte sich zwei Dosen Ginger Ale, ging hinter das Haus und lief unter der Veranda – auf der sie die Leute reden und lachen hören konnte – hindurch bis zu der Treppe, über die man in den großen, niedrigen Keller kam, in dem es zwischen all den Kisten voller Softdrinks, Flaschenbier und Wein kaum noch ein freies Plätzchen gab.

Hier war es zumindest kühler, dachte sie, öffnete ihr Ginger Ale und trank gierig einen großen Schluck.

Mondlicht und Geißblatt! Solche Dinge kamen in Märchen vor, nicht im wirklichen Leben. Und schon gar nicht passierten sie einer Mutter von drei Söhnen. Zeit, das endlich zu kapieren.

Schon wieder drifteten ihre Gedanken ab auf verbotenes Terrain. War ihr jemals zuvor aufgefallen, wie perfekt geformt Becketts Mund war? Und dass das Blau seiner Augen bei Mondlicht betrachtet beinahe schwarz aussah?

Das war kein Mond, du Idiotin, schalt sie sich. Schuld an diesem Licht war bloß eine ordinäre blaue Plastikplane.

Sie hatte sich einfach von den romantischen Bildern überwältigen lassen: buttergelbes Leder, blaue Zimmerdecken, Pfauenfedern, Kaschmirplaids. All diese Dinge waren schlichtweg fantastisch, hatten jedoch mit der praktischen, bezahlbaren und kindersicheren Welt, in der sie lebte, nicht das Mindeste zu tun. Und doch …

Unruhig ging sie auf und ab, wirbelte fast erschrocken herum, als Avery den Raum betrat.

»Also, was ist los?«, fragte die Freundin. »Du siehst aus, als sei dir die gesamte Polizei von Boonsboro auf den Fersen.«

»Ich hätte soeben um ein Haar Beckett geküsst.«

»Dafür kann man dich kaum verhaften.« Avery nahm

sich die zweite Dose Ginger Ale. »Wie, wo und warum nur um ein Haar?«

»Ich war drüben, um mir ein paar Räume anzusehen, und wir waren im Marguerite-und-Percy-Zimmer, als …«

»Oh, là là.«

»Bitte, Avery. Es ist mein voller Ernst.«

»Das seh ich, Schatz, aber ich versteh nicht, warum es für dich eine Katastrophe darstellt, um ein Haar einen ausnehmend attraktiven, ungebundenen Mann zu küssen, der total verschossen in dich ist.«

»Ist er nicht.«

»Aber ja doch.« Avery schüttelte den Kopf. »Das ist er auf jeden Fall. Und jetzt erzähl mal der Reihe nach.«

»Es war einfach so … ich weiß nicht. Da stand all dieses Zeug herum, und ich bin gegen irgendwas gestoßen, und als ich dabei fast umgefallen wäre, hat er seine Arme nach mir ausgestreckt.«

»Und wo hat er dich genau gepackt?«

Clare legte ihren Kopf zurück und starrte die Kellerdecke an. »Warum rede ich überhaupt mit dir?«

»Mit wem solltest du sonst darüber reden? Außerdem interessiert es mich wirklich, wo er dich festgehalten hat. Hat er deine Hand genommen, deinen Arm, dein Hinterteil?«

»Er hat mir den Arm um die Taille gelegt, und ich weiß nicht, wie es dazu kam, aber plötzlich standen wir voreinander, sein Mund dicht vor meinem Gesicht, und dann war da dieses seltsame blaue Licht, dazu ein Duft nach Geißblatt.«

»Geißblatt?« Avery fing an zu strahlen. »Du hast also auch den Geist gesehen.«

»Das hab ich ganz sicher nicht, weil es nämlich keine Geister gibt.«

»Aber den Geißblattduft hast du gerochen?«

»War bestimmt nur eine Einbildung. Ich stand einfach wie gebannt da, dachte an romantisches Zeug, und plötzlich wurde ich von Empfindungen gepackt, die ich schon vergessen hatte. In dieser Situation konnte ich nicht anders, als mich an ihn zu schmiegen.«

»Du hast gesagt, du hättest ihn nur um ein Haar geküsst.«

»Kurz bevor es dazu kam, hat er mich plötzlich angeschaut, als hätte ich ihm einen Tritt in seine Kronjuwelen verpasst. Total entsetzt.« Bei dieser Erinnerung überfiel sie ein unbestimmtes Gefühl der Scham und gleichzeitig, mächtiger noch, eine neuerliche Woge des Verlangens. »Also hab ich mich abgewandt, und wir haben irgendwelche lahmen Entschuldigungen vorgebracht. Danach ist er auf Distanz zu mir gegangen, als sei ich radioaktiv verseucht. Das alles war schrecklich peinlich.«

»Ich werde dir sagen, was ich denke. Wenn du ihn geküsst hättest, wäre keiner von euch verlegen gewesen, und statt angerannt zu kommen, als hättest du einer alten Frau die Handtasche geklaut, wärst du singend durch die Tür meines Lokals getanzt.«

Clare starrte die Freundin empört an. Also wirklich, warum hatte sie ihr überhaupt etwas erzählt?

»Erstens ist Beckett nur ein guter Freund – und außerdem hab ich für so was gar keine Zeit. Ich muss mich schließlich um meine Kinder kümmern.«

Avery tätschelte ihr aufmunternd den Arm. »Meine Güte, Clare, dieser Teil deines Lebens ist noch lange nicht vorbei. Du hast ein Recht darauf. Und wenn du für jemanden etwas empfindest, dann tu das bitte nicht so einfach ab.«

»Vielleicht hast du recht. Aber ich glaube wirklich, dass falsche Romantik im Spiel war: das seltsame Licht, der Duft, sein Arm um meine Taille … Das gibt sich bestimmt wieder, zumal Beckett nicht der Typ ist, der so was allzu ernst nimmt.«

Avery kam zu dem Schluss, dass es besser war, sich weiterer Kommentare zu enthalten, und hörte bloß schweigend zu, wie Clare jetzt von den tollen Plänen schwärmte und wie großartig die Räume bald aussehen würden. Und dass sie auf Hope hoffte.

»Wirklich, sie ist verrückt, wenn sie sich die Chance, dort zu arbeiten, entgehen lässt.«

»Das finde ich auch«, erklärte Avery und dachte daran, dass sie bald zwei verrückte Freundinnen haben würde, die sich Chancen durch die Lappen gehen ließen.

Beckett war bei seinem Vorsatz geblieben, sich von Clare vorerst ein wenig fernzuhalten, und hatte ihr den Ordner durch einen Mitarbeiter überbringen lassen. Sie müsse sich nicht sonderlich beeilen, er brauche ihn erst in ein paar Tagen zurück, richtete der Mann ihr aus.

Da er jetzt auch nicht mehr auf seinen morgendlichen Kaffee zu ihr gehen konnte, teilte er seine Zeit zwischen Boonsboro und einem anderen Projekt im nahe gelegenen Sharpsburg. Als er an einem der nächsten Abende von dort zurückkam, sperrten seine Brüder gerade das Hotel ab.

»Du kommst genau im rechten Augenblick.« Dicht gefolgt von D.B. schlenderte Ryder auf ihn zu. »Wir sind nämlich auf dem Weg zu einer Besprechung ins Vesta.«

»Ich liebe Konferenzen mit Pizza. Hast du schon mit Averys Freundin telefoniert?«, wandte er sich an Owen.

»Ja. Wenn du die Einzelheiten hören willst, bezahlst du das Bier.«

»Ich war schon beim letzten Mal dran.«

»Nein, ich«, verbesserte Ryder ihn.

»Er hat beim letzten Mal bezahlt.« Owen gab dem Älteren recht.

»Na schön.« Beck versuchte sich zu erinnern, als er neben seinen Brüdern über den Marktplatz ging. »Und wann hast du zum letzten Mal bezahlt?«

Owen schob sich seine Sonnenbrille auf die Nase und sah ihn mit einem selbstzufriedenen Lächeln an. »Ich setze sechs Runden aus, denn schließlich hab ich die Hebebühne besorgt. Und ihr seid noch zwei Runden im Rückstand.«

Er erinnerte sich zwar an die Abmachung mit der Hebebühne, war sich jedoch nicht sicher, ob diese besondere Schuld nicht inzwischen beglichen war. Aber wenn Owen behauptete, er habe noch zwei Runden gut, dann entsprach das vermutlich der Wahrheit.

Er blickte in Richtung Buchhandlung und lauschte nur mit halbem Ohr der Diskussion der Brüder, bei der es jetzt um Boiler ging. Er sollte noch einen Tag vergehen lassen, dachte er. Damit sie Zeit hatte, sich den Ordner anzusehen und wieder zur Ruhe zu kommen, und es anschließend nett und freundlich zwischen ihnen weitergehen konnte.

Als hätte es diesen einen Moment niemals gegeben.

Doch das ließ sich so einfach nicht aus der Welt schaffen. Verdammt, es war schließlich passiert.

»Hast du ein Problem mit meinem Vorschlag?«, fragte Ryder.

»Was? Nein.«

»Dann schau nicht so genervt.« Sein Bruder band den Hund neben der Restauranttür an. »Ich bring dir dein Abendessen raus«, erklärte er D.B. und öffnete die Tür.

Da es noch früher Abend war, saßen hauptsächlich Familien und Gruppen von Teenagern an den Tischen, dazu ein paar vereinzelte Paare, die dampfende Nudeln auf ihre Gabeln wickelten oder die Speisekarte studierten, während zwei Stammgäste auf Hockern an der Theke saßen und dort ihr Feierabendbier tranken.

Beckett und die beiden anderen tauschten Grüße mit einigen Leuten aus.

»Bestellt mir schon mal ein Heineken«, bat Owen seine Brüder und bog Richtung Küche ab.

»Komm, lass uns nach hinten gehen«, schlug Ryder vor. »Wenn wir hier vorne sitzen, kommen wir ganz sicher nicht zum Reden, denn dann taucht ständig irgendwer auf.«

»Meinetwegen.« Beckett winkte eine der Bedienungen heran und bestellte das Bier.

»Die Fliesen sind inzwischen da«, erklärte Ryder. »Oder zumindest der größte Teil. Bei ein paar Designs sind sie noch im Rückstand, aber sie haben die Lieferung für übernächste Woche zugesagt. Außerdem hat Owen bereits die Fliesenleger kontaktiert. Sie können Ende nächster, spätestens Anfang übernächster Woche anfangen.«

»Das reicht.«

»Anschließend möchte ich gleich die anderen Böden verlegen, solange es noch so heiß ist. Irgendwann wird es bestimmt kühler, und dann nehmen wir uns die Außenfassade vor.«

In dem Moment, als das Bier gebracht wurde, glitt Owen neben seinen Bruder auf die Bank.

»Wollt ihr auch was essen?«, fragte die Bedienung.

»Eine Kriegerpizza«, sagte Ryder.

Owen trank kopfschüttelnd von seinem Bier. »Da ist mir zu viel Fleisch drauf.«

»Weichei.«

»Hau du dir ruhig die Kalorienbombe rein«, schlug Beckett vor und sah dann Owen an. »Wollen wir uns eine große Pizza mit Salami und Peperoni teilen?«

»Okay. Und dazu hätte ich gerne noch ein paar Krabbenbällchen.«

»Notiert. Wie sieht's übrigens im Hotel aus?«, erkundigte sich die junge Frau.

»Wir kommen voran«, meinte Owen, worauf sie mit ihrem Bleistift auf ihn zeigte: »Und wann nehmt ihr endlich die Plane ab?«

»Das wirst du ja sehen.«

»Haha.« Augenrollend ging sie davon und gab die Bestellungen auf.

»Manchmal denke ich, dass die Plane Erwartungen bei den Leuten weckt, die wir vielleicht gar nicht erfüllen können«, gab Beckett zu bedenken, wechselte aber sogleich das Thema. »Was ist nun mit der perfekten Hope?«

»Hope Beaumont«, ergriff Owen das Wort. »Sie ist unglaublich gewitzt und wirklich intelligent. Sie hat mir genau die richtigen Fragen gestellt, darunter auch ein paar, an die ich selbst gar nicht gedacht hatte oder die uns bislang nicht in den Sinn gekommen sind. Und sie hat eine echt verführerische Stimme, dunkel und samtweich. Sehr angenehm.«

Ryder lehnte sich mit seinem Bier zurück. »Eine verführerische Stimme. Dann ist sie wohl engagiert.«

»Du bist doch nur sauer, weil wir jemanden von außerhalb in Betracht ziehen. Natürlich wär's besser, wir wüssten vor Ort irgendwen. Aber wichtiger scheint mir, dass sie in den Laden passt. Alles Weitere wird sich schon finden.«

»Bald werden wir's wissen, denn sie kommt Samstagmorgen her, um sich alles anzusehen«, fuhr Owen fort. »Außerdem hab ich mich im Internet ein bisschen genauer über sie informiert.« Er zog zwei Hefter aus einer Mappe und hielt sie den Brüdern hin. »Irgendwelche Artikel mit Fotos aus den Klatschspalten – sie zusammen mit dem Kerl, der sie sitzengelassen hat. Dazu ein seriöserer Bericht aus dem *Washingtonian* über das Hotel mit ein paar Infos über sie. Ry hat sie die Prinzessin aus der Stadt getauft, weil sie ursprünglich aus Philadelphia stammt und dort in ihrer Jugend ein paar Schönheitswettbewerbe gewonnen hat.«

Beckett wollte gerade anfangen, sich die Artikel anzusehen, als lautes Getrappel aus dem Flur an seine Ohren drang. Einen Moment später kamen Clares Söhne durch die Tür gestürzt, als seien sie auf der Flucht. Atemlos und mit weit aufgerissenen Augen sprachen sie über ein Videospiel, bevor Harry die drei Brüder sah.

»Hallo! Hallo! Wir haben einen Dollar.«

»Dann könnt ihr uns ja bestimmt was leihen?«

Liam kicherte vergnügt. »Wir kriegen Pizza und dürfen an den Automaten spielen.«

Murphy kam zu ihnen an den Tisch und blickte die drei Männer an. »Ihr könnt ja mitmachen, wenn ihr einen Dollar habt. Oder ich geh zu Mom, damit sie euch was gibt.«

Der Kleine war einfach der Hit, fand Beckett und zog Murphy auf seinen Schoß. »Ich wette, dass Owen einen Dollar hat. Warum …« Er brach ab, als Clare den Raum betrat.

Sie wirkte ein wenig erhitzt und leicht zerzaust. »Tut mir leid. Sie sind mir entwischt. Ihr habt eine geschäftliche Besprechung, wie ich sehe«, meinte sie. »Ich nehm sie wieder mit nach vorne, bis …«

»Mom!« Harrys Stimme drückte blankes Entsetzen aus.

»Wenn man hier hinten sitzt, muss man damit rechnen, dass es nicht ganz leise ist«, stellte Ryder fest. »Aber das ist kein Problem. Setz dich doch. Hier ist noch ein Platz frei.«

»Ich hab gerade zu Beck gesagt, dass sich deine Freundin Samstag mit uns trifft«, fügte Owen hinzu.

»Das hat mir Avery gerade erzählt, und genau in dem Moment ist das Trio mir entwischt.«

»Was macht der Prospekt?«

»Ich hab ein paar Ideen zu Papier gebracht.«

»Die wirklich super sind«, kommentierte Avery, die soeben hinzutrat. »Sie hat's mir gerade erzählt.«

»Ja, aber um den endgültigen Text zu formulieren, brauch ich noch mehr Gefühl für das Hotel.«

»Dann geh doch einfach noch mal rüber. Beckett, nimm sie mit und zeig ihr alles, was sie sehen will, ja?«

»Avery, nicht doch«, murmelte Clare und versuchte sich ihre Verlegenheit nicht anmerken zu lassen.

»Nein, wirklich. Abends ist es dort schließlich viel ruhiger, und man kann sich besser auf das Wesentliche konzentrieren und nachdenken«, insistierte Avery mit einem versonnenen Lächeln. »Glaubt ihr nicht?«

»Doch, ja.«

Mit einem Mal sprang Murphy auf, um sich zu seinen Brüdern, die bereits vor der Spielkonsole standen, zu gesellen, und Beckett hatte nichts mehr, um sich abzulenken. »Ja, klar.«

»Wir passen auf die Jungs auf. Ich bestell schon mal ihre Pizza.« Avery scheuchte die Freundin fort. »Wenn du dir jetzt alles genau anschaust, kannst du Hope morgen gleich von deinen Ideen erzählen. Überlass mir deinen Sitzplatz, Beck, und das Bier auch.« Sie griff nach seinem Glas, nahm einen kleinen Schluck und sah ihn lächelnd an. »Ich hab heute Abend nämlich frei.«

Beck blieb keine andere Wahl, als aufzustehen. »Okay?«

»Sieht so aus.« Clare bedachte Avery mit einem vernichtenden Blick und wandte sich zum Gehen. »Ich bin kurz mit Beckett weg«, rief sie ihren Söhnen zu. »Avery, Ryder und Owen sind so lange die Chefs. Benehmt euch, ja?«

»In Ordnung, Mom«, antwortete Harry, ohne dass er seinen Blick vom Bildschirm nahm, während Clare und Beckett zum Ausgang gingen. Der Wind riss an ihren Haaren, und als sie den Kopf zurücklegte, sah sie, dass eine dichte Wolkenwand am Himmel aufgezogen war.

»Sieht nach einem Gewitter aus.«

5

Während sie Seite an Seite zur Baustelle hinübergingen, achtete Beckett sorgsam darauf, Clare nur ja nicht zu nahe zu kommen oder sie gar versehentlich zu berühren. Die Hände in den Hosentaschen, führte er sie zur Hintertür, zog einen Schlüssel heraus und sperrte auf.

Da sich der Himmel inzwischen durch die Gewitterwolken stark verdunkelt hatte, schaltete er die Arbeitslampen an. Grelles Licht und dunkle Schatten, nackte Wände und Betonböden – nicht gerade eine romantische Umgebung, dachte er. Und das war vielleicht gut so.

»Willst du dich zunächst weiter im Erdgeschoss umsehen?«, erkundigte er sich.

»Nicht unbedingt. Ich möchte mich eigentlich auf die Gästezimmer konzentrieren, die sind für den Prospekt sehr wichtig. Außerdem will ich Avery und deinen Brüdern die Kinder nicht zu lange aufhalsen.«

»Mach dir deshalb keinen Kopf. Sie haben sich schließlich freiwillig angeboten. Zudem war es Averys Idee, dass wir noch mal gemeinsam rübergehen.«

»Das stimmt.« Ihre Stimme klang ungewöhnlich dunkel.

»Alles in Ordnung?«, fragte er.

»Warum sollte nicht alles in Ordnung sein?«

»Fein, dann lass uns nach oben gehen«, sagte er und wandte sich der Leiter zu. »T & O sowie E & D hast du ja schon gesehen. Nehmen wir uns vielleicht N & N vor, das Nora-und-Nick-Zimmer.«

»*Der dünne Mann.*« Clare, allein von Berufs wegen belesen, kannte sich aus. »Ich hab mir die Ausstattung schon im Ordner angesehen und finde sie wunderschön. Die Lampen, die Kommode und das Bett – alles Art déco, ganz der Entstehungszeit des Romans entsprechend.«

»Ja, diesen Bezug herzustellen war uns wichtig. Außerdem ist diese Stilrichtung ausgesprochen glamourös, wenn du nur an die großen Hotels denkst, die damals entstanden.« Er ging den Flur im ersten Stock entlang. »Also, da hinten, um die Ecke im nächsten Gang, ist übrigens die Bibliothek vorgesehen, und da vorne …«

»Oh, die Bibliothek. Lass uns schnell einen Blick hineinwerfen.«

»Okay.«

Als sie den Raum erreicht hatten, schaltete er das Licht an. »Im Moment ist es hier ziemlich düster, weil es nur das eine Fenster gibt, und vor dem hängt auch noch die Plane. Dort soll später ein Tisch stehen. Und das da sind die Nischen für die Bücherschränke, und an die Wände kommen zwei braune Ledersofas, dann natürlich diverse Sessel und so weiter.«

Sie wanderte durch den Raum. So etwas hätte sie gerne auch für ihre Buchhandlung. Sehnsüchtiges Verlangen nach dem Besitz schöner, nicht alltäglicher Dinge ergriff sie. *Denk jetzt bloß nicht an Verlangen*, rief sie sich zur Ordnung.

»Die Bücherschränke baut ihr also selbst.«

»Ja, und auch die Umrandung des Kamins und ein paar andere Sachen.«

»Es ist sicher unglaublich befriedigend, mit eigenen Händen etwas zu schaffen.«

»Das müsstest du eigentlich am besten wissen. Schließlich hast du dir eine ganze Familie aufgebaut.« Er verzog das Gesicht zu einem leichten Grinsen.

»Nett gesagt, aber das ist nicht ganz dasselbe.« Dann schwieg sie und fühlte sich irgendwie unwohl. Dieser übertrieben große Abstand zwischen ihnen, das war doch albern unter guten Freunden und überdies komplett falsch. Es fühlte sich für sie überhaupt nicht richtig an.

Sie gab sich einen Ruck. »Was ist eigentlich los mit dir?«

»Wieso?«

»Ich hab das Gefühl, dass du sauer auf mich bist und mir aus dem Weg gehst. Oder bilde ich mir das nur ein?«

»Ich weiß nicht, was du meinst.«

»Ach komm! Du warst nicht mehr bei mir im Laden, seit … meinem letzten Besuch hier. Und jetzt hältst du einen Riesenabstand zu mir, als könntest du dich mit einer schlimmen Krankheit anstecken. Hör zu, Beckett, es tut mir leid, was da vor ein paar Tagen passiert ist – obwohl es ja im Grunde gar nichts war.«

»Dir tut also leid, was gar nicht passiert ist«, wiederholte er mit nachdenklicher Stimme.

»Um Himmels willen, jetzt leg doch nicht jedes Wort auf die Goldwaage. Ich war einfach total von dem Zimmer und dem Licht und was weiß ich berauscht. Es war nur ein Moment …«

»Es war *der* Moment«, murmelte er.

»Wie bitte?«

»Egal. Du willst dich also bei mir für das entschuldigen, was in dem Moment geschehen ist?«

Sie reagierte gereizt, was ihre Verlegenheit nur steigerte. »Eigentlich weiß ich gar nicht, wofür. Warum können zwei erwachsene Menschen nicht normal mit einer solchen Situation umgehen, anstatt sich zu benehmen, als sei Gott weiß was passiert?«

Sie machte eine Pause. »Ach, egal. Zeig mir einfach den nächsten Raum. Ich muss langsam zurück.«

»Einen Augenblick.« Er packte ihren Arm und hielt sie zwischen sich und dem Türrahmen gefangen. »Tut es dir leid, dass nichts passiert ist?«

»Ich gerate nicht gerne in Verlegenheit.«

»Hab ich dich in Verlegenheit gebracht?«

»Nein.« Sie schüttelte den Kopf. »Aber jetzt verwirrst du mich.«

Langsam wurde ihm so einiges klar. »Warum fangen wir nicht einfach noch mal von vorne an?«

Ein Blitz zuckte in der Fensteröffnung hinter der Plastikplane auf, und Clare schrak zusammen, zumal ein ohrenbetäubender Donner folgte.

Es war *die* Gelegenheit. Während draußen der Regen auf die Straßen prasselte, legte Beckett ihr seine Hände um die Taille, neigte seinen Kopf und senkte langsam seine Lippen auf ihren Mund.

Dafür, dachte er, als er zärtlich ihr Gesicht mit seinen Händen umfasste, hatte sich das Warten gelohnt. Sie war herrlich weich und süß und hingebungsvoll, streckte ihre Arme nach ihm aus und zog ihn eng zu sich heran.

Sie nahm weder den nächsten Blitz wahr noch das Donnergrollen. Alles ging unter in der Flut ihrer Gefühle, die so lange verschüttet gewesen waren und sich nun machtvoll Bahn brachen. Sie wurde gehalten und berührt, wurde geküsst und antwortete voller Leidenschaft. Das Leben mit all seinen Empfindungen war in ihren Körper zurückgekehrt. Endlich. Sie ballte die Fäuste hinter seinem Rücken in der Gewissheit, dass sie keine Angst mehr zu haben brauchte.

»Darauf hab ich gewartet, seit du sechzehn warst«, murmelte er.

Sie lachte leise auf.

»Vielleicht warst du auch erst fünfzehn.«

Sie zog überrascht die Brauen hoch. »Ich weiß nicht, was ich sagen soll.«

»Warum geb ich dir nicht ein bisschen Zeit, um darüber nachzudenken?«, fragte er und verschloss erneut ihren Mund mit einem leidenschaftlichen Kuss.

Es durchlief sie heiß und kalt. In ihrem Bauch schienen Schmetterlinge zu flattern, und in ihrem Kopf wirbelten wild die Gedanken durcheinander.

»Beckett.« Sie schob ihn ein winziges Stückchen von sich weg. »Ich bin aus der Übung. Wahrscheinlich sollte ich wirklich erst einmal darüber nachdenken, wenngleich mir das augenblicklich schwerfällt.«

»Dann verschieb es auf später.«

Sie stieß ein unsicheres Lachen aus. »Vielleicht …«

Sie brach ab, runzelte die Stirn und schnupperte an seiner Schulter. »Du bist das nicht.«

»Was?«

»Ich könnte schwören, dass es hier nach Geißblatt riecht.«

»Sie mag Geißblatt«, sagte er zerstreut und hätte ihr

am liebsten übers Haar gestrichen, das weich wie Seide war.

»Wer?«

»Elizabeth. Ich nenn sie so, weil ich ihr zum ersten Mal bewusst im Elizabeth-und-Darcy-Zimmer begegnet bin.«

»Du redest doch nicht ernsthaft von einem Gespenst?«

»Dieses Gebäude – oder zumindest Teile davon – stehen seit etwa zweihundertfünfzig Jahren. Warum sollte es da nicht einen ehemaligen Bewohner geben, der seine vertrauten Räume nicht verlassen will? Das haben Geister so an sich.«

Der Satz versetzte ihr einen Schock, ohne dass sie wusste, warum. Sie schüttelte den Kopf. »Das alles kommt mir total seltsam vor. Ich muss zudem allmählich zurück. Wenn wir in diesem Tempo weitermachen, dauert es mindestens ein Jahr, bis ich alle Zimmer gesehen habe.«

»Du hast alle Zeit der Welt. Geh morgen Abend mit mir essen«, bat er sie.

»Leider, ich kann nicht, weil Avery und Hope zu mir kommen, und bevor du fragst – wobei ich hoffe, dass du das tust –, für Samstag hab ich den Kindern einen Videomarathon versprochen. Schließlich fängt Montag für die Großen die Schule wieder an, und für den Kleinen beginnt die Vorschule. Für ihn eine große Sache.«

»Das versteh ich, aber wir holen das nach. Mach du einen Vorschlag.«

»Vielleicht nächsten Freitag – sofern ich einen Babysitter finde.«

»Also nächsten Freitag«, meinte er und besiegelte diese

Verabredung durch einen sanften Kuss. »Und überleg es dir bloß nicht anders, ja?«

Sie trat, wenn auch widerwillig, einen Schritt zurück. »Versprochen. Aber jetzt muss ich los. Wie lange waren wir eigentlich fort? Ich bin völlig durcheinander.«

»Nicht lange. Bestimmt vermisst uns noch niemand.« Er nahm ihre Hand und zog sie durch den Flur zum Ausgang.

»Dieses Haus lädt ganz einfach zum Träumen ein«, sagte sie. »Wenn ich nur daran denke, taucht ein Bild nach dem anderen vor meinem geistigen Auge auf. Ich konnte mir die Räume sofort vorstellen, als du über sie gesprochen hast. Eigentlich hätte ich den Ordner gar nicht gebraucht. Er liegt übrigens noch im Laden.«

»Dann lass uns schnell rüberlaufen. Im Gegensatz zu dir kann ich ihn nämlich gut gebrauchen«, meinte er lachend.

»Aber …«

»Warte.« Auf dem Weg nach draußen holte er sein Handy aus der Tasche und rief Ryder an.

»Ist mit den Kindern alles klar?«

»Ja sicher, kein Problem. Wir haben die beiden Großen für jeweils zwanzig Dollar an einen Wanderzirkus verkauft und den Kleinen mit dem Geld losgeschickt, um ein Sixpack zu kaufen. Außerdem haben sie deine Pizza aufgegessen – der Kleine hat sich deine Peperoni wie Bonbons reingestopft.«

»Moment.« Er wandte sich an Clare. »Welchen Belag willst du auf deiner Pizza?«

»Ich wollte eigentlich zu Hause einen Salat essen. Nein, schon gut: Salami.«

»Bestell noch eine Pizza mit Salami«, trug Beckett seinem Bruder auf. »Wir sind in fünf Minuten da.«

Dann legte er auf und nahm wieder ihre Hand. »Ich lade dich auf eine Pizza ein. So macht man es schließlich bei einem ersten Date. Vor allem haben deine Kinder sich inzwischen über meine Pizza hergemacht.«

»Oh, das tut mir leid.«

»Mir nicht. Dadurch leistest du mir wenigstens noch Gesellschaft. Der Regen lässt zwar allmählich nach, aber vielleicht gehst du trotzdem schon rüber ins Vesta, während ich mir den Ordner hole. Sofern du mir den Schlüssel anvertraust.«

»Ich begleite dich. Ein bisschen Regen stört mich nicht. Außerdem finde ich den Ordner schneller als du.«

Sie gingen um das Haus herum. »Wusstest du, dass Murphy Peperoni mag?«

»Er isst einfach alles«, erklärte sie lachend, während Beckett sie durch den Regen mit sich zog. Und sie lachte auch später noch, als sie schon triefend nass war. »Beckett? Das ist ein wirklich nettes erstes Date.«

Außer dass bei einem Date normalerweise nicht ein Trio bettelnder kleiner Jungs dabei war, dachte er, und auch keine Brüder und eine Freundin. Doch es machte ihm nichts aus. Die Situation hatte durchaus ihre Vorteile, denn niemand kam so auf die Idee, irgendwelche Spekulationen über ihn und Clare anzustellen. Im Allgemeinen war ihm das zwar egal, denn Klatsch und Tratsch gehörten nun einmal zu einer Kleinstadt, aber vorerst fand er es angenehmer, wenn sie sich noch bedeckt halten konnten und er nicht morgen beim Frühstück oder bei einem Bananensplit über sein Privatleben ausgefragt wurde.

Nachdem sie die Pizza gegessen hatten, drängte Clare endgültig zum Aufbruch.

»Nur noch ein einziges Spiel. Bitte!« Liam, von seinen Brüdern zum Verhandlungsführer auserkoren, schaute seine Mutter flehend an. »Nur ein Spiel noch, Mom. Wir sind kein bisschen müde.«

»Aber ich. Außerdem habt ihr schon alle verfügbaren Vierteldollarmünzen in die Automaten gesteckt, und wie ihr eure Schulden bei mir abarbeiten wollt, weiß ich nicht.«

Sie sah, dass Liams Blick sich Hilfe suchend auf die Montgomerys richtete. »Denk lieber gar nicht daran, diese Quelle schon wieder anzuzapfen.«

»Tut mir leid, Kumpel.« Beckett hob resignierend die Hände. »Eurer Mutter widersetze selbst ich mich nicht.«

»Oh bitte«, begann Liam, doch er verstummte angesichts der drohend zusammengekniffenen mütterlichen Augen.

»Wolltest du nicht etwas anderes zu Beckett, Ryder, Owen und Avery sagen?«

Er stieß einen abgrundtiefen Seufzer aus. »Danke für das Geld und die Pizza und das andere Zeug.«

»Nächstes Mal mach ich dich beim Space Crusader fertig, Kleiner«, versprach Ryder, und sofort hellte sich Liams Miene auf.

»Nie im Leben! Ich mach *dich* fertig.«

»Auf geht's, Leute.« Avery stand ebenfalls auf. »Ich verschwinde auch.«

Dann waren sie alle weg, und es kehrte wieder Ruhe ein.

Schon wollte Owen seine Unterlagen auf dem Tisch ausbreiten, damit sie endlich ihre Arbeit erledigen konnten, als Ryder ihn zurückhielt. »Warte. Lass uns lieber zu Beck gehen. Sonst kommt bestimmt gleich irgendwer vorbei und will dieses oder jenes wissen, oder die kleinen Monster tauchen wieder auf.«

»Gute Idee.« Owen war sofort einverstanden und erhob sich. »Du bezahlst. Wir sehen uns dann oben.«

Beckett musste sich fügen.

Bis er selbst in seiner Wohnung ankam, hatten die Brüder – die beide über einen Schlüssel verfügten – bereits Bier und Chips aus der Küche geholt und es sich auf der Couch im Wohnzimmer bequem gemacht, während D.B. genüsslich die Pizzareste vertilgte.

Ryder grinste, als er Beckett sah. »Dann machst du dich also an die holde Clare ran?«

»Ich mach mich an niemanden ran. Ich sondiere lediglich die Möglichkeit, mich mal mit ihr zu treffen.«

»Er macht sich an sie heran«, wiederholte Owen, den Mund noch voller Chips, mit einem breiten Grinsen die Feststellung seines älteren Bruders. »Du warst schließlich schon auf der Highschool hoffnungslos in sie verliebt. Schreibst du eigentlich immer noch so grottenschlechte Herz-Schmerz-Songs?«

»Ach, du kannst mich mal. Und so schlecht waren meine Lieder gar nicht.«

»Doch, waren sie«, widersprach Ryder. »Aber wenigstens müssen wir uns das nicht mehr anhören. Wenn ich nur daran denke, wie du früher in die Tasten deines Keyboards gehauen und dazu diese grauenhaften Texte gesungen hast … Nun ja, heute stellt sich das Problem anders dar: Dir ist doch klar, dass sie nur im Viererpack zu haben ist?«

»Ist ja wohl kaum zu übersehen.«

»Ich wollte nur ganz sicher sein, dass du weißt, was du tust. Zum Glück sind die Kids wirklich nett.«

Beckett warf sich in einen Sessel und schnappte sich ein Bier. »Ich geh nächste Woche mit ihr aus. Was essen und danach vielleicht ins Kino.«

»Ganz alte Schule«, stellte Ryder süffisant fest. »Wie zu Moms und Dads Zeiten.«

»Mag sein, aber das ist in diesem Fall gar nicht so schlecht. Vermutlich ist sie nämlich in den letzten Jahren so gut wie nie ausgegangen, von Männern ganz zu schweigen, und da sollte man es langsam angehen lassen.«

»Ich würde aufs Kino verzichten. Geh nur mit ihr essen – in ein Lokal, wo sie euch nicht nach einer Stunde zu verstehen geben, dass der Tisch jetzt anderweitig gebraucht wird. Dann bleibt mehr Zeit, sich neu kennenzulernen.«

»Wäre vielleicht besser«, stimmte Beckett zu.

»So: Können wir jetzt Becks Liebesleben vielleicht ad acta legen und endlich zur Sache kommen?« Ryder wurde ungeduldig, und Owen zog zwei Schnellhefter aus seiner Tasche hervor.

»Über Hope haben wir ja bereits kurz geredet, kommen wir also gleich zum nächsten Punkt. Das sind die Gaskamine in den beiden Suiten und in der Bibliothek, die wir langsam bestellen müssen. Thompson wird sich alles noch mal ansehen. Außerdem müssen wir zu einer Entscheidung kommen, was wir mit dem Hof machen wollen …«

»Darüber hab ich mir schon ein paar Gedanken gemacht«, warf Beckett ein.

»Wunderbar. Dann halt dir Dienstagnachmittag um vier frei. Mom und Carolee werden ebenfalls erscheinen.«

»Darüber hinaus gibt es noch eine Menge Kleinkram, der aber wichtig ist«, fuhr Ryder fort. »Wie schaffen wir's zum Beispiel, sämtliche Heizungen, Lüftungsschächte, Klimaanlagen zu installieren und abnehmen zu lassen, bevor das kalte Wetter einsetzt?«

»Darüber sprichst du am besten nächste Woche mit Mike«, schlug Owen vor. »Um das Geländer kümmere ich mich, sobald wir uns auf einen endgültigen Anstrich geeinigt haben. Gleiches gilt für die Eingangstüren.«

Sie teilten noch ein paar Aufgaben untereinander auf, diskutierten verschiedene Details, wälzten Pläne, bevor sie beschlossen, dass es für heute reichte. Insbesondere Beckett war froh, seine Ruhe zu haben, denn er wollte nur eines: an Clare denken.

Er hatte sie geküsst. Nach fast fünfzehn Jahren, in denen sie durch seine Träume gegangen und Gegenstand seiner Sehnsucht gewesen war. Was hatte er sich nicht alles von ihr gewünscht? Und jetzt war er am Ziel, fast zumindest.

Doch er mahnte sich zur Vorsicht, wollte zufrieden sein mit kleinen Schritten. Zunächst ein gemütliches Abendessen mit einem guten Wein und langen Gesprächen wäre genau richtig. Obwohl sie sich seit einer Ewigkeit kannten, wussten sie schließlich vieles nicht voneinander, und deshalb würde ihnen der Gesprächsstoff bestimmt nicht ausgehen.

Er stand am Fenster, blickte auf das dunkle Hotel in seinem blauen Plastikkleid und fragte sich, was er wohl alles über Clare erfahren würde. Und ob er vielleicht tatsächlich kurz vor der Erfüllung seines größten Traumes stand.

Beckett erwachte mit Kopfschmerzen. Und überhaupt ließ sich der neue Tag nicht gut an.

Es begann mit einem Besuch des zuständigen Bauinspektors, der aus Gründen des Denkmalschutzes Veränderungen an den Außentüren forderte. Völlig willkürlich, wie Ryder nicht müde wurde zu betonen.

Dann wurde ein Teil der Fliesen mit einem falschen Dekor geliefert und ein anderer gar nicht. Sie hätten die Bestellung nicht erhalten, behauptete der Lieferant. Und als Konsequenz daraus erklärten die Fliesenleger, sie könnten unter diesen Umständen mit der Arbeit frühestens in sechs Wochen anfangen. Der reinste Albtraum.

Nachdem er vergeblich versucht hatte, einem der Brüder die leidige Geschichte aufzuhalsen, zog er sich missmutig in sein Büro zurück, um zu retten, was noch zu retten war, und spülte mit einer Cola ein paar Aspirin herunter.

Später, auf dem Weg zur Baustelle, traf er Owen, der gerade aus seinem Auto stieg. »He, wo warst du?«

»In der Werkstatt. Hör zu, Ry hat mir von dem Schlamassel mit den Fliesen erzählt. Dafür tret ich den Verantwortlichen morgen kräftig wohin.«

»Hab ich bereits erledigt. Aber wir müssen dringend abklären, wie es jetzt weitergehen soll. Wo ist Ry?«

»Meines Wissens im zweiten Stock. Übrigens, ich hab dir noch gar nicht von Moms neuester Idee erzählt.«

»Jetzt nicht. Komm, lass uns Ry suchen.«

»Passt wie angegossen«, sagte der Älteste statt einer Begrüßung, denn er setzte gerade Fensterrahmen ein. »Und sieht verdammt fantastisch aus.« D.B. wedelte anerkennend und wahrscheinlich in der Hoffnung auf etwas Essbares mit dem Schwanz.

»Das dürfte so ziemlich das Einzige sein, was heute gut gelaufen ist.«

»Wem sagst du das?« Ryder seufzte. »Hat Owen es dir schon erzählt?«

»Ja, und ich sag dir bloß eines: Leg dich nicht mit dem Bauinspektor an, auch wenn der Mann ein Trottel ist. Trotzdem kann er uns eine Menge Schwierigkeiten bereiten. Wir müssen versuchen, uns gleich an die nächste Instanz zu wenden, aber überlass mir das.«

Ryder legte seine Nagelpistole weg und riss Beckett seine Cola aus der Hand. »Wenn du mir schon einen Vortrag hältst, gib einem durstigen Mann was ab.«

»Als Nächstes«, fuhr Beckett fort, »hab ich dem Fliesenlieferanten die Ohren gestutzt. Von wegen Bestellung vergessen. Er war es, der geschlampt hat. Jetzt soll er sich gefälligst auf seinen Hosenboden setzen und schauen, dass er die Dinger schnellstmöglich herbeischafft. Nicht dass das noch Wochen oder Monate dauert.«

Owen nahm Ryder die Cola ab. »Die Firma wurde mir empfohlen, und das Angebot war echt super. Allerdings scheinen mir die Leute mit einem Auftrag dieser Größenordnung leicht überfordert.«

»Lass gut sein. Ich hab einen Deal mit dem Geschäftsführer ausgehandelt. Auf das falsch gelieferte Kontingent gewähren sie uns zehn Prozent Rabatt, die vergessenen Fliesen kriegen wir auf Kosten des Hauses. Ist doch nicht schlecht, oder?«

»Cleveres Bürschchen«, stellte Owen anerkennend fest.

»Unser Vater hat mir so was schließlich oft genug vorgemacht. Und falls wir noch mal mit diesen Leuten arbeiten sollten, werden sie sich die Beine ausreißen, dass so eine Panne nicht erneut passiert. Wir müssen ihnen künftig nur genau auf die Finger schauen.«

»Auf jeden Fall.«

»Aber mit dem Verlegen der Fliesen beauftragen wir eine andere Firma.«

»Das seh ich genauso«, pflichtete ihm Ryder bei.

»Wartet«, mahnte Owen. »Unsere Fliesen sind sehr speziell. Nicht dass andere, die mit den Mustern nicht vertraut sind, sie falsch verlegen.«

»Keine Sorge. Ich hab einen Fliesenleger aufgetan, der noch heute vorbeischaut, um sich die Sache anzuschauen. Er hatte eine Visitenkarte bei uns abgegeben, stammt aus der Gegend und macht nicht nur einen bemühten, sondern auch einen kompetenten Eindruck. Seine Empfehlungen jedenfalls sind erstklassig. Sprich du mit ihm«, wandte er sich an Owen. »Und falls du denkst, dass er der Falsche ist, such bitte jemand anderen. Die alte Firma nehmen wir auf keinen Fall, schon aus Prinzip nicht.«

»Du weißt doch, wie Beck ist, wenn er sich aufregt«, versuchte Ryder die Wogen zu glätten. »Davon abgesehen hat er recht.«

»Super. Toll.« Owen fuhr sich mit den Händen übers Gesicht. »Verdammt.«

Beckett zog das Aspirin aus seiner Tasche und hielt es dem Bruder hin.»Und jetzt möchte ich mehr über Moms neueste Idee erfahren.«

Owen schluckte eine Tablette mit dem Rest aus der Coladose und gab Beckett das Medizinfläschchen zurück. »Die wirst du gleich selbst wieder brauchen, wenn du hörst, was unsere Mutter sich in den Kopf gesetzt hat. Es handelt sich um den leer stehenden Laden neben der Buchhandlung. Nachdem die Galerie ausgezogen ist, träumt Mom von einem Geschenkeshop oder etwas in der Art.«

»Das tut sie doch schon länger.«

»Du weißt also nicht, dass sie ihn jetzt gleich, lieber heute als morgen, eröffnen will?«

»Nein, natürlich nicht. Das geht auf gar keinen Fall.«

Owen sah ihn resigniert an. »Dann zieh du ihr den Zahn. Sie ist nämlich soeben mit Farbpalette und Maßband losgezogen, um Nägel mit Köpfen zu machen.«

»Verflucht.« Beckett rieb sich den Nacken. »Aber ihr beide kommt gefälligst mit. Ich rede nicht ohne euch mit ihr.«

Ryder schüttelte den Kopf. »Ich bleib lieber hier und hämmere noch ein bisschen herum.«

»Dann nimm deinen Hammer einfach mit. Vielleicht brauchen wir ihn ja dort ...«

Das Problem bestand darin, dass Justine Montgomery das Ladenlokal gehörte und sie sich die letzten Jahre nur widerstrebend hatte überreden lassen, es zu vermieten, denn der Plan, eine Geschenkboutique zu eröffnen, spukte schon länger in ihrem Kopf herum. Jetzt, nachdem die Galerie ausgezogen war, wurde das Thema erneut akut.

Sehr sogar, denn von draußen sah Beckett, wie sie Farbproben gegen die Wände hielt. Sie schien wild entschlossen, diesmal ihren Willen durchzusetzen.

Sie traten ein, und lächelnd drehte Justine sich zu ihnen um. »Hallo, Jungs. Was haltet ihr von diesem Gelb? Es ist ein schöner warmer Farbton und dabei dezent genug, um nicht von dem Kunsthandwerk, das ich verkaufen möchte, abzulenken.«

»Hör zu, Mom ...«

Sie ließ sich nicht bremsen. »Oh, und die Wand da drüben muss zur Hälfte eingerissen werden. Dadurch wird der Raum optisch vergrößert, und zugleich würde ein Übergang zu der kleinen Kochnische im Hinterzimmer geschaffen. Die können wir größtenteils so lassen, weil man da auch die Küchenutensilien verkaufen kann: Töpferwaren, Schneidbretter und so weiter. Und die Tür zum zukünftigen Büro entfernen wir und hängen stattdessen einfach einen Perlenvorhang oder irgendeinen anderen Blickfang auf. Und oben …«

»Mom, Mom. Das klingt ja alles fantastisch, aber auch wenn du es vielleicht noch nicht bemerkt hast, haben wir im Hotel alle Hände voll zu tun und sollten uns nicht übernehmen.«

Sie tätschelte Becketts Wange. »Hier ist gar nicht viel zu tun. Hauptsächlich fallen ein paar kleine kosmetische Veränderungen an, weiter nichts.«

»Eine der Wände einzureißen ist nicht gerade …«

»Es handelt sich doch nur um eine kleine Wand.« Sie streichelte D.B., und er schmiegte sich selig an ihr Bein. »Vor allem muss alles ein wenig aufgefrischt werden, die Wände, das Holz. Zwei Männer könnt ihr doch bestimmt entbehren, während drüben die Fußböden verlegt werden.«

»Aber …«

»Wir können diesen Laden nicht einfach leer stehen lassen, oder?« Sie stemmte die Hände in die Hüften und schaute sich um. »Da drüben brauchen wir einen Tresen für die Kasse und zum Einpacken, aber das ist ja keine große Arbeit. So etwas ist für dich schließlich eine Kleinigkeit, nicht wahr, Owen?«

»Äh … Ja, sicher.«

»Feigling«, murmelte Beckett, nachdem ihre Mutter losgezogen war, um den Toilettenraum in Augenschein zu nehmen.

Im Handumdrehen war sie zurück. »Ein neues Becken an der Wand und eine neue Toilettenschüssel, ein hübscher Spiegel, eine andere Lampe, und das wär's schon. Oh, und die Fassade müsste gestrichen werden. Dafür wählen wir am besten eine Farbe, die zum Anstrich des Hotels passt.«

»Mom, selbst wenn wir unsere Leute aufteilen könnten, bräuchtest du jemanden, der diesen Laden für dich führt, der die Waren kauft und …«

»Dafür weiß ich bereits genau die richtige Person. Macht euch also keine Gedanken. Es ist Madeline Cramer«, fegte Justine fröhlich alle Einwände hinweg. »Sie hat früher eine Kunstgalerie in Hagerstown geleitet.«

»Trotzdem stellst du dir das zu einfach vor.«

»Gar nicht. Madeline kennt so ziemlich alle Künstler und Kunsthandwerker aus der Gegend – wer wäre für den Einkauf und die Zusammenstellung des Sortiments besser geeignet als sie?« Die rote Sonnenbrille verwegen auf dem Kopf und die Farbpalette in der Hand, wirkte Justine unternehmungslustig wie ein junges Mädchen. Sie strahlte ihre Söhne an. »Es wird sicher wunderbar.«

Er konnte ihr wie immer nicht widersprechen. Gegen seine Mutter kam er ganz einfach nicht an. »Aber wir können nur jemanden rüberschicken, wenn wir ihn im Hotel wirklich nicht brauchen«, sagte er lahm.

»Natürlich, Schatz. Ry, hast du ein bisschen Zeit, um mir bei der Planung zu helfen?«

»Sicher.«

»Perfekt.« Wieder sah sie die drei mit ihrem gewinnenden Lächeln an. »Die Stadt bekommt ein neues, attraktives Geschäft, und die einheimischen Künstler erhalten eine Ausstellungsmöglichkeit. Außerdem werden die Hotelgäste später bestimmt in dem Laden einkaufen.«

Erneut stemmte sie die Hände in die Hüften. »Hat einer von euch heute Abend schon was vor?«

»Wer von uns hätte wohl Zeit für Verabredungen?«, murmelte Owen. »Nein, Ma'am, ich jedenfalls nicht.«

Als auch die beiden anderen verneinten, wandte sie sich seufzend an den Hund. »Wo soll ich jemals Schwiegertöchter oder Enkelkinder herkriegen, wenn keiner von den Jungs auch nur irgendwelche Anstalten in puncto Familiengründung macht? Tja, dann kommt doch zu mir. Ich kauf auf dem Heimweg noch ein bisschen frischen Mais und koch was Leckeres für euch.«

Eine großartige Gelegenheit natürlich, um ihren Plan endgültig von den Söhnen absegnen zu lassen, aber das sagte sie natürlich nicht. Und obwohl die Brüder genau wussten, wie der Hase lief, gingen sie auf den Vorschlag ein.

»Ich bin dabei«, sagte Beckett und merkte zunächst nicht, dass jemand von draußen hereinkam.

Clare.

»Hallo, haltet ihr gerade ein Familientreffen ab?«

»So was Ähnliches«, erklärte Justine.

»Hier drinnen sieht es furchtbar traurig aus. Tut mir wirklich leid, dass die Galerie weg ist, obwohl natürlich drüben in Shepherdstown viel mehr Platz ist.«

»Es wird nicht lange traurig bleiben – du kommst genau im rechten Augenblick. Sag mir, was du von dieser Farbe für die Wände hältst.«

»Das Gelb ist wunderbar. Warm und sonnig. Habt ihr denn schon neue Mieter?«

»Wir ziehen selbst ein. Ich schätze, dass du schon länger nicht mehr mit Madeline gesprochen hast.«

»Nein, seit dem letzten Treffen des Buchclubs nicht. Warum?«

Während seine Mutter Clare von ihren Plänen erzählte und begeisterte Zustimmung erntete, ging Beckett leise nach draußen und setzte sich auf die Stufen der Buchhandlung.

Mit etwas gutem Willen würden sie es schaffen, überlegte er. Es war alles bloß eine Frage der Organisation. Auch er konnte ein bisschen Zeit für das neue Lieblingsprojekt seiner Mutter abzwacken und bei der Planung helfen. Und zwar so, dass diesmal gar keine Genehmigung seitens der Baubehörde erforderlich war.

Trotzdem war das Timing denkbar ungünstig, da gab es nichts herumzudeuteln, denn es bedeutete jede Menge zusätzliche Arbeit. Irgendwie erschien es ihm wie der krönende Abschluss eines echt beschissenen Tages.

Zumindest sprang ein Abendessen dabei heraus.

»Du siehst total erledigt aus, mein Sohn.« Unbemerkt waren Justine und Clare nach draußen gekommen, um die Farbproben gegen die Außenwand zu halten.

»Ich hatte einfach einen anstrengenden Tag«, sagte er, als sie ihm einen Kuss auf die Wangen hauchte. »Wir erzählen dir nachher, was alles schiefgelaufen ist.«

»Das hoffe ich. Aber warum fährst du nicht zunächst Clare nach Hause?«

»O nein, danke. Der Spaziergang tut mir sicher gut.«

»Du gehst zu Fuß?«, fragte Beckett verblüfft. »Bis zu deinem Haus ist es mehr als ein Kilometer.«

»Nein, genau achthundert Meter. Ich musste heute dem Babysitter meinen Wagen dalassen, aber es macht mir wirklich nichts aus, das Stück zu laufen.«

Beckett erhob sich. »Na komm schon, keine Widerrede. Ich bring dich nach Hause. Selbst wenn du es mir auszureden versuchst – bei meiner Mutter ziehst du auf jeden Fall den Kürzeren. Also lass es lieber gleich.«

Er winkte Justine zum Abschied zu. »Dann also bis später, Sklaventreiberin.«

6

»Es ist wirklich nett, dass du mich heimfährst«, begann Clare auf dem Weg zu seinem Pick-up. »Obwohl du hundemüde zu sein scheinst.«

»Ich bin nicht wirklich müde. Es war einfach so ein Tag, an dem nichts klappt.«

»Probleme mit dem Hotel?«

»Lauter Ärger mit Lieferanten und Handwerkern. Ich musste mich stundenlang mit allerlei Leuten am Telefon herumstreiten. Hoffentlich hat es was genützt«, fügte er mit einem Seitenblick auf die Baustelle hinzu.

»Verstehe. Und jetzt noch der Geschenkeshop.«

»Ja, bislang ist mir schleierhaft, wie wir die zusätzliche Arbeit verkraften sollen.« Er öffnete die Beifahrertür und nahm ein Clipboard, einen Block und ein schmutziges Handtuch vom Sitz.

»Im Grunde muss doch nur gestrichen werden, oder?«

Er drehte sich zu ihr um und sah sie eindringlich an.

»Was ist?«

»Erstens begnügt sich meine Mutter nie nur mit Kleinigkeiten. Und zweitens denk ich jetzt an etwas anderes – daran nämlich, wie gut du riechst.«

Irgendjemand hupte, und einer ihrer Zimmerleute fuhr fröhlich winkend an ihnen vorüber.

»Bleibt es bei Freitagabend?«

»Ja, Alva hat Zeit und könnte auf die Kinder aufpassen.«

»Gut.« Er blieb noch kurz stehen und genoss es, mit Clare in seinem Wagen zu sitzen und Pläne zu schmieden. »Wäre sieben für dich okay?«

»Ja, perfekt.«

»Perfekt«, sagte er und ließ den Motor an. »Und freuen sich die Kinder auf den Schulbeginn?«

»Liam ist schon völlig aus dem Häuschen, Murphy auch, aber vermutlich vor allem deswegen, weil er eine Power-Rangers-Brotdose bekommen hat. Bloß Harry tut so, als sei ihm das alles vollkommen egal.«

Beckett fuhr in die Straße ein, erwischte gerade noch die Grünphase der Ampel und bog nach links ab. »Und du?«

»Die Safari durch das Einkaufszentrum haben wir hinter uns und zum Glück alles besorgt: Schuhe, Rucksäcke, Brotdosen, Wachsmalkreiden, Bleistifte und Blöcke. Und weil Murphy jetzt in die Vorschule kommt, brauch ich mir deutlich weniger Gedanken über die Kinderbetreuung zu machen, was mein Leben wahrscheinlich erheblich erleichtert.«

»Aber?«, fragte er.

»Aber … Weißt du, irgendwie versetzt es mir zugleich einen Stich, dass mein Jüngster langsam flügge wird. Mir scheint, dass es erst gestern war, dass ich ihn in einem Rucksack auf dem Rücken rumgetragen habe, und jetzt schleppt er selbst einen. Und für Harry ist bereits die halbe Grundschulzeit vorbei. Deshalb werde ich sie Montagmorgen in die Schule beziehungsweise in die Vorschule bringen, heimfahren und mich erst mal ausheulen. Danach ist es hoffentlich vorbei mit meinen rührseligen Anwandlungen.«

»Ich dachte immer, Mütter veranstalten Freudentänze, wenn sie die Kinder morgens aus dem Haus haben.«

»Ja, aber erst nach der Heulerei.«

»Verstehe«, meinte er, als er in die kurze, kiesbestreute Auffahrt bog und hinter ihrem Minivan anhielt.

»Ich kann dich leider nicht zum Abendessen einladen. Du weißt ja, dass Avery und Hope mich heute besuchen.«

»Kein Problem. Ich bin mit meinen Brüdern bei unserer Mutter zum Essen. Sie will uns bestechen, damit wir ihr ihren Willen lassen.«

Sie zögerte und sah ihn von der Seite an. »Magst du vielleicht schnell noch mit mir was trinken, bevor du weiterfährst?«

»Gerne, ein paar Minuten sind drin.« Er beugte sich zur anderen Seite, um ihre Tür zu öffnen, wobei er in ihre verführerischen grauen Augen mit dem grünen Schimmer sah. »Es ist schön, dir so nah zu sein, ohne vorgeben zu müssen, dass es nur Zufall ist.«

»Und für mich ist es ein seltsames Gefühl, dass du das willst.«

»Positiv oder negativ seltsam?«, erkundigte Beckett sich.

»Positiv«, antwortete sie schnell und stieg aus.

Langsam folgte er ihr.

Er war ein paarmal in ihrem Haus gewesen, als Ryder dort einige Arbeiten für sie erledigte und Clare ihn und die ganze Familie anschließend zum Grillen eingeladen hatte. Doch obwohl er seit ihrer Rückkehr in die Stadt jede

Gelegenheit, sie zu sehen, nutzte, wusste er nicht, wie sie lebte und wie ihr Alltag aussah. Genau das aber interessierte ihn, bei Menschen ebenso wie bei Häusern. Es waren die ganz alltäglichen Dinge, die etwas über ein Leben aussagten. Vor allem in Bezug auf Clare.

Er sah, dass sie Blumen im Vorgarten gepflanzt hatte, eine bunte Mischung, die allerdings bedingt durch die Hitze der letzten Tage die Köpfe hängen ließen. Und er registrierte ebenfalls, dass der Rasen mal wieder gemäht werden musste.

Vielleicht sollte er das für sie tun.

Hübsche Haustür, dachte er, als sie eintraten. Dunkelblau lackiert mit einem Messingklopfer in Form eines keltischen Knotens. In dem Wohnraum dahinter stand eine blau-grün gestreifte Couch mit passenden Sesseln, vor denen die Jungs mit ihren Matchboxautos eine Massenkarambolage der Sonderklasse nachgestellt hatten. Die Regale stammten aus der Montgomery-Werkstatt. Beckett freute sich, als er sie sah mit Unmengen von Büchern, die aufgelockert wurden durch Fotos, Väschen, Schälchen und Figürchen, die Clares persönliche Vorlieben zeigten. »Komm mit in die Küche.«

Sie gingen vorbei an einem kleinen Raum, an dessen Wänden farbenfrohe Landkarten und Poster hingen. In den Regalen waren Spielsachen aufgereiht, andere lagen verstreut auf dem Boden oder auf den Tischchen, und mitten in dem Durcheinander entdeckte er drei Sitzsäcke im Kinderformat. Ein wirklich sehr einladendes Spielzimmer.

»Schön«, stellte er fest.

»Hier haben sie einen Platz, an dem sie Ruhe vor mir und ich vor ihnen habe«, erklärte ihm Clare.

Sie gingen an einer winzigen Toilette unter der Treppe vorbei bis in die Wohnküche, in der auch der Esstisch stand. Hier wechselte funktionales Weiß mit dunklem Holz ab. Auf der Arbeitsfläche zwischen Herd und Kühlschrank, an dessen Tür Magnete bunte Kinderzeichnungen, Stundenpläne und Einkaufszettel festhielten, sah er eine große Schale mit frischem Sommerobst. Er setzte sich an den rechteckigen Tisch mit den vier Stühlen.

»Die Kinder sind bestimmt im Garten. Einen Augenblick.«

Sie trat an die Tür und rief durch das Fliegengitter: »Hallo, Jungs!«

Sofort stießen die drei ein Freudengeheul aus, und Beckett konnte sehen, wie Clare anfing zu strahlen.

»Clare! Warum hast du dich nicht gemeldet? Schließlich hätte ich dich abgeholt.«

»Ich wurde heimgefahren, kein Problem.«

Alva Ridenour kam durch die Gartentür herein. Er kannte sie seit seiner Highschoolzeit, denn sie hatte ihn in Mathematik unterrichtet. Und wie damals trug sie eine Brille mit Metallgestell und einen strengen Knoten, nur dass ihr Haar mit den Jahren weiß geworden war.

»Hallo, Beckett Montgomery. Ich wusste gar nicht, dass du nebenher auch Taxi fährst.«

»Ich fahre Sie, wohin Sie wollen, Mrs. Ridenour. Ohne dass ein Taxameter läuft.«

Sie öffnete die Fliegentür, und die Jungen stürzten sich auf Clare, erzählten ihr alle gleichzeitig die Erlebnisse des Tages und bestürmten sie mit Fragen, Bitten und Beschwerden.

Eilig trat Alva einen Schritt zur Seite und sah Beckett

fragend an. »Und wann wird das Hotel endlich eröffnet?«

»Es wird noch eine Weile dauern, aber wenn es so weit ist, werde ich Sie gerne persönlich herumführen.«

»Das will ich hoffen.«

»Brauchen Sie Hilfe mit Ihrem Wagen?«

»Danke, nein. Mein Mann hat es geschafft, ihn in die Werkstatt zu schleppen. Wie geht's deiner Mutter?«

»Wie immer in Bewegung, und sie sorgt nach Kräften dafür, dass uns die Arbeit nicht ausgeht.«

»Recht hat sie. Wer will schon Faulpelze heranziehen? Clare, ich mach mich dann mal auf den Weg.«

»Soll ich Sie fahren, Mrs. Ridenour?«

»Ich wohne nur zwei Häuser weiter, Beckett. Seh ich vielleicht gebrechlich aus?«

»Nein, Ma'am.«

»Ihr drei Jungs«, begann sie mit ihrer Lehrerinnenstimme zu sprechen, und sofort kehrte Ruhe ein. »Lasst eure arme Mutter erst mal Luft holen, okay? Wenn ich wiederkomme, will ich alles über euren ersten Schultag hören. Und Liam, du sammelst im Wohnzimmer die Autos ein.«

»Aber Murphy …«

»Du hast sie geholt, und deshalb räumst du sie auch wieder weg.« Sie zwinkerte Clare zu. »Also bis zum nächsten Mal.«

»Vielen Dank, Alva.«

»Oh, ich hab ihnen Kekse und Milch versprochen, wenn sie eine halbe Stunde lang nicht zanken. Und sie haben es, mit Mühe zwar, tatsächlich geschafft.«

»Also dann Kekse und Milch.«

»Hast du dich heute mit deinen Brüdern gestritten?«, wandte sich Alva noch einmal Beckett zu.

»In der letzten halben Stunde nicht.«

Lachend ging sie los, und Murphy zerrte an Becketts Hand. »Willst du meine Power Rangers sehen?«

»Hast du auch den roten Ranger aus Mystic Force?«

Murphy riss die Augen auf und rannte mit einem stummen Nicken aus dem Raum.

»Wasch dir noch die Hände«, rief Clare ihrem Jüngsten hinterher. »Jetzt hast du ihn in der Tasche«, flüsterte sie Beckett zu. »Händewaschen«, wies sie auch die beiden anderen an. »Vorher gibt's keine Kekse.«

Eilig liefen sie ins Bad.

»Momentan sind Power Rangers Murphys große Leidenschaft. Er hat die verschiedenen Figuren, Fahrzeuge, DVDs, Schlafanzüge, T-Shirts und Kostüme, und zu seinem Geburtstag musste ich eine Power-Rangers-Themenparty veranstalten.«

»Ich hab sie immer im Fernsehen gesehen. Ich schätze, ich war damals bereits zwölf und tat so, als sei das alles totaler Käse, aber in Wahrheit fand ich die Serie toll.«

Während er sprach, nahm sie drei kleine Teller für die Jungen aus dem Schrank. Power Rangers, Spiderman und Wolverine.

»Und welcher ist für mich?«

»Wie bitte?«

»Bekomm ich etwa keine Milch und Kekse auf einem Superheldenteller?«

»Ernstlich?« Offensichtlich überrascht ging sie erneut zum Schrank und suchte einen vierten Teller. »Han Solo, recht so?«

»Perfekt. Schließlich bin ich mal an Halloween als Han Solo rumgelaufen.«

»Und wie alt warst du da?«

»Siebenundzwanzig«, gab er zu.

Er liebte ihre Art zu lachen, und als sie seinen Teller und vier bunte Plastikbecher auf den Tisch stellte, nahm er ihre Hand.

»Clare.«

»Ich hab alle mitgebracht.« Murphy schleppte einen gut gefüllten weißen Plastikkorb zum Küchentisch und stellte ihn auf dem Boden ab. »Siehst du? Wir haben Mighty Morphin und Jungle Fury und, guck mal, sogar Pink Ranger, obwohl sie ein Mädchen ist.«

Beckett hockte sich neben den Korb und nahm einen der Green Rangers heraus. »He, Mann, eine wirklich tolle Sammlung hast du da.«

Murphy nickte ernst. »Ich weiß.«

Er blieb fast eine Stunde, und allein aus dem Grund, weil sich ihre Kinder prächtig mit ihm amüsierten, hätte Clare ihn liebend gerne geküsst. Er wirkte keinen Augenblick genervt oder gelangweilt, obwohl es bei der Unterhaltung mit den Jungs ausschließlich um Superhelden, deren besondere Kräfte, ihre Partner oder Gegner ging.

Trotz Clares Wunsch verließ er das Haus am Ende ungeküsst. Natürlich, dachte Clare, während sie Kartoffelspalten schnitt und mit Olivenöl und Kräutern in den Ofen schob. Ihre Söhne hatten wie Kletten an ihm gehangen – da war gar keine Möglichkeit für einen Kuss geblieben.

Sie holte ein Schneidebrett hervor und hackte Knoblauch für die Hühnchenmarinade, beobachtete dabei ihre Kinder, die wieder im Garten spielten. Das Zusammensein mit einem Mann hatte ihnen einen Riesenspaß bereitet. Natürlich vermissten sie ihren Dad oder die Gegenwart eines jungen Mannes. Darüber konnte auch die Fürsorge von zwei Großvätern nicht hinweghelfen. Und deswegen war die Stunde mit Beckett etwas ganz Besonderes für sie gewesen.

Sie hatte das Zusammensein ebenfalls genossen, obwohl sie nun deshalb mit den Vorbereitungen fürs Abendessen im Rückstand war. Auch egal. Sie würden sich einfach etwas später als geplant zu Tisch setzen und sich erst noch ein bisschen auf der Terrasse unterhalten, denn die Regenwolken hatten sich verzogen. Sie vermischte die Zutaten für die Marinade, kippte sie über die Hühnerbrust und deckte die Schüssel ab.

Sie hielt sich gerne in der Küche auf, weil sie von hier aus alles überblickte: ihre Kinder ebenso wie die Nachbargärten. Während sie die Düfte aus dem Ofen und den intensiven Geruch der Kräuter aus ihrem kleinen Garten roch, dachte sie daran, dass sie am Wochenende unbedingt Unkraut zupfen und ein paar Kräuter ernten musste, um sie für den Winter einzufrieren. Ach ja, und die ganze Schmutzwäsche lag auch noch da, weil sie am Abend zuvor später als geplant heimgekommen war.

Nachdem sie und Beckett sich geküsst hatten.

Warum eigentlich geriet sie deswegen dermaßen aus dem Häuschen? Schließlich war Beckett nicht der erste Mann, den sie nach dem Tod von Clint geküsst hatte. Zwei andere Männer waren da gewesen, um genau zu sein.

Der Sohn der Nachbarn ihrer Eltern, ein recht netter

Kerl, der als Buchhalter in Brunswick arbeitete und lebte – mit ihm war sie dreimal ausgegangen, ohne jedoch einen Hauch von Leidenschaft zu verspüren. Bei dem zweiten Kandidaten handelte es sich um einen Freund von Lauries Tante, einen Fachanwalt für Immobilien aus Hagerstown, der großartig aussah und mit dem sie sich gut unterhalten konnte. Doch sobald das Gespräch auf seine geschiedene Frau kam, reagierte er bloß verbittert und kam von dem Thema nicht mehr los. Sie waren einmal miteinander ausgegangen, hatten sich zum Abschied halbherzig geküsst, und danach schickte er ihr einen Blumenstrauß und eine Entschuldigung, weil es während des gesamten Abends nur um seine Ex gegangen war.

In ihrer Erinnerung schien das schon Jahre her zu sein. Sie rechnete nach, während sie Karotten schälte. Am Morgen vor dem Date mit dem Buchhalter aus Brunswick hatte sich Harry bei einem Sturz vom Dreirad einen Milchzahn angeschlagen. Vor drei Jahren musste das gewesen sein, denn damals war er fünf. Und den Anwalt hatte sie getroffen, nachdem Murphy am Tag zuvor aus dem Kinderbett ausgezogen war, vor zwei Jahren also.

Was war schlimmer, überlegte sie. Dass sie die Zeit an den Ereignissen im Leben ihrer Kinder maß oder dass sie seit zwei Jahren nicht mal mehr daran gedacht hatte, mit jemandem auszugehen?

Im Rohr verbreitete das marinierte Hühnchen bereits seine verheißungsvollen Düfte, als Averys Stimme ertönte. »Hallihallo! Wir haben euch was mitgebracht.«

»Ich bin in der Küche.« Clare warf einen letzten Blick durchs Fenster in den Garten, bevor sie in den Flur lief.

»Hope!« Sie fiel der Freundin um den Hals. »Du siehst fantastisch aus.«

Und so war es auch. In dem raffinierten Sommerrock und dem Rüschentop von der Farbe leuchtend roter Chilischoten verströmte sie einen urbanen Schick.

»Oh, ich freu mich riesig, dich endlich wieder mal zu sehen.« Hope umarmte sie. »Unser letztes Treffen ist schon endlos her. Mein Gott, was riecht hier denn so wunderbar?«

»Unser Abendessen, das aber leider noch nicht ganz fertig ist. Danke«, fügte sie hinzu, als Hope ihr die Sonnenblumen überreichte. »Ich liebe Sonnenblumen. Kommt mit in die Küche.«

»Wo sind meine Männer?« Hope schwenkte drei Tüten, die sie in den Händen hielt.

»Du weißt doch, dass du ihnen nicht immer was mitbringen musst.«

»Ach, lass schon. Es macht mir einfach Spaß.«

»Und ich hab den Wein dabei«, erklärte Avery und klopfte auf ihre Tasche. »Weil der *mir* Spaß macht. Los, köpfen wir die Flasche, und dann fängt die Party an.«

Hope marschierte schnurstracks in den Garten, und sofort stürmten die Jungen auf sie zu. Clare verfolgte durch die Fliegentür, wie sie ihnen lachend die Geschenke überreichte, während Avery bereits mit dem Korkenzieher hantierte.

Clare musterte Hope verstohlen. Die Freundin sah umwerfend aus mit dem kurzen dunklen Haar, das sinnlich und verführerisch ihre ausgeprägten Wangenknochen betonte. Und die schräg stehenden Katzenaugen, die unter lasziv gesenkten Lidern funkelten, waren das Tüpfelchen auf dem i. Insgesamt erkannte man auf den ersten Blick, dass Hope sehr viel Wert auf ihr Äußeres legte und ihren Körper durch sportliche Betätigung in Form hielt.

»Himmel, sie ist einfach wunderschön.«

»Ich weiß. Es wäre ein Leichtes, sie zu hassen.« Avery hielt Clare ein Weinglas hin. »Aber so kleinmütig sind wir beide eben nicht. Wir lieben sie trotz ihrer Schönheit und müssen sie ganz einfach dazu bringen, dass sie diesen Job annimmt.«

»Und wenn sie ihn nicht will?«

»Ich hab es im Gefühl, dass sie ihn will.« Avery zeigte auf ihren Bauch. »Das sagt mir der berühmte Instinkt, den man niemals ignorieren sollte. Und außerdem weiß ich definitiv, dass sie unglücklich ist in Washington.«

»Kein Wunder bei dem Scheiß, den ihr Ex sich geleistet hat«, murmelte Clare.

»Sie hat davon geredet, dass sie vielleicht zurückwill nach Philadelphia oder nach Chicago geht, aber, Clare, ich *weiß* ganz einfach, dass sie nach Boonsboro kommen sollte, denn hier hat sie schließlich uns.«

»Tja, ich werde mein Möglichstes tun, um ihr das Hotel und die Montgomerys schmackhaft zu machen, doch die letzte Entscheidung liegt bei ihr.« Sie schlang einen Arm um die Taille ihrer Freundin und fügte hinzu: »Jetzt freuen wir uns erst mal, dass wir drei zusammen sind.«

Und es war wirklich schön mit den beiden, dachte Clare, als sie beim Essen saßen und sie versonnen auf den Sonnenblumenstrauß schaute.

Anschließend ließ sie ihre Kinder noch ein bisschen toben und rief sie erst ins Haus, sobald es dunkel wurde. »So, jetzt werde ich die Horde endgültig einfangen.«

»Soll ich dir ein Lasso besorgen?«, fragte Avery.

»Danke, aber das schaffe ich gerade noch alleine.«

»Gut, denn nach diesem Essen und dem Eis mit frischen Erdbeeren kann ich mich sowieso nicht mehr bewegen.«

Natürlich protestierten die Jungen und folgten erst, als ihre Mutter sie bei ihrer Ehre packte. »Wir hatten eine Abmachung, also bitte keine Widerrede mehr.«

Mit hängenden Köpfen schlurften sie maulend wie angekettete Sträflinge ins Haus.

Als Clare wieder nach draußen kam, hatten ihre Freundinnen bereits den Tisch abgeräumt.

»Wäre zwar nicht nötig gewesen, aber trotzdem vielen Dank. Lieb von euch«, sagte sie, warf sich auf ihren Stuhl und streckte ihre Hand nach dem frisch gefüllten Weinglas aus. »Es ist einfach toll, mit euch so zusammenzusitzen. Und es wäre noch toller, wenn wir das öfter machen könnten. Was denkst du darüber, Hope?«, wandte sie sich an die Freundin.

»Avery liegt mir schon die ganze Zeit mit diesem Bed & Breakfast in den Ohren.«

»Tja, dann bin wahrscheinlich ich jetzt dran.« Clare richtete sich auf und beugte sich über den Tisch zu Hope herüber. »Es ist mehr als nur ein B & B. Es verbindet dessen Charme und Intimität mit der Eleganz eines Boutiquehotels. Ich hab mir inzwischen einen Teil der Räumlichkeiten, sämtliche Pläne und die Fotos der bereits angeschafften Ausstattungsgegenstände angesehen. Es wird einfach umwerfend.«

»An seinem Arbeitsplatz zu leben«, stellte Hope mit leichtem Achselzucken fest, »hat Vor- und Nachteile.«

»Also bitte, Hope, das hast du in Washington schließlich auch so gehalten.«

»Schon.« Da sich diese Tatsache nicht leugnen ließ, atmete sie hörbar aus. »Der Scheißkerl ist inzwischen mit diesem Partyluder offiziell verlobt.«

»Die beiden haben einander verdient«, murmelte Avery.

»Auf jeden Fall. Aber wie dem auch sei: Letzte Woche kam sie in mein Büro gefegt und wollte mit mir die Pläne für ihre Hochzeitsfeier besprechen. Das ist doch der Gipfel der Geschmacklosigkeit, oder?«

»Was für ein blödes Weib«, schimpfte Avery.

Hope prostete der Freundin zu. »Und gestern hat mich der Chef zu sich bestellt, um mit mir über meinen Vertrag zu verhandeln, der ja schließlich bald ausläuft. Er hat mir eine Gehaltserhöhung angeboten und war vollkommen verblüfft, als ich ihm erklärte, ich hätte bereits meine Kündigung eingereicht.«

»Bildete der sich etwa ernsthaft ein, du würdest dortbleiben, nachdem sein Sohn dich so mies behandelt hat?«, erkundigte sich Clare.

»Offenkundig ja. Als er merkte, dass ich wirklich gehen will, hat er sein Angebot weiter erhöht.« Sie zog eine Braue hoch und prostete den Freundinnen zu. »Auf das Doppelte, und zwar ohne mit der Wimper zu zucken. Das war für mich wie Weihnachten und Ostern auf einen Tag. Und dann hab ich ›Nein danke!‹ gesagt. Da war er derart beleidigt, dass er mich auf der Stelle aus meinem Vertrag entlassen hat.«

»Er hat dich gefeuert?«, fragte Clare empört, und Hope blickte sie grinsend an.

»Nein, das nicht. Wir sind bloß übereingekommen, uns

sofort zu trennen, weil keine gute Arbeitsbasis mehr besteht. Und damit ist dieses Kapitel endgültig abgeschlossen.«

»Ist das für dich okay?« Clare beugte sich erneut über den Tisch und drückte Hope die Hand.

»Auf jeden Fall. Nächste Woche hab ich ein Vorstellungsgespräch in Chicago, danach eines in Philadelphia und ein weiteres in Connecticut.«

»Bleib lieber bei uns.«

Hope erwiderte Clares Händedruck. »Es steht ja noch zur Diskussion, denn sonst wäre ich nicht hier. Ich muss zugeben, was diese Leute tun, klingt durchaus faszinierend, und deswegen möchte ich mir die Sache auf alle Fälle anschauen. In deiner und Averys Nähe zu sein spricht außerdem für diese Option. Doch am wichtigsten ist, dass der Job für mich wirklich passt.«

»Er ist auf dich zugeschnitten wie diese schicken, maßgeschneiderten Kostüme, die du immer trägst. Aber du wirst es selbst sehen.« Avery lehnte sich nonchalant auf ihrem Stuhl zurück und sah Hope mit einem selbstzufriedenen Lächeln an.

»Die Stadt gefällt mir, das hat sie schon früher getan, wenn ich bloß auf Besuch war. Aber erzählt mir noch ein bisschen von diesen Montgomerys. Das Wesentliche weiß ich: eine Mutter und drei Söhne, stimmt's? Der Vater, der das Bauunternehmen gegründet hat, ist seit ungefähr zehn Jahren tot. Der Familie gehören mehrere Gebäude und Grundstücke in und außerhalb der Stadt.«

»Sie haben das Haus, in dem das Hotel eröffnet wird, vor dem endgültigen Verfall bewahrt. Es gab bereits Gespräche über einen Abriss, weil es sich in einem wirklich desolaten Zustand befand. Doch das wäre wirklich ein Verbrechen gewesen.«

»Ich weiß noch, wie der Kasten ausgesehen hat«, sagte Hope. »Völlig heruntergekommen. Ein solches Haus zu retten ist ein ziemlich heldenhaftes Unternehmen. Und ein idealistisches und teures dazu.«

»Ja, aber die Brüder haben ein sicheres Gespür dafür, ob etwas sich lohnt, und dazu genug Talent, selbst schwierige Vorhaben umzusetzen. Sie sind alle drei hervorragende Kunsttischler.«

»Ryder, der Älteste«, ergriff jetzt wieder Avery das Wort, »fungiert bei dem Projekt als Bauleiter. Owen wickelt das Geschäftliche ab, hält den Kontakt zu Lieferanten und Handwerkern, und Beckett, der Architekt, hat das Ganze geplant. Über den erzählt dir besser Clare etwas, denn zwischen den beiden hat's gefunkt.«

»Oh?« Hope zog die Brauen hoch. »Wirklich?«

»Wirklich und wahrhaftig«, antwortete Avery, bevor Clare die Gelegenheit zu einer Erwiderung bekam. »Sie haben erst gestern Abend wild in den dunklen, unheimlichen Hallen des Hotels herumgemacht.«

»Echt? Moment mal, wieso unheimlich? Nein, eins nach dem anderen.« Hope hob die Hände. »Berichte mir erst mal von diesem Beckett, ja? Ich bin ihm einmal kurz in deinem Restaurant begegnet, Avery, kann mich allerdings lediglich daran erinnern, dass er wirklich ein Hingucker ist.«

»Das mit Sicherheit, doch vielleicht weiß Clare noch von anderen Vorzügen zu berichten.«

»Warum hab ich dir nur davon erzählt?«, sagte diese vorwurfsvoll zu Avery.

»Sonst wärst du geplatzt. Wie gesagt, er ist ein echt toller Kerl, aber das sind sie alle drei. Er hat sein Büro und seine Wohnung übrigens über meiner Pizzeria.«

»Oh, richtig, richtig. Jetzt erinnere ich mich wieder. Ich bin auch diesem Owen bereits begegnet. Zwei dieser drei Brüder sind also auf jeden Fall schon mal nicht schlecht.«

»Und Ryder steht da nicht zurück. Doch zurück zu Beckett.« Grinsend blickte Avery auf Clare. »Er hat an der University of Maryland studiert, in den Sommerferien im familieneigenen Betrieb gejobbt und zusätzlich eine Ausbildung bei einer Firma in Hagerstown gemacht. Inzwischen ist er komplett ins Familienunternehmen eingestiegen und ist sich nicht zu schade, selbst tatkräftig anzupacken, wenn Not am Mann ist.«

»Vielleicht hättest *du* was mit ihm anfangen sollen.«

Avery grinste unbekümmert. »Er hat mich nie mit diesem treuherzigen Hundeblick bedacht wie Clare. Das war bereits auf der Highschool so. Heimlich verehrt hat er sie – und es jetzt sogar zugegeben.«

»Aber hallo.«

Avery schlug Hope leicht auf den Arm. »Und am Freitagabend gehen sie aus.«

»Wohin?«

Clare rutschte nervös auf ihrem Stuhl herum. »Keine Ahnung. Ich schätze, dass er mit mir zum Essen geht. Er holt mich um sieben ab.«

»Und was wirst du anziehen?«

»Keine Ahnung. Gott, ich weiß es nicht. Ich kann mich nicht mehr daran erinnern, wie man so was macht.«

»Wir helfen dir«, versicherte Hope. »Wir suchen gemeinsam etwas aus.«

»Ich kann nicht mal sagen, ob sich etwas nur annähernd Passendes in meinem Schrank befindet. Ich glaube, da hängen nur Sachen fürs Geschäft oder solche für Haus und Garten, praktisch und wenig attraktiv.«

»Mir gefällt, was du so trägst«, widersprach Avery.

»Wir werden sehen. Und wenn wir nichts finden, was dich glücklich macht, gehen wir einfach einkaufen.«

»Ich hab wirklich keine Zeit …«

»Clare, du warst schon mit mir einkaufen.« Hope hob mahnend einen Finger. »Deshalb weißt du, dass ich ein komplettes Outfit mit Schuhen, Accessoires und Unterwäsche in weniger als zwanzig Minuten zusammenstellen kann.«

»Das kann sie wirklich«, stimmte Avery zu. »Und vor allem macht es mit ihr Spaß. Und falls Hope nach Boonsboro zieht, können wir ständig gemeinsam shoppen. Du kannst übrigens bei mir wohnen, bis das Hotel eröffnet ist. Das wäre perfekt – fast wie früher, als wir am College waren. Du würdest die Gegend und die Leute kennenlernen und dich ein wenig einleben, bevor die Arbeit anfängt.«

»Du hattest seit jeher ein Talent, den Dingen vorzugreifen. Schließlich hab ich dieses Hotel bisher nicht einmal gesehen. Und selbst wenn ich beschließen sollte, dass ich diesen Job will, so wäre das noch keine Garantie dafür, dass ich ihn auch kriege. Vielleicht mögen Mutter und Söhne mich gar nicht, sondern finden mich herzlich unsympathisch.«

»Nie im Leben, dafür haben alle vier eine zu gute Menschenkenntnis. Vor allem Justine. Oh, übrigens …« Avery winkte Clare mit ihrem Weinglas zu. »Hast du das von dem Geschenkeshop gehört?«

»Ich hab sie am Nachmittag dort getroffen«, bestätigte Clare. »Es ist der Laden gleich neben meinem«, fügte sie an Hope gewandt hinzu. »Die Mieterin ist ausgezogen, und jetzt will Justine dort eine auf einheimische Künstler und regionales Kunsthandwerk spezialisierte Geschenkboutique einrichten.«

»Eine nette Idee.«

»Von denen sie jede Menge hat«, grinste Avery.

»So so. Und jetzt erzählt mir, warum dieses Hotel unheimlich ist.«

»Es gibt dort einen Geist. Eine Frau mit einer Vorliebe für Geißblatt. Mehr wissen wir bislang nicht«, klärte Avery sie auf. »Das Haus war das erste, das hier in der Gegend aus Stein errichtet wurde. Siebzehnhundertneunzig und irgendwas. Sie könnte also gut und gerne zweihundert Jahre alt sein. Wisst ihr was? Owen sollte schauen, ob sich nicht Hinweise in alten Urkunden und Registern finden lassen. In solchen Sachen ist er wirklich gut.«

»Owen war derjenige, mit dem ich am Telefon gesprochen habe. Der Mann fürs Detail. Hat dieser Geißblatt liebende Geist schon irgendwelche Scherereien gemacht?«

»Nicht dass ich wüsste. Und das hätte ich sicher erfahren, denn die Arbeiter essen ständig bei mir oder holen sich Kaffee bei Clare. Und du kannst mir glauben, wenn ihnen die kleinste Kleinigkeit aufgefallen wäre, dann hätten sie es einem von uns erzählt. Vielleicht macht sie sich ja bemerkbar, wenn wir morgen rübergehen. Clare, du kommst doch mit, oder?«

Clare löste ihren Blick von dem mondbeschienenen Garten und ihren Gedanken, die eigene Wege gingen, und klinkte sich wieder in die Unterhaltung ein. »Ich glaube nicht, dass die Montgomerys allzu begeistert wären, drei kleine Jungs auf ihrer Baustelle rumlaufen zu sehen. Außerdem ist es mir dort nicht sicher genug für sie.«

»Was hältst du davon, wenn wir Franny fragen, ob sie eine halbe Stunde nach den Kindern schauen kann?«

»Ich weiß nicht, lasst mich überlegen. Ich könnte sie kurz zu meiner Mutter bringen. Aber wirklich nur ganz kurz«, fügte sie hinzu. »Wir müssen nämlich noch jede Menge für die Schule vorbereiten, und dann hab ich im Garten zu tun und daneben jede Menge Hausarbeit, die in den letzten Tagen liegen geblieben ist.«

»Die Besichtigung ist um halb elf.«

Clare überschlug schnell sämtliche Programmpunkte, ob sie sich miteinander vereinbaren ließen. »Vielleicht. Wenn ich es schaffe, bin ich pünktlich da.«

»Okay. Und jetzt«, Hope rieb sich erwartungsvoll die Hände, »stöbern wir in deinem Kleiderschrank.«

7

Wie vereinbart tauchte Owen Punkt halb zehn zu dem Gespräch mit Hope in der Pizzeria auf. Avery, obwohl schrecklich neugierig, hielt sich zurück und kümmerte sich demonstrativ um ihre Öfen und die Vorbereitungen fürs Mittagessen.

Als Owen durch die Tür kam, saß Hope an der Theke, trank Kaffee und ging ihre Unterlagen durch.

Owen nahm die Aktentasche in die Linke und hielt ihr die Rechte hin. »Hope.«

»Owen.«

»Schön, Sie wiederzusehen. Danke, dass wir uns hier treffen dürfen, Avery.«

»Alles fürs Gemeinwohl«, antwortete sie. »Kaffee?«

»Gerne. Aber ich hol ihn mir einfach selbst.« Da er in dem Restaurant wie zu Hause war, ging er zu den Warmhalteplatten hinter dem Tresen, wo die Kannen standen, und schenkte sich ein.

»Setzen wir uns lieber an einen ruhigen Tisch«, schlug er Hope vor. »Also, wie war Ihre Fahrt?«

»Gut, danke.« Sie nahm ihm gegenüber Platz, unterzog ihn einer eingehenden Musterung, der er mit ruhigem Blick aus seinen blauen Augen standhielt. »Ich bin ziemlich früh aufgebrochen, um nicht in den Berufsverkehr zu kommen.«

»Ich bin nicht gerade häufig in D.C. Unter anderem wegen des Verkehrs.« Ein Lächeln ließ seine Züge weich erscheinen. »Hier oben gehen die Uhren deutlich langsamer.«

»Das hab ich bereits bemerkt. Boonsboro ist eine hübsche Stadt«, stellte sie mit betont neutraler Stimme fest. »Und auch die Gegend hat mir immer gut gefallen – wie Sie wissen, war ich des Öfteren zu Besuch hier.«

»Aber kein Vergleich mit Georgetown, nehme ich an.«

Sie tasteten einander ab, erkannte sie, doch auf dieses Spiel verstand sie sich. »Mir scheint, dass wir beide etwas Neues suchen. Wenn ich das richtig sehe, unterscheidet sich Ihr Hotelprojekt deutlich von dem, womit sich Ihre Firma bislang befasst hat. Die Restaurierung und Modernisierung eines so großen Gebäudes, einschließlich kompletter Ausstattung, bewegt sich doch in ganz anderen Dimensionen als eine normale Altbausanierung. Ich denke, das ist für Sie eine riesige Herausforderung.«

»Das sehen Sie auf jeden Fall richtig.«

»Und ein Hotel zu führen ist eine Aufgabe ganz besonderer Art.«

Wer befragte hier eigentlich wen? Owen kam zu dem Schluss, dass die forsche junge Frau, die ihm durchaus sympathisch war, sehr geschickt die Regie übernommen hatte.

»Wir haben lange nachgedacht, was wir mit dem Gebäude anfangen könnten, und natürlich gab es verschiedene Optionen und verschiedene Dinge, die wir gerne realisieren wollten.«

»Warum ein Hotel?«

»Ich vermute, Sie haben über die Geschichte des Hauses nachgelesen.«

»Das schon, doch es verrät mir nicht, was Sie und Ihre Familie zu dieser Entscheidung bewogen hat.«

Jetzt unterzog er sie einer Musterung. Sie sah absolut hinreißend aus, besaß Stil und Geschmack, wie ihr Styling und ihre Kleidung verrieten. Rundum eine souveräne, selbstbewusste Frau, deren Auftreten zwar ausgesprochen professionell wirkte, aber die Sinnlichkeit in ihren geheimnisvollen Augen verriet, dass Hope bei aller Geschäftsmäßigkeit über eine andere, eine verborgene Seite verfügte.

»Das Haus war ursprünglich eine Taverne«, klärte er sie auf. »Ein Ort, wo sich Reisende und ihre Pferde ausruhen und stärken konnten. Im Laufe der Jahre wurden die verschiedensten baulichen Veränderungen vorgenommen, doch mehr als ein Jahrhundert lang blieb es eine Gastwirtschaft. Und diesen Charakter wollen wir ihm jetzt zurückgeben, wenngleich luxuriöser, als es je war, damit es alle Ansprüche an neuzeitlichen Komfort erfüllt. Das Bewahren der Tradition allerdings empfinden wir als unsere vornehmste Aufgabe.«

»Natürlich kenne ich bereits einige Details aus der Geschichte.« Ihr Lächeln wischte alle Reserviertheit beiseite, und Owen schmolz beinahe dahin.

»Nun ja, die Gegend hat Besuchern viel zu bieten. Antietam, Harpers Ferry, die Kristallgrotten und vieles mehr. Und weil es bislang in Boonsboro keine Übernachtungsmöglichkeit gab, erwarten wir uns so einiges, indem wir diese Marktlücke füllen. Außerdem glauben wir, dass die Leute sogar eigens wegen des Hotels herkommen, weil es eben so ungewöhnlich wird.«

»Exklusiv, individuell, historisch. Und die Idee, die Zimmer nach Paaren aus der Literatur zu benennen, erhöht diesen Reiz.«

»Nach romantischen Paaren«, verbesserte er sie. »Jeder Raum hat seine eigene Atmosphäre, seinen eigenen Stil. Die meisten Gäste von B & Bs sind in der Regel Paare, egal ob Jungverheiratete, die ihre Flitterwochen hier verbringen, oder Eheveteranen, die hier ihre silberne oder goldene Hochzeit stilvoll begehen wollen. Und wenn es ihnen gefallen hat, werden sie uns weiterempfehlen und allen Freunden und Bekannten sagen, dass ein Aufenthalt in diesem Hotel hundertprozentig sein Geld wert ist.«

Genug von uns, sagte er sich und nahm einen Schluck Kaffee, bevor er weiterredete. »Ihrem Lebenslauf zufolge wären Sie für die Leitung unseres Hauses eindeutig qualifiziert.«

»Ich müsste auch privat im Hotel leben, wenn ich Sie recht verstanden habe.«

»Weil man ein solches Haus schlecht aus der Ferne leiten kann. Wir haben die Wohnung bereits eingeplant. Sie liegt im zweiten Stock, verfügt über ein Wohnzimmer, zwei Schlafzimmer, ein Bad und eine kleine Küche. Außerdem steht Ihnen natürlich die große Küche im Erdgeschoss ebenfalls zur privaten Verfügung.«

»Wäre ich ebenfalls für die Zubereitung von kleinen Mahlzeiten zuständig?«, fragte Hope.

»Eigentlich wollen wir nur ein reichliches Frühstücksbüfett anbieten«, schränkte Owen ein.

»Ich könnte mir vorstellen, dass das nicht reicht. Man müsste auf Wunsch zwischendurch Muffins oder anderes

Gebäck servieren, und abends einen kleinen Snack oder Käse zum Wein.«

»So konkret haben wir darüber bislang nicht nachgedacht.«

»Außerdem hatte Avery die Idee, die Gäste auf Wunsch aus ihrem Restaurant zu beliefern.«

Owen blickte in Richtung der offenen Küchentür. »Nicht schlecht. Wir könnten ihre Speisekarte auf den Zimmern auslegen. Wirklich nicht schlecht«, wiederholte er und machte sich eine entsprechende Notiz.

»Von diesen Dingen abgesehen gäbe es natürlich zahlreiche praktische Dinge zu besprechen«, meinte Hope. »Eine Liste sämtlicher Aufgaben und Zuständigkeiten, Gehalt, Urlaub und freie Tage. Wer ist beispielsweise für die Einkäufe, Wäsche und anfallende Wartungsarbeiten zuständig? Wie viele Mitarbeiter gibt es? Neben Zimmermädchen, Bedienung, Pagen, Küchenkräften muss unbedingt ein Assistent für die Hotelleitung her. Schließlich kann kein Mensch zweiundfünfzig Wochen im Jahr sieben Tage lang jeweils vierundzwanzig Stunden arbeiten.«

»Dann lassen Sie uns über diese Dinge reden.«

Während sie die Einzelheiten diskutierten, betrat Justine das Restaurant. Farblich passend zu ihren knöchelhohen Sneakers trug sie eine mintgrüne Sonnenbrille. Sie winkte Avery und steuerte dann direkt auf ihren Sohn und Hope zu.

»Und Sie sind also Hope. Ich bin Justine Montgomery.« Sie gab der jungen Frau die Hand, bevor sie sie auf Owens Schulter legte. »Und wie stehen die Aktien?«

»Es gibt jede Menge Fragen, aber auch jede Menge zusätzlicher Anregungen«, antwortete Owen.

Hope drehte sich auf ihrem Stuhl zu Justine um. »Sie haben, soweit ich gehört habe, eine ganze Reihe brillanter und ungewöhnlicher Ideen realisiert. Ich bin echt beeindruckt, zumal Sie das quasi hobbymäßig betreiben.«

»Wir haben Tipps von Freunden und Verwandten und anderen Leuten eingeholt, die viel herumkommen. Haben sie gefragt, wie ihrer Meinung nach ein Traumhotel aussehen müsste. Bestimmt gibt es noch vieles, das wir übersehen haben, aber für den Anfang lässt es sich ganz gut an.«

»Kann ich Ihnen einen Kaffee bringen, Justine?«, erkundigte sich Avery.

»Ich hol mir lieber was Kaltes. Ich bin schon seit sechs Uhr auf«, erklärte sie, während sie vor den Kühlschrank trat. »Mein Hirn läuft seitdem auf Hochtouren, und ich dachte, es wäre gut Ihnen mitzuteilen, was mir persönlich wichtig ist.«

»Natürlich«, antwortete Hope.

»Vor allem brauchen wir jemanden, der gut repräsentieren und mit Menschen umgehen kann. Das können Sie bestimmt, denn sonst hätten Sie Ihren derzeitigen Job nicht – oder nicht mehr.«

Justine öffnete ihre Cola light und sah Hope eindringlich an. »Außerdem wünsche ich mir jemanden, der nicht nach kurzer Zeit wieder verschwindet, sondern hier Wurzeln schlägt und sich in unserer Stadt irgendwann heimisch fühlt. Ich halte das für wichtig, um die Arbeit mit Freude zu tun. Die alltäglichen Dinge lassen sich problemlos klären, wenn Sie mit dem Herzen bei der Sache sind. Sie müssen sich in das Hotel und diesen Ort verlieben, sonst funktioniert es nicht.«

Sie lächelte. »Ich weiß, Owen hält es für wichtiger, dass

Sie mit der Reservierungssoftware klarkommen, die Bücher in Ordnung halten, eine Gästeliste führen und wissen, wie man selbst bei Hochbetrieb noch ein freies Zimmer aus dem Hut zieht. Ich geh davon aus, dass Sie das alles beherrschen und noch vieles andere mehr, denn sonst hätte Avery Sie nicht vorgeschlagen. Aber das hier ist mehr als nur ein Geschäft. Dieses Haus braucht Liebe. Wir selbst sind mit ganzem Herzen dabei und möchten es jemandem in die Hände geben, der ähnlich denkt. Wenn Sie außerdem noch gute Waffeln backen können, dann wären Sie die Idealbesetzung.«

»Ich weiß nicht, ob ich die Richtige bin«, setzte Hope vorsichtig an. »Ob dieser Ort und diese Situation für mich wirklich passen. Mein Leben befindet sich momentan im Umbruch, aber interessiert bin ich auf jeden Fall. Und Ihrem Konzept und dem Ziel, das Sie damit verfolgen, stimme ich aus ganzem Herzen zu.«

»Das ist immerhin ein guter Anfang. Warum gehen wir nicht kurz rüber und sehen uns alles an? Über die Details können Sie und Owen später sprechen.«

»Ja, sehr gerne. Eine gute Idee.«

»Ich komm später nach«, rief Avery ihnen hinterher. »Sobald Franny auf der Bildfläche erscheint.«

»Die Hintertür ist offen.« Owen griff nach seiner Aktentasche und stand auf. »Ry und Beck sind bereits drüben.«

»Sie brauchen Fantasie«, erklärte Justine, als sie neben Hope über die Straße ging. »Obwohl wir schon ziemlich weit sind, gibt's noch viel zu tun, bevor das Haus in alter Pracht erstrahlt.«

»Es ist ein riesiges Projekt. Der Stein ist wunderbar.« Hope betrachtete die Fassade, als sie zur Hintertür gingen, vorbei an den halb fertigen Veranden und den Schuttbergen auf dem Hof.

In dem noch kahlen Foyer erzählte Justine von Fliesen, Tischen, Bildern und Blumensträußen und führte sie durch den breiten Rundbogen in den zukünftigen Speisesaal, den laut Justine bald wieder eine Kassettendecke aus dunkelbraunem, weiß gerahmtem Holz zieren würde sowie ein großes, mit Schnitzereien versehenes Büfett vor einer Natursteinwand sowie Kronleuchter aus Eisen mit Eichblattmotiven und farbigen Leuchtkörpern in Eichelform.

Justine vermochte so anschaulich zu schildern, dass Hope die fertigen Räume beinahe vor ihrem geistigen Auge zu sehen glaubte. Zumindest genug, um zu wissen, dass noch zwei Serviertische fehlten, die vielleicht unter den Seitenfenstern Platz fänden.

Weiter ging's an nackten Steinwänden vorbei zur Küche, und wieder sah Hope sie vor sich, wie Justine es ihr beschrieben hatte: mit den dunklen Holzschränken und Glastüren, der cremefarbenen Kochinsel, der Arbeitsfläche aus Granit und den glänzenden Edelstahlgeräten. Eine Küche, in der sich die Gäste auch selbst mal eine kleine Mahlzeit oder ein heißes Getränk zubereiten konnten.

»Und eine Tür bekommt die Küche nicht?«

»Wir lassen sie offen.« Justine hatte sich die Sonnenbrille in die Stirn geschoben, ihre Daumen in die Vordertaschen ihrer Jeans gehakt und blickte sich zufrieden um. »Wir wollen, dass unsere Gäste sich ab dem Moment, in dem sie das Hotel betreten, wie zu Hause fühlen. Deshalb werden sie im Kühlschrank immer einen Vorrat an diversen Getränken finden.«

»Wie in einer großen Minibar.«

»Ja, so kann man sagen. Die Gäste sollen das Gefühl bekommen, dass sie sich einfach bedienen dürfen, ohne dass gleich alles auf die Rechnung gesetzt wird. Der Zimmerpreis deckt das ab. Und für den Fall, dass jemand schon vor dem Frühstück eine Tasse Kaffee möchte, steht eine kleine Kaffeemaschine oben in der Bibliothek. Vielleicht stellen wir noch eine Obstschale oder einen Teller mit Gebäck dazu.«

»Daran hat Hope ebenfalls gedacht«, warf Owen ein.

»Das ist gut. Der Grundgedanke dieses Hauses ist schließlich, dass man sich bei uns entspannen, seinen Aufenthalt genießen und sich möglichst heimisch fühlen soll.«

Hope empfand mehr und mehr ein Gefühl von Wärme, das sich noch verstärkte, als sie kurz darauf in die Rezeption kamen. Zwischen Kisten und Werkzeug konnte sie kaum etwas sehen, doch die beiden behäbigen dunkelgrünen Sessel vor dem gemauerten Kamin, der lange, selbst geschreinerte Tisch, der geflieste Boden und die vielen großen Fenster, durch die jede Menge Licht fiel, würden hier, das spürte sie, ein großartiges Ensemble bilden. Hope begann immer mehr zu verstehen, warum die Montgomerys all ihre Energie, ja, fast ihr ganzes Leben diesem Haus widmeten.

Justine drehte sich zu ihr um. »Klingt, als wären meine beiden anderen Söhne oben. Warum fangen wir also nicht mit der Besichtigung der Wohnung an? Dann kann ich Ihnen gleich den Rest unserer Familie vorstellen.«

»Sehr gerne.«

Sie spürte einen leichten Lufthauch von links, und als sie kurz zögerte, erklärte Justine ihr: »Von den beiden Räumen, die hier vorne liegen, kommt man direkt auf den Balkon.«

Einen flüchtigen Moment lang meinte Hope Geißblatt zu riechen, als sie den Kopf durch eine der geöffneten Türen steckte, und zuckte zusammen, als Avery von unten rief: »Hallo? Ist jemand da?«

»Wir sind auf dem Weg nach oben«, gab Owen zur Antwort.

»Hat länger gedauert, als ich dachte.« Avery kam eilig angerannt und sah Hope fragend an. »Na, wie findest du's?«

»Es ist eindrucksvoll und perfekt durchdacht. Als einziges Gästezimmer fehlt mir noch der behindertengerechte Raum im Erdgeschoss. Wir wollen erst mal ganz nach oben.«

»Sehr gut, dann kannst du ja gleich deine Wohnung in Augenschein nehmen.«

Mit einem nachsichtigen Kopfschütteln setzte Hope sich wieder in Bewegung, griff nach dem provisorischen Geländer und zog die Hand umgehend zurück. Ihre Fantasie schien mit ihr durchzugehen, tadelte sie sich, aber sie hätte schwören können, dass sie soeben nicht Holz, sondern glattes, kühles Metall berührt hatte.

»Hier oben befinden sich das Apartment für die Hotelleitung und das Penthouse, in dem gerade irgendwer beschäftigt ist.«

Hope trat hinter Justine durch die Tür und hörte das leise Zischen und Trommeln einer Nagelpistole, ehe sie den Mann überhaupt sehen konnte. Er stand im Sonnenlicht, das durch das Fenster hereinfiel, und obwohl sie sein Gesicht nicht wirklich erkennen konnte, wusste sie, dass es energisch, konzentriert und intelligent aussah.

Er fuhr mit seiner Hand über das Holz, ließ sein Werkzeug sinken, drehte sich zu ihnen um, und kühle Augen blickten sie forschend an. Justine stellte sie einander vor.

Obwohl es so laut in ihren Ohren rauschte, dass sie seinen Namen kaum verstand, verspürte sie eine mädchenhafte Erleichterung, dass dieser Mann nicht Beckett, sondern Ryder war.

Sie reichte ihm die Hand, spürte kaum die Schwielen auf der Innenseite, die von harter Arbeit zeugten. Viel zu schnell ließ er ihre Hand wieder los.

»Hallo. Wie geht's?«

»Danke, gut«, erklärte sie, auch wenn sie sich nicht sicher war. Eigentlich fühlte sie sich total komisch. Hitzeschauer durchliefen sie, und in ihrem Kopf schien die Fülle an Bildern zu explodieren. Plötzlich verspürte sie das geradezu verzweifelte Verlangen, sich zu setzen und etwas zu trinken. Irgendwas mit jeder Menge Eis.

»Alles in Ordnung, meine Liebe?«, drang Justines Stimme wie aus weiter Ferne an ihr Ohr.

»Ja, ich denke schon. Nur ein bisschen schwindelig, vielleicht weil ich zu wenig getrunken habe.«

Ryder öffnete den Deckel einer Kühlbox, griff nach einer Flasche. »Hier, kippen Sie erst mal ein bisschen Wasser nach.« Neben ihm saß ein komischer schlammfarbener Hund, der sie mit schräg gelegtem Kopf musterte.

»Danke.« Sie nahm einen kräftigen Schluck. »Die

Fensterrahmen«, sagte sie, damit sie nicht mit einem Zug den halben Flascheninhalt trank, »sind wirklich sehr hübsch.«

»Ja, sie sind ganz gut geworden.«

»Mist, die Nägel sind ausgegangen. Hast du …«, erkundigte sich Beckett, der soeben den Kopf zur Tür hereinsteckte. »Oh, hallo, Hope.«

»Da ist Beckett ja«, sagte Justine. »Wir führen Hope gerade herum.«

»Ja, hallo. Ich glaube, wir sind uns vor zwei Jahren für fünf Sekunden bei Avery begegnet«, meinte er. »Willkommen im Penthouse. Es liegt direkt gegenüber der Wohnung, in die Sie vielleicht bald einziehen. Ist Clare nicht mitgekommen?«

»Ich hab sie angerufen, als ich losgegangen bin«, erklärte Avery. »Aber sie musste noch kurz was erledigen. Irgendein Problem mit ihrem Internet.«

»Kommen Sie, wir zeigen Ihnen noch den Rest dieser Suite, bevor wir in die Wohnung rübergehen«, mischte sich Justine wieder ein. »Das hier wird der Salon, und durch die Tür am Ende des Ganges kommt man auf den Balkon. Das Schlafzimmer liegt hinten, und dazwischen befindet sich das Bad.«

Hope folgte ihr durch einen kurzen Gang und riss die Augen auf. »Das ist ja riesig. Und diese frei schwebende Wand – einfach wunderbar.«

»Mein Sohn, der Architekt. Hier stellen wir einen Waschtisch mit zwei Becken hin, und die Wanne, meine Liebe, das ist eine echte Schönheit. Hier wird sowieso alles möglichst luxuriös und besonders detailreich wie etwa das Fliesenmosaik oder die filigranen Wandleuchter aus

Kristall und gebürstetem Nickel. Modern zwar, aber mit einer Anspielung auf alte Zeiten.«

Das gesamte Penthouse war der Inbegriff von Luxus, fand Hope. Mit schicken Bänken am Fußende und einem zierlichen Stuhl seitlich des riesigen, mit Schnitzereien verzierten Himmelbetts.

Bereits dieses einen Raumes wegen würde es sich für die Gäste lohnen, in den zweiten Stock hinaufzusteigen.

Auch die Wohnung, die vielleicht ihre würde, war bestechend, wenngleich nicht besonders groß. Doch sie würde ausreichen, da sie ja das ganze Hotel mit seinen Annehmlichkeiten zur Verfügung hatte. Falls sie Zeit fand, stand sogar ein Balkon zu ihrer alleinigen Verfügung. Platz für ihre Kleider hätte sie auf jeden Fall genug, besonders wenn sie einfach den zweiten Schlafraum zum Ankleidezimmer umfunktionierte. Einen Arbeitsplatz brauchte sie hier oben ohnehin nicht, und wenn irgendjemand gelegentlich bei ihr übernachten wollte, könnte …

Sie rief sich zur Ordnung. Wann hatte sie überhaupt beschlossen, dass sie diese Stelle wollte und hier einziehen würde?

»Es ist eine schöne, praktische, gut aufgeteilte Wohnung«, meinte sie.

»Wenn wir uns einig werden, können Sie bei den Details noch mitreden«, klärte Justine sie mit einem Lächeln auf. »Und jetzt schauen wir uns noch die Westley-und-Butterblume-Suite an. Sie hat einen eigenen Eingang von der Seite her.«

Obwohl sie total begeistert war, wusste sie, dass sie nichts überstürzen sollte, ohne sich alles gründlich und in Ruhe durch den Kopf gehen zu lassen. Schließlich würde die Entscheidung für Boonsboro weitreichende Veränderungen mit sich bringen: eine andere Gegend, ein kleinstädtisches Leben, ein B & B statt eines mondänen Großstadthotels.

Und doch. »Es wird bestimmt spektakulär: jeder Raum ganz individuell. Das Haus hat derart viel Charakter, dass man sich hier einfach wohlfühlen muss.«

Justine blickte sie forschend an. »Könnten Sie es lieben?«

Hope schüttelte lachend den Kopf. »Ich glaube, das tu ich bereits.«

»Wollen Sie den Job?«

»Mom, wir müssen wirklich erst ...«, warf Owen ein, doch Justine winkte einfach ab.

»Wir sollten alle...«, begann Hope, aber dann gab sie sich einen Ruck. »Ja, ich möchte den Job«, sagte sie schlicht, und es hörte sich vollkommen richtig an.

»Dann sind Sie engagiert.«

Avery jubelte, wirbelte Hope im Kreis herum, packte dann Justine, drehte sie ebenfalls einmal um die eigene Achse und hätte um ein Haar das Gleiche mit Owen getan, der allerdings abwehrend die Hände hob. »Verschon mich mit solchem Weiberkram.«

Statt einer Antwort boxte sie ihm kraftvoll gegen den Arm.

»Ich bin total glücklich und entsetzlich aufgeregt. Hope!« Abermals ergriff sie die Freundin und drückte ihr fast die Luft ab.

»Ich ... Sind Sie sich auch wirklich sicher, Mrs. Montgomery?«

»Justine bitte – immerhin ziehen wir das Ding von nun

an gemeinsam durch. Ja, ich bin mir völlig sicher, und meine Söhne werden mir recht geben. Warum treffen wir beide uns nicht um halb eins drüben im Vesta, essen was zusammen, trinken ein Glas Wein und reden über die Details?«

In diesem Moment klopfte Clare von außen an die Tür. »Ich war mir nicht sicher, ob ihr überhaupt noch hier seid, aber früher ging es leider nicht. Für jede Sache, die an diesem Morgen gut gelaufen ist, gingen mindestens drei daneben. Habt ihr euch etwa schon alles angesehen?«

»Jeden einzelnen Raum«, klärte Avery sie grinsend auf.

»Tja, dann.«

»Wenn du möchtest, zeig ich dir die Räume, die du noch nicht kennst«, bot Justine an, während sie eine Hand auf Hopes Schulter legte. »Aber vorher begrüßt du vielleicht unsere künftige Hotelchefin.«

»Du? Echt? Oh, das ist wunderbar!«

Hope selbst war außerstande, diesen Entschluss zu kommentieren. Sie konnte es eigentlich selbst kaum fassen, dass sie einfach aus dem Bauch heraus diesen Job akzeptiert hatte, der ihr gesamtes bisheriges Leben umkrempeln würde.

Während die Frauen hektisch durcheinanderredeten, schlich sich Owen aus dem Raum und ging in den zweiten Stock hinauf, wo er eine Diskussion seiner Brüder über das Design eines Waschtischs unterbrach.

»Mom hat sie engagiert.«

»Unter ästhetischen Gesichtspunkten wäre es eindeutig besser, wenn wir …«, meinte Beckett, ehe er sich plötzlich unterbrach. »Was hast du gesagt?«

»Mom hat sie engagiert.«

»Wie, sie hat sie engagiert?«, fragte Ryder, während er seinen Zollstock in den Werkzeuggürtel schob. »Sie kann sie doch nicht einfach engagieren.«

»Hat sie aber, gewissermaßen vom Fleck weg. Ihr hättet das Gekreisch und Herumhüpfen erleben sollen. Vor allem als auch noch Clare dazukam. Drei erwachsene Frauen – einfach unglaublich.« Owen raufte sich die Haare.

»Clare ist hier?«

»Lenk nicht vom Thema ab«, fuhr Ryder dazwischen. »Wie zum Teufel konntest du das zulassen?«

»He, gib bloß nicht mir die Schuld. Zudem ist Hope mehr als qualifiziert für diesen Job.«

»Seien wir ehrlich«, wandte Ryder ein, »sie ist eher überqualifiziert. Sie passt in ein schickes Großstadthotel mit Angestellten ohne Ende, wo sie das Geld mit beiden Händen zum Fenster hinauswerfen kann. Wir brauchen jemanden, der zuzupacken versteht. Außerdem ist sie beim Treppensteigen fast aus den Latschen gekippt«, stellte Ryder missmutig fest. »Wahrscheinlich weil sie in Stöckelschuhen auf einer Baustelle rumläuft. Um Himmels willen, in Stöckelschuhen und einem maßgeschneiderten Kostüm.«

»So was trägt man bei einem Vorstellungsgespräch.«

»Sie ist eine Städterin, wie sie im Buche steht, und ich weiß nicht, ob sie den Laden hier am Laufen hält. Aber kaum dass ihr beide, du und Mom, nur drei Sätze mit der Frau gewechselt habt, ist sie bereits eingestellt.«

»Ich hab zuvor eine halbe Ewigkeit mit ihr telefoniert, heute beinahe eine Stunde lang mit ihr gesprochen, ihren Lebenslauf gelesen und genauestens überprüft.« Je hartnäckiger Ryder ihm widersprach, desto mehr schloss Owen sich der Position der Mutter an. »Sie ist intelligent, kennt sich mit diesen Dingen bis ins Detail aus und weiß, worauf es ankommt, und zwar um einiges besser als wir alle zusammen.«

»Schlau daherzureden ist kein Kunststück, wohl aber den Worten Taten folgen zu lassen. Was zum Beispiel wird passieren, wenn zum ersten Mal jemand Kaffee auf dem Fußboden verschüttet? Wartet sie dann auf die Putzfrau? Und was tut sie, wenn sie merkt, dass für so etwas niemand rund um die Uhr zur Verfügung steht?«

»Hast du ihren Lebenslauf überhaupt gelesen?«, gab Owen schlecht gelaunt zurück. »Sie hat schon mit sechzehn gearbeitet und sich Geld als Serviererin verdient.«

»Na toll. Vielleicht war sie sich damals noch nicht zu fein für einen solchen Job, aber jetzt sieht das sicher anders aus. Außerdem ist es bei uns üblich, dass wir bei entscheidenden Fragen abstimmen. Vergessen?«

»Sprich mit Mom«, schlug Owen achselzuckend vor. »Nur was mich betrifft, so teile ich ihre Einschätzung.«

»Na super. Und was ist mit dir?« Ryder stieß Beckett mit dem Zeigefinger an.

»Ja, Beckett«, fragte Justine, die soeben durch die Tür getreten war und einiges mitbekommen hatte. »Was ist mit dir?«

Ihre Söhne erstarrten, und Clare, die Justine begleitete, wollte sich unauffällig verziehen, doch die Ältere legte ihr eine Hand auf den Arm. »Nein, schon gut. Es wird nicht lange dauern. Ryder hat anscheinend etwas gegen meine Wahl, während Owen auf meiner Seite steht.« Sie legte eine Pause ein. »Und was ist mit dir, Beckett?«

Er sah hilflos zwischen den beiden Frauen hin und her. »Ich hab nur ganz kurz mit ihr gesprochen. Und wie Ry richtig sagt, ist das eine ganz zentrale Position. Allerdings würde ich sie ihrem Werdegang nach zu urteilen für qualifiziert halten. Und wenn sie keinen herausragenden Eindruck auf dich gemacht hätte, hättest du anders entschieden. Also schätze ich mal, wir haben eine Managerin gefunden.«

»Dann wäre das also geklärt. Und bevor ich Clare das W & B zeige, werde ich euch Hornochsen noch eines sagen: Ihr könnt von Glück reden, dass Hope nicht mit hergekommen ist. Vielleicht hätte sie in dem Fall nämlich ihre Zusage überprüft. Und du«, wandte sie sich direkt an Ryder. »Sobald sie hier offiziell arbeitet, hast du auf den Tag genau sechs Wochen, um dich dafür zu entschuldigen, dass du an meiner Urteilskraft gezweifelt hast.«

»Mom!«

»Mehr will ich dazu nicht sagen«, schnitt sie ihm das Wort ab. »Komm, wir gehen, Clare.«

Mit einem entschuldigenden Blick über die Schulter folgte Clare der zornbebenden Justine in den Flur hinaus.

»Na super.« Beckett fuhr sich mit den Händen durchs Gesicht. »Da haben wir einen wirklich tollen Auftritt hingelegt.«

»Also schätze ich mal, wir haben eine Managerin«, ahmte Ryder boshaft seinen Bruder nach. »Du hast doch nur zugestimmt, weil du es dir mit Clare nicht verderben willst.«

»Halt die Klappe. Und mit Clare hat das nicht im Mindesten zu tun.« Jedenfalls nicht sehr viel. »Hope ist qualifiziert, und Mom findet sie gut. Womit das Thema erledigt ist.«

»Wir kennen sie nicht einmal.«

»Dann werden wir sie eben kennenlernen. Was hältst du davon, wenn wir sie in der Wohnung auf der anderen Straßenseite, die gerade leer steht, fürs Erste unterbringen? Dann könnte sie Mom und Owen zur Hand gehen, Bestellungen aufgeben, Liefertermine überwachen, lauter solchen Kram. Dann kriegt sie einen Vorgeschmack auf das Leben in der Kleinstadt, und wir können uns von ihr ein Bild machen.«

Ryder öffnete den Mund, um aus Prinzip zu widersprechen, stimmte aber schließlich zu. »Die Idee ist gar nicht schlecht. Falls sie kneift oder es ganz einfach nicht auf die Reihe kriegt, wissen wir wenigstens rechtzeitig Bescheid und können die Notbremse ziehen, bevor es zu spät ist.«

»Ja, mir wäre es ebenfalls ganz lieb, wenn sie mir ein paar Dinge abnimmt. Sie bekommt die Wohnung gratis und ein kleines Honorar obendrauf.« Owen nickte zustimmend. »So könnte es funktionieren, sofern sie damit einverstanden ist.«

»Sprich mit Mom«, schlug Ryder vor. »Sie wird sie sicher in diesem Sinne zu beeinflussen wissen.«

»Ich werde mit ihr reden«, erklärte Beckett und verließ den Raum.

Am Fuß der Außentreppe holte er die beiden Frauen ein. »Hallo, einen Augenblick. Hast du mittlerweile alles gesehen?«, erkundigte er sich bei Clare.

»Ja. Es wird bestimmt wunderschön, und mir sind jede Menge neuer Ideen gekommen.« Sie klopfte auf den

Block, den sie in den Händen hielt. »Justine und ich werden noch ausführlicher darüber reden, sobald alles ein bisschen sortiert ist. Danke für die Führung, doch jetzt muss ich langsam los.«

»Kannst du eine Minute warten? Ich würde nämlich gerne wissen, was ihr beide davon haltet, wenn Hope sofort oder so bald wie möglich umzöge. Wir haben überlegt, ihr die Wohnung auf der anderen Straßenseite anzubieten. Dann bliebe ihr Zeit, sich in Ruhe zu akklimatisieren und die Gegend kennenzulernen, und nebenbei könnte sie dir und Owen ein wenig zur Hand gehen.«

Justine schob ihre Sonnenbrille auf die Nase und sah ihn über den Rand hinweg prüfend an. »Und wessen Idee war das?«

»Nun, meine, aber Ry und Owen …«

»Sie ist wirklich gut. Deshalb bist du, zumindest vorläufig, mein Lieblingssohn. Ich werde mit Hope beim Mittagessen darüber reden. Und wir beide treffen uns bald, Clare. Schick mir deine Vorschläge einfach per Mail, wenn du so weit bist.«

»Mach ich.«

»Und jetzt werde ich Carolee anrufen.« Justine zog ihr Handy aus der Tasche, während sie über die Straße davonging.

»Tut mir leid, dass du in dieses Familiendrama einbezogen wurdest.«

»Mit Familiendramen kenn ich mich aus. Möchte Ryder nicht, dass Hope den Job bekommt?«

»Er ist einfach sauer, weil Mom es nicht vorher mit uns besprochen hat.« Abschätzige Bemerkungen ließ er vorsichtshalber aus. »Hör zu, ich dachte, ich komm vielleicht nachher bei dir vorbei und helf dir ein bisschen bei der Gartenarbeit.«

»Bei der Gartenarbeit?«

»Ja, ich könnte deinen Rasen mähen.«

»Oh, das ist wirklich lieb von dir, aber das hab ich heute Morgen schon erledigt.«

»Heute Morgen? Wann?«

»Die Kinder stehen im Sommer meist in aller Herrgottsfrühe auf. Das Gute daran ist, dass ich auf diese Weise bis mittags eine Menge erledigen kann. Aber trotzdem vielen Dank.«

»Wenn ich dir bei irgendetwas helfen kann, sag mir einfach Bescheid. Ich tu es nämlich wirklich gerne.«

»Das werde ich mir merken. Doch jetzt muss ich die Jungs bei meiner Mutter abholen und schnell in den Supermarkt fahren. Ich bin unglaublich froh, dass ihr Hope genommen habt. Sie ist bestimmt genau die Richtige für das Hotel und das Hotel umgekehrt die optimale Lösung für sie. Also bis dann.«

»Komm her.« Er zog sie unter das Dach der Seitenveranda, sagte im Flüsterton: »Das hat mir gestern gefehlt«, und küsste sie zärtlich auf den Mund.

Automatisch schob sie ihre freie Hand auf seine Schulter und flüsterte zurück: »Das ist deutlich schöner, als wenn du mir bei der Gartenarbeit hilfst.«

»Ich krieg mühelos beides hin.«

Doch in beiden Fällen brauchte sie ein wenig Zeit, um sich daran zu gewöhnen, dachte sie.

»Ich schätze, wir sehen uns dann am Montag.«

Seine Hand strich sanft über ihren sonnenhellen Pferdeschwanz. »Ich ruf dich nachher noch einmal an.«

»Okay.«

Sie musste sich wirklich an all das erst gewöhnen. Küsse, Anrufe und Freitagabenddates. Es war fast, als würde sie wieder auf die Highschool gehen – abgesehen natürlich von den Kindern, dem Einkauf im Supermarkt, den Wäschebergen, die in den Körben warteten, und den unzähligen Rechnungen, zu deren Begleichung sie bislang ebenfalls nicht gekommen war.

Sie stieg in ihren Wagen, ließ den Motor an und warf einen letzten Blick auf das Hotel. Obwohl es selbst irgendwie unvergänglich wirkte, sorgte es dafür, dass nichts so blieb, wie es gewesen war.

8

Da keine Gartenarbeit für das Wochenende anlag und ihm auch kein anderer Vorwand einfiel, um bei Clare vorbeizuschauen, legte Beckett ein paar Extrastunden in der Werkstatt ein. Seinen iPod und die Hunde als Gesellschaft, machte er sich daran, einen Holzrahmen für den steinernen Bogen zwischen Foyer und Rezeption zu zimmern.

Auch wenn er weniger schreinerte als seine Brüder, liebte er es, ein Stück Holz zu bearbeiten und ihm eine Form zu geben. Es entspannte ihn, vor allem wenn er wie jetzt ganz alleine in der Werkstatt war.

Er erinnerte sich daran, wie sein Vater ihm vor vielen Jahren gezeigt hatte, mit Säge, Drehbank und Hobel umzugehen. Thomas Montgomery war ein sehr geduldiger Mann gewesen, der jedoch auf sorgfältiges Arbeiten größten Wert legte und das seinen Söhnen vermittelte.

Es hat keinen Sinn, etwas zu tun, wenn man nur mit halbem Herzen bei der Sache ist.

Ein Motto, das für das gesamte Leben stimmte, dachte Beckett.

Sein Vater, das wusste er, wäre Feuer und Flamme gewesen bei diesem Projekt, das eine Bereicherung für die Stadt, seine Stadt, darstellte. Er hatte diesen Ort geliebt, ihren Rhythmus, ihre Farben, ihre Geräusche, ihre alten Gebäude und natürlich die Menschen.

Er hatte bei Speck, Eiern und Röstis stundenlang im Crawford's sitzen und dort mit anderen Bürgern Boonsboros endlos reden können, über Weltbewegendes ebenso wie über Nichtigkeiten, hatte Becketts Wissen nach keine einzige Parade und kein Feuerwerk anlässlich des Unabhängigkeitstags im Shafer Park verpasst. Darüber hinaus hatte er nicht nur ein Junior-Baseball-Team gesponsert, was seine Familie nach wie vor tat, sondern es sogar ein paar Jahre lang trainiert.

Auf die ihm eigene praktische und bescheidene Art vermittelte er seinen Söhnen, was es bedeutete, Teil eines Gemeinwesens zu sein, und lehrte sie, den Halt und die Unterstützung zu schätzen, die es einem bot. Beckett bedauerte es oft, dass sein Vater ausgerechnet dieses Projekt nicht mehr miterlebte. Aber zugleich erwuchs daraus die Verpflichtung, sich dieser Sache mit vollem Einsatz zu widmen.

Er zog den Zollstock aus der Tasche, auch dies ein Erbstück seines Vaters. Jeder der drei Söhne hatte zur Erinnerung und als Verpflichtung ein Werkzeug von Thomas Montgomery erhalten, feierlich überreicht von der Mutter.

Er war gerade dabei, ein Brett zu vermessen, als Justine durch die Tür trat. »Wie ich sehe, legst du ein paar Überstunden ein.«

»Ja, damit wir mit den Türen für die Rundbögen mal weiterkommen.«

»Euer Vater wäre furchtbar stolz auf euch«, sagte sie, als könnte sie Gedanken lesen.

»Komisch, gerade musste ich auch an ihn denken. Aber das geschieht in der Werkstatt ja fast zwangsläufig. Mein

Gott, das wäre genau das Richtige für ihn gewesen, dieses alte Hotel mit neuem Leben zu erfüllen.«

»Und hinter meinem Rücken hätte er mit den Augen gerollt über meine Ideen. Und bildet euch ja nicht ein, ich wüsste nicht, dass ihr das ebenfalls tut.«

»Betrachte es einfach als Familientradition.« Er schaute sie prüfend an: »Bist du noch immer sauer?«

»Seh ich so aus?«

»Manchmal schwer zu sagen bei dir, denn du kannst so was gut verstecken. Wie dem auch sei: Ryder hat arg übertrieben.«

»Er hat eben den Dickschädel von seinem Vater und mein Temperament geerbt, eine ziemlich explosive Mischung also. Trotzdem war er nicht ganz im Unrecht, denn ich hätte vorher mit euch darüber sprechen sollen. Sag ihm das bloß nicht, sonst kriegst *du* es mit mir zu tun.«

»Von mir erfährt er kein Sterbenswort. Aber verrat mir doch mal, warum du Hope so mir nichts, dir nichts engagiert hast.«

Justine zuckte mit den Schultern, öffnete die Kühlschranktür und holte zwei Dosen Limonade heraus. »Manchmal weiß man einfach, was richtig ist, ohne es genau begründen zu können. Und ich glaube, das war bei Hope der Fall.«

Lachend hob sie ihre Dose an den Mund. »Mir scheint, dass Hope selbst am meisten überrascht war – auch und vor allem über ihre rasche Zusage. Damit hätte ich ehrlich gesagt nie gerechnet. Da kannst du mal wieder sehen, was aus Liebe geschieht, und wenn es die Liebe zu einem alten Gemäuer ist.« Justine lachte.

Beckett blieb skeptisch. »Mal sehen, ob sie es sich nicht anders überlegt, solange es noch keinen Vertrag gibt.«

»Wird sie nicht. Bestimmt taucht sie schneller hier auf, als du denkst. Sie sagte etwas von zwei Wochen.«

»Dann hast du sie also überredet, auf unseren Vorschlag mit der Wohnung einzugehen?«

»So ist es, mit tatkräftiger Unterstützung von Avery.«

»Die ist wirklich eine echte Allzweckwaffe.«

»Sie ist jemand, der die Dinge gerne vorantreibt«, stimmte Justine zu. »Ich hab Hope den Schlüssel gegeben, damit sie sich schon mal umsehen kann. Und ihr müsst dafür sorgen, dass in der Übergangswohnung frisch gestrichen wird.«

Er stieß einen Seufzer aus, woraufhin seine Mutter fragend die Brauen hob. »Ich weiß, ich weiß, aber das muss nun mal sein. Übrigens kommt nächste Woche Willow Run, um über die Gestaltung des Hofes zu sprechen, da könnte er sich doch gleich die Rückseite des Shops anschauen. Ich glaube, eine kleine Terrasse und ein paar Pflanzen würden sich dort gut machen. Und der Zaun gehört ebenfalls dringend erneuert«, fügte sie lachend hinzu. »Ach ja, und für die alte Treppe schweben mir dieselben Steine wie für die Terrasse vor.«

»Würdest du bitte langsam aufhören, sonst rolle ich auf der Stelle mit den Augen.«

»Es wird sicher wunderschön. Madeline hat sich schon mit einigen Künstlern in Verbindung gesetzt – Willy hab ich bereits unter Vertrag.«

»Den Vater von Avery?«

»Ja. Auch wenn er das Ganze nur hobbymäßig betreibt, finde ich seine Metallskulpturen großartig. Denk mal an die Kerzenleuchter, die er mir letztes Jahr zu Weihnachten geschenkt hat. Wenn alles wie geplant läuft, können wir die Geschenkboutique Ende Oktober eröffnen.«

Beckett verschluckte sich an seiner Limo. »Bisher haben wir nicht mal mit der Renovierung angefangen, Mom.«

»Dann macht euch besser umgehend ans Werk. Oh, und sprich bitte mit Clare über den Zaun, falls du sie vor mir siehst. Schließlich steht er auf der Grenze zu ihrem Grundstück.«

»Okay.«

»Vielleicht Freitag, wenn ihr euch ohnehin trefft.«

Er ließ seine Dose sinken. »Hat jemand eine Anzeige geschaltet, oder woher weißt du das? Ich hab es nur Owen und Ryder gegenüber erwähnt.«

»*Sie* haben mir nichts davon erzählt! Ich muss dringend ein ernstes Wörtchen mit den beiden reden. Nein, ich weiß es von Avery. Du hast dir wirklich ganz schön Zeit gelassen, mein Lieber.«

»Wir gehen nur zusammen essen oder so.«

»Das wolltest du schon als Teenager: mit Clare essen gehen oder so. Es hat mir damals das Herz gebrochen.«

»Ich dachte nicht, dass du darüber Bescheid wusstest.«

»Natürlich war ich im Bild – Mütter spüren so etwas. Ebenso wenig blieb es mir verborgen, als du zum ersten Mal mit einer Frau geschlafen hast, mit Melody Fisher. Als du nach Hause kamst, wusste ich es.«

Ihm wurde siedend heiß. »Meine Güte, Mom!«

Sie lachte unbekümmert. »Mütter haben eben einen siebten Sinn. Ich war nur froh, dass ich euch einen verantwortungsvollen Umgang mit Sex gepredigt hatte, und ich hoffe sehr, dass du dich Clare gegenüber entsprechend verhältst.«

»Meine Güte, Mom!«

»Du wiederholst dich.«

Als sein Handy klingelte, griff er danach wie ein Ertrinkender nach einem Rettungsring. »Owen, schön, dich zu hören. Nein, du störst nicht. Ganz im Gegenteil. Ich bin draußen in der Werkstatt, warum? Er hat *was*? Verdammt. Ja, ja, ich mach mich sofort auf den Weg.«

Er steckte sein Handy ein. »Ry betreibt offenbar Wiedergutmachung. Er hat die Wand in deinem Laden eingerissen, und ich soll mir das jetzt anschauen.«

»Dann fahr los. Hast du heute Abend schon was vor?«

»Nein.«

»Du könntest eine Pizza holen und bei mir vorbeikommen. Ich will nämlich die Bestellungen und noch ein paar andere Sachen durchgehen.«

»Kann ich machen.«

»Und falls deine Brüder ebenfalls nichts vorhaben, was zu befürchten steht, bring sie einfach mit.«

Als die neue Woche begann, wurde an drei Stellen zugleich gearbeitet. Die eine Gruppe strich das Apartment für Hope, die andere grundierte die Wände des Shops, während der Großteil der Handwerker weiterhin im Hotel beschäftigt war – entweder mit der Fassade oder mit dem Eindecken des Mansardendachs, dessen Kupferbelag weithin in der Sonne glänzte.

Um zehn ging Beckett kurz hinüber in die Buchhandlung, wo er Clare an Lauries Schreibtisch sitzen sah. »He, wo sind deine Leute?«

»Laurie hat einen Termin beim Zahnarzt, Cassie müsste jeden Augenblick erscheinen, und Charlene kommt gegen eins. Ich hab ihnen gesagt, dass ich mich ums Aufsperren kümmere, damit ich nicht rumsitze und grübele.«

»Wieso grübelst du?«

»Erster Schultag«, rief sie ihm unglücklich in Erinnerung, trat hinter den Tresen und schenkte ihm, ohne nach seinen Wünschen zu fragen, einen Kaffee ein.

»Sind die Jungs gut aus dem Haus gekommen?«, fragte er.

»Oh ja. Sie konnten es kaum erwarten, haben sich darauf gefreut, ihre Freunde wiederzusehen und ihre neuen Sachen zu benutzen. Ich bin es, die nicht loslassen kann«, räumte sie ein. »Nachdem ich sie abgesetzt habe, bin ich direkt hierhergefahren, weil mich die Stille daheim verrückt gemacht hätte. Das hält etwa eine Woche an, und dann stört es mich eher, wenn mal wieder Elternsprechtag ist und die Jungs den ganzen Tag um mich herumtoben, weil der Unterricht ausfällt.«

Er durchforstete seine Erinnerungen. »Diese Tage haben wir geliebt.«

»Deine Mutter sicher nicht. Apropos Justine: Gibt es neue Ideen?«

»Was denkst du, tagtäglich wartet sie mit Überraschungen auf. So will sie in ungefähr sechs Wochen aufmachen. Du hast es gewusst«, stellte er fest, als sie sich verlegen räusperte.

»Vielleicht hat sie es gelegentlich erwähnt. Hope kommt übrigens zur Eröffnung, damit sie gleich ein paar Leute kennenlernt.«

»Es gibt eine offizielle Eröffnung? Schön, dass ich ebenfalls davon erfahre. Aber eigentlich hätte ich mir das denken können.«

»Deine Mutter wird sich um alles kümmern, sagt sie. Ihr braucht nur zu erscheinen, weiter nichts.« Als sie seine skeptische Miene sah, grinste sie amüsiert und tätschelte ihm aufmunternd die Hand. »Betrachte es einfach als Probelauf für die Eröffnung des Hotels.«

»Ich schätze, dann sollte ich in Begleitung erscheinen.« Sein Handy klingelte. »Ja. Nein. Der Plan ist längst fertig, und du hast ihn auch gesehen. Ja, ich … Nein, hab ich nicht. Die liegen noch zu Hause. Ich hol sie gleich und bin sofort da.« Er wandte sich an Clare: »Sorry, ich muss los«, sagte er und steckte sein Handy ein.

»Lass mal«, meinte sie, als er seinen Geldbeutel hervorholte. »Erster Kunde, erste Tasse. Und am ersten Schultag gibt es die umsonst.«

»Danke. Warum …« Wieder klingelte sein Handy, und das Bimmeln der Glocke an der Eingangstür kündigte einen Kunden an. »Bis später«, sagte er und trat, das Handy fest ans Ohr gepresst, auf den Gehweg hinaus. »Was gibt's denn noch?«

In den nächsten Tagen sahen sie sich so gut wie nie. Wenn Beckett trotz seiner drei Baustellen Zeit fand, bei ihr hereinzuschauen, war sie entweder gerade nicht da oder mit einem Kunden beschäftigt. Das frustrierte ihn mehr, als er sich eingestehen mochte.

Er sprach mit seinem Bruder darüber. »Man sollte wirklich meinen, dass zwei Menschen, die in einer Stadt leben und arbeiten, mehr als ein gelegentliches Fünf-Minuten-Gespräch auf die Reihe bekommen.«

»Dich hat es ja übel erwischt«, stellte Ryder fest. »Du brauchst nicht mal einen Namen zu nennen, und ich weiß bereits, auf wen sich dein Gejammer bezieht.«

»Ich jammere gar nicht – es ist eine reine Feststellung.«

»Geht ihr nicht morgen Abend miteinander aus?«

Hoffentlich, dachte er. Nicht dass auch dann was dazwischenkam, und so knurrte er nur: »Ja.«

»Dann sprich eben mit ihr. Oder geh rüber, sobald wir hier fertig sind. Schließlich macht sie erst um sechs zu.«

»Sie muss die Kinder aus der Schule abholen, und außerdem findet später das Treffen dieses blöden Buchclubs statt.«

»Die Leute reden sowieso viel zu viel, selbst wenn es nichts zu sagen gibt. Diese Frau, mit der ich letztes Wochenende ausgegangen bin, hat den Mund einfach nicht zugekriegt. Ihre Beine waren super, aber ihr Mundwerk …« Er strich mit der Handfläche über das geschmirgelte Geländer. »Fühlt sich gut an.«

Schließlich sah er wieder zu Beckett. »Warum gehst du nicht trotzdem rüber? Schau in der Geschenkboutique nach dem Rechten, und vielleicht hat Clare ja zumindest ein paar Minuten Zeit.«

»Gute Idee. Soll ich stattdessen von drüben jemanden schicken, der dir helfen kann?«

»Ich bin froh, wenn ich in Ruhe arbeiten kann und dich und deinen Liebeskummer los bin.«

Beckett stapfte durch das Haus, in dem an allen Ecken und Enden mit Hochdruck gearbeitet wurde, überquerte die Straße und warf einen Blick in den künftigen Laden seiner Mutter. Respekt, dachte er. Justine Montgomery hatte mal wieder den richtigen Riecher gehabt, sowohl was die gelbe Wandfarbe als auch das Einreißen der Wand betraf. Beides war ein eindeutiger Gewinn.

Er sprach kurz mit den Malern und verließ den Raum durch die Hintertür. Die Rückseite des Hauses, er musste es widerwillig eingestehen, sah wirklich bescheiden aus. Und wenn man schon einen neuen Zaun setzte, könnte man gleich ein kleines Tor einbauen.

Zwar schalt er sich einen verliebten Narren, doch änderte das nichts daran, dass er nur an Clare dachte. Dann sah er sie, wie sie mit dem Handy am Ohr in den Hof trat.

»Nein, mach dir deswegen keine Gedanken«, sagte sie. »Wünsch ihr einfach gute Besserung. In Ordnung, ja.« Sie winkte Beckett flüchtig zu. »Ich ruf dich nachher noch mal an. Bis dann.«

»Probleme?«, fragte er.

»Das war Lynn Barney. Sie hat angerufen, um zu sagen, dass Mazie heute früher aus der Schule heimgekommen ist, weil sie was mit dem Magen hat.«

»Tut mir leid zu hören.«

»Mazie hätte heute Abend babysitten sollen, während das Treffen unseres Buchclubs stattfindet.«

»Oh, richtig.«

»Und jetzt muss ich dringend los, die Jungs abholen und mir überlegen, was ich mit ihnen machen soll.«

»Ich kann ja auf sie aufpassen«, hörte er sich sagen. Und fragte sich zugleich, wie zum Teufel er auf so eine Idee verfallen war.

»Was?«

»Ich könnte zu dir kommen. Es handelt sich doch nur um zwei, drei Stunden, oder?«

»Oh ja, danke. Aber mir fällt sicher eine andere Lösung ein.«

»Warte.« Lächelnd nahm er ihren Arm, bevor sie die Tür ihres Vans aufreißen konnte. »Du glaubst offenbar, ich käme nicht mit drei Jungs klar. Aber ich war selbst mal einer, aus einem Trio dazu, und finde, dass das als Qualifikation ausreichen sollte.«

»Ich weiß …«

»Wann musst du nachher los?«

»Ich sollte gegen fünf hier sein, um alles vorzubereiten. Gegen halb sechs fangen wir an, und normalerweise dauert es bis gegen sieben. Dann brauche ich noch etwas Zeit zum Aufräumen und …«

»Also von fünf bis acht müsste ich auf sie aufpassen. Das ist kein Problem.«

»Schon, nur müssen sie etwas essen, baden und …«

»Ich bring einfach irgendwas aus dem Vesta mit und bin um fünf da.«

»Nun …«

»Das wird sicher lustig. Deine Jungs sind nämlich okay.«

»Gott, wenn ich mich nicht beeile, komm ich zu spät.«

»Dann fahr am besten los. Wir sehen uns dann um fünf.«

»Ich weiß nur nicht, ob … Okay«, fasste sie einen Entschluss. »Aber keine Pizza. Bring einfach eine Portion Spaghetti mit Hackfleischbällchen mit, die können sie sich teilen. Und einen Salat. Sag einfach, dass es für die Jungs ist, dann wissen sie im Vesta Bescheid. Ich werde dafür sorgen, dass die Hausaufgaben fertig sind«, fügte sie noch hinzu, als sie sich hinter das Lenkrad ihres Wagens schwang. »Und falls dir etwas dazwischenkommt ...«

»Clare, ich bin um fünf da. Hol du jetzt mal deine Kinder ab.«

»Richtig. Und vielen Dank.«

Er und ihre Söhne würden sicher eine Menge Spaß haben, dachte er. Und Spaghetti mit Hackfleischbällchen klang rundheraus perfekt.

»Warum kann nicht Opa kommen?« Liam schmollte über seinem Lesebuch.

»Ich hab dir doch erklärt, dass er heute seinen Fotokurs hat. Und jetzt beantworte die Frage. Was hat Mike gefunden, als er auf den Baum geklettert ist?«

»Ein dämliches Vogelnest.«

»Schreib das bitte auf.«

Er sah sie aus zusammengekniffenen Augen und mit diesem leichten Grinsen an, das Clare je nach Laune zum Verlieben oder in höchstem Maße nervig fand. »Ich weiß nicht, wie man ›dämlich‹ buchstabiert.«

»*Liam*«, mischte sich ihr Ältester ein.

»Mom! Harry hat gesagt, dass ich dämlich bin.«

»Hör auf, Harry. Liam, schreib die Antwort auf. Murphy, wie oft muss ich dir noch sagen, dass du nicht mit deinem Ball im Wohnzimmer spielen sollst? Nimm ihn mit nach draußen.«

»Ich will nicht rausgehen. Kann ich fernsehen?«

»Ja.«

»Ich will auch fernsehen.«

Wer nicht?, dachte sie und blickte Liam an. »Sobald du mit den Hausaufgaben fertig bist.«

»Aber ich *hasse* Hausaufgaben.«

»Ich auch, Kumpel. Harry, was ist mit dir?«

»Fertig.«

»Super. Lass uns noch einmal die Wörter fürs Diktat durchgehen.«

»Die kenn ich schon.«

Was wahrscheinlich stimmte. Harry gehörte nämlich in Rechtschreiben zu den besten Schülern seiner Klasse.

»Wir gehen sie trotzdem ein letztes Mal durch und danach die von dir, Liam, wenn du mit den anderen Sachen fertig bist.«

»Warum darf Murphy fernsehen?« Liam schaffte es, seinem Gesicht einen unglücklichen und zugleich empörten Ausdruck zu verleihen. »Warum muss er keine Hausaufgaben machen? Das ist nicht gerecht.«

»Murphy hat seine Aufgaben längst gemacht.«

»Ein blödes Memory. Das ist was für Babys.«

»Ich bin kein Baby«, ließ Murphys zornbebende Stimme sich von der Couch vernehmen.

»Er kann immer machen, was er will. Das ist nicht …«

»Ich will nicht noch einmal hören, was deiner Meinung nach gerecht ist. Du weißt, Liam, je länger du hier sitzt und dich beschwerst, umso länger dauert es. Und dann hast du gar keine Zeit mehr, um zu spielen oder fernzusehen.«

»Ich will nicht, dass Beckett auf uns aufpasst.«

»Ich dachte, du magst ihn.«

»Vielleicht ist er ja gemein zu uns, wenn er mit uns alleine ist. Vielleicht schreit er uns dann an und sperrt uns in unserem Zimmer ein.«

Clare verschränkte ihre Arme vor der Brust. »War er bisher jemals gemein zu euch?«

»Nein, aber was, wenn er heute Abend damit anfängt?«

»Falls du darauf spekulierst, dass dich jemand anschreit, musst du nur so weitertrödeln wie bisher. Dann wirst du es erleben, und zwar auf der Stelle.«

Sie schnappte sich das Blatt mit Harrys Wörtern und diktierte sie nacheinander. Als sie das Resultat kontrollierte, lobte sie ihren Sohn. »Gut gemacht, Harry. Das ist eine glatte Eins plus. Und jetzt lauf los.«

Sie selbst konzentrierte sich erneut auf Liam. »So ist's gut. Nur hast du hier d statt b geschrieben.«

»Warum haben sie es so gemacht, dass man es verwechseln kann?«

»Eine gute Frage, auf die ich leider keine Antwort weiß. Aber zum Glück gibt's ja Radiergummis.« Während er den Fehler korrigierte, nahm sie sich das Blatt mit seinen Wörtern vor. »Und jetzt diktier ich dir die neuen Wörter.«

»Ich hab immer viel mehr auf als alle anderen.«

Was natürlich nicht stimmte, doch Clare war es leid, ihn immer wieder darauf hinzuweisen, dass er täglich endlose Minuten durch Geschimpfe, sinnlose Kritzeleien oder gedankenverlorenes In-die-Luft-Starren verlor.

»Gleich hast du es geschafft«, sagte sie und begann mit dem Diktat.

Seine Schrift war deutlich besser als die seines großen Bruders, bloß seine Rechtschreibung nicht. Nun denn.

»Das war schon ganz gut. Drei Sachen hast du allerdings übersehen. Siehst du hier? Da hast du wieder b statt d geschrieben. Weißt du, wie du dir das merken kannst? B ist der erste Buchstabe von Blödmann, und man freut sich immer, wenn man einen Blödmann von hinten und nicht von vorne sieht.«

Das brachte ihn zum Lachen, und gut gelaunt beendeten sie die Hausaufgaben.

»Wir sehen uns die Wörter morgen früh noch einmal an. Jetzt pack deine Sachen ein und geh zu deinen Brüdern vor den Fernseher.

Aber keine Streitereien«, rief sie ihm nach, während sie eilig nach oben lief, um sich schnell ein wenig frisch zu machen, ehe sie das Haus verließ.

Sie stopfte das Buch, um das es heute Abend ging, und ihre Notizen in die Tasche, bürstete gerade ihre Haare, als es auch schon klingelte.

Er kam nicht nur pünktlich, sondern sogar zehn Minuten früher als geplant. Sie sah in den Spiegel. Diese Zeit hätte sie locker noch gebrauchen können.

Während sie nach unten lief, hörte sie Murphy fragen: »Sperrst du uns in unserem Zimmer ein?«

»Habt ihr einen Bankraub oder so geplant?«

»Uh, nein.«

»Warum sollte ich euch dann einsperren?« Beckett hob den Kopf und sah sie lächelnd an. »Spaghetti mit Hackfleischbällchen, wie bestellt.«

»Tausend Dank. Du bist ein echter Helfer in der Not.« Sie nahm ihre Tasche und merkte, wie sich ihre Brust leicht verkrampfte, weil ihre Söhne Beckett ansahen, als sei er ein seltenes Zootier.

»Komm am besten mit nach hinten durch, damit ich dir noch zeigen kann, wo alles ist. Die Hausaufgaben sind erledigt«, berichtete sie auf dem Weg in Richtung Küche. »Gegen sechs sollten sie essen. Teller stehen bereits auf dem Tisch.« Sie überlegte. »Baden müssen sie nicht, ich stell sie einfach morgen früh unter die Dusche. Ihre

Schlafanzüge sind schon rausgelegt, sie ziehen sie mindestens eine Stunde vor dem Schlafengehen an.«

»Sie wissen eben, wie man es sich gemütlich macht.«

»Auf jeden Fall. Ich bin rechtzeitig zurück, um sie ins Bett zu bringen. Spätestens Viertel nach acht.«

»In Ordnung. Entspann dich, Clare. Das Verfahren gegen mich wegen Gefährdung des Kindswohls wurde schließlich eingestellt.«

»Haha. Im Grunde mach ich mir eher Sorgen um dich. Sie kennen die Regeln, was aber nicht heißt, dass sie nicht trotzdem versuchen, dich auszutricksen. Zur Sicherheit hast du ja meine Nummer, und ich kann in fünf Minuten hier sein.«

»Wir kommen ganz bestimmt zurecht. Ich werde mich einfach taub stellen, wenn sie mit Scheren in den Händen mit mir um die Wette laufen wollen.«

»Okay.« Sie atmete tief durch. »Ich muss langsam los.«

Er brachte sie noch zur Tür, während die Jungs ihn aus großen Augen anstarrten. »Ich bin rechtzeitig wieder da, um euch ins Bett zu bringen«, sagte Clare. »Seid brav und esst keine Süßigkeiten vor dem Abendessen. Viel Glück«, wünschte sie Beckett und verließ endlich das Haus.

Er schloss die Tür hinter ihr und wartete einen Moment. »Also gut, Männer, was habt ihr vor?«

»Wir wollen Kekse«, übernahm Harry als Ältester die Wortführung.

»Dazu muss ich leider Nein sagen. Ihr habt schließlich gehört, was eure Mutter von wegen Süßigkeiten gesagt hat.«

»Hab ich es doch geahnt«, murmelte Liam.

»Dann wollen wir Playstation spielen. Oma und Opa haben uns zu Weihnachten Playstation drei geschenkt.«

»Und was für Spiele habt ihr?«

Harry sah ihn forschend an. »Kennst du dich mit diesen Sachen denn aus?«

»Also bitte. Du hast es bei mir mit dem amtierenden Bezirksmeister zu tun.«

»Nie im Leben.«

Lächelnd winkte Beckett ihn zu sich heran. »Na, dann stell das Ding mal an.«

Und dann begannen sie zu spielen.

Alle drei, selbst der Kleine, waren wirklich gut, echte Konkurrenten, und Beckett fragte sich, warum ihn das überraschte. Schließlich hatte es sich früher bei ihm nicht anders verhalten. Es machte ihm jedenfalls Spaß, die Jungs zu beobachten. Harry war geduldig und besaß einen ausgeprägten Sinn für Strategie, während Liam einfach wie ein Wilder auf die Knöpfe drückte, was sich entweder in großem Stil auszahlte oder aber bitter rächte. Und Murphy? Clares Jüngster lebte in dem Spiel.

»Ich hab dich plattgemacht!«, kreischte Harry entzückt und schüttelte die Faust.

»Verdammt«, sagte Beckett und wurde sogleich getadelt.

»Du darfst keine gemeinen Wörter sagen«, klärte ihn Murphy auf.

»*Du* darfst das nicht, ich hingegen schon.« Der nächste Fauxpas, denn jetzt verzog auch Liam das Gesicht.

Beckett beschloss, das Spiel abzubrechen. »Ach, verdammt«, wiederholte er nach einem Blick auf seine Uhr. »Wir hätten schon vor einer halben Stunde essen sollen.«

»Können wir nicht schnell noch ein anderes Spiel machen?«, fragte Harry.

»Erst die Spaghetti, sonst denkt eure Mutter noch, dass ich zu blöd bin, euch zum Essen anzuhalten.«

»Blöd schreibt man mit b, weil man einen Blödmann lieber nur von hinten sieht«, klärte ihn Liam auf.

»Okay. Und jetzt lasst uns in die Küche gehen.«

Es überraschte ihn, dass sie ihren Salat ohne Widerspruch aßen. Hatte Clare sie so gut im Griff, oder war ihr Hunger bloß so groß?

Sie verlangten etwas zu trinken. »Cola«, sagten sie unisono, doch Murphy fügte eine Erklärung hinzu, die den Ärger der großen Brüder erregte. »Sonst gibt's immer Milch. Mom sagt, dass man abends keine Cola trinken soll.«

Liam stieß ihn unsanft in die Rippen, und Murphy boxte zurück.

»Lasst gut sein. Heute ist eine Ausnahme. Männerabend, ihr wisst schon«, klärte er die Jungen auf. »Und deshalb gibt's für alle Cola.«

»Er hat mich gehauen.«

»Hab ich nicht.«

»O doch, hast du«, meinte Beckett, bevor er sich an Murphy wandte: »Und du hast zurückgehauen. Deshalb seid ihr quitt.«

»Das sag ich Mom«, murmelte der Fünfjährige gekränkt.

»Das kannst du nicht machen, Mann.« Beckett schüttelte den Kopf, während er die Spaghetti auf die Teller füllte.

»Und warum nicht?«

»Das wäre ein Verstoß gegen den Ehrenkodex unserer Bruderschaft. Was an Männerabenden passiert, geht niemanden sonst etwas an.«

Murphy starrte auf seinen Teller und dachte kurz nach. Niemand schnitt seine Spaghetti und die Hackfleischbällchen klein. Vielleicht war so was an einem Männerabend ebenfalls nicht üblich. Entschlossen stach er mit der Gabel in den ersten Kloß, der daraufhin über den Tisch flog und direkt auf Liams Schoß landete.

»Zwei Punkte für dich«, kommentierte Beckett.

Und dann brach die Hölle los.

Mit einem wütenden Aufschrei schnappte Liam sich das Hackfleischbällchen und warf es dem Bruder an den Kopf.

Eines musste man Murphy lassen. Er brach nicht in Tränen aus, sondern startete sofort einen Gegenangriff, sprang von seinem Stuhl und fegte dabei seinen Teller von Tisch.

Beckett schaffte es mit Mühe, einen Arm um seinen Bauch zu schlingen und ihn festzuhalten, während er nach seinem Bruder trat. Liam, der auf Rache sann, sprang ebenfalls von seinem Stuhl, und Beckett drehte sich zur Seite, damit Murphy Liams Schlag nicht abbekam, stieß dabei unsanft gegen die Kante des Tisches, sodass sich der Inhalt eines Colabechers über Harrys Brust ergoss.

In dem verzweifelten Bemühen, den Krieg der Brüder zu beenden, packte Beckett Liam, doch gleichzeitig sprang Harry mit geballten Fäusten auf.

»Aufhören, aufhören. Harry, das war meine Schuld. Ich hab den Becher umgestoßen. Immer mit der Ruhe. Alle aufhören!«

»Das hat er absichtlich gemacht!« Liam zappelte in Becketts Armen, während er seinen kleinen Bruder zu erwischen suchte, der in seiner Nähe stand.

»Hab ich nicht.« Mit zornblitzenden Augen und mit roter Soße im Gesicht verpasste Murphy Liam einen neuerlichen Tritt. »Er hat mein Essen nicht klein geschnitten. Alles ist seine Schuld.«

»Sofort aufhören! Ruhe!«

Urplötzlich brachen die Schreie und die wechselseitigen Beschimpfungen ab, und drei trotzige, erhitzte und schmutzige Gesichter starrten Beckett an.

»Wow, das sieht ganz schön übel aus.«

Das Hackfleischbällchen, das den Kampf ausgelöst hatte, lag zertreten auf dem Boden, und Nudeln, Soße und Cola schienen in der ganzen Küche verteilt.

»Mom wird schrecklich böse auf uns sein.« Tränen blitzten in Murphys Augen auf.

»Nein, wird sie nicht. Hör zu, Kleiner, so etwas kann passieren, wenn Männer gemeinsam essen, ohne dass Frauen in der Nähe sind.«

»Echt?«

»Ja, wirklich. Jetzt setzt euch erst mal wieder hin.«

»Er hat mit einem Hackfleischball nach mir geworfen.«

»Er hat nicht nach dir geworfen«, korrigierte Beckett Liam, der seinen kleinen Bruder mit einem hasserfüllten Blick bedachte. »Es war gewissermaßen ein Unfall, weil ich ihm das Essen nicht klein geschnitten habe. Ich bin eben noch ungeübt, und deshalb müsst ihr mit mir ein bisschen Nachsicht haben. Und jetzt Schluss mit dem Theater und hinsetzen.«

Entschlossen hob er Murphy zurück auf seinen Stuhl, füllte seinen Teller erneut und schnitt alles klein, bevor er zumindest den gröbsten Dreck wegwischte.

»Soll ich deine Spaghetti auch schneiden, Liam?«

»Meinetwegen.«

»Harry?«

»Nein danke, ich wickle die Nudeln lieber mit der Gabel auf.«

»Sehr gut.« Rechtschaffen erschöpft ließ Beckett sich auf seinen Stuhl sinken und sah die Jungen der Reihe nach an. »Dann haut mal rein, Männer.«

9

Sie aßen wie die Scheunendrescher. Vielleicht regte ja ein Bruderkrieg den Appetit an, überlegte Beckett, als nicht einmal die allerkleinste Nudel übrig war. Die beste Lösung, die ihm in puncto Säubern einfiel, bestand darin, die Jungen in der kleinen Waschküche direkt neben der Küche auszuziehen. Auch sein eigenes mit Tomatensoße bekleckertes Hemd steckte er an Ort und Stelle in die Waschmaschine, um dann die klebrigen Kinder ins Bad zu scheuchen und Wasser einlaufen zu lassen. So konnte er ihnen nicht die Schlafanzüge anziehen.

»Alle zusammen in die Wanne«, verkündete er.

»Können wir Seifenblasen machen?«, fragte Murphy hoffnungsvoll.

»Ich weiß nicht, könnt ihr?«, fragte Beckett ahnungslos zurück.

»Wir haben Spiderman.« Harry griff in ein Regal und zog eine Flasche hervor, die wie Spiderman aussah.

»Cool.« Beckett goss großzügig von der Flüssigkeit ins Wasser. »Okay, und jetzt rein mit euch.«

»Wir brauchen noch unser Spielzeug.« Liam holte einen Plastikkorb und kippte den gesamten Inhalt aus. Dem verstohlenen Blick nach zu urteilen, mit dem er Beckett dabei ansah, durfte er das in Gegenwart seiner Mutter eher nicht.

Aber schließlich war heute Männerabend.

»Okay.«

»Und dann brauchen wir noch unser Shampoo.« Harry holte eine Pumpflasche. »Damit kann man seinen Körper und die Haare waschen.«

»Wirklich praktisch.«

»Aber du musst uns die Haare waschen«, klärte Murphy Beckett auf.

»Okay.« Beckett nahm die Flasche in die Hand. »Dann fangen wir mal an.«

Hätten Seifenblasen, Spielsachen und Shampoo ihn nicht derart abgelenkt, würde er bestimmt daran gedacht haben, dass der Wasserstand sich durch drei Kinder dramatisch erhöhte. So aber brach innerhalb von Sekunden unerwartet eine kleine Sintflut los, die sich selbst durch eilig auf den Boden geworfene Handtücher nicht eindämmen ließ.

Er erinnerte sich dunkel daran, wie er sich als Kind mit seinen Brüdern wilde Wasserschlachten in der Wanne geliefert und das ganze Badezimmer überflutet hatte. Wie aber sollte er hier Ordnung ins Chaos bringen?

Indem er an die Männerehre appellierte.

»Es gehört nun mal zu Männerabenden, dass irgendwann die Frauen heimkommen«, klärte er die Kinder auf. »Und wenn eure Mom nach Hause kommt und das Bad und dazu das Durcheinander in der Küche sieht, reißt sie uns die Köpfe ab. Deshalb sollten wir erst mal die Beweismittel vernichten. Alle anziehen.« Beckett sammelte die nassen Handtücher vom Boden auf und warf sie in den Wäschekorb. »Ich räum währenddessen weiter in der Küche auf.«

Er schleppte die Handtücher nach unten, stopfte die bereits gewaschenen Kleidungsstücke in den Trockner, ehe er die nächste Ladung in die Waschmaschine packte.

Dann warf er einen Blick auf seine Uhr.

Verdammt, warum zum Teufel war es schon Viertel vor acht? Während er von oben schnelle Schritte und vergnügte Kinderstimmen hörte, stellte er die Teller in die Spülmaschine, säuberte den Tisch und wischte schnell noch den Boden.

»He, ihr müsst noch mal runterkommen und die Spiele wegräumen.«

»Wir ziehen gerade unsere Schlafanzüge an«, rief Harry, und die beiden anderen Jungs brachen in wieherndes Gelächter aus.

»Wehe, wenn nicht!«

Allmählich wurde die Zeit knapp. Also lief er selbst ins Wohnzimmer, sammelte die herumliegenden Spielsachen auf und rannte wieder nach oben.

Sie hatten zwar ihre Pyjamahosen angezogen, die Oberteile hingegen wie Turbane um ihr feuchtes Haar geschlungen und vergnügten sich mit einem kleinen Berg Actionfiguren, der zwischen ihren Betten auf dem Boden lag.

»Zieht jetzt bitte eure Oberteile an, Männer. Eure Mom kommt jeden Moment heim und wird nicht erfreut sein über das, was sie zu sehen bekommt.«

Vor allem Murphy stellte sich taub, und so nahm Beckett die Dinge selbst in die Hand und zog dem Kleinen eigenhändig das Pyjamaoberteil über den Kopf.

Der Junge bedachte ihn mit seinem engelsgleichen Lächeln. »Können wir morgen noch mal einen Männerabend veranstalten?«

Ein tiefes Gefühl der Freude durchflutete Beckett. »Morgen kann ich nicht, aber ein anderes Mal ganz bestimmt. Versprochen.«

»Vielleicht wenn keine Schule ist – dann könntest du hier übernachten.«

Hier übernachten; welch verführerischer Gedanke! »Das wäre natürlich klasse.«

»Mom ist wieder da. Mom ist wieder da.« Murphy rannte los und wurde kurz darauf von seinen beiden Brüdern überholt.

Als Beckett unten eintraf, umringten die Kinder Clare bereits, redeten alle durcheinander auf sie ein, und Murphy streckte seine Arme nach ihr aus.

Lachend hob sie ihren Jüngsten hoch, küsste Liam auf den Kopf und strich Harry mit der Hand übers Haar.

»Männerabend, ja? Nun, dann müssen wir …« Sie blickte auf und blinzelte ihn leicht verwirrt an. »Oh, hallo.«

»Na, wie ist es gelaufen?«

»Wirklich gut. Und hier?«

»Bestens. Wir haben ein bisschen gepokert und dazu ein paar Flaschen Bier geleert.«

»Natürlich«, antwortete sie. »Ihr Jungs lauft jetzt nach oben und putzt eure Zähne, ja? Ich komm in ein paar Minuten rauf. Sagt Beckett Gute Nacht.«

Harry und Liam verabschiedeten sich mit Handschlag, während Murphy ihm die Arme um die Beine schlang.

»Nächstes Mal wird er hier bei uns schlafen«, klärte er seine Mutter auf. »Tschüss, Beckett. Bis bald.«

Als die drei nach oben rannten, stellte Clare ihre Tasche auf dem Boden ab. »Dann ist also alles gut gelaufen?«

»Klar.«

»Du hättest sie nicht zu baden brauchen.« Als sie seinen verständnislosen Blick bemerkte, tippte sie sich an die Nase. »Kindershampoo.«

»Oh, ja nun … Es gab da diesen kleinen Unfall, als wir mit dem Essen anfangen wollten.«

»Verstehe. Läufst du deshalb mit nacktem Oberkörper rum?«

»Richtig.« Er blickte an sich herab. »Das hatte ich vergessen. Ich hab mein Hemd zusammen mit ihren Sachen schnell in die Waschmaschine und dann in den Trockner gestopft. Außerdem gab es eine kleinere Überschwemmung, und deshalb ist die Maschine voller Handtücher.«

Dieses Mal war sie es, die nicht gleich verstand. »Du hast gewaschen?«

»Ja. Und ich finde, dafür hab ich eine Belohnung verdient.«

»Auf jeden Fall.« Sie trat auf ihn zu und küsste ihn erst auf beide Wangen und danach zärtlich auf den Mund.

Seine nackte Haut war warm und fest, und seine Arme fühlten sich stark an, als er sie um ihre Taille schlang.

»Du riechst wie ein Orangensmoothie«, murmelte sie und hätte ihn am liebsten abgeleckt.

»Wie bitte?«

»Das Shampoo der Kinder – an dir riecht es ein bisschen anders. Beckett …«

Sie zuckte zusammen, als Liam von oben schrie: »Mom! Wir haben Zähne geputzt, und Harry hat schon mal das Buch geholt!«

»Okay. Ich komm gleich. Tut mir leid, aber ich lese ihnen immer noch ein paar Minuten vor, wenn sie abends schlafen gehen.«

»Dann mach ich mich langsam auf den Weg. Ich hol dich morgen um sieben ab.«

»Du kannst doch nicht mit nacktem Oberkörper gehen.«

»Ich glaube kaum, dass mir eine deiner Blusen passt.«

»Aber …«

»Es ist draußen noch ziemlich warm.« Er gab ihr einen letzten, sanften Kuss.

Verlegen trat sie einen Schritt zurück. Sie hätte ihn gerne gebeten, noch zu bleiben, bis sein Hemd getrocknet war. Vielleicht auf ein Glas Wein. Vielleicht …

»Mom!«

»Geh ruhig nach oben. Ich hatte jede Menge Spaß mit deinen Söhnen. Bis morgen.«

Seufzend sperrte sie hinter ihm ab und rief: »Ich komm ja schon«, als Liam zum dritten Mal von oben nach ihr schrie. Wahrscheinlich war es besser so, sagte sie sich. Was sollte sie auch groß mit Beckett tun, wenn oben ihre Kinder auf sie warteten?

Beckett stellte seinen Wagen auf dem Parkplatz hinter seiner Wohnung ab. Als er in Richtung Treppe ging, rief ihm einer ihrer Klempner von der Veranda der Pizzeria aus zu: »He, Beck! Hast wohl Pech beim Poker gehabt und sogar dein Hemd verloren, wie?«

»Das wäre noch das geringste Problem«, antwortete er im Vorübergehen.

In seiner Wohnung holte er sich ein Bier aus dem Kühlschrank, schaltete den Fernseher an und warf sich auf die Couch.

»Oh Gott.« Er fühlte sich wie nach einem Stadtmarathon.

Wie schaffte sie das nur? Die Kämpfe beim Essen und Spielen, die ständigen Streitereien, das Durcheinander und die vielen Aufgaben, die in einem Haushalt mit Kindern anfielen. Das musste doch komplett an die Substanz gehen, körperlich und geistig. Aber Clare wirkte immer ausgeglichen und frisch.

Er hingegen war völlig kaputt – und das, obwohl es ihm Spaß gemacht hatte.

Sie musste morgens aufstehen, ihre Kinder aus dem Bett scheuchen, sie antreiben, damit sie sich anzogen und frühstückten, und dann selbst zur Arbeit zu fahren, während zu Hause alles liegen blieb. Wie brachte sie einen Vierpersonenhaushalt und ihren Beruf unter einen Hut? Besaßen Frauen Superkräfte?

Beckett beschloss, seiner Mutter morgen früh als Allererstes einen großen Blumenstrauß zu schicken.

»Als ich hörte, dass er gestern Abend ohne Hemd von dir zurückgekommen ist, dachte ich mir, aber hallo. Da war meine liebe Clare wohl ganz schön wild.« Avery stützte sich auf dem Bett der Freundin ab.

»Die Wilden, das waren in diesem Fall eher meine Herren Söhne.«

»Fliegende Hackfleischbällchen und ein überschwemmtes Bad.« Sie schüttelte den Kopf. »Und trotz allem will er heute Abend mit dir ausgehen. Was beweist, dass er Charakter besitzt.«

»Murphy konnte ich dazu überreden, mir alles zu erzählen. Die beiden Großen haben eisern geschwiegen. Außerdem waren noch hier und da Tomatenspritzer in der Küche. Es scheint wirklich hoch hergegangen zu sein.«

Sie griff nach den Ohrringen, die ihr Hope für diesen Abend empfohlen hatte, und sah Avery lächelnd an. »Er hat seine Sache wirklich gut gemacht, ist allerdings leider gleich gegangen. Eigentlich hätte ich gerne noch ein Glas Wein mit ihm getrunken oder so.«

»Oder so! Clare, Clare …« Avery drohte ihr lachend mit dem Zeigefinger.

»Weißt du, ich hatte den Gedanken an Männer und an Sex fast völlig verdrängt.« Sie bewegte den Kopf, um den Sitz der Ohrclips zu testen. »Ich dachte sogar, dass dieses Thema ein für alle Male für mich abgeschlossen sei. Schon allein weil die Zeit fehlt. Aber als ich plötzlich anfing, Beckett nicht mehr nur als guten Freund zu sehen, und mir klar wurde, dass da von seiner Seite ebenfalls mehr ist …«

»Da wurde das Thema wieder brandaktuell, meinst du.«

»Ja, zumindest lässt es sich nicht mehr so ohne Weiteres beiseiteschieben.«

»Das sollte es auch nicht. Bleib dran an der Sache.«

»Warten wir mal ab, wie der Abend läuft.« Sie stand auf und betrachtete sich prüfend im Spiegel. »Findest du mein Outfit passend?« Sie drehte sich einmal um sich selbst.

»Du siehst fantastisch aus. Genau richtig für einen Sommerabend. Dieser Blauton – oder ist es eher ein Türkis? – sieht an dir einfach unglaublich aus.«

Clare kniff die Augen zusammen und betrachtete erneut ihr Spiegelbild. Sie mochte den schlichten Schnitt des Kleides, das in weichen Falten nicht ganz bis zum Knie fiel. »Mit oder ohne Jacke?«, fragte sie.

»Nimm vorsichtshalber eine mit. Du kannst sie ja später ausziehen.« Avery nickte ihr zu. »Bist du nervös?«

»Ein bisschen. Immerhin hab ich nach langer Zeit wieder mal ein Date, und zwar mit einem Mann, der mich wirklich interessiert.«

»Lass nichts anbrennen«, riet Avery ihr augenzwinkernd.

»Ich nehm wieder die Pille. Ist es das, was du meinst?«

»Schlaues Mädchen. Aber ich muss jetzt wirklich los. Ich hab nämlich heute die Abendschicht.«

Sie umfasste die Schultern ihrer Freundin und nickte ihr ein letztes Mal aufmunternd zu. »Viel Spaß und ruf mich morgen gleich an. Ich will alles ganz genau wissen.«

Nachdem Avery gegangen war, unterzog Clare sich vor dem Spiegel einer letzten eingehenden Musterung. Sie war zufrieden: Ihre drei Schwangerschaften sah man ihr wirklich nicht an. Natürlich achtete sie auf ihre Figur, doch zudem hatte sie zum Glück keinerlei Veranlagung zum Dickwerden und wirkte fast noch wie ein junges Mädchen.

Wenn der Abend ihren Wünschen entsprechend verlief und es weiter zwischen ihnen beiden funkte, würde es wahrscheinlich damit enden, dass sie und Beckett taten, was zwei ungebundene Erwachsene zu tun pflegten, zwischen denen die Chemie stimmte.

»Das nennt man wohl Sex«, murmelte sie vor sich hin. »Auch wenn du seit Jahren keinen mehr gehabt hast, weißt du noch, wie es geht.«

Sie und Clint waren mit ihrem Sexualleben rundherum zufrieden gewesen, ohne dass sie Vergleichsmöglichkeiten gehabt hätten. Sie kannten einfach den Körper des Partners in- und auswendig, seinen Rhythmus und seine Signale.

Doch wie würde es mit Beckett sein? Richtiger gefragt: Wie würde *sie* beim Sex mit ihm sein?

Sie beschloss, gar nicht darüber nachzudenken, sondern alles auf sich zukommen zu lassen. Sonst verdarb sie sich noch den ganzen Abend.

Konzentrier dich auf den Moment und dann eins nach dem anderen.

Als sie nach unten ging, drangen die Stimmen der Jungen aus dem Spielzimmer. Sie waren wieder einmal furchtbar laut, obwohl sie nicht einmal stritten, und als sie an der offenen Tür vorbei in Richtung Küche ging, sah sie, dass das Trio sich über einen Comic beugte, während Alva am Tisch in einer Gartenzeitschrift blätterte und aus der Mikrowelle das Knallen von Popcorn drang.

»Wir schauen uns heute Abend *Drachenzähmen leicht gemacht* an.«

»Schon wieder?«

»Nur gut, dass mir der Film gefällt.« Alva schob sich ihre Lesebrille auf die Nase. »Du siehst wunderschön aus, Clare.«

»Ja, es tut richtig gut, sich mal wieder hübsch anzuziehen und zurechtzumachen. Wurde auch langsam Zeit, bevor ich es ganz verlerne.«

In diesem Moment klingelte es an der Haustür. »Auf die Minute pünktlich, der Junge«, sagte Alva lächelnd. »Soll ich aufmachen, damit du erst hier deinen großen Auftritt hast?«

»Nein, lass nur. Außerdem ist Harry bereits losgerannt«, antwortete Clare. »Ich sollte vielleicht zur Tür gehen, bevor sich der Rest ebenfalls auf ihn stürzt.«

Doch es war bereits zu spät.

Sie hingen an ihm, bestürmten ihn mit Fragen und bettelten, ob er nicht schnell noch ein Spiel mit ihnen machen könnte. Aber er schüttelte den Kopf und wandte sich Clare zu, um ihr einen Strauß pinkfarbener Röschen zu überreichen.

Er sah toll aus in seinem grauen Sakko und der schwarzen Hose und so ganz anders als in seinem legeren Alltagslook. Richtig elegant, fand Clare.

In diesem Augenblick erkannte sie endgültig, dass sie ihn wollte.

»Bitte, Jungs, lasst Beckett erst mal ins Haus.«

Er umfing sie mit seinen Blicken, und sein Grinsen machte einem warmen Lächeln Platz. »Du siehst wunderschön aus.«

»Mom hat sich extra schick gemacht, weil sie mit dir ausgeht«, informierte Murphy ihn.

»Und ich hab mich für deine Mom fein angezogen.«

Clare vergrub das Gesicht in den Blüten und strich Harry über den Rücken, der bei diesen Worten eine recht kritische Miene aufgesetzt hatte und forschend von einem zum anderen blickte.

»Komm doch kurz rein, während ich den Strauß ins Wasser stelle.«

»Mom.«

»Moment, Liam.«

»Mom, mir ist nicht gut. Ich hab Bauchschmerzen.«

Und wie um seine Behauptung zu unterstreichen, fing er zu würgen an und spuckte sein Essen direkt auf Becketts frisch geputzte Schuhe.

»Oh Gott. Harry, lauf zu Mrs. Ridenour und sag ihr, sie soll dir ein Handtuch geben.«

»Wow«, entfuhr es Beckett, während Clare ihm die Blumen wieder in die Hand drückte und vor Liam in die Hocke ging.

Sie fühlte seine Stirn. »Was ist los mit dir? Du bist ein bisschen warm.«

»Ich fühl mich nicht gut.«

»Komm, lass uns nach oben gehen. Es tut mir schrecklich leid, Beckett.«

»Mach dir darüber keine Gedanken.«

Alva kam mit Tüchern, einem Eimer und dem Wischmopp angerannt.

»Liam hat gespuckt«, teilte Murphy ihr mit.

»Das hab ich gehört. Der Arme – und du auch«, sagte sie zu Beckett. »Lass mich erst mal deine Schuhe säubern.«

»Ich muss ihn nach oben bringen.« Clare sah ihn mit einem entschuldigenden Lächeln an. »Mit Ausgehen wird's wohl heute nichts.«

»Kein Problem.«

»Doch, aber danke für dein Verständnis.« Sie nahm Liam auf den Arm und ging mit ihm zur Treppe.

»Kann ich in dein Bett?«

»Na klar. Vorher ziehen wir dich noch um. Harry, sei so lieb und bring uns ein Glas Ginger Ale.«

Oben wusch sie ihrem Sohn das Gesicht, hielt seinen Kopf, als er sich nochmals übergeben musste, maß Fieber – er hatte nur leicht erhöhte Temperatur –, brachte ihn zu Bett, zog ihm seinen Pyjama an und hielt ihm den Becher mit Ginger Ale vorsichtig an den Mund.

»Der Eimer steht gleich hier, falls dir wieder übel wird und du es nicht mehr bis ins Bad schaffst.« Sie strich ihm sanft über den Kopf und nahm die Fernbedienung in die Hand. »Nick oder Cartoon Channel?«

»Nick. Es geht mir schon besser, jetzt wo alles raus ist.«

»Sehr gut.«

Mit tränenfeuchten Augen schmiegte er sich an sie. »Ich wollte nicht auf Becketts Schuhe spucken.«

»Nein, natürlich wolltest du das nicht.«

»Ist er mir böse?«

»Ganz sicher nicht.« Sie küsste ihn zärtlich auf den Kopf. »Ich zieh mich erst einmal um.«

»Bist *du* böse auf mich?«, erkundigte er sich, als sie eine Jogginghose und ein T-Shirt aus ihrer Kommode zog.

»Warum sollte ich?«

»Schließlich hattest du dich extra schön gemacht.«

»Das läuft ja nicht davon. Ich geh einfach an einem anderen Abend mit Beckett aus, und dann zieh ich mich wieder so hübsch an.« Vorher aber musste das Kleid in die Reinigung, weil es Spuren von dem übel riechenden Schwall aufwies.

»Mom, holst du mir Iron Man – den neuen, nicht den alten – und Deadpool und Wolverine und Luke?«

Luke war ein ramponiertes Stofftier, das den Namen seines Star-Wars-Helden trug.

»Na klar.«

»Und krieg ich noch mehr Ginger Ale?«

»Auch das. Ich bin sofort wieder da.«

Sie brachte ihm erst die Figuren, bevor sie nach unten ging, um Ginger Ale zu holen. »Denk an den Eimer – für den Notfall. Und ruf, falls dir wieder schlecht wird«, sagte sie, bevor sie sich zur Treppe wandte.

»In Ordnung. Danke, Mom«, flüsterte Liam, der noch ganz bleich war, und drückte Luke an seine Brust.

Clare staunte nicht schlecht, als unten Beckett barfuß aus dem Spielzimmer neben der Küche kam.

»Alva ist gerade gegangen. Du sollst dich bei ihr melden, falls du Hilfe brauchst. Wie geht es Liam?«

»Besser, glaube ich. Er liegt jetzt in meinem Bett und schaut mit seinem Stoffhund, Wolverine, Iron Man und Deadpool fern. Deadpool ist ...«

»Ich weiß, wer Deadpool ist. Du scheinst immer wieder zu vergessen, dass ich auch einmal ein Junge war.«

»Da hast du wohl recht, aber wie dem auch sei: Das Schlimmste scheint überstanden. Ich schätze mal, dass er sich bei Mazie angesteckt hat. Warum bist du noch da?«

»Wir waren heute Abend verabredet. Schon vergessen?«

»Nein, natürlich nicht. Entschuldige bitte.«

»Und weil du dich nicht um mich kümmerst, hab ich mich mit deinen restlichen Söhnen zu einem weiteren Männerabend zusammengetan. Schließlich wirst du eine Weile als Krankenschwester beschäftigt sein, auch wenn du keine dieser hübschen Uniformen mit kurzem weißem Röckchen trägst.«

»Hat Liam noch mal gespuckt?«, fragte Murphy.

»Ja, aber es geht ihm besser.« Sie legte eine Hand auf seine Stirn. »Und was ist mit dir?«

»Mir ist nicht schlecht.«

»Du hast ja auch einen Magen wie ein Mülleimer. Harry?«

»Ich bin okay. Wir wollen Bendomino spielen, bloß weiß Beckett nicht, wie das geht.«

»Das lern ich schnell. Bereitet schon mal alles vor und macht euch auf eine bittere Niederlage gefasst.«

»Nie im Leben!«, kreischte Harry und klappte die Schachtel auf.

»Beckett, du brauchst wirklich nicht – verflixt, ich muss Liam neues Ginger Ale bringen. Er muss viel trinken, denn Kinder trocknen schnell aus. Ich bin sofort wieder da.«

Sie lief in die Küche, wo sie neben einer randvollen Popcornschüssel ihren wunderschönen Rosenstrauß in einer Vase stehen sah.

»Stör ich?«

Sie drehte sich zu Beckett um, der ihr gefolgt war. »Nein, natürlich nicht, aber du kannst unmöglich zwei Abende nacheinander mit dieser Rasselbande verbringen. Schlimm genug, dass Liam dir auf die Schuhe gespuckt hat.«

»Sie werden es ganz sicher überleben.«

»Er hatte Angst, dass du ihm böse bist.«

»Sag ihm, dass er in dieser Hinsicht ganz beruhigt sein kann.« Er beobachtete, wie sie Ginger Ale in den Becher schüttete und Salzcracker in eine kleine Schüssel füllte. »Vielleicht wäre es noch besser, wenn ich ihm das Zeug nach oben bringe.«

Als sie zögerte, griff er einfach nach Becher und Schüssel. »Ich hab gehört, dass es nachher ein Video und Popcorn geben soll.«

»So war es geplant. Allerdings hat sich alles ein wenig verschoben.«

»Ich kann warten«, sagte er und wiederholte die Worte mit einer ganz besonderen Betonung, die deutlich machte, dass er weder Video noch Popcorn meinte.

Sie verstand: Er würde auf sie warten, doch jetzt war nicht die Zeit, darüber zu reden.

»Beckett«, fragte sie, als er sich zum Gehen wandte. »Wie sieht's mit Rührei aus?«

»Was ist damit?«

»Möchtest du welches? Schließlich fällt dein und mein Abendessen ja aus. Vermutlich werde ich sowieso für Liam noch welches machen, sofern er die Cracker drinbehält. Wenn er krank ist, verlangt er das immer. Harry hingegen will in solchen Situationen Hühnersuppe mit Sternchennudeln und Murphy Toast mit Erdbeermarmelade, den er sonst nie isst. Also, was hältst du davon? Dazu könnten wir uns einen Wein gönnen.«

»Klingt verlockend. Aber erst mal zurück zu deiner Krankenschwesterkleidung …« Er betrachtete ihre formlose Jogginghose und das weite T-Shirt.

»Nimmst du auch so mit mir vorlieb?«

»Tja, da bleibt mir wohl keine andere Wahl.«

Lächelnd blickte sie ihm nach, als er den Raum verließ. Ein toller Mann, dachte sie. Es war schließlich nicht selbstverständlich, dass er unter diesen Umständen nicht das Weite suchte, vielleicht sogar für immer. Trotz dieses ausgesprochen schlechten Timings blieb er und half ihr.

Jetzt war es definitiv um sie geschehen.

Als Beckett ihr Schlafzimmer betrat, kam ihm der Junge in dem großen Bett schrecklich klein vor.

»Na, wie stehen die Aktien?«

»Ich musste zweimal spucken.«

»Das kommt davon, wenn man Austern in sich reinstopft und mit Whiskey runterspült.«

»Hab ich doch gar nicht!«

»Das sagst du jetzt.«

Liam zog seinen zerzausten Stoffhund an die Brust. »Ich wollte dir nicht die Schuhe dreckig machen«, fing er mit leiser Stimme zu sprechen an.

»Solche Sachen kommen unter Männern eben manchmal vor.« Beckett setzte sich zu ihm aufs Bett und hielt ihm Schüssel und Becher hin.

»Ach ja?«

»Deadpool hat den armen Wolverine ganz sicher auch schon vollgekotzt.«

»Nein, echt?«

»Überraschen würde es mich nicht.«

Fasziniert griff Liam nach Deadpool und stieß würgende Geräusche aus.

»Deine Mutter meinte, sie würde Rührei machen, falls du welches möchtest.«

»Vielleicht. Schaust du mit mir fern?«

»Wenn du ein Stückchen zur Seite rutschst.« Den Besuch im Bett von Clare hatte Beckett sich zwar anders vorgestellt, aber das ließ sich für den Moment nicht ändern. Jetzt legte er sich neben den Jungen, lehnte seinen Kopf gegen die Wand, während Liam sich an seinen Arm schmiegte und zu ihm aufblickte.

Und zwar mit dem gleichen engelhaften Lächeln wie sein kleiner Bruder.

Später spielte Beckett unten mit den anderen beiden Bendomino, während Clare Rührei zubereitete, und als sie bei Liam am Bett saß, schaute er mit Harry und Murphy einen Film.

»Er schläft«, erklärte sie, als sie wieder nach unten kam. »Ich fürchte nur, dass Harry als Nächster drankommt, und bei ihm geht es bestimmt nicht so glimpflich ab.«

»Du bist eine echte Optimistin.«

»Ich spreche einfach aus Erfahrung«, antwortete sie. »Also, Rührei in der Küche?«

»Mach dir keine Umstände. Du musst doch hundemüde sein.«

»Ich bin völlig ausgehungert und sehne mich nach einem Glas Wein.«

»Überredet.«

Er fand es eigentlich recht gemütlich, mit ihr am Küchentisch zu sitzen und Wein zu trinken, wenngleich er sich den Abend anders vorgestellt hatte. Er stand auf, um aus dem Wohnzimmer drei Teelichter in dunkelblauen Gläsern zu holen. »Wenigstens ein kleiner Ausgleich für das Candle-Light-Dinner, das dir entgangen ist«, sagte er.

»Ich finde es wunderbar«, entgegnete sie und stellte die Vase mit den Rosen ebenfalls auf den Tisch. »Und am schönsten ist es, dass du geblieben bist.«

»Und du bist im Kerzenlicht noch schöner als sonst. Wollen wir vielleicht am nächsten Wochenende erneut unser Glück versuchen?«, fragte er.

»Freitagabend?«

»Gleiche Zeit, gleiches Programm.«

»Hoffentlich ohne Spuckeinlage. Wieso kannst du eigentlich mit Kindern so gut umgehen? Dass du selbst mal ein kleiner Junge warst, beantwortet diese Frage nicht. Du wärst der geborene Vater.«

»Vielleicht, doch dazu gehören zwei. Und bislang gab es nie die passende Frau, mit der ich eine Familie hätte gründen wollen. Außerdem fängt nicht jeder so früh an wie du.«

»Es war das, was ich immer wollte, und Clint ging es genauso. Wir wussten einfach beide, dass wir uns möglichst früh viele Kinder wünschten.«

»Wie war das Leben als Soldatenfrau?«

»Man muss warten und loslassen können, aber ich hab auch viel gesehen und gelernt. Allerdings hat mir mein Zuhause bisweilen sehr gefehlt, und nach Clints Tod stand für mich außer Frage, dass ich zurückkehren würde. Ganz einfach, weil meine Kinder hierhergehören.« Sie schüttelte den Kopf. »Ohne meine Eltern und die von Clint hätte ich es nicht geschafft. Sie waren und sind ganz einfach wundervoll. Du weißt ebenfalls, wie wichtig es im Leben ist, wenn man sich auf seine Familie verlassen kann.«

»Das stimmt.«

»Manche Leute finden ein wenig Distanz besser, andere brauchen unbedingt Nähe. Ich persönlich kenne beides und denke, dass alles seine Zeit hat. Hast du je daran gedacht, woandershin zu ziehen?«

»Das frage ich mich selbst von Zeit zu Zeit und komme immer wieder zu dem Schluss, dass ich an keinem anderen Ort leben will.«

Er stand auf, ging um den Tisch herum zu ihr und zog sie hoch. Dann legte er die Arme um sie und drückte sie sanft an seine Brust, und als er seinen Mund auf ihre Lippen senkte, brachte er ihr Herz zum Rasen.

»Komm mit zum Sofa«, raunte er ihr zu. »Noch ein Gläschen Wein und … Du weißt schon, was ich meine. Ich möchte dich küssen, dich berühren – zumindest das.«

Sie schloss die Augen und nickte. »Ja«, flüsterte sie,

»das will ich auch. Ich schau nur schnell nach Liam, um mich zu vergewissern, dass … Harry, was tust du hier?«

Kreidebleich und mit glasigen Augen stand er in der Tür. »Mir ist schlecht.«

Eilig lief sie zu ihm und befühlte seine Stirn. »Das Gleiche wie bei Liam«, sagte sie und schaute Beckett vielsagend an. »Hab ich es dir nicht gesagt?«

Das war's dann wohl mit ein bisschen Kuscheln auf dem Sofa. »Kann ich etwas für dich tun?«

»Nein, ich komm schon zurecht.«

»Dann geht einfach rauf. Ich finde alleine raus. Gute Besserung, Großer.«

»Danke«, antwortete Clare anstelle ihres Sohnes.

»Kann ich auch in deinem Bett schlafen?«

»Na klar.«

Mit einem entschuldigenden und enttäuschten Blick in Becketts Richtung brachte sie den Jungen nach oben.

10

Clare brachte den Großteil des Wochenendes mit der Pflege ihrer kranken Söhne, dem Zubereiten von Rührei und dem Aufwärmen von Suppe zu. Bis Sonntagmorgen waren Liam und Harry wieder einigermaßen hergestellt, allerdings noch etwas wehleidig und quengelig. Vor allem langweilten sie sich, weshalb Clare auf die glorreiche Idee verfiel, sie beide auf das Sofa im Wohnzimmer zu packen, damit sie etwas Abwechslung hatten und sich die Zeit mit DVDs oder Büchern vertreiben konnten. Doch der Reiz des Neuen war schnell verflogen, und insbesondere Harry hatte die Nase bald voll.

Als sie wieder einmal lautstark stritten, welche DVD sie sehen wollten, schnappte Clare sich kurzerhand die Fernbedienung und stellte den Fernseher vorübergehend ab.

»Mom!« In ihrer Empörung waren sich alle drei zur Abwechslung einig.

»Da ihr offenbar nichts anderes könnt, als euch zu streiten und euch zu beschweren, dass die Filme alle todlangweilig sind, verordne ich euch jetzt vorübergehend eine Fernsehpause.«

»Harry hat angefangen«, beschwerte Liam sich.

»Hab ich nicht. Du …«

»Es ist mir egal, wer angefangen hat. Keiner von euch sieht mehr fern.« Clare reichte es langsam. Sie war nicht länger gewillt, die Krankheit als Entschuldigung für schlechtes Benehmen zu akzeptieren. »Ihr könnt hierbleiben und lesen, malen oder spielen. Aber ruhig bitte und ohne Streit. Andernfalls verschwindet ihr alle drei in eurem Zimmer und schmollt dort. Und wenn ich noch ein Wort höre«, kam sie den Protesten der Jungen zuvor, »sperr ich sämtliche DVDs bis nächstes Wochenende weg.«

»Es ist alles seine Schuld«, murmelte Liam leise.

»Liam Edward Brewster, das ist jetzt die allerletzte Warnung. Kein Wort mehr, hast du mich verstanden?«

Seine Augen füllten sich mit Tränen, und am liebsten hätte sie vor lauter Frust mitgeheult. »Und jetzt will ich, dass ihr alle den Mund haltet.«

»Mom.«

»Harry«, warnte sie.

»Ich hab Hunger. Ich möchte meine Suppe.«

Dass er wieder Hunger hatte, war zwar eigentlich ein gutes Zeichen, aber zugleich ein Ablenkungsmanöver. »Du weißt doch, dass die Suppe alle ist. Grannie und Grandpa bringen später Nachschub mit.«

»Ich will jetzt was essen.«

»Dann musst du mit etwas anderem vorliebnehmen. Wir haben noch Buchstabensuppe und Brühe mit Spiralnudeln.«

»Die mag ich aber nicht. Ich mag nur die mit den Sternchennudeln«, quengelte ihr Ältester.

»Dann musst du eben warten. Die Großeltern kommen sicher bald.«

»Warum können sie nicht sofort kommen?« Seine Stimme klang weinerlich wie die eines Kleinkinds.

Bevor sie endgültig die Geduld mit ihm verlor, rief sie

sich in Erinnerung, wie elend er noch am Tag zuvor gewesen war, und versuchte ihn zu trösten. »Sie kommen sicher gleich, und jetzt gebt bitte zumindest so lange Ruhe, bis ich nach der Wäsche geschaut habe.«

Sie konnte von Glück reden, wenn sie die fünf Minuten durchhielten, ohne zu zanken, dachte sie. Zudem fing Murphy ebenfalls an zu jammern. »Ich hab auch Hunger. Machst du mir ein Brot mit Erdnussbutter und Gelee?«

»Das Brot ist alle, Schatz. Grannie bringt neues mit.«

»Warum haben wir nie, was ich will?«

»Weil deine Brüder krank geworden sind, alle Eier, das gesamte Brot und die ganze Suppe aufgegessen haben und ich gestern nicht zum Einkaufen gekommen bin.«

»Und warum nicht?«

»Weil Harry und Liam krank waren.« Sie dachte, der Schädel müsse ihr platzen, wenn das so weiterging, und ungeduldig zerrte sie die Wäsche aus dem Trockner und warf sie in einen Korb.

»Wenn Harry und Liam morgen nicht in die Schule müssen, bleib ich auch zu Hause.«

»Erstens entscheidest nicht du das, sondern ich, und zweitens wirst du morgen auf jeden Fall in die Vorschule gehen. Und ich schätze, dass deine Brüder morgen wieder gesund sind.«

Bitte, lieber Gott, hab Mitleid.

»Keiner spielt mit mir.«

»Murphy«, stöhnte Clare. »Ich hab den halben Vormittag Spiele mit euch gemacht.«

»Ja, aber nicht mit mir alleine.«

Um nicht laut zu schreien, schloss sie die Augen. Sie gab sich ständig größte Mühe, jedem einzelnen Kind gerecht zu werden. Doch nicht jetzt, nicht in diesem Augenblick. Und sie wollte auch nicht darüber diskutieren.

»Warum holst du nicht deine Power Rangers aus dem Spielzimmer? Dann kannst du oben bei mir spielen, während ich die Betten mache«, schlug sie vor, um ihn abzulenken.

»Du musst mitspielen.«

»Nein, das muss ich nicht. Und selbst wenn ich es wollte, hätte ich dafür im Augenblick einfach keine Zeit. Willst du wissen, warum?«, kam sie seiner Nachfrage zuvor. »Weil ich noch den Rest der Wäsche machen muss, die gestern liegen geblieben ist, weil ich nicht von Liam und Harry wegkonnte. Außerdem müssen ihre Betten unbedingt frisch bezogen werden. Soll ich dir außerdem all die anderen Dinge aufzählen, die zu erledigen sind, oder hast du erst mal genug?«

»Ich hab genug.«

Sie fuhr sich mit den Händen übers Gesicht und sagte mit einem resignierten Lachen: »Ach, Murphy, manchmal treibst du einen ganz schön zur Verzweiflung.«

»Das will ich aber nicht.«

»Ich weiß«, sagte sie zärtlich und nahm ihn in den Arm, weil sie selbst ein wenig Trost brauchte.

»Schenkst du uns einen kleinen Hund?«

Vollkommen erschöpft lehnte sie ihre Stirn gegen seinen Kopf. »Murphy, bitte.«

»Harry und Liam würde es bestimmt viel besser gehen, wenn wir einen kleinen Hund hätten. Mein neuer allerallerallerbester Freund, Jeremy, hat einen, und der heißt Spike. Ich möchte genauso ein Hündchen, und vielleicht nenn ich es auch Spike.«

»Es kommt immer auf den richtigen Zeitpunkt an, Schätzchen, und dies ist garantiert ein völlig falscher Moment, über einen Hund zu diskutieren. Frag nicht, warum, sondern akzeptier es zur Abwechslung einfach mal. Lass mich erst mal zu Atem kommen. Weißt du, im Augenblick hab ich zu viel um die Ohren. Komm, gehen wir nach oben. Du und die Power Rangers könnt mir helfen, die Betten zu beziehen.«

»Power Rangers tun so was nicht. Sie kämpfen gegen das Böse«, klärte er sie empört auf.

»Aber schlafen müssen sie hin und wieder schon, oder nicht?« Sie nahm ihren Korb, um ihn nach oben zu tragen. Sie würde es sich zur Abwechslung einmal leicht machen und die Bettwäsche gleich ungebügelt wieder aufziehen.

Im Wohnzimmer herrschte eine ungewöhnliche Ruhe. Kein Laut war zu hören. Konnten die beiden etwa eingeschlafen sein?

Vorsichtig spähte sie um die Ecke. Tatsächlich. »Pst. Sei still«, mahnte sie Murphy. »Weck sie mir bloß nicht auf.« Was das kleine Plappermaul indes lediglich bewog, im Flüsterton weiterzureden.

Kaum waren sie im Obergeschoss angekommen, als jemand den Messingklopfer an der Haustür betätigte.

»Hol du schon deine Power Rangers«, forderte sie ihren Jüngsten auf, während sie so schnell es ging wieder nach unten lief. Hoffentlich wurde nicht ein zweites Mal geklopft oder gar geklingelt. Sie würde eigenhändig jeden umbringen, der die beiden Großen weckte.

Und den, der draußen stand, mit besonderem Vergnügen und ohne Grund.

»Sam, was tust du denn hier?«

»Hallo, meine Schöne! Ich war gerade in der Gegend und dachte, ich schau kurz vorbei und nehm dich mit zum Brunch in meinem Club. Meine Eltern warten dort auf mich.«

»Du kommst ausgesprochen ungelegen. Zwei meiner Söhne waren das ganze Wochenende über krank und sind noch immer unleidlich. Deshalb bin ich heilfroh, dass sie gerade eingeschlafen sind.«

»Klingt, als ob du eine Pause brauchst. Los, ruf deinen Babysitter an«, forderte er sie mit einem leichten Augenzwinkern auf. »Du musst endlich mal aus dieser Tretmühle raus.«

»Das, was du als Tretmühle bezeichnest, ist mein Leben, und ich lass meine kranken Kinder ganz sicher nicht alleine.«

»Mom!«

»Leise, Murphy. Du weckst deine Brüder auf«, sagte sie und vertrat gleichzeitig Sam, der Anstalten machte, sich ins Haus zu drängen, den Weg.

»Kommst du jetzt?«, fragte Murphy ungeduldig. »Ich hab meine Power Rangers aus dem Spielzimmer geholt, und du hast gesagt …«

»Sofort. Tut mir leid, Sam, aber wie du siehst, bin ich gerade sehr beschäftigt.«

»Ich werde meiner Mutter sagen, dass sie sich wegen eines Au-Pair-Mädchens umhören soll.«

Sie war hundemüde, hatte keine Suppen und Eier mehr im Haus, nicht einmal ein Stück Brot, und jetzt zu allem Überfluss dieser Sam! »Um Gottes willen, ich brauch so was nicht, und mir steht auch nicht der Sinn nach einem langweiligen Brunch in deinem dämlichen Club. Ich will jetzt einfach unsere Betten machen, weiter nichts. Also entschuldige mich bitte.«

Mit einem lauten Knall schlug sie ihm die Tür vor der Nase zu.

Draußen blieb Sam beleidigt und empört zurück. Er ballte die Fäuste und verstand die Welt nicht mehr. Mal war Clare freundlich, sodass er schon glaubte, sie würde mit ihm flirten, und dann erteilte sie ihm im nächsten Moment eine unhöfliche Abfuhr. Vor allem hatte er genug davon, dass sie die drei schrecklichen Kinder ständig als Ausrede benutzte.

Ja, es reichte wirklich, dachte er, als er wütend zu seinem Wagen stapfte. Zumal man Beckett Montgomery zwei Abende zuvor erst gegen elf aus ihrem Haus hatte kommen sehen. Wollte sie ihn vielleicht eifersüchtig machen, fragte er sich. Wie auch immer: Er würde nicht länger den verständnisvollen, netten Burschen rauskehren. Allerhöchste Zeit, dass Clare Brewster lernte, dass er sich nicht von einer Frau zum Narren halten ließ.

Während Sam auf Rache sann, reagierte Clare ihre Wut beim Putzen des Kinderzimmers ab. Sie besprühte alle Oberflächen mit Desinfektionsmittel, riss die Fenster auf, um frische Luft hereinzulassen, und allmählich kühlte sich ihr Zorn ein wenig ab.

Was war nur los mit diesem Mann? So begriffsstutzig, so egoistisch und so dämlich konnte doch niemand sein, selbst Sam nicht. Ganz zu schweigen davon, dass er ihr entsetzlich auf die Nerven ging. Inzwischen brachte sie es nicht einmal mehr fertig, ihm gegenüber die Mindestgebote der Höflichkeit zu beachten. Und trotzdem ließ er sich nicht abweisen. Sie konnte nur hoffen, dass sie ihm heute den Rest gegeben hatte. Nie zuvor war sie so weit gegangen, jemandem unter Beschimpfungen die Tür einfach vor der Nase zuzuknallen. Eigentlich konnte er das nicht missverstehen.

Während sie auf ihren Knien durch das Badezimmer rutschte und den Boden schrubbte, tippte ihr Murphy auf die Schulter.

»Hast du wieder genug Atem?«

»Was hab ich?«

»Du hast vorhin gesagt, dass du erst mal zu Atem kommen musst. Hast du jetzt wieder genug?«

Sie setzte sich auf ihre Fersen und zog ihn an ihre Brust. »Beinahe.«

»Und warum hast du die Betten nicht gemacht?«

»Weil ich vorher sauber machen wollte. Erst mal muss ich die Bakterien beseitigen. Ich bring sie reihenweise um. Hörst du, wie sie schreien?«

Er starrte sie aus kugelrunden Augen an. »Ich will auch Bakterien umbringen.«

Sie warf einen zweiten Lappen in den Eimer, wrang ihn gründlich aus und hielt ihn dem Jungen hin. »Da drüben in der Ecke sind noch welche! Erledige sie, Murphy.«

»Ich kann keine sehen.«

»Sie tragen Tarnkappen und sind deshalb unsichtbar. Aber lass dich nicht von ihnen täuschen, sondern mach sie alle kaputt!«

Nicht übel, dachte sie, als sie ihn energisch in der Ecke wischen sah, und lehnte ihren müden Rücken an die Wand, während er einen verbalen Bombenhagel auf die Bakterien niedergehen ließ.

Als sie plötzlich leise Schritte hörte, drehte sie sich um. Liam stand hinter ihr.

»Na, hast du ein schönes Nickerchen gemacht?«

»Ja, bis Murphy uns aufgeweckt hat. Können wir jetzt einen Film anschauen? Wir wollen *Krieg der Sterne* sehen.«

»Ich hab die Bakterien umgebracht.« Murphy schwenkte seinen Putzlappen wie eine Fahne über seinem Kopf. »Ich will auch den Film sehen.«

»Na gut. Dann stellen wir den Fernseher wieder an.«

Als sie nach unten kam, blickte ihr Ältester, dem der Schlaf sichtlich gutgetan hatte, sie flehend an. »Ich hab schrecklichen Hunger.«

»Vielleicht magst du ein bisschen Müsli, bis ...« Sie horchte nach draußen und hob eine Hand. »Die Haustür wird gerade aufgeschlossen. Ich schätze mal, dass unser Proviant kommt. Wir sind gerettet!«

»Das sind ja meine Jungs.« Rosie und Ed Murphy kamen mit vollen Einkaufstüten, die sie ihrer Tochter augenzwinkernd in die Hand drückten, zur Tür herein. »Seht mal, was wir hier für zwei kranke Jungs und ihren Bruder haben«, meinte Rosie, während sie drei Spielfiguren aus einer der Tüten zog.

Lärmend bedankten sich die Kinder, und Clare lächelte ihren Vater an. »Sie hat ihren Bestechungsfundus geplündert, stimmt's?«

»Du kennst ja deine Mutter.«

»Mit Sicherheit. Ich werde die Sachen erst mal in die Küche bringen, Harry hat mir nämlich schon die Ohren vollgejammert, weil es keine Sternchensuppe mehr gab.«

Ed, ein großer, muskulöser Mann mit grau meliertem, sandfarbenem Haar wandte sich zum Gehen. »Dann hol ich erst mal den Rest.«

»Noch mehr?«

Er drohte ihr grinsend mit seinem Zeigefinger, und um seine grünen Augen bildete sich ein Netz feiner Fältchen. »Keine Widerrede, du weißt doch, wie unsere Mutter ist.«

Clare lachte. Diese Vorräte würden für ein paar Tage reichen und ihr zumindest einen Großeinkauf ersparen. Zudem hatten die Großeltern so allerlei für die Kinder mitgebracht, was es sonst nicht alle Tage gab wie Eis am Stiel, Softeisriegel, Gummischlangen und Kartoffelchips.

»Eis am Stiel und Softeisriegel?«, fragte sie, als Rosie in die Küche kam.

»Sie waren schließlich krank.«

»Erzähl ihnen davon bloß nichts vor dem Mittagessen. Ach ja, und wo ist die Quittung? Was habt ihr bezahlt?«

»Betrachte diesen Einkauf als Belohnung dafür, dass du dich das ganze Wochenende um zwei kranke Jungen und deinen anstrengenden Jüngsten kümmern musstest.«

»Das ist ganz lieb von euch, aber ich will nicht, dass ihr …«

»Streite nie mit einer Frau, die dir etwas zum Essen bringt.«

»Von einer solchen Regel hab ich noch nie gehört«, sagte Clare, drehte sich jedoch um und fiel ihrer Mutter um den Hals. Für einen Moment lag ihr Kopf auf Rosies Schulter. »Danke, Mom.«

Ihre Mutter war einfach immer für sie da.

»Mein müder Schatz«, murmelte Rosie sanft.

»Es geht schon.« Clare gab sich einen Ruck und trat einen Schritt zurück. »Du siehst übrigens großartig aus.«

Ihre Mutter hatte das gleiche helle Haar wie sie, trug es allerdings kurz geschnitten mit eingefärbten schimmernden Strähnen, was gut zu ihrem kantigen Gesicht und der zarten, durchscheinenden Haut passte.

»Das liegt vermutlich an meiner neuen Gesichtscreme und daran, dass ich viel geschlafen habe, was man von dir vermutlich nicht sagen kann. Oh, frag doch bitte deinen Vater, ob er abgenommen hat.«

»Hat er das?«

»Drei Pfund bislang. Ich musste ihm ganz schön zusetzen, bis er sich bereit erklärte, mit mir zum Joggen zu gehen. Ich hoffe sehr, dass er auf diese Weise langfristig fünf Kilo schafft. Und jetzt, was kann ich für dich tun?«

»Du hast schon genug für mich getan und vor allem durch deine Einkäufe unseren Familienfrieden gerettet.« Sie nahm eine der Dosen in die Hand. »Harry war schon ganz verzweifelt.«

»Jetzt will er allerdings wie die anderen gegrillte Käsesandwiches haben. Ich werde das übernehmen, während du für eine Zeit verschwindest. Geh ein bisschen an die frische Luft, mach einen Spaziergang oder so.«

Clare wollte protestieren, doch die Mutter schob sie zur Seite. »Keine Widerrede: Schau, dass du aus dem Haus kommst.«

»Dafür bin ich dir was schuldig.«

»Mit drei Enkelkindern hast du bereits genug getan, um meine Großmuttergefühle zu bedienen.«

»Okay, dann nehm ich dein Angebot dankend an, aber falls was sein sollte – ich hab mein Handy dabei.«

»Wir werden schon klarkommen, zumal *Krieg der Sterne* auf dem Programm steht. Übrigens möchten die drei mal wieder bei uns übernachten. Wäre Freitag dir recht?«

»Mit Vergnügen, wenn es euch nichts ausmacht.«

»Sonst würden wir es nicht anbieten. Vor allem wünschen wir dir, dass dein Date mit Beckett diesmal wie geplant stattfinden kann.«

»Bestimmt. Eins muss man ihm jedoch lassen: Es war einfach toll, wie er sich letzte Woche mit der Situation arrangiert hat.«

»Ich fand die drei Montgomerys schon immer sehr patent.« Rosie nahm die Zutaten für die Käsesandwiches aus dem Schrank. »Und ich freue mich, dass du nach all der Zeit endlich wieder jemanden gefunden hast – einen, der überdies von hier stammt und den wir kennen.«

»Bisher ist alles noch offen. Vielleicht ändert sich das ja oder hätte es bereits getan ohne die Spuckorgien, nur fühlt es sich für mich nach wie vor irgendwie seltsam an.«

»Aber du hast ihn gern.«

»Ich hab ihn schon immer … Ja.«

»Dann versuch dein Glück mit ihm, Schätzchen. Auch wenn du die Dinge natürlich nicht überstürzen solltest.«

»Ladet ihr die Jungs etwa zum Übernachten ein, damit ich die Sache in Angriff nehmen kann?«

»Wir ebnen dir einfach den Weg«, erklärte Rosie unbekümmert.

»Ich glaube, ich dreh jetzt wirklich besser eine Runde um den Block.« Kopfschüttelnd wandte sich Clare zum Gehen.

Bis Mitte der Woche wurden im Hotel trotz unzähliger Pannen und Verzögerungen große Fortschritte gemacht, und vor allem die Gasleitungen konnten endlich installiert werden. Außerdem hatten die Brüder fast das ganze Wochenende in der Werkstatt zugebracht und an den Buchregalen und den Türen für die Rundbogen sowie an dem Kassentisch für den Geschenkeshop gearbeitet.

Wie erwartet erwies sich das zusätzliche Projekt, entgegen Justines Beteuerungen, als recht zeitintensiv, doch zugleich musste Beckett zugeben, dass ihm der in Entstehung begriffene Laden in seinen warmen Farbtönen ausnehmend gut gefiel. Verbrachte er nur deshalb so viel Zeit dort? Oder lag es eher daran, dass er von dort immer wieder auf einen Sprung bei Clare hereinschauen konnte?

Trotzdem durfte er seine Aufgaben im Hotel nicht vernachlässigen, wo im Moment die Arbeiten an der Veranda ins Endstadium gingen. Beckett hoffte, dass im Laufe der nächsten Woche die Plane von der Fassade entfernt werden konnte. Wenn nichts Unvorhergesehenes dazwischenkam.

Gegen Mittag erschien Owen in der Tür. »Hervorragend! Das Holz macht sich wirklich gut.«

»Wenn es erst lackiert ist, wird es noch viel besser zur Geltung kommen, weil es dann erst den richtigen Glanz erhält.«

»Sieht trotzdem jetzt schon super aus. Wir brauchen dich kurz hinten.«

Beckett ging ins Haus und sah sich im Gehen zufrieden um. Ja, sie hatten echte Fortschritte gemacht.

»Wir arbeiten gerade an der Hintertreppe und wollen sichergehen, dass alles deinen Plänen entspricht, bevor wir mit der endgültigen Montage beginnen. Es geht um die Höhe der Stufen, den Treppenabsatz, die Säulen …«

»Ihr habt doch die Zeichnungen.«

»Ja schon, trotzdem bleiben ein paar Fragen. Zum Beispiel ob die Treppe wirklich zu den Bodenplatten des Hofes und der Steinmauer passt.«

»Bisher steht doch noch gar nichts fest.«

»Darum geht es ja, ob wir das nicht tun sollten.«

Er trat hinter das Haus und konnte alles deutlich vor sich sehen, obwohl der Boden noch uneben, die Treppe erst halb fertig und ohne Geländer war. Trotzdem wusste Beckett genau, wie alles am Ende ausschauen würde, jedes kleine Detail, und das unterschied ihn von den anderen.

Ryder stand vor ihm, die Hände in die Hüften gestemmt, und blickte ihn fragend an. »Bist du sicher, dass du dieses oben abgerundete Geländer haben willst?«

»Ja.«

»Ein gerades Geländer wäre einfacher.«

»Aber längst nicht so ästhetisch.«

»Ich hab dir gleich gesagt, dass er das sagen wird«, meinte Owen.

»Ist ja gut. Und jetzt zu der Bepflanzung …«

Sie diskutierten und stritten über Zufahrt, Parkplätze und Grünanlagen, bis Beckett am Schluss entschied: »Die Wege zum Empfang und ums Haus herum zur Veranda des Foyers werden mit Steinen ausgelegt. Da drüben kommen die Behindertenparkplätze und hier vorne die normalen hin, und zwischendrin gibt es zur Auflockerung überall Blumen und Pflanzen.«

»Ohne all das Grünzeug hätten wir viel mehr Parkplätze«, stellte Ryder fest, aber Beckett schüttelte den Kopf.

»Wenn du hier draußen an einem der Tische sitzt und etwas trinkst – willst du dann wirklich direkt auf den Parkplatz starren, oder fändest du es schön, wenn dir jemand von draußen ins Glas schaut?«

»Man wird den Parkplatz trotzdem sehen. Schließlich können wir hier keinen Wald anpflanzen.«

»Einen gewissen Sichtschutz schon. Klar, Mom hätte am liebsten einen Park, doch das geht beim besten Willen nicht. Ein paar Beete, Hecken und Büsche müssen reichen, dazu ein Rosenbogen am Hintereingang.«

»Okay, okay. Schließlich bist du für die Ästhetik zuständig.«

»Vor allem bin ich im Recht.«

»Das kann ich für dich nur hoffen«, stellte Ryder grinsend fest. »Und jetzt werde ich erst mal Mittagspause machen.«

»Ich geh auf ein Sandwich ins Vesta«, meinte Owen. »Dabei kann ich gleich ein paar Telefongespräche führen.«

»Klingt gut.«

»Ich komm nach. Ich schau nur noch schnell beim Geschenkeshop rein«, erklärte Beckett, worauf Owen grinsend sagte: »Grüß Clare von mir.«

»Tu ich, auch wenn ich wirklich nur auf einen Sprung in Moms Laden will.«

Ein Hauch von Herbst lag bereits in der Luft. Und von Veränderung. Beckett spürte beides ganz deutlich, als er den kurzen Weg hinüber zu der künftigen Geschenkboutique ging, in der alles neu und frisch roch. Die Arbeiter im Laden waren bereits in der Mittagspause. Beckett machte einen großen Schritt, um nicht auf die gerade gestrichenen dunkelgrünen Stufen zu treten, und ging nach hinten ins Büro. Schreibtisch, Computer, Bürobedarf, Regale – all diese Dinge fehlten noch, doch das war nicht sein Ressort, sondern Owens.

Zu seiner Überraschung stellte er fest, dass der einst schäbige Hof kaum noch wiederzuerkennen war. Hier hatten seine Leute ganze Arbeit geleistet. Statt des schmalen Kieswegs sah er jetzt ordentlich verlegte Platten, die gesäumt wurden von niederen Natursteinmauern und Rosenbüschen. Hier würde man zweifellos nächste Woche fertig werden, schätzte Beckett. Im Grunde blieb lediglich die Erneuerung des alten Zaunes. Nicht übel, dachte er und ging hinüber zum Hintereingang des Buchladens.

Aus der Kinderabteilung drangen helle Stimmen an sein Ohr, und zwei andere Kinder rempelten sich bei den Regalen mit Romanen an, wo eine Frau, die Mutter vermutlich, in den Neuerscheinungen stöberte. Cassie bediente gerade einen Kunden, während Laurie vor ihrem Computer saß.

»Viel zu tun«, bemerkte Beckett.

»Wir hatten gerade unsere erste Lesung für das Herbstprogramm.« Laurie hielt triumphierend den Daumen in die Luft. »War echt gut besucht. Und davon profitiert jetzt das Vesta, denn die meisten wollten zum Mittagessen rüber.«

»Ich will auch noch hin. Ist Clare irgendwo?«

»Im Hinterzimmer und räumt auf. Fall nicht über die Kleinkinder, die dort herumkrabbeln.«

Clare packte gerade Malutensilien in eine Kiste. Sie trug eine enge schwarze Hose und darüber eine weite weiße, an den Ellbogen geraffte Spitzenbluse. Am liebsten hätte er sie auf der Stelle gepackt und geküsst. Egal wo.

Zwei Frauen begutachteten das Kerzensortiment, wobei die eine ihr an seinem Daumen nuckelndes Baby im Kinderwagen hin und her schob und die andere einen schlafenden Winzling in einem Tragetuch vor die Brust gebunden hatte.

»Hallo.«

Bunte Filzstreifen in der Hand drehte Clare sich zu ihm um. »Oh, schön dich zu sehen.«

»Ich hab gehört, die Lesung war gut besucht.«

»Allerdings, aber leider zugleich ein eindeutiges Zeichen, dass der Sommer endgültig vorüber ist. Wie steht es auf den Baustellen?«

»Wir kommen erstaunlich gut voran. Du solltest nachher kurz rüberkommen und dir ansehen, was sich in den letzten Tagen dort getan hat.«

»Wenn ich es schaffe, gerne. Auf jeden Fall werde ich dir die Datei für die Broschüre mailen, sobald das ganze Zeug hier aufgeräumt ist. Vermutlich muss ich das Ganze noch überarbeiten, sobald das Hotel fertig ist. Vorerst hab ich bloß versucht, die Atmosphäre einzufangen, amüsante Geschichten zu erzählen und die Leute auf diese Weise neugierig zu machen.«

»Super. Ich lese die Texte sofort durch. He, lass mich das machen.« Eilig nahm er ihr die Kiste mit den Bastelsachen ab.

»Sie ist nicht schwer. Ich will sie nur schnell nach hinten tragen.«

Da er nicht losließ, gab sie nach. »Okay, dann zeig ich dir, wo sie hinkommt«, sagte sie und wandte sich einer

Kundin zu. »Ich bin gleich bei Ihnen. Kommen Sie so lange zurecht?«

»Ja, danke. Diese Handtaschen sind der totale Wahnsinn«, antwortete die Frau.

»Sie sind aus recycelten Videobändern und Plastiktüten hergestellt. Clever, hübsch und hundert Prozent öko. Falls Sie Hilfe brauchen, sagen Sie einfach Bescheid.«

Sie führte Beckett zu dem kleinen Alkoven neben dem Hinterzimmer. »Ganz nach oben bitte, denn ich brauch die Utensilien höchstens einmal im Monat. Früher hab ich immer gedacht, ich würde mal eine dieser einfallsreichen Mütter, die aus einer Müslischachtel und Gummibändern Spielzeugautos bauen, doch dafür hat es nicht gereicht.«

»Und ich war immer überzeugt, es würde mir irgendwann gelingen, bei einem Baseballspiel keinen einzigen gültigen Schlag des Gegners zuzulassen. Das ist genauso wenig eingetreten.«

»Das Leben besteht eben aus einer Reihe von Enttäuschungen«, stellte sie lächelnd fest, während er mit einem Finger gegen ihren Ohrring schnipste.

»Und: Gibt es Überraschungen?«

»Du meinst sicher die Kinder. Nein, sie sind wieder gesund und gehen zur Schule. Dem Himmel sei Dank.«

»Warum machen wir nicht einen Probelauf für Freitagabend und gehen gemeinsam zum Mittagessen?«

Sie dachte an Sam Freemonts Einladung in seinen blöden Club und daran, wie viel lieber sie mit Beckett auf ein Hotdog ins Crawford's oder auf ein Stück Pizza ins Vesta gehen würde, schüttelte aber trotzdem traurig ihren Kopf.

»Das ist ein wirklich verlockendes Angebot, und ich würde liebend gerne Ja sagen, doch ich will mit den Mädels das Weihnachtssortiment durchgehen, und wir haben uns schon was zu essen bestellt. Das kann ich leider nicht mehr rückgängig machen.«

»Weihnachtsbestellungen? Der Sommer ist gerade erst vorbei.«

»Mit solch profanen Dingen hast du dich noch nie beschäftigen müssen, wie man sieht. Wenn wir das nicht in den nächsten zwei Tagen über die Bühne bringen, kommt die Ware zu spät ans Lager, und wir machen ein schlechteres Geschäft.«

»Schade, aber nicht zu ändern. Allerdings bist du mir einen kleinen Trost schuldig«, sagte er und beugte sich zu ihr herab, suchte mit seinen Lippen ihren Mund und gab ihr, während die Frauen hinter der dünnen Trennwand lachten, das Telefon vorne im Laden schrillte und der Säugling schreiend aus dem Schlaf erwachte, einen langen, sehnsüchtigen Kuss.

Viel zu kurz, dachte er. Wenn es doch erst Freitag wäre und er sie wenigstens für ein paar Stunden ganz für sich alleine hätte. Sanft zog er sie an seine Brust, denn alles an ihr – ihr Geschmack, ihr Duft, ihr Körper – zog ihn einfach magisch an.

»He, Clare, da ist ein … Oh, Verzeihung.«

Als Clare und Beckett eilig auseinandersprangen, starrte Laurie verlegen zur Zimmerdecke.

»Gibt es ein Problem?« Clare fand, dass ihre Stimme fast normal klang.

»Da ist ein Mann am Telefon, der darauf besteht, mit der Chefin selbst zu sprechen. Ich könnte ihm sagen, dass du gerade … nicht im Haus bist und er einfach seine Nummer hinterlassen soll.«

»Schon gut. Ich werde das Gespräch hier hinten annehmen.«

»Okay.« Dann wandte Laurie sich mit wild flatternden Lidern Beckett zu. »Kann ich für dich noch etwas tun? Möchtest du vielleicht was Kaltes zum Trinken oder so?«

»Nein danke, ich zieh wieder los.«

»Na dann, bis bald.« Summend wandte Laurie sich zum Gehen.

»Tut mir leid«, sagte Clare. »Aber ich muss jetzt ans Telefon.«

»Ich geh einfach hinten raus. Komm rüber, wenn du es schaffst.«

»Ich werde es auf jeden Fall versuchen.«

Sie blickte ihm nach, wünschte sich wie er den Freitag herbei, legte eine Hand auf ihren Bauch, in dem Schmetterlinge zu schwirren schienen, und griff nach dem Telefon. Was sie betraf, sie könnte ein kaltes Getränk jetzt gut gebrauchen.

»Clare Brewster. Tut mir leid, dass Sie warten mussten«, sagte sie in den Hörer und kehrte nach Ende des Gesprächs in den Laden zurück, wo sie nach dem Treiben und Lärm des Vormittags eine wohltuende Ruhe empfing.

Bis sie das Blitzen in Cassies Augen sah.

»Unser Essen muss gleich kommen«, sagte Laurie.

»Super. Dann hol ich den Katalog und den Bestellzettel, damit wir …« Sie hielt inne, als sie die beiden Mädchen grinsen sah. »Aufhören, und zwar auf der Stelle!«

»Geht nicht.« Laurie wippte aufgeregt mit ihrem Stuhl. »Du kannst unmöglich von mir erwarten, dass ich nicht darauf reagiere, wenn ich dich beim Knutschen überrasche. Mit einem Montgomery!«

»Ich wünschte, ich wäre ans Telefon gegangen – dann hätte *ich* euch nämlich gesehen.« Cassie schien sich ernstlich um eine Sensation betrogen zu fühlen. »Warum waren nur die Kunden gerade so lästig? Ich hab schon die ganze Zeit gespürt, dass es zwischen euch gefunkt hat. Und dann das Date letzte Woche, das leider ins Wasser gefallen ist.«

»Weil Liam ihm die Schuhe vollgekotzt hat.«

Clare zuckte zusammen. »Weiß das vielleicht bereits die ganze Stadt?«

»Keine Ahnung. Mir hat es am Sonntag Mrs. Ridenour erzählt, als ich sie im Park traf und nach eurem Date fragte. Das war natürlich absoluter Mist. Aber wie dem auch sei: Es ist nicht zu übersehen, dass er praktisch jeden Tag auf einen Sprung vorbeischaut und dass ihr in letzter Zeit zu flirten angefangen habt.«

»Flirten?«

»Ganz diskret natürlich. Zumindest kam es mir bisher so vor. Inzwischen scheint sich einiges geändert zu haben, wenn ich an eure wilde Fummelei denke.«

»Wir haben nicht aneinander herumgefummelt. Es war – nun ja, es war ein Kuss, nicht mehr und nicht weniger.«

»Allerdings ein wirklich heißer Kuss.« Laurie wedelte mit einer Hand vor ihrem Gesicht herum, als sei ihr plötzlich glühend heiß. »Also, ist es etwas Ernstes oder bloß just for Fun?«

»Laurie, bisher sind wir nicht einmal miteinander ausgegangen«, klärte Clare sie auf.

»Wenn mich ein Typ so küsst, würde ich bestimmt nicht mehr extra mit ihm ausgehen, sondern ihn direkt mit nach Hause nehmen. Nur hast du natürlich deine Jungs – und vor allem geht es mich nicht das Geringste an. Also halt ich lieber den Mund.« Sie tat, als würde sie einen imaginären Reißverschluss vor ihren Lippen zuziehen. »Aber es hat mich einfach gefreut, euch zusammen zu sehen. Denn der gute Beckett ist schließlich echt heiß.«

»Apropos heiß, ich hol mir jetzt erst mal was Kaltes zu trinken.«

Sobald ihre Mitarbeiterinnen sie nicht mehr hören konnten, lachte sie leise auf. Eine Affäre mit einem Montgomery – darum würden sie sämtliche Frauen des Städtchens beneiden. Hundertprozentig.

Schließlich war Beckett wirklich ein heißer Typ. Keine Frage.

Sie freute sich bereits darauf, wenn er ihr Blut erneut in Wallung brachte und ihre Gefühle komplett auf den Kopf stellte.

Hoffentlich bald.

11

Zweiter Anlauf, dachte Beckett, während er den Messingklopfer an ihrer Haustür betätigte. Dieses Mal hatte er weiße Margeriten in der Hand. Noch einmal Rosen mitzubringen hätte er irgendwie als schlechtes Omen betrachtet.

Er fühlte sich ein bisschen seltsam. Nicht nur weil ihn unwillkürlich die Erinnerung an das missglückte Date der letzten Woche beschlich – nein, eigentlich waren Vorfreude und ungeduldige Erwartung durch den außerplanmäßigen Aufschub nur gesteigert worden und seine Wünsche und Hoffnungen ebenfalls. Beckett lächelte und fühlte sich fast wie ein Schuljunge.

Gleichzeitig rief er sich zur Ordnung. Er sollte sich besser nicht Gott weiß was ausmalen, was an diesem Abend passieren würde. Vielleicht gingen sie ja bloß gemeinsam essen, und das war's dann. Schließlich stand kein Liebeswochenende in Paris auf dem Plan, und zu hoch gespannte Träume konnten leicht alles vermasseln. Aber Paris, das wäre mal was, dachte er und beschloss, Clare bei Gelegenheit zu fragen, ob sie die berühmte Stadt an der Seine kannte. Er glaubte sich zu erinnern, dass sie auf der Highschool Französischkurse belegt hatte.

Meine Güte, hör auf.

Dann stand sie vor ihm in einem weiß und pink gemusterten Kleid, darüber eine leichte pinkfarbene Jacke, deren Ärmel bis zu den Ellbogen hochgeschoben waren. Verlangen überfiel ihn, ihre nackte Armbeuge zu küssen. Und ein leichtes Bedauern, dass er keine pinkfarbenen Rosen dabeihatte wie letzten Freitag. Die wären die perfekte Ergänzung zu ihrem Kleid gewesen. Aber weiße Margeriten waren schließlich auch nicht schlecht.

»Danke, du verwöhnst mich.« Sie nahm ihm die Blumen ab. »Wenn du so weitermachst, erwarte ich bald jeden Freitagabend einen Strauß.«

»Mal sehen, ob mir dann jede Woche etwas Neues einfällt.«

Clare lachte. »Komm rein. Ich stell die Margeriten schnell ins Wasser, bevor wir gehen«, sagte sie, als ihr Blick auf eine Tüte fiel, die er in der Rechten hielt. »Du hast mir doch nicht etwa noch etwas mitgebracht?«

»Dir nicht.« Er hob die kleine Tragetasche hoch. »Das ist eine Art Bestechungsgeschenk für die Jungs, damit sie mir nicht wieder auf die Schuhe spucken. Ein Spiel für die Playstation. Ich hab gesehen, dass es ihnen noch fehlt. Wo sind sie überhaupt? Hast du sie etwa in einen Schrank gesperrt?«

»Nein, aber möglicherweise haben meine Eltern das inzwischen getan. Die drei schlafen heute nämlich dort.«

»Oh.« Obwohl er zwangsläufig an die Perspektiven dachte, die sich dadurch womöglich ergaben, mahnte er sich zur Besonnenheit.

Langsam, Kumpel, darum geht es schließlich nicht. Immer mit der Ruhe, immer einen Schritt nach dem anderen.

Er folgte ihr in die Küche und beobachtete, wie sie die

Blumen in eine Vase stellte. »Es ist so ruhig ohne sie, dass es einem ganz merkwürdig vorkommt«, meinte er.

»Ja, genauso ergeht es mir immer, und ich weiß nie so recht, ob ich das unheimlich oder als Segen empfinden soll. Wahrscheinlich ist von beidem etwas dabei: eine Art unheimlicher Segen.«

»Und du hast keine Angst, wenn du alleine hier bist?« Während er das fragte, kam ihm die Idee, er könnte ja bei ihr übernachten. Zu ihrem Schutz gewissermaßen. Im Zimmer der Jungs oder so. *Oder so.*

»Solange ich nicht dem Verlangen nachgebe und einen Horrorroman lese, nein. Allerdings hab ich eine Schwäche für diese Art von Einschlaflektüre und muss dann die ganze Nacht das Licht brennen lassen. Obwohl es natürlich albern ist zu glauben, die Helligkeit könnte einen vor Vampiren, Dämonen oder Geistern beschützen. So.« Sie trat einen Schritt zurück und begutachtete das Blumenarrangement. »Sie sind wirklich hübsch. Nochmals vielen Dank. Sollen wir gehen?«

»Ja.« Sicher war es das Beste, umgehend ihr Haus zu verlassen, damit er nicht ständig an ihr Bett und die Möglichkeiten dachte, die sich durch ihr Alleinsein boten.

»Das ist aber nicht dein Auto, oder?«, stellte sie fest, als sie nach draußen kamen.

»Nein. Meine Mutter hat sich geweigert, mich in einem Pick-up losfahren zu lassen, und mir ihren Wagenschlüssel in die Hand gedrückt. Ich kam mir plötzlich wieder wie ein Teenager vor.«

»Und wann musst du zu Hause sein?«

»Ich kenn sämtliche Wege, auf denen man sich unbemerkt ins Haus schleichen kann.«

Während er sich auf den Fahrersitz des Wagens schwang, dachte sie kurz über seine Antwort nach. »Hast du das etwa früher gemacht? Dich heimlich ins Haus geschlichen?«

»Na klar. Zwar bin ich – genau wie Ry und Owen – nicht immer damit durchgekommen, aber versucht haben wir's auf jeden Fall.« Er fuhr los und sah sie von der Seite an. »Und du? Hast du so etwas nie getan?«

»Nein, nie, und jetzt kommt es mir vor, als hätte ich etwas Wichtiges versäumt.«

»Wenn du willst, kann ich dir später helfen, durch ein Fenster in dein Haus zu klettern«, bot er grinsend an.

»Ein verlockender Gedanke. Nur ist es vermutlich nicht das Gleiche, wenn niemand da ist, der einem etwas verbietet. Was hast du so gemacht, wenn du früher heimlich ins Haus gestiegen bist? Vorher, meine ich.«

»Oh … irgendwelches Zeug«, sagte er ausweichend.

»Hm. Zum Glück dauert es noch eine Weile, bis ich mir Sorgen machen muss, ob meine Söhne ebenfalls ›irgendwelches Zeug‹ anstellen und sich heimlich ins Haus schleichen. Mein größtes Problem besteht im Augenblick darin, dass Murphy sein Leben als sinnlos betrachtet, wenn er keinen Hund bekommt, und dass die beiden Großen ihn leider darin unterstützen.«

»Magst du keine Hunde?«

»Doch, und sie sollten irgendwann auch einen bekommen. Aber eben nicht sofort.«

»Ist das nicht eine Umschreibung, dass du grundsätzliche Bedenken hast?«

»So könnte man es sehen«, gab sie zu. »Tiere müssen schließlich betreut werden, die können nicht den ganzen

Tag alleine bleiben. Aber davon abgesehen gönne ich ihnen wirklich ein Haustier. Wenn ich nur daran denke, wie verrückt sie nach Lucy und Fido sind.« Als sie seinen fragenden Blick bemerkte, fügte sie hinzu: »Das sind die Vierbeiner meiner Eltern. Eine Boxerhündin und ein Kater, der sich übrigens für einen Hund hält. Sehr komisch. Wie dem auch sei: Ich denke, sie sollten einen Hund bekommen, bloß frag ich mich zugleich, wer sich um ihn kümmert, ihn erzieht und wer dafür sorgt, dass er stubenrein wird. Er muss regelmäßig gefüttert werden und Gassi gehen. Eine Katze wäre da leichter zu halten. Deshalb wollte ich sie überreden, ein Kätzchen ins Haus zu holen, aber sie haben sich auf einen Hund versteift. Und Liam hat außerdem erklärt, Katzen seien eher was für Mädchen. Klang sehr verächtlich, mein Sohn. Keine Ahnung, wie er auf so etwas gekommen ist.«

Als er keine Antwort gab, sah sie ihn mit hochgezogenen Brauen an. »Willst du etwa sagen, dass du ihrer Meinung bist?«

»Kätzchen sind wirklich mehr für Mädchen, da geb ich ihnen recht …«

»Jetzt fang du nicht auch noch mit dem Unsinn an.«

»Na schön, lassen wir's auf sich beruhen. Was für einen Hund hätten sie denn gerne?«

»Das wissen sie nicht.« Sie stieß einen Seufzer aus, weil ihr täglich mindestens einer der Jungs mit diesem Thema in den Ohren lag. »Hauptsache Hund. Sie sind sogar schon auf den Trick verfallen, mir einzureden, ich sei es eigentlich, die einen Hund brauche. Zu meinem Schutz, meinen sie, wenn ich alleine im Haus bin. Ganz schön raffiniert.« Sie zuckte mit den Schultern. »Ich würde ja ins

Tierheim fahren, wo sie händeringend neue Besitzer für ihre Vierbeiner suchen, aber wie kann ich wissen, ob der süße kleine Welpe sich nicht zu einem bösartigen Kläffer auswächst, der den Postboten attackiert und die Nachbarschaft terrorisiert? Ich sollte mich zunächst einmal informieren, welche Rassen für Familien geeignet sind.«

Er fuhr auf den Restaurantparkplatz. »Du kennst doch den Hund von Ry.«

»Jeder kennt D.B.« Sie drehte sich auf ihrem Sitz um und sah Beckett von der Seite an. »Schließlich schleppt dein Bruder ihn überallhin mit. Er ist total süß.«

»Ja, ein wirklich toller Hund. Und weißt du auch, wie Ry an ihn gekommen ist?«

»Nein.«

»Er war ein Streuner, sechs oder sieben Monate alt. Eines Abends werkelte Ry noch an seinem Haus herum. Als es dunkel wurde und er gerade die Arbeit beenden wollte, kam der Hund plötzlich angekrochen. Klapperdürr, mit blutenden Pfoten und zitternd wie Espenlaub. Offensichtlich hatte er sich lange im Wald aufgehalten, war vielleicht einfach ausgesetzt und seinem Schicksal überlassen worden.«

Sofort verdoppelte sich ihre Zuneigung zu D.B., der nicht gerade als Hundeschönheit gelten konnte. »Der Arme.«

»Ryder war sofort klar, dass er dieses armselige Bündel nicht herzlos ignorieren konnte. Also nahm er ihn mit ins Haus, fütterte und badete ihn und richtete ihm einen Schlafplatz her. Eigentlich hatte er vor, ihn am nächsten Tag im Tierheim abzugeben, doch er schob es immer weiter vor sich her, und schließlich blieb D.B. Das ist inzwischen sechs Jahre her.«

Süß, fand sie, obwohl dieses Attribut auf Ryder Montgomery eigentlich nicht zutraf. »Dann war es anscheinend so etwas wie Liebe auf den ersten Blick.«

»Ja, irgendwie. Weil er kein Halsband trug, haben wir überall herumgefragt – falls er irgendwo entlaufen war. Die Tage vergingen, ohne dass sich jemand meldete. Zum Glück, denn Ry hätte es das Herz gebrochen, den Hund wieder herzugeben.«

»Warum hat er ihm eigentlich diesen abwertenden Namen gegeben; Dumbass?«

»Das ist liebevoll gemeint und trifft vor allem voll auf ihn zu. Er ist nicht der Hellste, aber unglaublich lieb.« Er wandte sich an die Empfangsdame. »Montgomery, ich habe für sieben Uhr dreißig reserviert.«

Während sie an ihren Tisch geleitet wurden, dachte Clare über Becketts Worte nach. »Mit der Geschichte willst du mir wahrscheinlich sagen, dass die Herkunft keine Rolle spielt.«

»Ganz egal, ob Menschen oder Hunde. Werden wir nicht alle mehr durch unsere Erziehung als durch unsere Abstammung geprägt?«

Plötzlich musste sie an Sam Freemont denken, und allein der Gedanke ließ erneut Ärger in ihr aufwallen.

»Wobei bestimmte Rassen natürlich geeigneter für Kinder sind als andere«, fügte Beckett einschränkend hinzu.

»Seltsam, Clint und ich haben direkt nach Harrys Geburt darüber gesprochen, einen Hund ins Haus zu nehmen, mit dem unser Sohn aufwachsen sollte. Bevor wir das dann in die Tat umsetzen konnten, war Liam bereits unterwegs, und Clint wurde versetzt – deshalb ließen wir das mit dem Hund.«

Er wollte gerade etwas entgegnen, als der Kellner mit der Speise- und Getränkekarte kam, sodass sie sich erst einmal mit der Auswahl des Menüs beschäftigten.

»Stört es dich, wenn ich von Clint erzähle?«, fragte sie ihn schließlich.

»Nein. Nur weiß ich darauf meist nichts zu erwidern. Jedenfalls war er ein netter Kerl.«

»Oh ja.« Sie entschied sich, ihm sofort alles zu sagen, was es zu sagen gab. Ohne Klarheit zu schaffen, konnte sie keine neue Beziehung eingehen.

»Für mich war es Liebe auf den ersten Blick«, erklärte sie. »Und er hat immer beteuert, dass es ihm genauso ging. Wir haben uns auf Anhieb ineinander verliebt und sofort angefangen, unser gemeinsames Leben zu planen. Eigentlich der totale Wahnsinn in dem Alter. Ich war immerhin erst fünfzehn.«

»Wenn du so willst, ist es in jedem Alter Wahnsinn.«

»Allerdings war ich nie von irgendwelchen Zweifeln angekränkelt«, fuhr sie fort. »Ich hatte nie auch nur die allerkleinsten Bedenken oder habe meine Entscheidung eine Sekunde lang hinterfragt. Natürlich gab es ab und zu mal Streit und durchaus ein paar hochdramatische Szenen, aber trotzdem war ich immer fest von der Richtigkeit meiner Entscheidung überzeugt. Meine Eltern hingegen sahen das erheblich skeptischer. Doch weil Clint ein grundanständiger Junge war, haben sie die Sache schließlich akzeptiert und ihn ehrlich gemocht.«

»Ihr beiden wart das Vorzeigepaar der Schule. C und C. Die Cheerleaderin und der Footballstar.«

»Es war einfach irre. Wir gingen schon zwei Jahre miteinander, bevor wir zum ersten Mal … nun, zusammen waren. Und auch da war ich mir völlig sicher. Als Clint dann zur Grundausbildung musste, hab ich die ganze Nacht geheult. Nicht weil ich mir Sorgen um ihn gemacht hätte, sondern weil er mir so fehlte. Ich fühlte mich wie amputiert ohne ihn.«

Der Kellner kam, und sie gaben die Bestellung auf.

»Du warst damals unglaublich jung«, nahm Beckett den Faden wieder auf.

»Dennoch kannte ich keine Furcht. Ich hab ihn geheiratet, bin mit ihm weggezogen, ließ mein Zuhause, meine Familie, meine Freunde und Freundinnen zurück, ohne mit der Wimper zu zucken. Für mich stand außer Frage, dass Clint diese Opfer wert war.« Lachend fügte sie hinzu: »Manchmal wundere ich mich heute, ob ich wirklich dieses forsche junge Mädchen war.«

»Ich fand dich schon immer ungeheuer mutig.«

»Nun, was Angst ist, lernte ich, als Harry zur Welt kam. So ein winziger, hilfloser Mensch. Ständig befürchtete ich, etwas falsch zu machen, ihm zu schaden, und lebte in der steten Sorge, er könnte krank werden oder sich verletzen. Trotzdem hatte ich nicht den geringsten Zweifel, dass wir es schaffen würden, dass meine Entscheidung richtig war.«

Lächelnd nahm sie einen Schluck aus ihrem Wasserglas. »Wir wollten vier oder fünf Kinder. Kannst du dir das vorstellen? Fünf an der Zahl. Heute klingt das für mich absurd, aber vermutlich hätten wir sie bekommen, wenn Clint am Leben geblieben wäre.«

»Du warst glücklich«, stellte Beckett schlicht fest.

»Allerdings. Nur die Einsamkeit hat mich oft niedergedrückt und mich zu manchen Zeiten zu verschlingen gedroht. Und natürlich die Angst, dass Clint bei seinen Einsätzen etwas passieren könnte. Ich hasste es, von ihm getrennt zu sein und ihn in Gefahr zu wissen, und andererseits war ich ungeheuer stolz auf ihn. Er war einfach wie sein Vater und sein Bruder Soldat mit Leib und Seele. Das wusste ich, als ich mich auf ein Leben mit ihm einließ.«

Der Kellner brachte den Wein, schenkte ihnen ein, und Clare nippte an ihrem Glas. »Er ist gut, sehr gut. Und das Beste ist, dass bald ein Essen folgt, das ich nicht selbst kochen musste.«

»Erzähl zu Ende«, forderte Beckett sie mit ruhiger Stimme auf.

»Ja.« Sie war ihm unendlich dankbar, dass sie ihm all diese Dinge sagen konnte.

»Es war an einem Morgen. Harry spielte, und Liam lag weinend in seinem Kinderbett, während mir schon wieder schrecklich übel war. Einen Test musste ich erst gar nicht machen, um zu wissen, was das bedeutete. Ich erwartete das dritte Kind.«

Sie atmete tief durch. »Clint war erst drei Wochen zuvor in den Irak zurückgekehrt und hatte keine Ahnung von dem neuen Familienzuwachs. Dass er das nicht mehr erfahren hat, bedauere ich mehr als alles andere. Auch dass die Jungs ihren Vater nicht wirklich erlebt haben, ist schmerzlich für mich. Harry ist der Einzige, der ein paar undeutliche Erinnerungen an ihn hat. Die beiden anderen kennen ihn nur aus meinen Erzählungen. Dabei war Clint ein guter Dad, so liebevoll, humorvoll, fürsorglich. Aber es war ihnen keine gemeinsame Zeit vergönnt.«

»Es ist immer zu früh.«

Sie berührte seine Hand und nickte mit dem Kopf. Sie

wusste, dass er an seinen verstorbenen Vater dachte. »An diesem Morgen, als es mir so schlecht ging, klopften sie an meiner Tür. Ein Offizier und ein Geistlicher. Sobald man sie sieht, weiß man Bescheid. Ohne dass sie ein Wort sagen. Um einen herum wird alles dunkel, man kriegt keine Luft mehr, und einen kurzen Augenblick lang ist man völlig leer und gefühllos.«

Beckett drückte ihre Hand. »Es tut mir so leid, Clare.«

»Ich hatte Liam auf dem Arm, der immer noch schrie, weil er gerade zahnte und fieberte. Harry hing an meinem Bein. Er muss etwas gespürt haben, denn er fing ebenfalls zu weinen an. Und ich fragte mich, wie mein Leben weitergehen sollte. Mit drei Kindern und ohne Clint.« Sie machte eine kleine Pause. »Später kamen andere Army-Frauen, um mir zu helfen und mich zu trösten. Doch was konnte mir schon Trost geben? Die Angst, die Zweifel und die fürchterliche Leere in meinem Innern hätten mich fast umgebracht.«

Er stellte sie sich vor – alleine, mit zwei kleinen Kindern, schwanger und verwitwet. »Wie wird man überhaupt mit so etwas fertig? Wie in aller Welt hast du das geschafft?«

»Indem ich nach Hause gefahren bin. Das war mein erster Gedanke und mein Rettungsanker: zurück in meine Heimat, zurück zu meinen Eltern. Weil das für uns alle die einzig vorstellbare Lösung war. Hier konnte ich an Clint denken und daran, wie sehr ich ihn geliebt habe. Und ich spürte, dass ich nur hier einen Weg finden würde, das Unvermeidliche zu akzeptieren. Und zu begreifen, dass ich mich mit der kurzen Zeit, die wir hatten, zufriedengeben musste. Nicht mehr und nicht weniger. Das hat mir geholfen. Jetzt kann ich an ihn denken und über ihn sprechen, während gleichzeitig das Leben weitergeht. Weitergehen muss, weil das für die Kinder unerlässlich ist. Wir haben uns in einem neuen Leben eingerichtet.«

»Ich weiß nicht, ob dir das hilft: Als wir unseren Vater verloren, waren wir alle wie betäubt, konnten immer nur einen Schritt nach dem anderen gehen, kümmerten uns zunächst nur um all die praktischen Dinge, die in einem solchen Fall zu regeln sind. Doch irgendwann betritt man neues Territorium. Etwas davon ist einem vertraut und anderes wieder völlig fremd, aber man schafft es – und weiß zugleich, dass man diese Stärke nicht zuletzt dem Menschen verdankt, den man verloren hat.«

»Ja, genauso ist es. Die Verstorbenen werden immer Teil unseres Lebens bleiben. Du hast Clint gekannt. Wir haben eine gemeinsame Geschichte, in die er einbezogen ist, und ich möchte nicht, dass du dich deswegen unbehaglich fühlst.«

Beckett dachte nach und fragte dann: »Kannst du dich noch an Mr. Schroder erinnern?«

»Ich hatte ihn in Geschichte und hab ihn gehasst.«

»Allen erging das so, weil er ein echtes Arschloch war. Clint und ich und ein paar andere haben damals eines Nachts sein Haus mit Klopapier umwickelt.«

»Tatsächlich, ihr wart das? Clint hat nie davon erzählt.« Lachend lehnte sie sich auf ihrem Stuhl zurück. »Oh mein Gott, daran kann ich mich genau erinnern. Ihr habt sicher hundert Rollen verbraucht. Das Haus sah unsäglich aus.«

»Es hat keinen Sinn, etwas nur halb zu tun.«

»Nein, ihr seid sehr gründlich vorgegangen. Ich weiß

noch, dass wir uns alle diebisch über diesen gelungenen Streich gefreut haben.«

»Owen hatte sich das übrigens ausgedacht. Wir sind wie echte Verschwörer ans Werk gegangen, haben heilige Eide geleistet, niemals die Namen der Beteiligten zu verraten und so weiter. Ganz dramatisch. Bis an unser Lebensende wollten wir Stillschweigen bewahren.«

»Deshalb hat Clint also nichts gesagt.«

»So halten es Blutsbrüder nun einmal. Übrigens war es eine mühsame Angelegenheit, so viele Rollen Toilettenpapier aufzukaufen, ohne dass jemand Unrat witterte. Deshalb haben wir in verschiedenen Läden immer nur kleine Mengen besorgt und zwischendurch zu Hause was mitgehen lassen. Wir haben sogar Pläne des Grundstücks angefertigt und Fluchtrouten ausgearbeitet. Es war ein sorgfältig vorbereiteter Coup und ein Riesenspaß obendrein.«

»Ohne eure Identität zu kennen, wart ihr die Helden der gesamten Schule. Wenn wir je herausbekommen hätten, wer dahintersteckte, wäre euch zu Ehren bestimmt eine phänomenale Party organisiert worden.«

»Das haben wir selbst im Verborgenen erledigt, indem wir in der Nähe unseres Hauses im Wald campierten und uns mit Budweiser und Pfirsichschnaps zugeschüttet haben.«

»Wie ekelhaft.«

»Oh ja, aber so war das in den guten alten Zeiten eben.«

»Charlie Reeder«, stieß sie plötzlich hervor, während ein grünlicher Schimmer in ihre Augen trat. »Er muss mit von der Partie gewesen sein, denn er und Clint waren damals die dicksten Kumpel.«

»Dazu kann ich nichts sagen.«

»Charlie Reeder«, wiederholte sie. »Er war damals für jeden Unsinn gut. Und jetzt ist er bei der Polizei. Wer hätte das je gedacht? Er liebt Abenteuerromane und schwarzen Kaffee mit einem Schuss Espresso.«

»Ich schätze, dass du die Leute durch deinen Laden recht gut einschätzen kannst.«

»Ja, ich weiß eine ganze Menge – nicht nur dass ihr Montgomerys Büchernarren seid. Auch eure Vorliebe für Kaffee ist mir nicht verborgen geblieben, und mir ist aufgefallen, dass eure Mutter von dir und Owen zum Muttertag und zum Geburtstag rührselige Karten bekommt, während Ryder den witzigeren den Vorzug gibt.«

Sie prostete ihm zu und sah ihn wissend an. »Das ist nur die Spitze des Eisbergs ...«

»Ein positiver Nebeneffekt, wenn man ein Geschäft in einer kleinen Stadt betreibt.«

»Worauf du wetten kannst. Und ich weiß bereits von mindestens einem halben Dutzend Kundinnen und Kunden, die die Absicht haben, zu einem besonderen Anlass eine Nacht in eurem Hotel zu buchen, obwohl sie am Ort wohnen. Ihr werdet einen Volltreffer landen, Beckett. Das steht schon fest.«

»Lizzy wird es sicher genießen, wenn sie nicht mehr so alleine ist.«

»Wer? Oh, euer Geist. Dann duzt ihr euch also?«

»Nun, wir stehen uns ziemlich nahe. Was meinst du, wie Hope mit ihrer Existenz umgeht?«

»Hope kommt mit allen Dingen klar. Genau das macht schließlich ihre Persönlichkeit aus.« Clare fand das Gespräch eigentlich ziemlich albern, denn wer glaubte schon ernstlich an Fantasiegebilde wie Geister?

Entschlossen wechselte sie das Thema. »Und wie kommt ihr mit der Renovierung der Wohnung voran?«

»Sie müsste nächste Woche fertig sein. Wobei Avery langsam unserer guten Lizzy ernsthaft Konkurrenz macht, weil sie ständig dort herumgeistert und Owen nervt, noch dieses und jenes zu verbessern. Deshalb dauert die Fertigstellung etwas länger als geplant.«

Während des Essens setzten sie das mehr oder weniger unverbindliche Geplauder fort. Alles lief perfekt und ganz nach der Devise »Immer schön langsam«. Er machte ihr den Hof auf eine altmodische Weise, die er eigentlich bereits für ausgestorben gehalten hatte – bei Clare allerdings schien es ihm passend.

»Es war einfach wunderbar.« Auf dem Weg zurück zu seinem Wagen stieß Clare einen wohligen Seufzer aus. »Ich weiß gar nicht, wann ich zum letzten Mal ohne meine Kinder essen war.«

»Das können wir gerne wiederholen«, sagte er, während er ihr galant die Tür des Wagens aufhielt. »Du brauchst nur zu sagen, wann.«

Morgen, dachte sie, und sofort stiegen leise Schuldgefühle in ihr auf. Denn sie konnte unmöglich zwei Abende nacheinander ihre Söhne einem Babysitter oder ihren Eltern übergeben. Nein, sie durfte ihnen nicht den Eindruck vermitteln, wegen Beckett zurückstehen zu müssen. Andererseits wollte sie dann zumindest diesen Abend voll auskosten.

»Ich muss in meinem Terminkalender nachschauen, was so anliegt.«

Sie wandte ihm ihr Gesicht zu, aber er ließ die Gelegenheit, sie zu küssen, verstreichen, und so glitt sie schweigend auf den Beifahrersitz.

Wollte er am Ende doch nicht mehr als eine nette Freundschaft? Genügte es ihm, hin und wieder mit ihr auszugehen und den Kindern, sofern er Zeit und Lust hatte, ein kumpelhafter Freund zu sein? Was sie ihm kaum verdenken konnte. Zudem diente ein Date vor allem einem Zweck, nämlich herauszufinden, was man sich von dem anderen versprach und ob er die eigenen Erwartungen erfüllte. Und eine Frau mit drei kleinen Kindern – das war ganz gewiss nicht die einfachste Sache der Welt. Das wollte gut überlegt sein.

Bestimmt stellte sich auch Beckett diese Fragen. Trotz seiner offensichtlichen Zuneigung zu den Jungen. Vielleicht hatte sie auch zu viel von ihnen geredet im Laufe des Abends. Welcher Mann fand es schon amüsant, sich einen Haufen Anekdoten über wildfremde Kinder anzuhören?

Und wehmütige Erinnerungen an den toten Ehemann. Sie hatte ihm von Clint erzählt, damit er verstand, warum sie zuerst fortgegangen und später zurückgekehrt war. Hatte ihm ehrlich offenbaren wollen, wie groß diese Liebe gewesen war. Aber welcher Mann mochte bei einem Date so etwas hören?

Warum hatten sie nicht einfach über Bücher und Filme oder andere unverfängliche Sachen sprechen können? Clare fürchtete, einen Fehler begangen zu haben, und beschloss, sich beim nächsten Mal vorher gründlich zu überlegen, welche Themen geeignet waren und welche nicht. Wenn es ein nächstes Mal gab.

Der Gedanke versetzte ihr einen Stich, und sie merkte,

dass sie eindeutig mehr erwartete als ein schönes Abendessen. Beckett hatte ihr wieder das Gefühl gegeben, eine Frau zu sein mit allen dazugehörigen Wünschen und Bedürfnissen. Trotzdem bemühte sie sich um eine harmlose Konversation.

»Übrigens, ich hab ein Besprechungsexemplar des neuesten Michael Connelly gelesen«, fing sie an.

»Wieder mit Harry Bosch?«

»Genau. Ich glaube, der würde dir gefallen. Und nächsten Monat liest bei mir eine neue Thrillerautorin, von der man sich so einiges verspricht. Vielleicht wäre das ebenfalls was für dich.«

Während der gesamten Fahrt sprachen sie nur über Bücher, und Clare war richtiggehend stolz, dass sie es schaffte, ein längeres Gespräch in Gang zu halten, ohne zwischendurch auf ihre Kinder zu kommen.

Als er in ihre Einfahrt bog, dachte sie an die Stille in dem leeren Haus. Was sollte sie mit dem angebrochenen Abend anfangen? Ungestört an der Webseite des Ladens basteln? Sich den Luxus eines ausgedehnten Schaumbads gönnen? Nichts von dem reizte sie wirklich. Nicht an diesem Abend neben diesem Mann.

»Die Nächte werden langsam kühl«, murmelte sie, als er sie zur Haustür begleitete. »Schade, dass der Sommer vorüber ist.«

»Ja, der Sommer ist zu kurz und der Winter zu lang.«

»Wobei dies für euch natürlich ein ganz besonderer Winter wird mit dem neuen Hotel. Da werdet ihr kaum Zeit haben, dem Sommer nachzutrauern.«

»Stimmt. Außer uns frieren beim Einräumen der Möbel die Ärsche ab.«

»Das wäre kein zu hoher Preis, und ich würde mich trotz des Risikos gerne beteiligen.«

»Je mehr Hände und Ärsche, umso besser.«

»Dann plant mich mit ein. Danke für den wunderbaren Abend, den ich sehr genossen habe.«

»Ich auch.« Bei diesen Worten beugte er sich vor, legte vorsichtig die Hand auf ihre Schulter und gab ihr einen Kuss.

Oh Gott! Sie spürte, wie ihre Nerven zu vibrieren begannen. Kein Mann, der eine Frau bloß als gute Freundin haben wollte, würde sie dermaßen sehnsüchtig küssen. Das erkannte sie, obwohl sie ziemlich aus der Übung war.

»Du solltest besser reingehen«, raunte er ihr zu. »Sonst erkältest du dich noch.«

Lächelnd schloss sie ihre Haustür auf.

»Ich ruf dich an«, sagte er und trat einen Schritt zurück.

Sie starrte ihn entgeistert an. Hatte sie sich geirrt? Wollte er wirklich nicht mit ins Haus? Konnten sich die Gepflogenheiten dermaßen geändert haben in den letzten Jahren? Wohl kaum.

»Denk dran, hinter dir abzuschließen«, fügte er hinzu.

»Okay.« Sie öffnete die Tür und verharrte einen Moment. Hatte sie nicht Avery erklärt, die Sache aktiv in Angriff nehmen zu wollen? Und ohne ihn ins Haus zu gehen, war ganz sicher alles andere als aktiv.

»Hm, Beckett, ich weiß, dass es total albern klingt, aber würde es dir etwas ausmachen, kurz mit reinzukommen? Von wegen leerem Haus und so«, stotterte sie und glaubte vor Scham rot anlaufen zu müssen.

»Selbstverständlich. Darauf hätte ich eigentlich selbst

kommen können. Ich schau als Erstes nach, ob die Hintertür verschlossen ist.«

Sie hatte ihn manipuliert, doch Bedauern empfand sie nicht. Im Gegenteil. Es würde ihr nur entsetzlich leidtun, gestand sie sich unumwunden ein, falls er gar kein Interesse daran haben sollte, bei ihr zu bleiben und mit ihr ins Bett zu gehen.

Dann würde sie im Boden versinken.

Andererseits: Wenn sie nicht sofort in Erfahrung brachte, wo sie mit ihm stand, bekam sie die ganze Nacht kein Auge zu.

»Alles klar«, erklärte er, als er aus der Küche zurückkam. »Kein Schurke in Sicht. Trotzdem solltest du dir einen Hund zulegen. Weil ein Haus mit einem Hund nie leer ist. Meinst du, du kommst zurecht?«

»Ja, danke. Kann ich dir noch etwas zu trinken anbieten?«

»Besser nicht. Ich sollte langsam gehen.«

»Ich muss dich etwas fragen.«

»Ja?«

»Als du mich eben an der Tür geküsst hast, war das ein Wir-sollten-noch-mal-irgendwann-zusammen-essen-gehen-Kuss oder etwas anderes? Denn für mich hat es sich anders angefühlt.«

»Wie anders?«

Sie schlang ihm die Arme um den Hals und küsste ihn voller Verlangen.

»So.«

Er presste seine Stirn fest gegen die ihre. »Oh Clare.«

»Beckett, zwing mich bitte nicht, dich auch noch nach oben zu schicken, damit du in den Schränken nach Einbrechern suchst.« Sie umfasste sein Gesicht. »Bitte, komm einfach mit rauf.«

Sie trat einen Schritt zurück und reichte ihm die Hand, die er ohne Zögern ergriff.

»Ich hab dich bereits begehrt, als ich kein Recht dazu hatte«, stieß er mit rauer Stimme hervor.

»Sofern du mich immer noch willst, ist das für mich okay.«

Gemeinsam gingen sie in Richtung ihres Schlafzimmers.

»Ich wollte dich nicht bedrängen, weil ich dachte, du bräuchtest Zeit, um dich an den Gedanken zu gewöhnen und dir ganz sicher zu sein.«

»Ich glaube, ich muss dir etwas gestehen.« Sie drehte sich zu ihm um. »Du weißt, dass ich von meinem Bürofenster aus direkt auf das Hotel sehe.«

»Ja.«

»Als du während der Hitzeperiode häufig mit freiem Oberkörper auf dem Gerüst oder auf dem Dach gearbeitet hast, musste ich dich einfach beobachten.«

Sie sah ihm lachend ins Gesicht. »Dabei hab ich mir vorgestellt, wie es wohl wäre, mit dir ins Bett zu gehen. Und jetzt möchte ich es endlich herausfinden.«

Sie berührte seine Brust. »Bei mir ist es eine Ewigkeit her.«

»Das verlernt man nicht.«

Wieder lachte sie entspannt. »Das auch, aber ich meinte eigentlich, dass ich seit Ewigkeiten keinen Mann mehr ausgezogen habe. Mal schauen, ob ich noch weiß, wie das geht.«

Sie streifte ihm die Jacke von den Schultern, schob sie

über seine Arme und warf sie achtlos auf einen Stuhl neben dem Schrank.

»So weit, so gut«, meinte sie, öffnete die ersten beiden Knöpfe seines Hemdes und wurde einem Wechselbad der Gefühle ausgesetzt. Sie begehrte ihn und fühlte sich zugleich ein wenig unsicher angesichts der neuen Situation.

»Ich dachte, du seist eher schüchtern.«

Sie schob sein Hemd auseinander und legte den Kopf ein wenig schräg. »Ach ja? Ich bin schon lange keine fünfzehn und auch keine Jungfrau mehr.«

»Nicht deswegen – oder nicht nur.«

»Ach so, die dreifache Mutter und junge Witwe.« Sie zog ihm das Hemd aus und warf es ebenfalls auf den Stuhl. »Wahrscheinlich hast du irgendwo mal gehört, wie kleine Jungs entstehen.«

»Gerüchteweise.«

»Ich liebe meine Jungs«, erklärte sie, während sie mit ihren Händen über seinen nackten Oberkörper fuhr. »Und ich hab es geliebt, wie sie entstanden sind.«

Sie wandte ihm den Rücken zu und fasste nach ihren offenen Haaren. »Könntest du bitte …?«

Langsam zog er den Reißverschluss ihres Kleides hinunter. Es war wie in einem Traum, schoss es ihm durch den Kopf, unendlich zart und beinahe schmerzlich süß. Und zugleich auf intensive Art real. Heißer und erregender als selbst in seinen kühnsten Fantasien.

Sie stieg aus dem Kleid, als es zu Boden fiel, wandte sich ihm wieder zu und streckte beide Arme nach ihm aus.

Sein Traum wurde Wirklichkeit. Endlich, nach so vielen Jahren. Sie begehrte ihn genauso wie er sie. Er spürte ihre glatte, nackte Haut und das wilde Klopfen ihres Herzens.

Sie drängte ihn in Richtung Bett. Ihre Finger zausten sein Haar, streichelten seinen Rücken, und nicht einmal ließ ihr Mund von seinen Lippen ab. Er hatte geglaubt, sie zu kennen. Aber dass sie tief in ihrem Innern derart verlangend, ja beinahe gierig war, das hätte er niemals vermutet. Sie bewegte sich so sexy, so sinnlich und so verführerisch, dass es bereits nach wenigen Sekunden um ihn geschehen war.

Ob sie ihm den Himmel zeigen oder ihn ins Fegefeuer stürzen würde, das lag allein in ihrer Macht.

Und sie? Clare fühlte sich mit einem Mal wieder wunderbar lebendig.

Ihr ganzer Körper bebte vor Lust und Verlangen. Die schwieligen Innenflächen seiner Hände sandten heiße Schauer durch ihre Adern, ließen ihre Haut prickeln, beschleunigten ihren Herzschlag und versetzten ihre Sinne in Aufruhr. Sie bekam einfach nicht genug von ihm. Von den Umarmungen seiner muskulösen Arme, von seinem harten, erregten Leib, der auf ihr lag. Von seinen Küssen und seinem Mund, der ihre Brüste erforschte.

Sie atmete keuchend aus, während sie sich ihm uneingeschränkt hingab. Eilig rissen sie sich die restliche Kleidung herunter, um sogleich wieder aufs Bett zu sinken, wo sie ihm die Arme und die Beine um den Körper schlang und ihn auf sich herunterzog. Fordernd und zugleich als unendlich verführerisches Angebot.

Als er in sie eindrang, entrang sich ihr ein befreiender Schrei, während sie zugleich Wellen der Lust umspülten. Als sie sich ihm verlangend entgegenstreckte, war es auch um ihn geschehen. Noch tiefer und fester stieß er in sie hinein, und gemeinsam trieben sie auf einer hohen, heißen Woge dahin, um schließlich in den Armen des anderen Erlösung und Erfüllung zu finden.

Clare hätte am liebsten gelacht und geweint, beides zur gleichen Zeit. Beckett verbarg sein Gesicht in ihrem Haar. »Das kann ich sonst besser«, murmelte er zärtlich.

»Wieso?«

»Nun, das ging gerade ein bisschen arg schnell.«

»Nein, das war ganz in Ordnung, und ich hätte es nicht anders gewollt. Mein Gott, Beckett, bleib noch ein Weilchen so liegen, ja?«, sagte sie und verlieh ihrer Bitte Nachdruck, indem sie die Arme fest um ihn schlang.

Er erhob sich ein wenig und stützte sich auf seinen Ellenbogen. »Nun, Clare Murphy – sorry, Brewster –, schade, dass du dich nicht sehen kannst. Du bist total zerzaust, erhitzt und einfach wunderschön.«

»Genauso fühl ich mich auch. Und du, Beckett Montgomery, siehst total selbstzufrieden aus.«

»Warum auch nicht? Schließlich hab ich soeben meine Lieblingsbuchhändlerin und die süßeste Person von ganz Boonsboro flachgelegt.«

Sie musste ein Lachen unterdrücken, während sie ihm in den Hintern kniff. »Damit solltest du besser nicht vor deinen Leuten angeben.«

»Eigentlich hatte ich vor, eine Anzeige im *Citizen* zu schalten«, meinte er grinsend.

Sie sah in seine dunkelblauen Augen und in sein Gesicht, das jetzt völlig entspannt wirkte. »Dann vergiss bloß nicht zu sagen, dass der Sex mit mir der glatte Wahnsinn war.«

»Mach ich mit Freuden.« Er beugte sich zu ihr herab und küsste sie. »Du hast mich total überwältigt.«

»Gut zu wissen, dass ich offenbar nicht völlig eingerostet bin.«

Er wandte sich ab. In diesem Moment mochte er nicht daran denken, dass sie je mit einem anderen geschlafen hatte, auch wenn es sich um ihren Ehemann handelte und überdies schrecklich dumm und egoistisch war. Doch in diesem Augenblick und an diesem Ort ertrug er den Gedanken einfach nicht.

Er blieb einen Moment lang reglos liegen, bis die Eifersucht verflog, und meinte dann: »Ich will dich morgen sehen.«

»Beckett, ich muss mich morgen um die Jungs kümmern, sonst werden sie noch eifersüchtig.«

»Wir brauchen ja nicht auszugehen. Wir könnten beispielsweise mit ihnen irgendwo hinfahren.«

»Sie sind morgen Nachmittag auf einer Geburtstagsparty eingeladen, wo ich sie gegen Abend abhole. Aber du könntest Sonntag zum Abendessen kommen. Nicht so spät, weil Montag wieder Schule ist.«

»Um wie viel Uhr?«

»Halb sechs?«

»Ich werde pünktlich sein.«

Er rollte sich von ihr herunter, nahm ihre Hand und richtete sich auf. »Ich sollte lieber gehen.«

Sie schlang sich die Arme um die Brust und tat so, als würde sie sich ängstigen. »Lässt du mich tatsächlich mutterseelenallein und sogar ohne Hund in diesem Haus zurück?«

»Du spielst nur«, stellte er mit einem Grinsen fest.

»Nein, vorhin schon. Aber da musste ich dich ja dazu bringen, mich ins Schlafzimmer zu begleiten.«

»Es war eine tolle Vorstellung.«

»Und warum muss ich jetzt darum betteln, dass du nicht gehst?«

»Der Wagen steht draußen in der Einfahrt, wo ihn jeder sehen kann.«

Es amüsierte sie, dass er dermaßen um ihren Ruf besorgt schien. »Beckett?«

»Ja?«

»Lass uns dafür sorgen, dass die Leute was zum Reden haben«, schlug sie vor und zog ihn abermals zu sich herab.

12

Montagmorgen, lange vor der offiziellen Öffnungszeit des Vesta, schob Clare ihren Schlüssel in das Schloss der Tür zum Restaurant. Da sie bereits die Geräusche der großen Knetmaschine hörte, ging sie direkt nach hinten durch, wo Avery fleißig mit Vorbereitungen für den Tag beschäftigt war.

»Hallo. Ich wollte mit dir reden, bevor …« Sie brach ab und starrte ihre Freundin, die gerade fertigen Teig in gleichmäßige Portionen schnitt, mit großen Augen an. »Dein Haar! Es ist … Ist das magentarot? Du hast dir die Haare gefärbt.«

»Du hattest dafür Sex.«

»Ich … Was soll das? Du färbst dir die Haare, weil ich Sex hatte?«

»Nein, ich hab sie gefärbt, weil *ich* keinen hatte. Okay, nicht wirklich«, räumte sie ein und rollte den ersten Pizzaboden aus. »Oder nur zum Teil. Ich wollte mich ein bisschen verändern. Und zwar so, dass man's merkt.«

»Das ist dir auf jeden Fall gelungen.«

Avery ließ den Blick über ihre alles andere als fleckenlose Schürze bis hinunter zu ihren Turnschuhen schweifen und stellte mit Grabesstimme fest: »Ich bewege mich in eingefahrenen Gleisen. Oder eher gesagt, ich *bin* wie ein eingefahrenes Gleis.«

»Ganz sicher nicht. Die Farbe gefällt mir. Sieht irgendwie witzig aus.«

»Ja, finde ich auch.« Da sie ihre mehl- und teigverklebten Hände nicht benutzen wollte, kratzte Avery sich mit der Schulter das juckende Kinn. »Obwohl ich heute früh vor dem Spiegel im Bad beinahe einen Herzinfarkt gekriegt hätte. Zum Glück ist es nur eine Tönung, die man herauswaschen kann. Ich werde es einfach eine Weile so lassen und dann entscheiden, ob's mir dauerhaft gefällt.«

Hoffentlich nicht, schoss es Clare durch den Kopf.

Mit schnellen, geübten Bewegungen legte Avery den ausgerollten Teig auf Pizzablechen aus. »Und jetzt zurück zum Sex. Du hattest Freitagnacht …«

»Bis Samstagmorgen.«

»Nur kleingeistige, missgünstige Weiber brüsten sich mit so etwas. Bin ich deine beste Freundin oder nicht?«

»Meine allerbeste Freundin«, antwortete Clare und legte sich die Hand aufs Herz.

»Und das Einzige, was ich bisher von dir bekommen habe, war eine erbärmlich kurze SMS. ›Hab die Nacht mit B. verbracht. Wahnsinn.‹«

»Und dazu den Refrain von diesem Lied von Shania Twain, ›I Feel Like a Woman‹. Der müsste ebenfalls auf deiner Mailbox gewesen sein.«

»In Ordnung, das war ja durchaus amüsant, aber trotzdem sind das nicht die Einzelheiten, die man seiner allerbesten Freundin brühwarm berichtet.«

»Wann hätte ich das denn bitte tun sollen? Du warst das ganze Wochenende bis Mitternacht in der Pizzeria, wohingegen ich Samstagabend, weil ich so viel Sex einfach nicht mehr gewohnt bin, kurz nach meinen Jungs ins Bett gegangen bin. Und Sonntag hatte ich nicht einen Augenblick für mich und damit auch nicht für dich. Außerdem warst du erneut den ganzen Tag hier.«

»Was bestätigt, dass ich ein eingefahrenes Gleis bin.«

»Bist du nicht.« Clare packte die Freundin bei den Schultern und schüttelte sie. »Aber heute bin ich extra früh gekommen, um mit dir zu reden. Himmel, ich sterbe, wenn ich es dir nicht endlich erzählen kann.«

»Na schön, es sei dir verziehen. Kannst du mir Gesellschaft leisten, bis der ganze Teig auf den Blechen liegt?«

»Das ist viel Teig für einen Montag, oder nicht?«

»Heute Abend findet hier eine private Feier statt, und für mittags sind bereits sechs große Pizzen vorbestellt. Und jetzt schieß endlich los.«

»Es war einfach wunderbar. Und zwar alles. Erst waren wir essen …«

»Gegessen hab ich in letzter Zeit genug. Meine Defizite liegen eher beim Sex. Also lass den ersten Teil deiner Erzählung einfach aus.«

»Nun …«

Clare berichtete ihr von ihren Befürchtungen auf der Rückfahrt und davon, wie sie todesmutig die Initiative ergriffen hatte.

»Du hast also die Ich-brauche-einen-großen-unerschrockenen-Mann-der-sich-in-meinem-unheimlichen-leeren-Haus-umsieht-Masche ausprobiert?«

»Genau.«

»Es ist mir eine Ehre, dich zu kennen.«

»Er dachte offenbar, er müsse es bei mir langsam angehen lassen, und mir wurde klar, dass es bis Weihnachten beim gemeinsamen Essen bleiben würde, wenn nichts passierte. Also hab ich ihm Starthilfe gegeben, und dann ging es ruckzuck.«

Die blauen Augen ihrer Freundin blitzten vor Vergnügen. »Hört, hört.«

»Ich weiß.« Hochzufrieden mit sich selbst und mit der Welt im Allgemeinen blickte Clare sie grinsend an. »Ich fühl mich, als sei endlich ein Teil meines Lebens, der seit Jahren verkümmert war, wieder aktiviert worden. Allein die Empfindungen! Seit Ewigkeiten hatte ich so was nicht mehr gespürt, und damit meine ich nicht nur den Sex, obwohl der rundherum perfekt war.«

»Zart und langsam oder wild und schnell?«

»Bis Samstagmorgen war genug Zeit, eine Reihe von Varianten durchzuspielen.«

»Okay, jetzt bin ich definitiv neidisch.« Avery deckte die Bleche ab, trat vor das Waschbecken und wusch sich die Hände. »Unsinn. Ich freu mich für dich und ebenso für ihn. Schließlich hat der arme Kerl lange genug warten müssen.«

»Das ist das einzige Problem. Ich bin nicht mehr die Clare von damals. Ich hoffe, dass er mich liebt, so wie ich jetzt bin.«

»Glaubst du, er hängt irgendwelchen alten Träumen nach?«

»Ich bin mir nicht sicher und weiß nicht, ob er Vergangenheit und Gegenwart trennt. Aber darüber will ich mir vorerst keine Gedanken machen, dazu bin ich viel zu glücklich. Es ist toll, wie es ist, und alles Weitere wird sich finden.«

In den folgenden beiden Wochen hetzte Beckett zwischen den verschiedenen Baustellen und der Werkstatt hin und her, überprüfte unzählige Warenlieferungen und verbrachte jeden freien Augenblick mit Clare.

Die Fliesen im Erdgeschoss wurden verlegt und die Arbeiten im Hof in Angriff genommen, und dann war der große Tag da: Beckett und seine Brüder standen auf der Straße, um sich die fertige Eingangstreppe anzusehen.

»Na, was hab ich gesagt?«, fragte er stolz. »Ist das nicht ein fantastischer Glanz?«

»So dick, wie wir sie lasiert haben, kann es gar nicht anders sein.« Ryder strich mit der Hand über das Holz. »Glatt wie Glas und knochentrocken.«

»Euch ist doch klar, dass dieses prachtvolle Geländer eine regelrechte Einladung an Skateboardfahrer ist, oder?«

Ryder sah zu Owen auf. »Der erste Skater, der es wagt, sich diesem Ding auch nur zu nähern, kriegt es mit mir zu tun, und ich werde dafür sorgen, dass es das erste und letzte Mal war, und ein Exempel statuieren. So, jetzt lasst uns diese verdammte Plane ganz wegziehen, damit alle sehen können, was für ein Meisterwerk uns gelungen ist.«

»In Ordnung, aber wir sollten den Eingang noch absperren«, schränkte Beckett ein, »damit nicht Hinz und Kunz hier hereinspazieren.«

Wahrscheinlich war es einer der befriedigendsten Augenblicke seines Lebens, dachte er, als die Plane an diesem kühlen, nach Herbst duftenden Morgen im September endlich entfernt wurde. Sie gingen auf die andere Straßenseite, um die Gesamtwirkung besser in sich aufnehmen zu können.

Nicht nur sie waren beeindruckt, auch vorbeigehende Passanten und die Insassen der vorüberfahrenden Autos schauten bewundernd zu dem prachtvollen Gebäude herüber. Selbst die Kinder in den Schulbussen betrachteten neugierig das Hotel.

Es war tatsächlich wunderschön, wenngleich hier und da noch einiges fehlte. Das dunkle Holz hob sich schimmernd von der alten steinernen Fassade ab. Im gleichen Farbton wie das Geländer der großzügigen Treppe, die sich über die ganze Front erstreckte, war die elegante Brüstung des Balkons im ersten Stock gehalten.

»Ich hatte zwar die ganze Zeit eine Vorstellung davon, wie es einmal werden sollte«, setzte Owen an, »aber wenn man drinnen oder oben auf dem Dach arbeitet, kann man es nicht wirklich sehen. Ich finde, wir haben unsere Sache verdammt gut gemacht.«

»Auf jeden Fall. Das hier ist ein großer Augenblick.« Ryder zog sein Handy aus der Tasche und schoss ein Foto. »Und nachdem er von mir festgehalten wurde, machen wir uns besser wieder an die Arbeit, oder was meint ihr?«

»Schick Mom das Foto.«

Owen schüttelte den Kopf. »Sie kommt sowieso vorbei und sollte es das erste Mal in natura sehen.«

»Wahrscheinlich hast du recht«, stimmte Beckett zu. »Inzwischen hat sich sicher überall herumgesprochen, dass man die Fassade endlich sehen kann.«

Zurück im Haus, teilten sie sich auf. Owen schaute nach, was die Fliesenleger machten, Ryder wollte sich die Kassettendecke im Speisesaal vornehmen und Beckett im zweiten Stock nach dem Rechten sehen.

Unvermittelt roch er den Duft von Geißblatt.

»Das gefällt dir, oder?«, murmelte er auf dem Weg ins Elizabeth-und-Darcy-Zimmer. »Jetzt sieht das alte Gemäuer endlich nicht mehr traurig aus.«

Er betrat den Raum, ging hinaus auf den Balkon und blickte auf die Stadt. Auf die Hauptstraße mit ihren Wohnhäusern und Läden, auf die überdachten Veranden und die aus Ziegeln gemauerten Gehwege sowie auf die dahinterliegenden, gelb leuchtenden Felder, auf die sanft ansteigenden Hügel und die dunkle Bergkette, die den blauen Himmel berührte. Es war der perfekte Hintergrund für ein Hotel wie dieses.

»So ist es gut.« Sprach er mit sich selbst, mit dem Haus oder dem Geist? Er wusste es nicht, doch im Grunde war das egal. Es fühlte sich einfach richtig an. Andere hatten hier gestanden, als die Menschen noch zu Pferd oder per Kutsche auf ungepflasterten Wegen vorbeikamen. Soldaten waren an diesem Haus vorübergezogen, um auf den Schlachtfeldern des Bürgerkriegs zu siegen oder zu sterben. Die steinernen Mauern hatten Generationen kommen und gehen sehen.

»Und du?«, fragte er bei dem Gedanken an den Geißblattduft. »Warst du auch bereits früher hier? Wann war das? Zur Zeit der Kutschen oder gab es schon Autos? Wie bist du gestorben? Und vor allem: Weshalb bist du nach wie vor hier?« Offenbar war sie nicht bereit, ihm Auskunft zu geben.

Frauen waren wirklich gut darin, ihre Geheimnisse zu bewahren.

Er blickte in Richtung des Buchladens. So früh am Morgen war Clare bestimmt noch nicht da. Sie machte jetzt die Jungen für die Schule fertig, bereitete das Frühstück zu und packte die Rucksäcke.

Ob sie zwischendurch an ihn dachte? Und später vom Fenster des Büros zum Hotel herübersah und sich fragte, was er gerade machte und wann sie einander endlich wiedersehen konnten? Sehnte sie sich, wenn sie abends zu Bett ging, wohl genauso sehr nach ihm wie er nach ihr?

Er hoffte es.

Plötzlich fiel ihm auf, dass einer der Besitzer des Frisiersalons die Ladentür aufschloss und kurz herübersah, ehe er mit offenem Mund und weit aufgerissenen Augen stehen blieb. Dieses Bild erfüllte ihn mit Stolz, und grinsend dachte er: Warte, bis wir richtig fertig sind. Wenn erst die Lampen, Bänke, Blumenkübel sowie anderes schmückende Beiwerk an ihrem Platz waren, dann würde das Haus endgültig der strahlende Mittelpunkt des Ortes sein.

Als er seinen Beobachtungsposten auf dem Balkon verließ, um wieder hineinzugehen, nahm er aus dem Augenwinkel eine flüchtige Bewegung wahr. Ein kaum merkliches Flirren in der Luft – da drüben, ja genau dort –, doch als er sich umdrehte, war es bereits vorbei. Bis plötzlich die Tür, die er hinter sich geschlossen hatte, aufschwang.

Erschrocken wich er einen Schritt zurück, als er erneut etwas hörte. Er hätte schwören können, dass ein leises Lachen aus Richtung des Balkons an seine Ohren drang.

»Haha, wirklich witzig«, knurrte er und drückte die Tür wieder ins Schloss. Kaum jedoch tat er den ersten Schritt, ging sie wieder auf. Er schloss sie zum dritten Mal, und sie öffnete sich abermals.

Vielleicht mochte die heimliche Bewohnerin die Aussicht oder die frische Luft, überlegte er belustigt. Trotzdem hatte alles seine Grenzen. Selbst einem Geist gegenüber. »Okay, hör zu, ich kann die Tür nicht offen stehen lassen. Erinnere dich bloß an die Tauben und den ganzen Dreck. Wir sollten sie nicht einladen, wieder hier einzuziehen.«

Die Tür öffnete sich noch ein Stück, um sich gleich darauf zu schließen. »Danke«, sagte er, blieb aber noch einen Augenblick, um sicherzugehen, dass Lizzy tatsächlich seiner Bitte nachgekommen war. Als er sich schließlich auf den Weg nach unten machte, dachte er mit einem Anflug von Ironie, dass er soeben einen Streit mit einem Geist gewonnen hatte. Toll.

Es war kurz nach neun, als sein Handy schrillte und auf dem Display die Telefonnummer der Buchhandlung erschien. Eilig legte er den Zollstock fort.

»Hallo.«

»Beckett, es ist wunderschön. Ich bin gerade reingekommen und hab gleich rübergeschaut. Der Anblick hat mich völlig umgehauen.«

»Wir haben die Plane vor zwei Stunden abgenommen.«

»Du hattest mir ja schon geschildert, wie es werden würde, und einiges konnte man erahnen, aber dass es derart prachtvoll würde, hätte ich niemals gedacht. Alle Leute bleiben stehen oder halten ihre Autos an.«

»Ich bin gerade im zweiten Stock auf einem der Balkone.« Grinsend hob er einen Arm und winkte.

»Einen Augenblick.«

Er hörte im Lautsprecher ein leises Rascheln, dann einen unterdrückten Fluch, ehe sie sich, hübsch wie eine Sonnenblume, aus dem Fenster beugte und zu ihm herübersah.

»Hallo, Beckett«, grüßte sie ihn.

»Hallo, Clare.«

»Du musst völlig aus dem Häuschen sein.«

»Sagen wir, es macht mich ziemlich stolz. Komm doch einfach rüber und genieß den tollen Ausblick, den man von hier oben hat. Auch die Fliesen im Erdgeschoss kannst du jetzt bewundern.«

»Heute Morgen geht's leider nicht. Ich hab noch massenhaft Papierkram zu erledigen, der gestern liegen geblieben ist, weil ich mich um ein Geschichtsprojekt, das kleine Einmaleins, einen Biotest und einen Albtraum kümmern musste.«

»Vor Biotests hatte ich regelmäßig Albträume.«

»Es war nicht wegen Bio, sondern wegen Aliens mit Krakenarmen.«

»Auch nicht schlecht.«

»Liam. Und vor lauter Panik hat er am Ende seine Brüder aufgeweckt, und Murphy fand, es sei eine tolle Zeit, um aufzustehen und zu spielen. Wie dem auch sei: Ich muss das alles heute Morgen aufarbeiten, und dann fällt noch eine Reisegruppe bei mir ein. Aber was hältst du davon, zu mir rüberzukommen und dein Meisterwerk von hier aus zu bewundern?«

Er zögerte kurz, doch die Arbeit rief. »Weißt du was, bring einfach die Jungs nach der Schule vorbei. Wir zeigen ihnen schnell das Hotel und laden sie anschließend auf eine Pizza ein«, schlug er vor.

»Und wann sollen sie ihre Hausaufgaben machen?«

»Mütter können manchmal furchtbar kleinlich sein. Dann eben nach den Hausaufgaben.«

»Sie würden sich bestimmt total freuen. Nur: So langsam, wie Liam arbeitet, wird es bestimmt halb fünf.«

»Ich werde auf euch warten.«

»Beckett, gottverdammt, wo bleibst du mit den Maßen?«, drang die Stimme seines Bruders aus dem ersten Stock zu ihm herauf.

»Sieht aus, als machten wir uns beide besser langsam wieder an die Arbeit. Danke für die tolle Aussicht. Bis nachher.«

»War mir eine Freude, dich zu sehen, Clare.«

Er verbrachte den gesamten Tag in Hochstimmung, und seine Laune stieg ständig, je mehr Menschen vor dem Hotel stehen blieben und sich in Lobeshymnen ergingen.

»Lasst uns noch ins Vesta gehen«, schlug Owen vor. »An einem solchen Tag haben wir uns unser Feierabendbier redlich verdient.«

»Ich kann nicht. Clare kommt mit den Kindern, damit die sich alles ansehen können. Danach wollen wir gemeinsam Pizza essen.«

»Traurig, traurig.« Ryder schüttelte seinen Kopf. »Jetzt hast du nicht einmal mehr Zeit, um mit deinen Brüdern ein Bier zu trinken.«

»Er ist eben inzwischen ein Familienmensch«, meinte Owen. »Am besten schließt du demnächst eine Lebensversicherung ab.«

»Ach, du kannst mich mal.«

»Keine Pokerrunden und keine wilden Partys mehr.« Ryder legte mitfühlend die Hand auf Becketts Schulter. »Und die Striplokale solltest du ebenfalls vergessen, Mann. Jetzt geht's nur noch darum, dass du das Geld für den Besuch von Disney World zusammenkriegst. Armes Schwein. Komm Owen, wir ziehen uns einfach seinen Bieranteil mit rein.«

»Er hat sich offenbar die Hörner gründlich genug abgestoßen«, seufzte Owen, während er das Haus verließ.

»Arschlöcher«, rief Beckett seinen Brüdern lachend hinterher, obwohl ihm bei den spöttischen Bemerkungen der beiden ziemlich komisch geworden war.

»Sie sind bloß neidisch, weil sie keine Freundinnen haben«, sagte er leise vor sich hin und verdrängte energisch alle störenden Gedanken, um sich ganz auf seine Arbeit zu konzentrieren.

Es gelang ihm nicht wirklich. War er tatsächlich inzwischen ein »Familienmensch«, wie Owen behauptete? Zwar fand er die Jungs sympathisch, amüsant, intelligent und gewitzt, doch das stand auf einem anderen Blatt. Verantwortung trug er für sie keine. Er wollte mit Clare zusammen sein, sonst nichts. Sicher, ihre Kinder gehörten dazu – daran gab es nichts zu deuten, aber sie hatten ein kameradschaftliches Verhältnis, er und ihre Söhne. Wie gute Kumpel eben.

Trotzdem hatten die Blödeleien seiner Brüder ihn gewaltig irritiert. Beckett beschloss, noch einmal darüber nachzudenken, ehe …

Ehe was? Ach vergiss es, dachte er und war dankbar für das Klopfen, das ihn aus seinen Grübeleien riss.

Er ging zur Eingangstür und sah draußen Clare und ihre Söhne stehen. »Willkommen im BoonsBoro Inn. Haben Sie reserviert?«

»Wir haben eine persönliche Einladung des Besitzers.«

»Wenn das so ist …« Er trat einen Schritt zurück und machte eine schwungvolle Verbeugung, die die Jungen mit einem lauten Lachen beantworteten.

»Wir sollten doch zu dieser Tür kommen, oder?«, vergewisserte sich Clare. »Ich bin es so gewohnt. Oh, die Fliesen sehen fantastisch aus! Darf man überhaupt schon drauftreten?«

»In der Küche und im Flur ja, nur im Foyer noch nicht, dort wird erst morgen verfugt.«

»Das alles sieht unglaublich aus. Nichts anfassen«, ermahnte sie die Jungen. »Bleibt immer schön in meiner Nähe und hört auf das, was Beckett euch sagt.«

»Gehört dir wirklich das ganze Haus?«, erkundigte sich Liam neugierig.

»Nicht mir alleine, sondern meiner Familie.« Schon wieder dieses Wort. »Hier ist übrigens der Empfang, wo sich die Gäste anmelden. Da drüben sitzt dann Hope.«

»Aber da ist doch gar kein Stuhl.«

»Später wird dort einer sein«, klärte er Harry auf. »Und vor dem Kamin stehen dann Sessel, in denen es sich die Gäste gemütlich machen können.«

»Mom wünscht sich einen Kamin.« Murphy blickte zu ihm auf. »Du kannst doch Sachen bauen, also könntest du sicher einen für sie machen, oder nicht?«

»Wieso sind hier überall alte Steine im Innern?«, fragte Harry, während er mit einer Hand über die Mauer glitt.

»Das ist eine Innenwand. Jetzt zumindest. Ganz früher war sie mal außen, bis angebaut wurde. Sie stand also schon immer an dieser Stelle, und wir wollten sie erhalten. Aus Respekt vor diesem Haus. Hier unten ist die Küche.« Er warf einen Blick auf Clare. »Sie fangen bald mit dem Einbau der Schränke an – das wird dann der nächste Meilenstein.«

»Das glaube ich auch. Seht ihr, Jungs? Hier wird das Frühstück für die Gäste zubereitet.«

»Geh nicht hinter die Absperrung, Harry«, bat Beckett, als der Junge an den Rand des frisch gefliesten Bodens trat.

»Mach ich nicht. Was sind das alles für kleine Dinger, die da zwischen den Fliesen stecken?«

»Die sorgen dafür, dass die Abstände immer gleich sind.« Er fragte sich, ob er erklären sollte, dass man Fliesen mit Zement verfugen musste, aber zum Glück interessierten die leeren Zwischenräume den Jungen nicht.

»Und warum sind die Fliesen nicht alle gleich groß?«

»Das sind sie schon, nur muss man am Rand manchmal einige passend schneiden. Dafür gibt es ein spezielles Werkzeug.«

»Und wo steht das?«

»Ich zeig es dir, bevor wir gehen.«

Dann ging es weiter in den Speisesaal.

»Oh, ihr habt schon mit der Decke angefangen.«

»Ja. Wir wollten sehen, ob das Holz unserer Vorstellung entspricht«, antwortete Beckett.

Harry deutete auf die Steine in der Wand. »Sind die wie die anderen ein Zeichen von Respekt?«

»Genau. Dieses Gebäude war das erste ganz aus Stein errichtete Haus der Stadt, und deshalb hat es eine ganz besondere Bedeutung.«

»Das Haus mit Moms Laden ist auch schon ganz schön alt. Das merkt man, weil die Treppe knarrt.«

»So was soll es geben.«

»Aber wenn das Haus so alt ist, warum ist dann die Veranda neu?«

»Die alte Veranda wurde schon vor langer Zeit entfernt. Deshalb haben wir jetzt eine neue gebaut.« Beckett öffnete die Tür. »Sie sieht zwar nicht genauso wie die alte aus, doch ich vermute, dass sie dem Haus trotzdem gefällt. Wir haben uns an alte Fotos gehalten, die zum Glück noch existierten. Wenn du willst, zeig ich sie dir bei Gelegenheit. Sie gehören Mr. Bast.«

»Ist sein Laden eigentlich ein Möbelgeschäft oder mehr ein Museum?« Liam hüpfte durch die Tür. »Bei ihm stehen alle möglichen Sachen rum, bloß Mumien gibt es nicht.«

»Vielleicht kann er ja irgendwo eine besorgen.«

Clare trat vor die Tür und sah über die Straße hinüber auf die Pizzeria und ihr eigenes Geschäft. »Jeder, der heute bei mir im Laden war, hat über das Hotel geredet, und ich selbst bin bestimmt ein halbes Dutzend Mal vor die Tür gegangen, um es mir anzuschauen … Murphy!«

Sie stürzte zurück ins Haus und sah ihn auf halber Höhe der Treppe stehen.

»Komm sofort wieder runter. Du weißt doch, dass du nicht alleine nach oben darfst.«

»Ich hab nur kurz mit der netten Frau gesprochen.« Er blickte unverändert nach oben mit seinem engelsgleichen Lächeln. »In Ordnung, tschüss.«

»Mit was für einer Frau? Mit wem hast du geredet?« Clare lief auf ihn zu, riss ihn von der Treppe und zog ihn an sich.

»Mit der Frau da oben. Sie hat Hallo gesagt und kannte sogar meinen Namen.«

»Beckett, falls dort oben jemand ist …«

Er wusste bereits, wer sich mit dem Jungen unterhalten hatte, doch um Clare nicht zusätzlich aufzuregen, lief er in den ersten Stock und sah sich um.

»Niemand da«, erklärte er, als er wieder nach unten kam.

»Vielleicht musste sie ja auf diese Party gehen. Wird sie bei Hope wohnen?«, fragte Murphy.

»Vielleicht.« Beckett blickte nachdenklich in die Richtung, aus der er einen Moment zuvor gekommen war. »Sie wollte auf eine Party gehen?«

»Ich glaube ja. Sie trug ein langes Kleid, so eines wie Mom, wenn sie mal ganz fein ausgeht. Können wir jetzt nach oben?«

»Sicher. Alles klar?«, wandte Beckett sich an Clare.

»Alles klar? Lass uns später reden, bitte! Murphy, du bleibst bei mir.«

Clare war die Lust an einer Besichtigung gründlich vergangen, und so brachen sie bald auf, um hinüber ins Vesta zu gehen.

Nachdem er die Kinder mit einer Handvoll Vierteldollarmünzen zu den Automaten geschickt hatte, griff er das Thema wieder auf. »Okay, du hast sichtlich etwas auf dem Herzen. Also, was ist los?«

»Ich weiß nicht, was da eben passiert ist. Nur hat irgendwer oder irgendwas meinen kleinen Sohn dazu gebracht, nach oben zu steigen und sich mit einer imaginären Gestalt zu unterhalten. Das ist los!«

»Sie ist völlig ungefährlich.«

»Es gibt keine *Sie*«, erklärte Clare. »Und wie könntest du dir, wenn es eine gäbe, sicher sein, dass sie nicht gefährlich ist?«

»Wir laufen Tag für Tag in dem Gebäude herum.«

»Ihr seid erwachsene Männer.«

»Ich war unzählige Male ganz alleine dort, und erst heute Morgen haben sie und ich eine kurze Diskussion darüber geführt, ob die Balkontür offen bleibt oder nicht.«

»Vielleicht weil sie dich über das Geländer stoßen wollte.«

Am liebsten hätte er gelacht, aber Clare fand die Sache offenbar alles andere als amüsant. »Weshalb sollte sie das tun wollen?«

»Was weiß ich?«, fragte sie erbost. »Ich kann einfach nicht glauben, dass ich überhaupt ernsthaft über ein solches Thema rede. Über einen Geist. Um Himmels willen, Beckett.« Eilig griff sie nach dem Limonadenglas, das gerade gebracht wurde.

»Alles in Ordnung?«

»Alles bestens, Heather«, antwortete Beckett lächelnd. »Vielen Dank.«

Erst als die Bedienung verschwunden war, sprach er weiter. »Wir reden über dieses Thema, weil es dich anscheinend fertigmacht. Murphy hingegen hatte keine Angst.«

»Er ist noch ein Kind.«

»Ja, und ich geh davon aus, dass er sie deswegen gesehen hat. Schließlich heißt es allgemein, Kinder seien offener für solche Dinge.«

»Das alles ist doch total verrückt. Ich glaube einfach nicht an solchen Kram. Nur was war mit Murphy?«

Er versuchte es mit einem Scherz. »Kennst du die beiden Agenten aus Akte X? Du kommst mir gerade wie Scully vor, während ich eher wie Mulder bin. Vielleicht will ich einfach daran glauben, dass es Geister gibt. Murphy aber weiß es, auch wenn er nicht zwischen Fantasie und Realität unterscheidet. Er hat sie eindeutig gesehen, kann sie sogar beschreiben. Da sie offenbar ein langes Kleid trägt, muss sie in einer Zeit gelebt haben, als die Frauen so herumliefen. Das heißt, im achtzehnten oder neunzehnten Jahrhundert.«

»Himmel.«

Er nahm ihre Hand und hielt sie fest. »Ich würde niemals zulassen, dass einem deiner Söhne oder dir etwas passiert. Clare, wenn ich auch nur eine Sekunde glauben würde, dass Lizzy den Wunsch hat, einem Menschen wehzutun, fände ich einen Weg, um sie aus diesem Gebäude zu vertreiben. Und sei es durch Exorzismus. Aber hör mir erst einmal zu.« Er beugte sich zu ihr über den Tisch. »Du denkst an Geschichten wie *Poltergeist*, weil du Horrorromane und entsprechende Filme liebst und glaubst, dass Geister böse sein müssen.«

»Sind sie in den Geschichten ja auch. Und wo, bitte, sollte ich in der Realität schon die Bekanntschaft eines Geistes gemacht haben? Es macht mir einfach Angst, wenn Murphy auf einer Treppe steht und ins Leere lächelt.«

»Ich will dir schnell meine Theorie erklären, bevor den Jungs das Geld ausgeht und ihre Pizza kommt. Ich stell mir das folgendermaßen vor. Es gefällt diesem Wesen, das ich Lizzy genannt habe, was wir tun, weil sie das Elizabeth-und-Darcy-Zimmer bevorzugt. Sie findet es schön, dass wir das alte Gebäude restaurieren und es zu neuem Leben erwecken, wenn du so willst. Ich glaube, sie mag es, wenn sie Menschen um sich hat.«

»Du bildest dir also nicht nur ein, dass ein Geist in dem Gebäude lebt, sondern dass er auch noch gesellig ist.«

»Warum denn nicht?«

»Oh, da fallen mir gleich massenhaft Gründe ein.«

»Sieh es doch einmal so, Agentin Scully. Je weiter die Arbeiten vorangehen, umso öfter taucht sie auf. Als wir uns das Haus am Anfang angeschaut haben, war von einer heimlichen Bewohnerin nichts zu spüren. Erst später, als wir anfingen, alles zu vermessen, und ich die ersten Skizzen anfertigte, beschlich mich urplötzlich das Gefühl, von irgendwem beobachtet zu werden. Was ich anfangs ganz schön unheimlich fand. Und dann roch ich irgendwann den Geißblattduft. Und zwar zunehmend öfter. Heute war schließlich ein besonderer Tag, die Abnahme der Plane, und ich halte es nicht für Zufall, dass sie sich ausgerechnet in diesem Moment jemandem gezeigt hat.«

»Ich will, dass sie meine Söhne in Ruhe lässt.«

»Wer soll uns in Ruhe lassen?« Murphy kletterte auf ihren Schoß.

»Jeder.« Clare schlang ihre Arme um das Kind, knabberte an seinem Hals, bis es anfing zu kichern, und fügte hinzu: »Wer sich mit den Brewster-Jungs anlegt, bekommt's mit mir zu tun.«

Womit das Thema erst einmal erledigt war, erkannte Beckett, zumal in diesem Moment die Pizza gebracht wurde.

Nachdem Clare mit ihren Söhnen aufgebrochen war, kehrte Beckett noch einmal ins Hotel zurück, betrachtete den fertigen Fliesenboden, dachte an die endgültige Treppe, die das Provisorium bald ersetzen würde, und wartete.

Doch nichts geschah.

Vielleicht hatten sie sie gekränkt, denn ob tot oder lebendig konnten Frauen unglaublich empfindlich sein.

»Du machst ihr Angst. Ihre Kinder gehen ihr über alles, und dann hast du dir auch noch den Kleinen ausgesucht. Deshalb ist sie ausgeflippt, aber das darf man nicht tragisch nehmen.«

Nach wie vor passierte nichts.

»Ich weiß nicht, warum du mich mit Schweigen strafst. Schließlich hab ich dir nichts getan. Und du solltest Clare verstehen, denn die meisten Menschen denken wie sie und finden Geister unheimlich. Selbst ich erschrecke manchmal, obwohl ich inzwischen an deine Gegenwart gewöhnt bin.«

Alles blieb weiter ruhig.

»Du solltest ihr ein bisschen Zeit geben, um sich an den Gedanken zu gewöhnen. Sie wird nämlich oft hier sein, wenn das Hotel erst eröffnet ist.

Hope, die zukünftige Managerin, ist nämlich ihre Freundin. Und da sie oben einzieht, halten Clare und Avery sich wahrscheinlich ziemlich häufig bei ihr auf. Und für dich bedeutet das, dass du nicht mehr alleine sein wirst.«

Mit einem Mal schwang die Balkontür auf, was Beckett, wie er zugeben musste, am Abend deutlich beunruhigender fand als am hellen Tag, wenn überall Handwerker herumlärmten.

War Lizzy jetzt da?

»Okay, ein bisschen frische Luft tut mir wahrscheinlich gut«, sagte er und trat auf den Balkon hinaus, wo ihn sogleich der Duft von Geißblatt umwehte. »Wenn du sie erst besser kennst, wirst du sie mögen. Sie ist eine wirklich tolle Frau. Nur hatte sie eben Angst, du würdest ihrem Kind etwas tun, deshalb …«

Als die Tür ins Schloss fiel, brach er ab.

»Wow. Du scheinst ganz schön sauer zu sein.« Er öffnete die Balkontür erneut. »Hör zu, ich weiß, dass du nichts Böses im Schilde führst, aber Clare sorgt sich eben sehr, vielleicht zu sehr, um das Wohl der Jungen. Du musst wissen, dass ihr Mann in einem dummen Krieg getötet wurde, noch bevor der Kleine geboren wurde. Das erklärt einiges. Sie fühlt sich eben für ihre Sicherheit verantwortlich und will um jeden Preis verhindern, dass einem von ihnen etwas passiert. Das ist doch verständlich, oder?«

Er sah, wie die Tür sich ein bisschen mehr öffnete, und wertete das als Entschuldigung oder als Zeichen von Verständnis.

»Gib ihr einfach etwas Zeit. Ich muss jetzt in meine Wohnung gehen und mich an meinen Schreibtisch setzen, um zu arbeiten«, erklärte er und deutete zur anderen Straßenseite hinüber. »Morgen wird hier jede Menge los sein, denn da werden die Fliesen in den Badezimmern gelegt. Bis alles fertig ist, musst du dich noch ein Weilchen gedulden, aber du wirst sehen, dass sich der Aufwand lohnt. Also dann bis morgen früh.«

Er ging ins Zimmer zurück und zog die Tür hinter sich zu. »Lass sie besser zu«, sagte er im Gehen, und als keine Reaktion kam, stieg er die Treppe hinunter, verließ das Gebäude und sperrte die Eingangstür hinter sich ab.

Auf der anderen Straßenseite blieb er stehen, drehte sich um und meinte einen flüchtigen Moment lang den Schatten einer Frau auf dem Balkon zu sehen.

Doch die Tür blieb zu.

13

Erschöpft, gereizt und erfüllt von dem verzweifelten Verlangen nach nur zehn Minuten Ruhe, schleppte Clare sich in ihre Buchhandlung und gönnte sich dort einen kurzen Augenblick des Selbstmitleids.

Ihr gehörte der Laden oder etwa nicht? Da sollte es, verdammt noch mal, doch möglich sein, einmal einen Tag nicht zu arbeiten, sondern etwas zu unternehmen, was ihr Spaß machte. Wie etwa ...

Sie überlegte krampfhaft, ohne dass ihr etwas einfiel. Weil sie nicht in der Stimmung war, sich zu amüsieren, und lieber mutterseelenallein in einem totenstillen Zimmer sitzen und stundenlang die Wand anstarren wollte.

»Guten Morgen«, grüßte Laurie sie gut gelaunt, was sie heute absolut nicht ertrug. Weder die fröhliche Stimme noch das lächelnde Gesicht. »Na, wie stehen die Aktien?«

»Wie sollen sie schon stehen, nachdem ich mit drei Kindern beim Zahnarzt war, die während der gesamten Hin- und Rückfahrt nur gequengelt haben. Ich konnte ihr Maulen noch hören, nachdem sie endlich bei der Schule ausgestiegen waren. Wahrscheinlich haben ihre Lehrer inzwischen einen Haftbefehl für mich beantragt, weil ich eine total unfähige Mutter bin.«

Lauries breites Grinsen machte einem mitfühlenden Lächeln Platz. »Nicht gerade die angenehmste Art, den Tag zu beginnen.«

»Und zwar für keinen von uns vieren.« Clare stellte ihre Tasche auf der Treppe ab. Wenn sie sich schon nicht verkriechen und in Selbstmitleid versinken konnte, dann brauchte sie zumindest einen Kaffee, ehe sie an ihren Schreibtisch ging. Wobei die Arbeit immerhin deutlich besser war als der Kampf gegen nörgelnde kleine Jungen.

Grimmig schenkte sie sich einen Becher ein. »Wenn ich nur daran denke, dass schon nächste Woche der Routinecheck beim Kinderarzt dran ist. Vielleicht lauf ich vorher einfach weg.«

»Du arbeitest einfach zu viel.«

»Auch das, aber wie soll ich sonst die ständigen Besuche bei Zahn- und Kinderärzten finanzieren? Die arbeiten leider nicht für einen Gotteslohn.«

»Obwohl ich dich in diesem Moment nur ungern damit behellige – es haben schon drei Leute für dich angerufen.« Laurie wedelte mit einem Zettel vor Clares Augen herum.

»Drei?« Sie schüttete als Nervennahrung eine ordentliche Dosis Karamell in ihren Kaffee. »Wir haben doch erst vor einer halben Stunde aufgemacht.«

»Tut mir leid. Hm, und außerdem läuft im Waschraum irgendwo Wasser aus.«

Clare seufzte. Auch das würde Geld kosten, zumindest wenn sie den Klempner rief. »Tja dann. Also mach ich mich besser umgehend ans Werk.«

Sie griff nach dem Zettel, auf dem die Telefonnummern der Anrufer notiert waren. »Um die kümmere ich mich am besten zuerst. Ich bin oben, falls was ist. Kommst du fürs Erste alleine zurecht?«

Ohne zu antworten, hielt Laurie das Blatt weiter fest.

Clare schaute sie fragend und ein wenig ungeduldig an. »Was ist denn noch? Gib her, damit ich anrufen kann!«

»Ja schon, aber …« Die andere ließ das Blatt einfach nicht los.

»Um Himmels willen, jetzt mach endlich den Mund auf. Du weißt, meine Laune ist heute nicht die allerbeste … Oh mein Gott!«

Clare ließ von dem Zettel ab und packte Lauries Hand. Starrte auf den funkelnden Verlobungsring, den sie dort entdeckte.

»Ich werde heiraten.«

»Das steht zu vermuten. Oh Laurie, der Ring ist wunderschön.«

»Nicht wahr? Ich muss ihn ständig ansehen. Ich liebe diesen Ring, und ich liebe ihn. Außerdem dachte ich langsam, du würdest es nie bemerken.«

»Mein Selbstmitleid und der ganze Ärger des Morgens haben mich offenbar vorübergehend mit Blindheit geschlagen. Und seit wann bist du verlobt?«

»Gestern Abend hat er mich gefragt, nachdem sein Verhalten die ganze Woche über ziemlich komisch war. Ich bekam es schon mit der Angst zu tun, er würde sich von mir trennen.«

»Unsinn! Wie konntest du nur so was denken? Tyler ist total verrückt nach dir. Was ja wohl offensichtlich ist«, fügte sie hinzu und drehte Lauries Hand, um den Ring genauer in Augenschein zu nehmen.

»Trotzdem war er wirklich seltsam drauf. Gestern Abend setzte er plötzlich ein todernstes Gesicht auf und meinte, wir sollten im Park spazieren gehen. In dem Moment war ich auf alles gefasst, bloß nicht auf einen Antrag.«

»Ich freu mich schrecklich für dich.« Clare stellte ihren Kaffeebecher fort und schlang ihre Arme um den Hals ihrer Mitarbeiterin. »Und du hattest wirklich keine Ahnung?«

»Null. Wir sind jetzt seit zwei Jahren zusammen und haben das Thema ab und zu gestreift, aber nie ernstlich, und deshalb war ich völlig überrascht.« Freudentränen stiegen in ihren braunen Augen auf. »Clare, er hat sich sogar vor mich hingekniet, mitten im Orchesterpavillon.«

»Echt? Das ist ja so romantisch.«

»Ja, ich weiß. Wer hätte das je gedacht? Ich liebe ihn sehr und wäre am Boden zerstört gewesen, wenn er Schluss gemacht hätte. Und jetzt das hier!«

Sie wedelte mit ihrer Hand vor Clares Gesicht herum. »Wir werden heiraten. Ich konnte es kaum erwarten, bis du endlich kamst, denn ich hab mich die ganze Nacht darauf gefreut, dir meinen Ring zu zeigen.«

»Lass ihn noch mal sehen.«

Begeistert streckte Laurie ihr die Hand hin. »Er hat ihn selbst ausgesucht.«

»Ein wirklich wunderschöner Ring. Rundum perfekt. Wann …«

Noch bevor sie ihren Satz beenden konnte, betraten zwei Frauen den Laden. »Wir reden später weiter«, sagte Clare und ging in ihr Büro, während Laurie sich um die Kundinnen kümmerte.

Eine halbe Stunde später, nachdem die Telefongespräche erledigt waren, fiel ihr das undichte Rohr wieder ein. Sie beschloss, sich erst einmal selbst an der Reparatur zu versuchen, denn das würde ihr eine Menge Geld sparen. Falls es klappte.

Sie kauerte gerade auf dem Boden unter dem Waschbecken und hielt einen Eimer unter das undichte Abflussrohr, als die Tür geöffnet wurde und die Stimme ihrer Freundin Avery erklang. »Ich hab dich heute schon ungefähr tausendmal angesimst.«

»Zahnarzt, quengelige Kinder, Verlobung, Arbeit. Und jetzt zu allem Überfluss das hier. Gott, was für ein Tag, und dabei ist es nicht mal zwölf.«

»Laurie hat mir bereits von ihrer Verlobung erzählt. Mit funkelnden, vor Glück sprühenden Augen. Apropos Uhrzeit: Inzwischen ist es fast eins.«

»Das kann nicht wahr sein.«

»O doch, und ich hab auch nur eine Minute Zeit. Hope ist nämlich da.«

»Was? Seit wann?«

»Seit kurz vor elf. Was du wüsstest, falls du ab und zu die Nachrichten auf deinem Handy lesen würdest. Sie ist mit Sack und Pack eingetroffen. Zwei Arbeiter tragen gerade ihre Möbel und sonstigen Kram nach oben.«

»Braucht sie Hilfe?«

»Ich hatte bisher noch keine Gelegenheit, mit ihr zu reden, aber sobald die Mittagsgäste weg sind, geh ich mal rüber. Vielleicht kannst du ja dazukommen?«

Schon ein Uhr. »Ich muss erst abklären, ob Mazie sich nach der Schule eine Weile um die Kinder kümmern kann.«

»Falls nicht, springt Beckett sicher ein. Außer ihr habt nach wie vor Zoff.«

»Zoff?«

»Mir wurde zugetragen, dass ihr beide vorgestern Abend in meiner Pizzeria etwas laut geworden seid.«

»Das war lediglich eine kontroverse Diskussion, kein Streit. Trotzdem werde ich Beckett ganz bestimmt nicht bitten, auf die Kinder aufzupassen, denn er hat derzeit wirklich genug um die Ohren.«

»Das musst du halten, wie du willst. Aber versuch wenigstens auf einen Sprung zu kommen. Hope würde sich bestimmt freuen. Schließlich hat sie hier nur uns.«

»Ich lass mir was einfallen.«

»Super.« Avery betrachtete den Eimer und das tropfende Rohr: »Kann Beckett dir nicht wenigstens diese Arbeit abnehmen?«

Clare bedachte Avery mit einem bösen Blick. »Ist er etwa mein Mann für alle Fälle oder was?«

»He, das ist einfach eine nette Begleiterscheinung bei einem handwerklich begabten Lover. Doch jetzt muss ich zurück ins Restaurant. Wir sehen uns später bei Hope.«

Missmutig schaute Clare ihr nach. Sie würde Beckett nicht bitten – schließlich kam sie seit sechs Jahren ohne männliche Hilfe zurecht, und da stellte man sich nicht mit einem Mal dumm, nur weil man wieder einen Kerl in der Nähe wusste. Sie brauchte nur die Rohrzange aus ihrem Werkzeugkoffer, und dann wäre der Schaden schnell behoben. Warum also so viel Aufheben machen?

»Ich repariere jetzt das Rohr«, informierte sie Laurie. »Falls jemand für mich anruft, schreib einfach die Nummer auf. Es wird bestimmt nicht lange dauern.«

»Bist du sicher? Ich kann schnell ins Hotel laufen und einen der Handwerker bitten …«

»Das wirst du schön lassen – und zur Hochzeit werde ich dir ein Sortiment Werkzeuge schenken.«

»Ein verführerisches Negligé wäre mir erheblich lieber.«

»Werkzeug.« Clare hob demonstrativ ihren eigenen Kasten hoch. »Da nicht immer Männer in der Nähe sind, sollten Frauen wissen, wie man die grundlegenden Reparaturen im Haushalt selbst durchführt.«

»Wenn du es sagst.«

»Das tu ich.«

Entschlossener als je zuvor ging Clare zurück in den Waschraum, setzte sich wieder auf den Boden und klappte ihren Werkzeugkoffer auf. Sie hatte schon des Öfteren undichte Leitungen, quietschende Türen und klemmende Schubladen repariert und sich sogar an die größte Herausforderung, Spielzeug zum Zusammenbauen, herangewagt. Das musste sie bereits während ihrer Ehe lernen, denn Clint war meist im Einsatz gewesen.

Und sie lernte immer noch dazu. Einfach weil sie es sich nicht leisten konnte, schnell einen Handwerker zu bestellen, wenn es irgendwo tropfte oder klemmte. Auch ihren Vater mochte sie nicht ständig bemühen. Zumindest probierte sie es zunächst auf eigene Faust, den Schaden zu beheben. Egal ob es sich um ein verstopftes Rohr oder einen blockierenden Rasenmäher handelte.

Also schnappte sie sich auch jetzt die Rohrzange und machte sich ans Werk – besser gesagt an das tropfende Rohr unter dem Waschbecken.

Zehn frustrierende Minuten später hatte sich das anfänglich leichte Tropfen zu einem gleichmäßig fließenden Rinnsal gesteigert. Auch nicht weiter schlimm, sofern man wusste, wo der Fehler lag. Sie brauchte nur …

»Hast du dafür eine Lizenz?«, riss eine Stimme sie aus ihren Gedanken.

Beckett!

Mit hochrotem Gesicht und mühsam unterdrücktem Zorn wandte sie sich ihm zu. »Ich hab's fast geschafft.«

»Lass mal sehen.«

»Ich komm schon alleine klar.«

Trotz ihrer Abwehr hockte er sich einfach neben sie und nahm ihr die Zange aus der Hand. »Sieht aus, als ob du eine neue Dichtung brauchst. Ich hab bestimmt eine in meinem Wagen, die passt. Nur muss ich kurz das Wasser abstellen.«

»Ich weiß, wie man das Wasser abstellt«, fuhr sie ihn an.

»Gut, dann erledige du das, während ich die Dichtung hole«, schlug er vor, richtete sich auf und zog sie zu sich heran.

Er war, wie sie feststellte, unrasiert und ebenfalls schon länger nicht beim Frisör gewesen und roch außerdem nach Sägemehl. Alles zusammengenommen für sie der Inbegriff des selbstgefälligen Machos.

»Hat Laurie dich angerufen?«

»Nein. Warum?«

Clare schüttelte nur den Kopf und ging nach hinten, um das Wasser abzudrehen. Sie brauchte also eine neue Dichtung, dachte sie und ärgerte sich, dass sie nicht selbst auf diese naheliegende Idee gekommen war. Zu spät, denn inzwischen hatte Beckett den Schaden bereits behoben.

»Jetzt müsste es wieder funktionieren. Lass mich schnell das Wasser wieder andrehen und dann …«

»Das erledige ich selbst«, sagte sie unfreundlich, machte auf dem Absatz kehrt und eilte sichtlich aufgebracht davon.

Beckett sah ihr nur verwundert und ein wenig ratlos nach.

Als sie zurückkam, vertrat er ihr den Weg. »Ich arbeite nie umsonst.« Lässig legte er die Hand unter ihr Kinn und gab ihr einen Kuss. »Und ich bin für Barzahlung. Warum hast du mich nicht angerufen?«

»Weil ich meinen Abfluss selbst reparieren wollte.«

Der Blick aus seinen dunkelblauen Augen drückte ehrliche Verwunderung und gleichzeitig Nachsicht aus. »Bist du irgendwie sauer auf mich?«

»Ich …« Ehe sie ungerechte Vorwürfe von sich gab, brach sie ab. Schließlich konnte Beckett nichts dafür, dass ihr Tag so grauenhaft begonnen hatte. »Heute ging einfach alles schief, sonst nichts. Aber danke für die Hilfe.«

»Gern geschehen. Und da wir gerade davon sprechen: Wenn du magst, kann ich mich nach der Schule eine Weile um die Jungs kümmern, während du Hope beim Auspacken zur Hand gehst.«

»Werde ich in meinem Laden etwa abgehört?«, erkundigte sie sich mit einem leicht giftigen Unterton.

Er lachte. »Nicht dass ich wüsste – ich hab Avery getroffen, als ich in der Mittagspause ein Sandwich holen gegangen bin.«

»Sie wusste doch, dass ich Mazie anrufen wollte.«

»Also muss ich dich nochmals fragen, ob und warum du sauer auf mich bist.«

»Warum sollte ich?«, stieß sie in einem Ton hervor, der ihre Worte Lügen strafte. »Ich will nur einfach nicht, dass du das Gefühl bekommst, ständig für irgendwelche Dinge, ob Reparaturen oder Babysitten, parat stehen zu müssen. Ich krieg diese Dinge auch alleine hin – schließlich hab ich das jahrelang gemacht.«

»Das ist ohne Zweifel richtig«, stimmte er mit kühler Stimme zu und sah sie reglos an. »Nur wüsste ich gerne, ob du dir grundsätzlich nicht helfen lassen willst oder bloß bei mir so abweisend reagierst.«

»Nein … ja …« Sie presste die Finger vor die Augen. »Himmel, es war wirklich ein beschissener Tag, der damit angefangen hat, dass ich mit drei unleidlichen Kindern beim Zahnarzt war.«

»Hatten sie Löcher in den Zähnen?«

»Nein, so schlimm war es wiederum nicht.« Sie dachte nach, zögerte eine Weile. »Gut, ich bin mir sicher, dass die Jungs sich freuen würden, dich zu sehen – falls du tatsächlich Zeit und Lust hast, kurz auf sie aufzupassen.«

»Ich denke, das lässt sich einrichten. Die meisten Termine heute sind nicht wirklich brandeilig.«

»Okay, dann werde ich sie von der Schule abholen und an die Hausaufgaben setzen. Ich hab ihnen versprochen, dass es abends Tacos gibt, wenn sie sich beim Zahnarzt anständig benommen haben. Na ja, haben sie eigentlich nicht, aber ich mach die Dinger trotzdem, weil es ein schnelles Essen ist.«

»Dann komm ich so gegen vier. Ist das für dich in Ordnung?«

»Perfekt.«

»Dann also bis später.«

»Beckett. Tut mir leid, dass ich dich so übel angefahren habe. Es war wirklich nett von dir, deine Hilfe anzubieten.«

»Kein Problem.« Er wandte sich zum Gehen, blieb dann noch einmal stehen. »Weißt du, Clare, alles zu können, heißt nicht, auch alles selbst zu machen.«

Vielleicht nicht, gab sie ihm recht. Nur wollte sie es auf keinen Fall verlernen.

Ryder beobachtete Beckett, als dieser kurz vor Feierabend seine Sachen packte. Er bemerkte sofort, dass sein Bruder schlechte Laune hatte, und beschloss, der Sache auf den Grund zu gehen.

»Wir könnten ein bisschen Hilfe in der Werkstatt brauchen«, fing er an.

»Ich bin bereits anderweitig gebucht.«

»Fürs Babysitten, schätze ich. Sie lässt dich ganz schön nach ihrer Pfeife tanzen, Bruderherz.«

Beckett bedachte ihn mit einem vernichtenden Blick, doch Ryder stichelte weiter.

»Musst du erst Vorleistungen erbringen, damit sie dich wieder ranlässt?« Er grinste breit. »Die Spatzen pfeifen es schließlich von den Dächern, dass ihr euch im Vesta gestritten habt.«

»Blödsinn, wir haben nicht gestritten.« Stirnrunzelnd sah er seinen Bruder an.

»Da hab ich allerdings etwas anderes gehört.«

»Es war eine Diskussion. Wenn die Leute das nicht unterscheiden können, tun sie mir leid.« Er trat gegen den Vorderreifen seines Wagens. »Möglicherweise versteht Clare die Geschichte leider ebenfalls falsch. Was weiß ich?«

»Begeh nie den Fehler, die Gedankengänge einer Frau nachvollziehen zu wollen«, riet Ryder ihm. »Weil das bei Frauen nun mal nicht geht.«

»Seit wann kennst du dich mit solchen Dingen aus? Aber irgendwas stimmt tatsächlich nicht mit ihr. Sie hätte mir fast den Kopf abgerissen, als ich ihr eine Dichtung auswechseln wollte. Es liegt eindeutig an Lizzy – eine andere Erklärung gibt es nicht.«

»Clare glaubt, dass du sie mit einem Geist betrügst?«

»Nein, sie hat es einfach mit der Angst zu tun bekommen, weil Murphy Lizzy offenbar gesehen hat.«

»Aha, dann hast du ja jetzt einen Verbündeten für deine Wahnvorstellungen.«

»Du weißt ganz genau, dass es sich nicht um Spinnerei oder überreizte Fantasie handelt.« Er scheuchte D.B. weg, der sich gerade anschickte, gegen einen Reifen zu pinkeln. »Warum geht dein Hund wohl jeden Tag nach oben und liegt stundenlang genau in diesem Zimmer herum?«

»Er ist ein Hund, Beckett. Ich versuch nicht zu ergründen, was in seinem Kopf vorgeht. Trotzdem wäre es natürlich interessant«, räumte er widerstrebend ein. »Der Kleine will sie also gesehen haben?«

»Ja, obwohl ich sie den Kindern gegenüber nie auch nur mit einem Wort erwähnt habe.« Er erzählte Ryder von der merkwürdigen Szene. »Und deshalb ist Clare vollkommen ausgeflippt und scheint immer noch sauer auf mich zu sein.«

»Sie beruhigt sich sicher bald. Bring ihr einfach Blumen mit.«

»Ich versteh das nicht, denn schließlich hab ich nichts falsch gemacht.« Wütend trat er gegen den Reifen.

»Das spielt keine Rolle.« Ryder schüttelte mitleidig den Kopf, während sein Bruder sich hinters Lenkrad schwang. »Sie denken trotzdem, dass man irgendwas verbrochen hat, und deshalb ist es für alle Fälle gut, sie mit einem Geschenk abzulenken. Sofern man noch bei ihnen landen will.«

»Du bist ein elender Zyniker.«

»Ich bin Realist, mein Lieber. Aber vielleicht erfüllt Babysitten bei einer Frau wie Clare den gleichen Zweck wie Blumen oder eine andere Aufmerksamkeit.«

Möglich, dachte Beckett, während er die Hauptstraße hinunterfuhr. Doch er würde nicht deshalb auf die Jungs aufpassen, weil er etwas gutzumachen hatte, sondern weil er ihr helfen wollte.

Und weil er es gerne tat.

Ein riesiges Hallo setzte ein, als er ihr Haus betrat, und dieser Empfang war Balsam für seine Seele. Überdies schmeichelte es seinem Ego, als die Kinder begeistert auf ihn zuschossen, ihn stürmisch umringten, ihn mit unzähligen Fragen bombardierten und bettelten, wieder mal einen richtigen Männerabend mit ihm veranstalten zu dürfen.

»Ruhe«, befahl Clare, legte eine Hand auf Harrys Schulter und sah Beckett an. »Mit Mathe sind wir beinahe fertig.«

»Mathe? Das war zufällig mein Lieblingsfach.«

»Aber ich sitz schon ewig dran«, seufzte Harry.

»So kommt's einem immer vor«, tröstete Clare. »Nur noch dieses Arbeitsblatt, und dann haben wir's geschafft.«

»Fahr du einfach«, schlug Beckett vor. »Wir kommen schon zurecht.«

»Nein …«

»Wir haben keine Zeit für Frauen.«

»Weil heute Männerabend ist.« Murphy spannte seine Armmuskeln an, wie Beckett es ihm beigebracht hatte.

»Na ja, vielleicht anderthalb Männerstunden«, korrigierte Clare und beäugte argwöhnisch die Tüte, die Beckett in der Hand hielt.

»Die geht dich gar nichts an. Da sind bloß Männersachen drin.« Er küsste sie flüchtig auf den Mund, was Liam zum Anlass nahm, den Finger in den Hals zu stecken, während Harry angestrengt auf sein Arbeitsblatt starrte. Nur Murphy schlang zutraulich die Arme um seine Beine.

»Also gut.« Sie bedachte ihren Ältesten mit einem nachdenklichen Blick und strich ihm sanft übers Haar, bevor sie sich an Beckett wandte. »Aber lass ihn die Aufgaben bitte selbstständig lösen. Und ihr beiden anderen seid ein bisschen leise, damit ihr euren Bruder nicht stört. Danach könnt ihr spielen. Außerdem bin ich ganz bestimmt nicht lange weg.«

»Viel Spaß«, wünschte Beckett ihr und setzte sich Harry gegenüber an den Tisch. »Also, worum geht's?«

Mit einem letzten Blick auf ihren Sohn wandte sich Clare zum Gehen.

»Man muss diese drei Zahlen zusammenzählen und dann die Antwort hinschreiben. Ich weiß wirklich nicht, warum uns unsere Lehrerin so viel aufgibt.«

»Du bist doch schon ganz schön weit.«

»Können wir jetzt in die Tüte schauen?«, fragte Liam. »Hast du Kekse mitgebracht?«

»Nein, nein. Geht ihr zwei rüber ins Spielzimmer und sortiert sämtliche Actionfiguren nach Gut und Böse.«

»Und weshalb?«

Beckett bohrte Murphy einen Finger in den Bauch. »Wir spielen später Krieg.«

Die Aussicht beflügelte offenbar beide Jungs, denn jubelnd rannten sie davon.

»Jetzt zu dir«, sagte Beckett. »Fünfzig plus acht plus zweihundert.«

Bereits nach kurzer Zeit erkannte er, dass Harry keine Hilfe beim Rechnen brauchte, sondern dass sein Problem einfach darin bestand, bei der Sache zu bleiben und sich nicht ablenken zu lassen.

»Das hast du ja mit links geschafft«, stellte er schließlich anerkennend fest.

Den Geräuschen aus dem Spielzimmer zufolge hatten die beiden anderen ohne sie mit dem Krieg begonnen, und so beschloss Beckett, sich noch ein wenig um Harry zu kümmern. Er griff nach der Tüte und nahm ein Maßband heraus.

»Nicht nur für Matheaufgaben, sondern für alles andere, was du berechnen musst oder willst. Es ist eins von meinen Bändern, und ich dachte, dass ihr es hier im Haus gut gebrauchen könnt.«

Harry zog daran und ließ es wieder einschnappen.

»Wenn es draußen bleiben soll, schiebst du diesen Knopf zurück – und wenn du fertig bist, löst du ihn, und das Band schnellt zurück.«

Schweigend probierte der Junge es aus, sah dann Beckett an. »Warum hast du mir das mitgebracht?«

»Als ihr vorgestern im Hotel wart, hatte ich den Eindruck, dass es dich interessiert, wie man Dinge baut und repariert. Und dazu braucht man ein solches Band. Mir hat mein Vater eines geschenkt, als ich …«

»Aber du bist nicht mein Dad«, unterbrach der Junge ihn.

»Nein«, sagte er ruhig, obwohl er innerlich zusammenzuckte. »Es hat mich nur daran erinnert, dass ich mich als Kind über ein Maßband gefreut habe. Deshalb wollte ich dir eines mitbringen.«

»Du hast meine Mom geküsst. Vorhin und früher schon mal.«

»Ja.«

Harry legte das Maßband auf den Tisch und verschränkte die Arme vor der Brust. »Warum tust du das?«

»Weil ich sie mag. Vielleicht solltest du mit ihr darüber reden«, schlug Beckett vor.

»Aber jetzt will ich mit *dir* reden.«

»Okay, das ist dein gutes Recht.«

Und er hatte zudem Anspruch auf eine anständige Antwort, ging es Beckett durch den Kopf.

»Ich hab deine Mutter sehr gern. Und das zeige ich ihr, indem ich sie küsse.«

»Werdet ihr beide heiraten?«

Himmel, dachte Beckett. Wie erklärte man einem achtjährigen Kind, dass es von einem Kuss bis zum Traualtar ein langer und möglicherweise steiniger Weg war?

»Wir mögen uns sehr, Harry, wir sind gerne zusammen und finden es schön, gemeinsam etwas zu unternehmen.«

»Laurie wird bald heiraten, hat Mom gesagt.«

»Ja, aber …«

»Du darfst sie nicht bitten, dich zu heiraten, bevor du nicht mit mir gesprochen hast. Schließlich bin ich der Älteste.«

»Okay.«

»Und du darfst sie nicht küssen, wenn sie das nicht will.«

»In Ordnung.«

»Das musst du mir schwören«, forderte der Junge ihn mit fester Stimme auf, doch seine Unterlippe zitterte leicht.

Er war wirklich mutig, dieser kleine Kerl, dachte Beckett. Verdammt mutig sogar.

»Weißt du, ich hab meinen Vater auch vor ein paar Jahren verloren.«

Harry nickte.

»Das war wirklich hart. Und Söhne müssen sich anschließend um ihre Mutter kümmern. Das haben wir genauso ernst genommen wie du. Und du machst deine Sache ganz großartig, Harry. Ich versprech dir, dass ich deine Mom nur küsse, wenn sie es mag, und dass ich mit dir reden werde, bevor ich ihr einen Heiratsantrag mache. In Ordnung?« Er streckte dem Jungen seine Rechte hin. »Ich schwöre es.«

Harry sah ihm forschend ins Gesicht, bevor er die Hand ergriff.

»Haben wir jetzt alles geklärt?«

Harry zuckte mit den Achseln. »Glaub schon. Kommst du nur hierher und spielst mit uns, damit du unsere Mom küssen kannst?«

»Das ist natürlich eine gute Gelegenheit, aber hauptsächlich besuch ich euch, weil ich gerne mit euch spiele und weil ihr mir echt sympathisch seid. Trotzdem werde ich *euch* nicht küssen.«

Harry lachte prustend und nahm wieder das Maßband in die Hand. »Hast du auch den beiden anderen ein Band mitgebracht?«

»Nein, jeder bekommt etwas anderes.«

»Zeigst du mir, was du für Liam und Murphy hast?«

»Na klar. Hier, diese kleine Wasserwaage ist für Murphy. Wenn du sie auf den Tisch stellst, sind die Blasen genau in der Mitte. Siehst du? Das zeigt, dass euer Tisch vollkommen gerade steht. Wenn nicht«, er hob ein Ende der Wasserwaage an, »rutschen die Blasen ein Stückchen zur Seite. Siehst du?«

»Ja.« Fasziniert probierte der Junge die Wasserwaage aus. »Wahnsinn.«

»Und das hier ist ein Kreuzschlitzschraubenzieher.«

»Was ist denn ein Kreuzschlitz?«, erkundigte Harry sich.

»Gute Frage. Kreuzschlitz heißt, dass man das Ding für Schrauben mit einem kreuzförmigen Schlitz verwenden kann. Schau, er ist vorne nicht einfach flach, sondern bildet ein spitz zulaufendes Kreuz. Damit kann Liam eure Spielsachen aufschrauben, wenn die Batterien leer sind.«

»Echt cool.«

»Vielleicht können wir ja mal gemeinsam etwas bauen.«

Harry richtete sich kerzengerade auf. »Was zum Beispiel?«

»Da fällt uns bestimmt etwas Passendes ein.«

»Okay und danke für das Maßband. Ich finde es toll. Erst zeig ich es Liam und Murphy, und dann messe ich die Wohnung aus.«

»Gute Idee. Geh schon mal vor, ich komm gleich nach.«

Beckett blieb noch sitzen, während der Junge bereits aus dem Zimmer schoss. Er konnte nur hoffen, dass er angemessen auf die komplizierten Fragen und Wünsche des Achtjährigen reagiert hatte. Zwar fand er, dass er sich recht gut geschlagen hatte, aber wissen würde er es erst später. Jedenfalls war er froh, die inquisitorische Befragung erst einmal hinter sich zu haben.

Während Beckett sich abmühte, Harry für sich zu gewinnen, nippte Clare genüsslich an dem von Avery spendierten Sekt und sah sich in Hopes neuer Wohnung um. Ordentlich und praktisch war die Bleibe, ausreichend für den Übergang. Mehr nicht. Deshalb hatte Hope auch nicht allzu viel an Einrichtungsgegenständen mitgebracht.

»Den größten Teil meiner Sachen hab ich verkauft oder an meine Schwester weitergegeben. Das Bett wollte mein Bruder – er hat naturgemäß keinerlei Probleme damit, weil es ihn nicht an Jonathan und seine miese Tour erinnert.«

»Hauptsache, du bist es los und kannst ganz unbeschwert neu anfangen«, meinte Avery.

»Ich dachte, mit dem Kauf eines neuen Bettes warte ich noch, bis ich im Hotel einziehen kann. Bis dahin reicht mir eine Matratze.«

»Da hast du völlig recht.« Avery stieß mit ihr an. »Geh am besten mal zu Bast unten an der Hauptstraße. Dort hat Justine die meisten Möbel für die Gästezimmer gekauft. Die lagern die Sachen auf Wunsch ein, bis deine Wohnung bezugsfertig ist. Owen hat mir erzählt, dass sie das mit dem Hotelmobiliar ebenfalls so vereinbart haben.«

»Okay, dann schau ich dort mal vorbei.« Hope ließ ihren Blick über die vollen Umzugskisten, die leeren Wände und den nackten Boden ihrer neuen Bleibe gleiten. »Oh mein Gott, was tu ich hier bloß?«

Mit weit aufgerissenen Augen drehte sie sich einmal um die eigene Achse. »Ich hab die Hälfte meiner Einrichtung verkauft und trotzdem noch jede Menge Sachen, von denen ich nicht weiß, wo ich sie unterbringen soll. Außerdem bin ich aus einer Stadt, die ich liebe, in einen völlig fremden kleinen Ort gezogen, und ob mir der neue Job wirklich gefällt, das weiß ich nicht einmal. Warum nur tu ich das alles?«

»Du fühlst dich im Augenblick ein bisschen unsicher«, versuchte Clare sie zu beruhigen. »Das wird schon wieder.«

»Unsicher? Das beschreibt nicht einmal ansatzweise, was ich empfinde. Es ist der totale Wahnsinn und völlig untypisch für mich. Ich kenn dieses Nest eigentlich nicht wirklich.«

»Doch, tust du sehr wohl.« Avery schob sie ans Fenster, durch das man auf die Hauptstraße hinuntersah. »Du warst schon x-mal hier. Schau dich um.«

»Du weißt, was ich meine.«

»Ich weiß, dass du im Begriff stehst, einen neuen Job zu übernehmen, der geradezu wie geschaffen für dich ist, und dass du künftig in einem Ort wohnst, wo deine Freundinnen zu Hause sind. Und zwar die besten Freundinnen der Welt und überdies unglaublich klug, sexy, wunderschön und weise.«

»Dazu bescheiden und unglaublich liebevoll«, fügte Clare hinzu, aber Hope schien nicht nach Späßen zumute.

»Wie kann ich sicher sein, dass es wirklich der optimale Job ist? Schließlich hab ich bislang nicht mit der Arbeit angefangen.«

Avery schlang einen Arm um die Schultern der Freundin. »Ich kenn dich und weiß genau, was du brauchst und was zu dir passt.«

»Du hast recht und bist lebensklug. Trotzdem brauch ich erst einmal jede Menge Sekt.«

»Nicht sofort.« Avery schob eine Hand in ihre Tasche. »Hier. Owen hat mir für dich einen Hotelschlüssel gegeben, und jetzt gehen wir rüber, damit dir wieder einfällt, warum du hergekommen bist.«

»Ich sollte lieber weitermachen mit Auspacken, sonst werde ich nie fertig.« Hope hob ihre Hände an den Kopf. »Und wo soll ich überhaupt mit allen Kleidern hin?«

»Wir finden sicher eine Lösung – nachdem wir dein zukünftiges Reich erforscht haben.«

»Avery hat recht.« Obwohl sich Clare bei dem Gedanken, ohne männlichen Schutz in das leere Hotel zu gehen, ein bisschen unbehaglich fühlte, bemühte sie sich, enthusiastisch zu klingen. »Du musst es dir unbedingt anschauen. Oder warst du schon dort?«

»Ich hatte bisher alle Hände voll zu tun. Ihr seht es ja.« Hope deutete resigniert auf die Unordnung im Zimmer.

»Ich helf dir später«, sagte Avery.

»Und ich komm morgen wieder vorbei«, versprach Clare. »Zumindest kurz.«

Hope gab sich geschlagen. »Okay, in Ordnung. Gehen wir.«

»Den Eingang hast du sicher bereits gesehen.« Clare schnappte sich ihre Jacke und eilte den anderen hinterher.

»Er sieht wunderschön aus, ebenso wie das ganze Gebäude, daran gibt es keinen Zweifel. Nur begreife ich einfach nicht mehr, wie ich auf die Idee gekommen bin, ausgerechnet dieses Hotel zu leiten.«

»Weil du clever und selbstbewusst bist. Und weil das genau die Art Herausforderung darstellt, bei der du dir und aller Welt beweisen kannst, was in dir steckt.«

Hope starrte Avery mit großen Augen an und atmete auf dem Weg über die Straße hörbar aus. »Das sind große Worte. Obwohl du sexy und wunderschön vergessen hast.«

»Das versteht sich schließlich von selbst, Miss Philadelphia County.«

»Trotzdem hättest du es ruhig erwähnen können.«

Statt einer Antwort drückte Avery ihr den Schlüssel in die Hand. »Du solltest selbst aufsperren. Schließlich handelt es sich um deine künftige Wirkungsstätte.«

14

Hope sagte kein Wort, als sie das Hotel betraten. Clare öffnete den Mund, um sie nach ihrem ersten Eindruck zu fragen, doch Avery schüttelte unmerklich den Kopf. Lass sie, besagte ihr Blick.

Überall türmten sich Kisten und ließen nur einen schmalen Durchgang frei. Es mussten die Küchenschränke sein, dachte Clare. Schade nur, dass auf diese Weise die wundervollen Fliesen gar nicht richtig zur Geltung kamen, aber sie unterließ es, die Freundin darauf hinzuweisen.

Sie bahnten sich einen Weg durch den breiten Rundbogen.

»Die Farben sind okay«, stellte Hope beiläufig fest, ohne große Begeisterung zu zeigen, und blieb einen Moment inmitten des Durcheinanders stehen, bevor sie durch den kurzen Flur zum Foyer hinunterging. Dort stieß sie endlich einen Freudenschrei aus.

»Das Ganze ist einfach wunderbar. Elegant und einzigartig, ohne überladen oder schwülstig zu sein. Wisst ihr, ob man schon über die Fliesen laufen darf?«

»Owen hat gesagt, man kann überall hintreten, sofern nicht abgesperrt ist.«

Avery, von Neugierde getrieben, lief daraufhin hinüber zu den Toiletten und schaltete das Licht an. »Aber hallo.«

»Was? Oh!«, entfuhr es Hope, die hinter ihr den Raum

betrat. Sanft glitten ihre Finger über das stilisierte Muster der Wandkacheln. »Seht nur, wie das Dekor der Bodenfliesen aufgegriffen wird, ohne es zu wiederholen. Ich bin hin und weg.«

»Entspricht es deinen hohen Erwartungen?«

Hope zog eine Braue hoch. »Lass uns erst einmal weitergehen«, meinte sie und blieb kurz darauf unter einer mit einem Band versperrten Tür zu dem einzigen Gästezimmer im Erdgeschoss stehen.

Clare dachte an das erste Mal, als sie mit Beckett in diesem Raum gestanden hatte. An die plötzliche und überraschende Befangenheit. Und an den süßen Geißblattduft.

Sie kehrte in den Flur zurück, überließ die Freundinnen sich selbst und ging weiter in den Speisesaal.

»Es sieht einfach alles fantastisch aus«, schwärmte Hope, als sie sich später zu Clare gesellten und die prächtige Kassettendecke bewunderten.

»Und du bist dir trotzdem nach wie vor nicht ganz sicher, ob es richtig war herzukommen?«

Hope schaute zum Fenster hinaus und gab, ohne den Blick von der Straße abzuwenden, schulterzuckend zu: »Ich schätze, ich fühl mich einfach nicht wirklich in meinem Element, und das beunruhigt mich ernstlich. Mein gesamtes bisheriges Leben wird durch diesen Umzug auf den Kopf gestellt. Zwar wollte ich eine Veränderung, aber nun, wo Tatsachen geschaffen werden, frage ich mich, ob ich tatsächlich bereit bin dafür.«

Sie wandte sich wieder der Freundin zu. »Trotzdem umgibt dieses Gebäude eine faszinierende Aura, die mich anspricht und mir das Gefühl verleiht, hier könnte ich irgendwann meine Bestimmung finden. Alles wirkt so richtig, so selbstverständlich. Draußen mag man Zweifel haben, doch drinnen überkommt einen eine, wie soll ich sagen, ruhige Gewissheit.«

Wieder blickte sie zur Kassettendecke empor, als sie von oben leise Schritte vernahmen. »Avery scheint bereits ohne uns raufgegangen zu sein.«

»Das bin ich nicht.« Ebenfalls den Kopf im Nacken blieb Avery in der Tür stehen.

»Dann ist es Ryder oder Owen«, meinte Clare.

»Könnte sein, obwohl … Ich hab keines ihrer Autos gesehen.«

»Nun, irgendwer hält sich auf jeden Fall oben auf, und da alle Türen abgeschlossen sind, muss es jemand mit einem Schlüssel sein.« Hope marschierte in den Flur und blieb am Fuß der Treppe stehen. »Hallo!«

Die leeren Wände warfen das Echo ihrer Stimme zurück, sonst blieb alles still.

»Bestimmt ist es der Geist«, stellte Avery mit einem amüsierten Grinsen fest. »Lasst uns nachschauen.«

»Avery!«

Aber sie spurtete bereits unter fröhlichen »Hallo«-Rufen die Treppe hinauf, und so blieb Clare und Hope nichts anderes übrig, als ihr seufzend zu folgen.

Sie fanden die Freundin im Eingang zum Elizabeth-und-Darcy-Zimmer. »Riecht ihr das auch?«, fragte sie und atmete tief ein. »Sommer. Geißblatt.«

»Das bildest du dir nur ein«, sagte Clare mit wenig Überzeugung, denn auch ihr schlug der süße Duft entgegen. Und Hope war es dann, die endgültig all ihre Hoffnungen zerstörte, dass sich hier ganz und gar nichts Ungewöhnliches abspielte.

»Nein, Avery bildet sich nichts ein, außer ich sitze ebenfalls einem Trugschluss auf und rieche etwas, was es hier eigentlich nicht geben kann. Wirklich faszinierend.«

Sie betrat den Raum. »Weiß eigentlich jemand, wer sie war?« Sie zuckte zusammen, als sich mit einem Mal wie von Geisterhand die Balkontür öffnete. »Seht euch das an!«

»Vermutlich hat jemand sie nicht richtig geschlossen und sie bloß angelehnt«, versuchte Clare es weiter mit Vernunft.

»Ein Fremder mit den Armen voller Geißblatt, der heimlich und unbeobachtet Nacht für Nacht über den Balkon einsteigt? Das kann ich mir nicht vorstellen.«

Avery trat an die Tür, zog sie weiter auf und drückte sie fest zu. »Außerdem glaube ich kaum, dass die Montgomerys vergessen, die Türen zu sichern. Und Geißblatt schleppt bestimmt keiner von ihnen herum. Im Übrigen: Warum riecht man es immer nur in diesem Zimmer?«

Hope öffnete die Tür erneut und ging hinaus auf den Balkon. »Wer oder was immer in diesem Gebäude haust – es scheint ein freundliches Wesen zu sein, denn die ganze Atmosphäre wirkt heiter, und ich spüre nichts Bedrohliches oder Trauriges.«

»Kannst du auch nicht, denn hier gibt es nichts als Steine, Ziegel, Holz und Glas.« Verzweifelt klammerte sich Clare an rationale Erklärungen. »Es ist ein altes Haus. Da ist es normal, wenn die Böden knarren und die Türen nicht richtig schließen und dass es vielleicht merkwürdig riecht.«

»Schätzchen.« Avery nahm ihre Hand. »Warum regst du dich so auf?«

»Ihr behauptet allen Ernstes, dass ein Geist in diesem Haus lebt. Da ist es ja wohl normal, dass ich mich aufrege.«

»Ist es nicht.« Avery verstärkte den Griff um ihre Hand. »Wenn du ganz fest davon überzeugt wärst, würdest du uns als Spinner bezeichnen und über uns lächeln. Aber nicht derart wütend werden. Das bist du, weil du es nicht wahrhaben willst.«

»Ich bin überhaupt nicht wütend, sondern hab es bloß satt, dass alle so tun, als ob es Geister gäbe.«

»Okay, probieren wir es anders. Wenn ich mich nicht aufrege, weil du nicht an Geister glauben magst, warum verlierst du im Gegenzug derart die Fassung, weil ich anderer Meinung bin und die Existenz eines Geistes für durchaus wahrscheinlich halte?«

»Du hast recht – vollkommen recht. Ich bin überreizt – der ganze Tag war einfach schrecklich. Am besten fahr ich heim, mach das Abendessen für meine Kinder und leg mich aufs Ohr.«

»Vielleicht sollten wir alle aufbrechen«, meinte Hope.

»Nein, bleibt ruhig noch und seht euch die anderen Räume an. Tut mir leid.« Clares Stimme brach, und sie war den Tränen nahe. »Ich kann nicht an diesen Kram glauben.«

»In Ordnung, kein Problem«, stellte Avery mit einem gleichmütigen Schulterzucken fest. »Aber jetzt sollten wir ganz nach oben gehen, damit Hope ihre Wohnung sieht.«

Für Clare war das Thema jedoch nicht beendet. »Ich will auch nicht daran glauben«, stieß sie mit tränenerstickter Stimme aus. »Wenn es so etwas gibt, warum ist dann Clint nicht irgendwie noch da?«

»Clare.« Avery, die erst jetzt die Hintergründe für Clares beharrliches Leugnen erkannte, schlang die Arme um den Hals der Freundin. »Es tut mir leid. Daran hab ich nicht einen Augenblick gedacht.«

»Es ist total dämlich. Ich bin total dämlich.« Clares Tränen flossen jetzt ungehindert. »Und ich weiß, dass es albern ist, wenn ich mich so aufrege. Nur warum konnte sie zurückkommen und Clint nicht?«

»Ich wünschte, ich wüsste es.«

»Murphy hat sie gesehen.«

Überrascht riss Avery die Augen auf. »Was? Wann?«

»Als wir mit Beckett hier waren. Er hat mir eine Heidenangst eingejagt, als er da auf der Treppe stand und jemandem zulächelte, der für mich unsichtbar war. Und zugleich machte es mich wütend. Wenn so was schon möglich ist, warum ausgerechnet sie, eine völlig Fremde? Hätte er dann nicht eher die Chance bekommen sollen, einmal seinen Dad zu sehen? Nur ein einziges Mal? Verdammt.«

Sie trat hinaus in die frische Luft, stützte sich schwer aufs Geländer des Balkons, während die Freundinnen sie von beiden Seiten tröstend umfingen. Schluchzend tupfte sie die Tränen fort.

»Es ist vollkommen sinnlos, mich so etwas zu fragen. Genauso fruchtlos wie darüber nachzugrübeln, warum Clint sterben musste und nicht ein anderer. All das hab ich nach seinem Tod monatelang getan, bis ich irgendwann drüber weg war. Doch jetzt kommt alles wieder hoch, obwohl ich die Geschichte anfangs ganz amüsant fand, denn schließlich steigert ein Hausgespenst die Attraktivität alter Gemäuer. Als Murphy allerdings von der netten Lady erzählte, die er gesehen haben will … Sogar beschrieben hat er sie.«

»Du hast alles Recht der Welt, nach dem Warum zu fragen«, meinte Hope. »Selbst wenn es keine Antwort darauf gibt.«

»Mir war bisher absolut nicht klar, warum ich wegen dieser Sache derart in Rage gerate. Vermutlich konnte oder wollte ich es mir einfach nicht eingestehen, dass es solche Dinge geben kann.«

»Wir gehen jetzt erst einmal zurück zu Hope«, schlug Avery vor, »setzen uns zusammen und reden ein bisschen, ja?«

»Danke, aber ich bin wieder okay. Es hilft, wenn man über sich selbst Klarheit gewinnt. Das macht es einem leichter, damit umzugehen.«

Als sie sich umdrehte, bemerkte sie, dass sich die Tür von alleine weiter öffnete – und atmete tief durch.

»Auf irgendeine Weise muss ich ja damit auszukommen lernen, denn schließlich sieht es nicht so aus, als hätte die Dame die Absicht, in nächster Zeit ihr Domizil zu verlassen.«

Früh am nächsten Morgen traf Beckett sich mit seinen Brüdern im Hotel. Seine Laune war nicht die beste, weil er lieber noch ein, zwei Stunden geschlafen und dann in aller Ruhe zu Hause ein paar Dinge erledigt hätte. Warum musste Owen auch die Besprechung so früh ansetzen?

Er seufzte. So war er nun mal, sein mittlerer Bruder. Listen, Pläne und Besprechungen waren seine große Leidenschaft.

»Heute kommt der Elektriker, um die Lampen anzubringen. Später geht er noch hinüber in Moms Shop, um sich dort um die Beleuchtung zu kümmern. Zwar sind die Kartons beschriftet, aber vielleicht kontrollierst du alles noch einmal«, wandte er sich an Beckett. »Und bevor du fragst, warum: Wir haben fast zweihundert Lampen für hier und fürs Geschäft bestellt, und da will ich es nicht riskieren, dass eine ganze Ladung falsch montiert wird, nur weil ein Karton möglicherweise nicht korrekt beschriftet war.«

»Okay. Ich schau mir die Kisten an, bevor ich wieder rübergehe. Und bevor du fragst: Ja, ich hab meine Checkliste dabei.«

»Wo wir gerade dabei sind. Könntest du nicht auch noch …«, begann Owen und zählte ein halbes Dutzend Dinge auf, die der Bruder doch bitte schön ebenfalls erledigen sollte.

»Und was zum Teufel tust du, während ich all die Aufgaben abarbeite, die du gerade auf mich abgewälzt hast?«

Wortlos hielt Owen ihm seine eigene Liste hin, deren Umfang Beckett ehrlich kleinlaut werden ließ.

»Warum übergibst du nicht einfach einen Teil an die künftige Managerin?«, fragte Ryder ihn.

»Weil sie sich bislang nicht mal ordentlich in ihrer provisorischen Bleibe eingerichtet hat, warum wohl sonst? Und ich finde, die Zeit muss man ihr geben. Nächste Woche sehen wir dann weiter.«

Owen zeigte dem Bruder ein weiteres Blatt. »Diese Liste ist bereits für sie vorbereitet. Wie du siehst, wird sie gleich ins kalte Wasser geworfen. Jetzt interessiert mich bloß noch, was bei dir heute Vormittag so alles anliegt.«

»Ich muss mich um den Schreibtisch kümmern, den Mom auf dem Flohmarkt erstanden hat und der natürlich dringend aufgearbeitet werden muss«, antwortete Ryder. »Überdies will ich mit den Malern überlegen, ob sie parallel zur Fassade nicht im Foyer zu streichen beginnen können.«

»Unsere Mutter hat heute einen Termin in Hagerstown«, rief Owen seinen Brüdern in Erinnerung, »und kommt auf dem Rückweg sicher hier vorbei. Sagt also den Leuten, dass die Chefin im Anmarsch ist und dass sie sich benehmen sollen. Das wäre erst mal alles für den Moment.«

»Gott sei Dank.« Beckett gähnte demonstrativ, was ihm ein anzügliches Grinsen von Ryder eintrug.

»War wohl ziemlich anstrengend, dein Babysitting gestern Abend.«

»Ist das ein Geheimcode für Sex?«, erkundigte sich Owen. »Ihr müsst es mir sagen, falls ihr plötzlich Informationen verschlüsselt.«

»Keine Sorge, dir entgeht nichts. Ich hab wirklich die Jungs gehütet, und es war überhaupt nicht anstrengend. Bloß der Schlaf war zu kurz«, sagte er mit vorwurfsvollem Blick zu Owen.

Ryder grinste immer noch. »Hatte sie etwa Migräne oder so, dass du leer ausgegangen bist?«

»Du kannst ein echtes Arschloch sein«, gab Beckett grob zurück. »Hast du schon mal überlegt, wie das wäre mit drei Kindern im Nebenzimmer, die ihre Ohren spitzen? Ganz davon abgesehen, dass es sie schockieren würde, ihre Mutter mit einem anderen Mann im Bett zu wissen. Harry hat mir sogar Vorträge gehalten, weil ich sie geküsst habe.«

»Alle Achtung.« Ryders Grinsen wich einer respektvollen Miene. »Eine reife Leistung für so einen Knirps, finde ich.«

»Ja, das ist es tatsächlich. Irgendwie scheint Harry sich verpflichtet zu fühlen, die Rolle des Mannes in der Familie zu spielen. Überhaupt hat Clare großartige Kinder. Murphy kommt ständig auf verrückte Ideen. Gestern fragte er, ob ich nicht Särge für seine in der Schlacht gefallenen Actionfiguren bauen kann.«

»Schade, dass uns so etwas damals nicht eingefallen ist«, stellte Owen bedauernd fest. »Wir hätten sie im Garten begraben und kleine Grabsteine mit ihren Symbolen aufstellen können.«

Beckett spann die Idee weiter: »Und dann wären sie, wiederbelebt von irgendeiner übernatürlichen Macht, aus ihren Gräbern gestiegen, um sich an ihren Mördern zu rächen.«

Owen war hellauf begeistert. »Du könntest ihre Symbole ebenfalls in die Sargdeckel einbrennen. Hast du noch deinen alten Lötkolben?«

»Na klar. Mann, davon wäre Murphy total begeistert.«

Ryder schüttelte den Kopf. »Während ihr über irgendwelche Kindereien quatscht, mach ich mich schon mal an die Arbeit.« Er schnallte seinen Werkzeuggürtel um und fügte beim Hinausgehen hinzu: »Übrigens liegt hier noch jede Menge Sperrholz herum.«

Sobald er außer Sicht- und Hörweite war, beugte sich Owen zu Beckett hinüber. »Dir ist klar, dass er nur so desinteressiert tut. Natürlich will er mitmachen, wenn du die Särge baust, und bestimmt wird er wie früher Wolverine und Venom für sich beanspruchen.«

»Oh ja. Und wie steht es mit dir?«

»Ich bin natürlich ebenfalls dabei. Wenn du mir …«

»Spiderman und Moon Knight krieg ich.«

»Verdammt. Ich wollte eigentlich Spiderman.«

»Zu spät.«

»Dann Batman und Joker.«

»Kein Problem.«

Ursprünglich wollte er direkt zurück in seine Wohnung und an seinen Schreibtisch, aber bis er dort ankam, wurde er mehrfach aufgehalten. Zunächst musste er den Arbeitern beim Abriss des alten Zaunes zur Hand gehen, dann rief ihn Madeline, die künftige Geschäftsführerin der Geschenkboutique, zu sich in den Laden, um sich mit ihm über das Anbringen von Schaukästen zu beraten, und schließlich blieb er auf ein Schwätzchen beim Frisör hängen, der auf einer Bank vor dem Salon saß.

»Sieht echt gut aus.« Sie sahen zu, wie der Elektriker eine der großen Kutschenlaternen, die die Türen flankierten, installierte. »Ich hab gehört, dass eine große Party steigen soll, sobald alles fertig ist.«

»Dann wird es ja stimmen«, meinte Beckett lachend.

»Die Leute, die vorbeifahren, verrenken sich die Köpfe. Wie es scheint, sind alle schwer angetan.«

»Aber den Ausblick, den du hast, haben sie nicht«, sagte Beck und ging wieder weiter, zog dabei sein klingelndes Handy aus der Tasche. »Hallo, Ry. Vermisst du mich etwa?«

»Ungefähr so wie einen lästigen Pickel. Aber die Fliesenleger brauchen dich. Sie haben eine Frage wegen des Musters für die Wand.«

»Bin schon unterwegs.«

Und so ging es eine Weile weiter, sodass er erst gegen zehn endlich seine Wohnung betrat.

Nachdem er sich den restlichen Kaffee vom Morgen in einen Becher gegossen hatte, machte er sich nach dem Motto »Das Unangenehme zuerst« widerwillig an die Telefongespräche mit säumigen Lieferanten und Handwerkern, brachte anschließend die Pläne für die Einrichtung der Zimmer auf den neuesten Stand und schickte sie den anderen per E-Mail zu, um sich schließlich an die typografische Gestaltung der diversen Schilder zu machen, die dann für sämtliche Unterlagen wie Prospekte und Briefbögen übernommen würde. Alles sollte schließlich ein einheitliches Bild ergeben.

Bislang schwankten sie noch zwischen drei verschiedenen Schriften. Da niemand sich festlegen mochte, musste er eben die Entscheidung im Alleingang treffen. Er spielte mit Schriftvarianten, Größe und Farben. Lief zwischendurch zum Fenster, starrte auf das Haus, um sich dort Anregungen zu holen, und versuchte sich das Schild über dem Eingang vorzustellen. Dann kehrte er an seinen Platz zurück und bastelte erneut an seinen Entwürfen.

»Das ist es«, murmelte er schließlich vor sich hin, druckte eine Seite aus und hielt sie hoch. Ging damit zum Fenster und schaute erneut hinüber zum Hotel. Dann lächelte er zufrieden.

»So ist es gut.«

Bevor er sich wieder an seinen Schreibtisch setzte, um auch die Schilder für den Geschenkeshop zu entwerfen – unter Verwendung identischer Farben und Schriften –, bestellte er sich telefonisch eine Calzone.

Es dauerte nicht lange, und es klopfte an der Tür.

»Es ist offen«, rief er, griff nach seinem Portemonnaie und erhob sich. Plötzlich wurde der Tag noch heller, denn Clare trat ins Zimmer und brachte ihm seine Pizza.

»Nanu, hast du jetzt einen Nebenjob?«, fragte er. »Da bekommst du bestimmt jede Menge Trinkgeld.«

»Kann ich gebrauchen, weil ich auf ein neues Auto sparen will.« Lächelnd hielt sie ihm die Schachtel hin. »Ich war gerade unten und hab mich angeboten, sie dir raufzubringen. Ich wollte sowieso mit dir sprechen.«

Er stellte die Schachtel auf den Tisch. »Wenn du möchtest, teilen wir.«

»Danke, aber ich will nur schnell einen Salat essen und dann kurz rüber zu Hope, um ihr beim Auspacken zu helfen.«

»Und wie sieht's mit deinem Trinkgeld aus?« Er legte ihr die Hände um die Hüften und zog sie an sich. »Hm, du riechst wie immer wunderbar.«

Und vor allem sah sie heute wesentlich entspannter und zufriedener aus.

»Das ist eine von den neuen Bodylotions, die ich nebenbei im Laden anbieten möchte. Aprikosen-Honig-Duft.«

»Gekauft.«

Er beugte sich zu ihr herab und versank in Aprikosenaromen, süßem Honig und vor allem in ihr. Wie lange war es her, fragte er sich, als sie ihm die Arme um den Nacken schlang. Viel zu lange jedenfalls.

»Du bist wirklich großzügig.«

»Das ist nur die Anzahlung«, erklärte er und schob sie rücklings Richtung Tür. »Für den Rest kommst du besser mit.«

»Beckett«, sagte sie gepresst, und er merkte, dass ihr der Atem stockte und ein Zittern ihren Körper durchlief, während er an ihrer Unterlippe zu knabbern begann. »Ich, wir können doch nicht ... Schließlich ist helllichter Tag.«

»Mittagspause.«

»Ja, aber ...«

»Ich muss ständig an dich denken.« Er schob sie immer weiter in die gewünschte Richtung, glitt dabei mit seinen Lippen über ihren Hals und zurück zu ihrem Mund. »Und daran, wieder mit dir zusammen zu sein. Es fällt mir furchtbar schwer, dich jeden Tag zu sehen, ohne dich anfassen zu können.«

»Ich weiß. Ich ...«

»Lass mich dich berühren.«

Während sein Mund noch bat, hatten seine Hände bereits die Initiative ergriffen und weckten ein Verlangen in ihr, das alle Vernunft und alle Vorsätze zunichtemachte.

»Ich denke, es ist nicht weiter schlimm, wenn ich ein bisschen später komme«, hauchte sie an seinem Ohr.

Er schob seine Hand unter ihren Rock, strich sinnlich an ihren Schenkeln hinauf ...

»Es macht bestimmt nichts.« Clares Worte kamen abgehackt, und sie atmete heftig.

Mit sehnsuchtsvoll klopfendem Herzen fiel sie auf sein Bett, wand sich vor Lust und bog sich ihm entgegen. Es war verrucht, verrückt und wunderbar, schoss es ihr durch den Kopf, als sein Mund durch den Kleiderstoff ihre Brust suchte und sie umschloss. Dann dachte sie an nichts mehr, gab sich ihm nur noch hin.

»Oh Gott«, stieß sie keuchend hervor, als seine Finger

abermals unter ihren Rock fuhren und immer höher glitten, ihr den Slip herunterzogen …

»Lass dich gehen«, flüsterte er ihr zu und trieb sie in wilder Gier weiter an, küsste sie überall und steigerte ihr Verlangen. »Lass dich einfach gehen.«

Ihr Blick wurde verhangen, sie vergrub die Hände in dem zerwühlten Laken, bäumte sich unter ihm auf, stieß ein dumpfes Stöhnen aus, das sich ihm direkt in den Unterleib zu bohren schien …

Als er spürte, wie sie unter ihm erschlaffte und beseligt lächelte, riss er seine Jeans herunter, schob sich zwischen ihre Beine und drang kraftvoll in sie ein. Wieder entfuhr ihr ein Schrei. Ihre Fingernägel gruben sich in seine Hüften, und sie rief seinen Namen, bevor sie ihre Beine um seine Taille schlang und sich seinem entfesselten Rhythmus anpasste.

Schließlich lagen sie, noch halb bekleidet, erschöpft und atemlos auf dem Bett. »Ich sollte dir immer deine Pizza bringen«, stieß sie heiser hervor.

»Eine großartige Idee.«

Sie schloss die Augen, um den Moment ganz zu genießen. »Das war nicht nur wundervoll, sondern auch ein Novum. Für mich zumindest.«

Lächelnd hob er seinen Kopf und sah sie an. »Sex mitten am Tag?«

»Sex in der Mittagspause und überdies mit fast allen Kleidern.«

»Ich hatte es ein bisschen eilig«, gestand er reumütig, neigte den Kopf und glitt mit seinen Lippen über ihren Mund. »Aber wenn du möchtest, kannst du dich jetzt ausziehen, und wir fangen von vorne an.«

»Ich glaube nicht, dass ich oder mein Zeitplan eine solche Verdoppelung des Trinkgelds verträgt. Trotzdem nochmals vielen Dank für die Bestellung«, meinte sie.

»Bessere Calzones als im Vesta gibt's in der Gegend einfach nicht. Verdammt …«

Er unterbrach sich, als es an der Wohnungstür klopfte, und rief: »Einen Moment bitte.«

Schon hörten sie Averys Stimme und hofften nur, dass sie nicht unvermittelt durch die unverschlossene Tür hereinspazierte.

Hektisch sprangen sie auf. Beckett stieg eilig in seine Jeans, während Clare notdürftig ihr Kleid ordnete, an dem ihre leidenschaftliche Begegnung deutliche Spuren hinterlassen hatte.

»Ich komme! Einen Augenblick noch«, rief Beckett erneut, doch da stand sie bereits im Zimmer und deutete vorwurfsvoll auf das zerwühlte Bett.

»Ihr seid mir die Richtigen: ein Quickie an einem stinknormalen Arbeitstag! Wenn ich nicht auf der Stelle einen Callboy buche, vergeh ich vor Neid. Wie viel nimmst du, Beck?«

»Haha, sehr witzig.«

Clare strich sich übers Haar, denn die Bürste befand sich in ihrer Handtasche in Becketts Arbeitszimmer. »Wir wollten gerade kommen …«, setzte sie an.

»Für mich sieht es ganz so aus, als ob ihr das hinter euch hättet.«

»Sie ist ein echter Spaßvogel.« Beckett wandte sich an Clare, während er auf Avery deutete.

Und dann lächelten sie sich auf eine Weise an, die Avery endgültig bewies, dass sie die beiden unterbrochen hatte.

»Ich hab angeklopft«, verteidigte sie sich. »Eigentlich wollte ich nur nachschauen, wo Clare so lange bleibt. Unten wird ihr Salat kalt«, sagte sie grinsend. »Jetzt bin ich im Bilde. Hat sie denn wenigstens mit dir geredet?«

»Na ja, aus dem Reden ist nichts geworden, und die Pizza dürfte noch kälter sein als mein Salat«, unterbrach Clare die Freundin. »Aber jetzt muss ich mich beeilen, sonst ist Hope mit Auspacken fertig. Erst sollte ich mir allerdings die Haare ordentlich bürsten. Bin gleich wieder da.«

»Lass dir Zeit – ich muss ohnehin wieder nach unten«, sagte Avery, musterte sie erneut mit zusammengekniffenen Augen, machte auf dem Absatz kehrt und marschierte hinaus.

»Ich dachte schon, sie würde nie mehr gehen. Kannst du nicht noch bleiben?«

»Nein.« Clare hob abwehrend die Hände. »Auf keinen Fall, ich hab es Hope versprochen. Nur so viel noch: Ich wollte mit dir reden und dich um Verzeihung bitten.«

»Und wofür?« Er folgte ihr in sein Büro, wo sie die Bürste aus ihrer Tasche kramte.

»Weil ich mich für verschiedene Dinge nicht richtig bei dir bedankt habe. Dafür etwa, dass du gestern meine Jungs gehütet und den Abfluss repariert hast. Und weil ich dir gegenüber ziemlich eklig war an dem Abend im Hotel – und später im Vesta zickig dazu.«

Sie schaute sich suchend um. »Ich glaube, ich bin nie zuvor in deinem Büro gewesen – nett, es passt zu dir. Einen Spiegel gibt's hier wohl nicht?«

»Gleich nebenan ist das Bad.«

Sie ließ die Tür offen, während sie sich kämmte. »Avery, Hope und ich waren gestern Abend noch einmal im Hotel. Da haben wir so etwas wie Schritte aus dem oberen Stock gehört, und als wir uns dem Zimmer näherten, war da dieser Geruch. Außerdem ging mit einem Mal die Balkontür auf.«

Sie band ihr Haar zu einem Pferdeschwanz. »Obwohl ich es diesmal mit eigenen Augen sah, die Schritte hörte und den Duft wahrnahm, hab ich es abgestritten und die beiden beschimpft. Sogar noch mehr als dich.«

Sie kramte Puderdose und Lippenstift aus ihrer Tasche und kaschierte notdürftig die Folgen seiner leidenschaftlichen Küsse. »Weißt du, ich war mit einem Mal schrecklich wütend.«

»Und warum?«

»Das wusste ich zunächst nicht, bis es mir plötzlich klar wurde. Wenn es so etwas gibt – wenn wirklich jemand nach seinem Tod zurückkehren kann, dann fand ich es einfach ungerecht, dass ...«

»Oh mein Gott, Clare. Es hängt mit Clint zusammen. Jetzt muss ich mich entschuldigen, weil ich daran keine Sekunde gedacht habe. Tut mir leid.«

»Nein, *mir* tut es leid. Wieso solltest du auf die Idee kommen? Jedenfalls war es mehr als schäbig von mir, meine Wut und meine Verbitterung ausgerechnet an den Menschen auszulassen, die mir am nächsten stehen.«

»Ich verstehe, dass dich die Vorstellung schmerzt. Und ich habe praktisch durch mein ständiges Gerede über Lizzy noch Öl in die Flammen gegossen.«

»Du hast nichts falsch gemacht, es lag einfach an der Situation. Und seit ich weiß, warum ich derart wütend war, kann ich besser damit umgehen.«

»Aber der Schmerz verschwindet doch nicht so einfach.«

»Gestern, als die Jungen schliefen, hatte ich das Bedürfnis, mich erst mal richtig auszuheulen, und danach bin ich in mich gegangen. Beides hat geholfen, und ich hoffe, dass ich in Zukunft über so etwas reden kann, ohne dass sich mein Herz verkrampft.«

Sie warf ihre Schminkutensilien in die Tasche und kam zurück in sein Büro. »Ich weiß nicht, warum manche Menschen in irgendeiner Form wiederkommen können und andere nicht. Vielleicht verhält es sich einfach so, dass man offen für Übersinnliches sein muss. Stell dir vor, Clint wäre zurückgekehrt und ich hätte es nicht bemerkt – ihn weder gesehen noch gespürt. Alles möglich. Und wenn er nicht zu jenen gehört, dann darf ich das niemandem übel nehmen. Ihm nicht und erst recht nicht dem geheimnisvollen Wesen im Hotel oder dir, weil du an solche Dinge glaubst. Also, es tut mir leid und nochmals vielen Dank für deine unerschöpfliche Hilfsbereitschaft.«

»Gern geschehen.«

»Und jetzt muss ich wirklich los.«

»Ich möchte dich am Wochenende sehen.«

»Und ich dich.« Sie schmiegte sich für einen Augenblick an seine Brust. »Ich muss allerdings erst in meinen Terminkalender schauen, ob nichts anliegt.«

»Ich ruf dich später an.«

»Okay.« Sie öffnete die Tür und wandte sich noch einmal um. »Bevor ich es vergesse – danke für das Trinkgeld.«

Beckett trat ans Fenster, um ihr nachzublicken, wie sie mit wehenden Röcken über die Straße lief. Dann drehte sie sich ein letztes Mal um und winkte ihm zu, bevor sie hinter dem Haus verschwand.

Er dachte über Clare und über die Liebe nach. Darüber, was sie kostete und was sie bot. Bis ihn der Hunger auf andere Gedanken brachte. Er trug die Pizzaschachtel in die Küche und wärmte die Calzone in der Mikrowelle auf.

Kurz vor Feierabend ging er hinüber zum Hotel. Er roch die frische Farbe, hörte das Kreischen der Fliesensäge und das Klopfen schwerer Hämmer, während von oben die Stimme seiner Mutter an sein Ohr drang.

Perfekt. Sie waren alle anwesend.

Er fand Justine und Carolee im ersten Stock im Bad des Eve-und-Roarke-Zimmers.

»Hallo, ihr beiden. Ich hatte gehofft, dass ich euch noch erwische.«

»Schau mal.« Seine Mutter reichte ihm ein Blatt. »Dieser Handtuchwärmer aus Glas wäre für den Raum einfach perfekt.«

»Du hast doch schon …«

»Nein, hab ich nicht, weil ich mir nicht ganz sicher war. Der hier hingegen ist perfekt.«

»Er ist ja ganz schön …«

»Aber teuer, ich weiß. Nur ist er einfach für dieses Zimmer wie geschaffen. Ich finde, dass er irgendwie futuristisch aussieht.«

»Schon recht«, gab Beckett wie immer bei seiner Mutter nach. »Und er passt gut zu den Lampen und Armaturen.«

»Schön, wenn er dir gefällt. Ich hab ihn nämlich bereits

bestellt. Aber das ist nicht die große Neuigkeit, die ich loswerden muss.«

»Du bist doch nicht etwa schwanger?«

Justine gab ihm einen Klaps auf den Arm. »Carolee …«

»Was, deine Schwester bekommt ein Kind?«

»Hat dir jemand was ins Essen gekippt, oder warum benimmst du dich wie ein Clown? Jetzt im Ernst: Carolee soll Hopes Assistentin werden.«

»Aber hallo«, meinte Beckett ehrlich überrascht. »Ich wusste gar nicht, dass du hier arbeiten willst, liebe Tante.«

»Ich kann es kaum erwarten«, klärte sie ihn mit blitzenden Augen auf. »Ich liebe dieses Haus und weine meinem Teilzeitjob im Outletcenter ganz sicher keine Träne nach. Ich kann gut mit Leuten umgehen und bewirte, wie du weißt, gerne Gäste, selbst in großer Zahl. Möchtest du einen formellen Lebenslauf als Bewerbungsunterlage?«

»Als würdest du den brauchen.« Justine stieß die Schwester mit dem Ellenbogen an.

»Nein, das war kein Spaß. Es geht hier ums Geschäft, Justine«, widersprach Carolee. »Selbst wenn es sich um ein Familienunternehmen handelt.«

»Meine Zustimmung ist dir sicher«, meinte Beckett. »Bestimmt machst du einen tollen Job.«

»Ich bin schon total aufgeregt! Aber erst müssen wir mit Hope reden, denn wir können nur miteinander arbeiten, wenn die Chemie stimmt.« Carolee kreuzte die Finger. »Dann erst ist es offiziell.«

»Tja«, meldete sich Justine zu Wort. »Es gäbe da noch eine weitere Neuigkeit. Clare ist schwanger.«

Beckett fiel die Kinnlade herunter. »Meine Güte, Mom.«

»Wie du mir, so ich dir, mein Schatz«, erklärte sie fröhlich. »Also, worum geht's?«

»Wo sind die anderen?«

»Oben in Hopes Wohnung. Sie haben angefangen zu fliesen.«

»Rufen wir sie runter.« Er trat vor die Tür und schrie durchs Treppenhaus: »Familienbesprechung! Eve und Roarke!«

»Um was geht es, Beckett?«, fragte seine Mutter erneut.

»Um etwas, womit ich heute fertig geworden bin. Übrigens zu deiner Information: Ich muss heute noch in die Werkstatt, um ein paar Särge zu zimmern.«

»Wie bitte?« Von ihren Söhnen war Justine Montgomery ja so einiges gewohnt, doch jetzt verschlug es sogar ihr die Sprache. »Särge?«, brachte sie nur krächzend heraus.

»Für Clares Söhne. Sie brauchen sie für ihre gefallenen Actionhelden. Wahrscheinlich fahr ich gleich nach der Besprechung rüber. Okay, da kommen sie.«

»Was gibt's?«, erkundigte sich Owen. »Wir brechen gerade unsere Zelte ab.«

»Und ich will ein Bier«, fügte Ryder hinzu.

D.B. folgte ihm auf dem Fuß, lief einmal durch den Raum, beschnupperte die anderen zur Begrüßung und machte es sich in einer Ecke bequem.

»Du kannst mir eins ausgeben.« Beckett klappte seine Mappe auf und hielt den Entwurf für das Hotelschild hoch. »Das hier ist es. Und falls irgendjemand was dagegen hat, bring ich ihn eigenhändig um. Es täte mir natürlich leid, falls es Mom oder Carolee träfe, aber trotzdem gäbe es kein Pardon.«

»Was ist das für ein Schrifttyp?«, erkundigte sich Owen kritisch.

»Der von mir gewählte«, gab Beckett ungehalten zurück. »Dich bring ich leichten Herzens um, weil mir schließlich noch ein zweiter Bruder zur Verfügung steht.«

»Sieh dir nur die Farben an, Justine.« Carolee legte die Hand auf Becketts Arm und betrachtete den Entwurf genauer.

»Sie sind genau, wie ich sie mir vorgestellt habe. Dieses satte Braun auf einem cremefarbenen Untergrund.«

»Der Maßstab stimmt. Es bleibt also Platz genug für die Webadresse und die Telefonnummer, ohne dass der Name irgendwie gequetscht wirkt.«

»Nicht übel.« Ryder nickte, kraulte seinen Hund hinter den Ohren und sah Beckett dann mit einem breiten Grinsen an. »Sieht wirklich klasse aus.«

»Trotzdem musst du mir genaue Angaben zum Schrifttyp nennen. Falls wir nämlich dabei bleiben …«

»Das tun wir auf jeden Fall, Owen«, erklärte Beckett.

»Ist ja recht. Ich will das ja nur wissen, damit ich entsprechend Briefpapier, Visitenkarten, die Schilder an den Zimmertüren, die Schlüsselanhänger gestalten lasse.«

»Schon gut, schon gut.« Beckett zog eine CD-ROM aus dem Hefter und drückte sie seinem Bruder in die Hand. »Hier ist alles drauf.«

»Mit deinem Entwurf verhält es sich wie mit dem Handtuchwärmer«, meinte Justine und schlang einen Arm um die Taille ihres Sohnes. »Er ist einfach perfekt.«

»Und für den Shop hab ich an ein vertikales Schild gedacht, das frei hängt und von beiden Seiten beschriftet ist.«

»Super«, meinte Justine und begutachtete auch diesen Entwurf, bevor sie sich wieder der Schwester zuwandte. »Lass uns schauen, ob Madeline noch drüben ist. Bestimmt interessiert sie das ebenfalls. Gut gemacht, mein Junge.« Sie zog Beckett kurz an sich. »Wirklich gut.«

»Schön, ich werde dir ein Bier spendieren«, sagte Ryder großmütig.

»Das will ich hoffen.«

»Wir treffen uns drüben. Ich muss noch schnell aufräumen, denn schließlich hab ich im Gegensatz zu dir nicht den ganzen Tag am Schreibtisch gesessen.«

»Hast du auch die Schriftgröße …«

»Es ist alles auf der Diskette, Owen«, versicherte Beckett.

»Gut, dann kann ich es mir nachher ja genauer ansehen. Nachdem Ry mir ein Bier ausgegeben hat.«

»Warum sollte ich das wohl tun?«

»Weil du dran bist.«

»Unsinn.«

Unter halb ernst und halb scherzhaft gemeintem Geplänkel verließen die Brüder den Raum.

15

Clare hatte kaum den Kaffee aufgesetzt und den Computer hochgefahren, als heftig an der geschlossenen Ladentür geklopft wurde. Sie drehte ihren Kopf und erkannte durch die Scheibe Sam Freemont. Am liebsten hätte sie sich versteckt, doch es war zu spät – er hatte sie bereits erspäht und zwinkerte ihr grinsend zu.

Kurz erwog sie, einfach den Kopf zu schütteln, aber dann würde er bestimmt unverdrossen weiterklopfen, weitergrinsen, weiterzwinkern ... So unbegreiflich es sein mochte: Sam schien felsenfest davon überzeugt, dass er über einen umwerfenden Charme verfügte.

Gottergeben ging sie also zur Tür und öffnete sie einen Spalt. »Tut mir leid. Der Laden ist noch geschlossen, Sam.«

»Ich rieche Kaffee.«

»Ja, ich hab gerade welchen aufgesetzt, weil ich so einiges erledigen muss, bevor die Kunden kommen.«

»Ich könnte wirklich einen Muntermacher brauchen. Du wirst doch eine Tasse für einen Freund erübrigen, nicht wahr?«

Entschlossen trat er bei diesen Worten einen Schritt auf sie zu, sodass ihr kaum eine andere Wahl blieb, als ihn vorbeizulassen.

Okay, überlegte sie, soll er seinen Kaffee trinken und

sich dann schleichen. Hoffentlich tat er das auch, denn Sam war bisweilen unberechenbar und ihr deshalb inzwischen leicht unheimlich.

»Wie willst du ihn?«

»Heiß und süß. Mach am besten eine Probe mit dem Finger.«

War der inzwischen völlig durchgeknallt?

»Als ich deinen Wagen auf dem Parkplatz stehen sah, dachte ich mir, Clare fängt ja ganz schön früh an. Du arbeitest einfach zu viel, Schätzchen.«

Schätzchen.

»Man kann schlecht ein Geschäft führen, ohne hart zu arbeiten.« Außer natürlich, wenn man der Sohn des Chefs war und eigentlich gar nichts zu tun hatte, als gelegentlich mal vorbeizuschauen.

Sie schob den Pappbecher zu Sam hinüber. »Zucker steht drüben im Regal.«

Statt sich zu bedienen, lehnte er sich lässig an den Tresen. »Und wie stehen die Aktien sonst so, meine Süße?«

»Trink deinen Kaffee und lass mich weitermachen. Ich hab einen Haufen Arbeit zu erledigen. Also bitte …«

»Du musst dir mal Zeit für dich nehmen. Wie oft soll ich dir das noch sagen?«

»Ja ja, schon recht, aber jetzt sieh zu …«

»Hast du den Vorführwagen gesehen, den ich gerade fahre? Spitzenklasse.«

»Davon bin ich überzeugt.«

»Komm und sieh ihn dir mal an. Oder mach eine kleine Probefahrt mit mir.« Wieder zwinkerte er ihr auf diese anzügliche Weise zu, die sie anwiderte.

»Ich hab zu tun.« Energisch drückte sie den Deckel auf den Becher und hielt ihn dem ungebetenen Besucher hin. »Der Kaffee geht aufs Haus.«

»Wie willst du dir jemals hübsche Dinge leisten können, wenn du den Kaffee verschenkst?« Mit einem Grinsen, das unwiderstehlich sein sollte, bei Clare jedoch nur Übelkeit erzeugte, griff er in die Innentasche seines grauen Nadelstreifenjacketts, aus dessen Ärmel ein mit seinem Monogramm bestickter Hemdenaufschlag und ein goldener Manschettenknopf hervorlugten, zog einen Zwanzig-Dollar-Schein aus seiner Brieftasche und legte ihn vor sie hin.

»Behalt das Wechselgeld und kauf dir eine Kleinigkeit davon.«

Sie kam hinter dem Tresen hervor, um ihn zur Tür zu bugsieren, doch er verstellte ihr den Weg.

Es reichte. Clare hatte endgültig die Nase voll von diesem Sam Freemont. »Würdest du mich bitte vorbeilassen und dann gehen!«

Sam schien durch nichts zu beeindrucken zu sein.

»Weißt du was: Heute Abend unternehmen wir beide eine Spritztour mit meinem neuen Schlitten.«

»Nein.«

»Eine schöne, lange Fahrt«, sagte er anzüglich und strich ihr über den Hals, bevor sie ihm kräftig auf die Finger schlug. »Und danach lade ich dich irgendwo zu einem tollen Abendessen ein und dann …«

»Ich weiß nicht, wie ich es ausdrücken soll, damit du es endlich kapierst. Ich muss mich um meinen Laden kümmern und drei Kinder großziehen, und das Letzte, woran ich Interesse habe, ist eine Spazierfahrt mit dir und ein gemeinsamer Restaurantbesuch. Weder zum Brunch noch zum Mittag- oder Abendessen. Verstanden?«

Sie bemerkte, wie das Dauergrinsen aus seinem Gesicht verschwand, und hoffte schon, dass er endlich begriffen hatte, aber sie sah sich getäuscht.

»Du solltest ein bisschen netter zu mir sein und endlich aufhören, deine Spielchen mit mir zu treiben, Clare. Ich könnte nämlich sehr viel für dich tun.«

»Musst du nicht. Ich komm nämlich ganz gut ohne dich klar.«

Sie wollte sich an ihm vorbeidrücken, doch er streckte seinen Arm aus und versperrte ihr weiter den Weg. Verärgerung wallte in ihr auf und zugleich ein Anflug von Furcht.

»Hör auf. Was ist nur mit dir los?«

»Immer wenn ich etwas mit dir unternehmen will, hast du angeblich keine Zeit. Bei Beckett Montgomery sieht das ganz anders aus.«

»Das ist ja wohl meine Angelegenheit.«

»Du vergeudest deine Zeit mit diesem Kerl. Die Montgomerys sind doch nichts anderes als zu Geld gekommene Proleten. Im Vergleich zu mir ist dieser Beckett ein Nichts.« Er legte eine Hand auf ihre Hüfte und kniff ihr ins Hinterteil. »Ich könnte dir auf einer Spazierfahrt zeigen, wie man sich richtig amüsiert.«

»Lass mich los.« Sie konnte nicht verhindern, dass ihre Stimme zitterte, obwohl sie sich um einen ruhigen Ton bemühte. »Ich werde nie im Leben mit dir ausfahren. Weil ich nämlich nicht das geringste Interesse an dir habe – und auch nicht an deinem Geld und den teuren Sachen, mit denen du angibst. Und ich will, dass du auf der Stelle aus meinem Geschäft verschwindest und dich nie wieder hier blicken lässt.«

Seine aufgesetzte Freundlichkeit wich unverhüllter Wut, und Clares Herz zog sich furchtsam zusammen.

»So solltest du nicht mit mir reden. Es ist allerhöchste Zeit, dass du begreifst, wer du bist. Eine Frau wie du sollte dankbar sein und es zu schätzen wissen, wenn sich jemand wie ich um sie bemüht.«

Sie dachte an den Kaffee, der noch glühend heiß auf dem Tresen stand, und wollte schon danach greifen, um ihn als Waffe einzusetzen, als jemand an ihre Ladentür trommelte.

»Clare!« Avery starrte durch die Glasscheibe. »Mach auf.« Sie drehte den Kopf und hob winkend eine Hand. »He, Owen! Komm bitte mal rüber.«

Sam trat einen Schritt zurück und zog die Ärmel seines Sakkos glatt. »Denk dran, was ich dir gesagt habe.«

Zitternd lehnte sie sich gegen den Tresen. »Lass dich nie wieder hier oder bei mir zu Hause blicken. Halt dich von mir fern.«

Er ging zur Tür, die er heimlich nach Betreten des Ladens von innen zugesperrt hatte, und zog zornig den Riegel zurück.

»Kotzbrocken«, rief Avery ihm nach und stürzte auf ihre Freundin zu. »Bist du okay?«

»Ja, ja …«

»Hat er sich etwa an dich rangemacht? Dieses arrogante Nadelstreifenschwein. Wie oft hast du diesem Typen nicht schon gesagt, dass du kein Interesse an ihm hast?«

»Offenbar nicht oft genug.«

»Oh Clare, du zitterst ja.« Avery zog sie an sich und

rieb ihr Arme und Rücken. »Verdammt, was wollte der Kerl? Zumindest hat er dir einen Riesenschrecken eingejagt, wenn ich das richtig sehe.«

Clare nickte. »Aber erzähl bitte Owen nichts davon. Wo ist er überhaupt?«

»Woher soll ich das wissen? Ich hab einfach einen Namen gerufen, damit Sam sich aus dem Staub macht. Es hätte auch Ryder oder Beckett sein können, weil der Fiesling vor den Montgomerys seit jeher eine Heidenangst hat. Was zum Teufel suchte der überhaupt so früh hier?«

»Ich bin selbst schuld, dass es so gekommen ist.« Clare holte sich eine Flasche Wasser aus dem kleinen Kühlschrank. »Ich hätte ihn gar nicht reinlassen dürfen. Er sagte, er wolle einen Kaffee, und da dachte ich, wenn ich ihm einen gebe, werde ich ihn schneller wieder los. Sonst hätte er endlos an meiner Tür geklopft und gerufen. In der Regel schaffe ich es ja auch, ihn abzuwimmeln, aber heute war es anders. Er ist total ausgerastet und wurde furchtbar aufdringlich.«

Noch in der Erinnerung überlief es sie kalt, und angeekelt verzog sie das Gesicht.

»Er weiß, dass zwischen mir und Beckett was läuft, und ist deswegen wahrscheinlich sauer, beleidigt, gekränkt und was weiß ich.«

»Sam Freemont bekommt normalerweise immer, was er will. Nur du fehlst in seiner Trophäensammlung, und das verträgt seine Eitelkeit nicht. Du weißt, dass es einmal Gerede über ihn und eine Freundin gab.«

Clare trank von dem Wasser, das wohltuend ihre trockene Kehle kühlte, und nickte. »Es hieß, er habe sie verprügelt, woraufhin seine Mutter dem Mädchen Geld anbot, damit es den Mund hielt. Ich dachte immer, das sei bloß ein Gerücht. Doch jetzt kann ich mir durchaus vorstellen, dass es so gelaufen ist.«

»Du hättest ihm in die Eier treten sollen.«

»Wie gesagt, ich hab mich einfach von ihm überrumpeln lassen. Am Ende war ich drauf und dran, ihm den Kaffee ins Gesicht zu kippen, aber vermutlich hätte das nicht funktioniert, weil ein Deckel auf dem Becher war.«

»Willst du Anzeige gegen den Kerl erstatten?«

»Nein, schließlich ist nichts passiert, außer dass er arg aufdringlich war, und bestimmt ist ihm das Ganze inzwischen furchtbar peinlich. Ich hoffe bloß, dass er sich nicht noch mal bei mir blicken lässt. Soll er seinen Kaffee und seine Lektüre doch anderswo kaufen.«

»Als ob er jemals lesen würde.«

Clare nahm den Deckel von dem Becher und schüttete den Kaffee weg. »Hier, er hat mir einen Zwanziger gegeben, damit ich mir vom Rest was Schönes kaufe. Der Typ ist echt ein Arschloch.«

»Du solltest das Scheinchen zerreißen«, riet ihr Avery.

»Ich zerreiß doch keine zwanzig Dollar.«

»Dann werde ich das für dich tun.«

»Nein.« Lachend hielt Clare die Hände der Freundin fest. »Ich werde ihn einfach zurückschicken.«

»Das tust du auf keinen Fall. Du schickst keinen Brief, du rufst nicht an – das mein ich ernst, Clare. Denn jede Form von Kontakt, selbst wenn du unfreundlich bist, werten Besessene wie er als Zeichen der Ermutigung.«

»Woher hast du denn diese Weisheit?«

»Ich schau mir augenblicklich jede Menge Krimis an –

mangels eines besseren Zeitvertreibs, du verstehst schon. Wirklich, Clare, zerreiß den Schein, verschenk ihn, gib ihn aus, aber schick ihn nicht zurück.«

»Okay, wahrscheinlich hast du recht. Ich werde das Geld spenden oder so.« Sie schob den Schein in ihre Tasche und blickte die Freundin an. »Ich bin wirklich froh, dass du vorbeigekommen bist.«

»Ich auch.«

»Was wolltest du eigentlich?«

»Auf dem Weg ins Vesta hab ich den protzigen Schlitten gesehen. Da wusste ich, dass er sich bei dir herumtreibt. Allerdings hätte ich nie im Leben daran gedacht, dass er dich ernstlich bedrängt. Ich weiß nur, wie schwer man ihn loswird, und da wollte ich dich ein bisschen unterstützen.«

»Jedenfalls tausend Dank.«

»Wann kommen die Mädchen?«

Clare warf einen Blick auf ihre Uhr. »Sie müssten jeden Augenblick erscheinen. Gott, jetzt ist mir die ganze Arbeit, die ich erledigen wollte, wieder liegen geblieben.«

»Dann geh schnell nach oben und fang schon mal an. Ich warte, bis die Mädchen da sind.«

»Avery, er kommt ganz sicher nicht zurück – und selbst wenn er es täte, würde ich ihn nicht reinlassen.«

»Egal, ich brauch sowieso ein gutes Buch und kann mich gleich umsehen. Auch wenn ich es nur ungern wiederhole, lebe ich im Augenblick sehr asketisch. Mit Filmen und Büchern als Ablenkung statt Dates und Sex.«

Seufzend holte Clare zwei Tassen. Da Avery sich nicht davon abbringen ließ, ihren Bodyguard zu spielen, tranken sie am besten erst einmal Kaffee.

Beckett freute sich über sein perfektes Timing. Wenn alles nach Plan lief, würde er bei Clare auftauchen, wenn die Hausaufgaben der Jungs beendet waren, aber noch Zeit bis zum Abendessen blieb. Und vielleicht luden sie ihn ja ein zu bleiben. Die Chancen dafür standen gut, denn sie hatten nicht nur einen wunderbaren Samstagabend verlebt, sondern auch einen harmonischen Sonntagmorgen gemeinsam mit den Kindern im Park.

Seine Hochstimmung wich leichter Enttäuschung, als er vor ihrem Haus vorfuhr und ihren Wagen nicht entdecken konnte. Nur Harry saß auf der winzigen Veranda und hantierte mit seinem Maßband.

»Ich messe gerade ab, wie groß der Kürbis werden muss, den wir für Halloween besorgen. Weil er nämlich auf dem Pfosten stehen soll.«

»Gute Idee. Als was wirst du dich verkleiden?«

»Als Joker oder Wolverine.«

»Also als Schuft oder als Held. Die Entscheidung fällt dir bestimmt nicht leicht.«

»Wir haben einen Katalog mit allen möglichen Kostümen, aber wir müssen bald bestellen, damit sie noch rechtzeitig kommen. Mom verteilt an Halloween Süßigkeiten in ihrem Laden.«

»Ach ja? Wo ist sie überhaupt?«

»Sie musste noch mal zurück. Mrs. Ridenour ist hier, bis sie wiederkommt. Was hast du denn da mitgebracht?« Er deutete auf die große Kiste, die Beckett von der Ladefläche seines Pick-ups gehoben hatte.

»Etwas für euch, das meine Brüder und ich gebaut haben.«

»Etwas für uns? Was ist es denn?«

»Lass uns reingehen, damit ich es euch zeigen kann.«

Harry stürzte durch die Tür und schrie: »Beckett ist hier und hat uns was mitgebracht!«

Sofort kamen die beiden anderen angerannt, während Alva den Kopf durch die Küchentür steckte.

»Na, wenn das keine angenehme Überraschung ist. Nicht so laut, Kinder. Clare musste noch einmal ins Geschäft. Du hast sie knapp verpasst.«

»Ich wollte nur den Jungs etwas vorbeibringen.«

»Er hat es zusammen mit seinen Brüdern gebaut«, klärte Harry die beiden Jüngeren auf. »Also, was ist es?«

»Lasst uns einfach nachschauen.« Beckett hockte sich auf den Boden, stellte seine Kiste ab und klappte den Deckel auf.

»Wow«, entfuhr es Liam.

»Die Dinger sehen wie ...« Alva schüttelte den Kopf.

»Ihr habt Särge gebaut?«

»Ja.« Beckett grinste Harry an. »Schließlich verdienen Helden wie Schurken eine ordentliche Beerdigung, richtig?«

»Und was ist das?«, erkundigte sich Liam und betrachtete einen Miniaturgrabstein. »Soll das ein Schild sein?«

»Nicht ganz. Das sind die Grabsteine. Damit ihr wisst, wer wo begraben liegt.«

»Wahnsinn.« Liam starrte Beckett ehrfürchtig an.

»Da sind sogar ihre Symbole drauf.« Murphy griff nach einem der Särge und klappte den winzigen Deckel auf. »Der hier ist für Batman.«

»Und der hier für Hulk. Weil er größer ist als die anderen.« Harrys Blick wanderte zu Beckett. »Woher wusstest du, wie groß er werden muss?«

»Ich hab ihn abgemessen.«

»Das ist echt der Hammer.« Völlig überwältigt warf sich Liam Beckett an die Brust. »So was hatten wir bisher nie. Können wir sie jetzt begraben?«

»Na klar.«

»Außer im Sandkasten wird nirgendwo gebuddelt«, mahnte Alva.

»Wir müssen sowieso erst die Toten holen.« Harry lief ins Spielzimmer, während Liam nach oben stürzte. »Im Kinderzimmer liegen auch noch welche.«

Unterdessen unterzog Murphy Särge und Grabsteine einer eingehenden Musterung. »Die hier sind für Moon Knight und für Captain America und Green Lantern.«

»Für jeden ist etwas dabei.«

»Mrs. Ridenour?«, rief Harry zur Küche hinüber. »Können Sie uns was geben, um sie alle rauszutragen? Die, die noch am Leben sind, müssen schließlich zur Beerdigung.«

»Um den Toten die letzte Ehre zu erweisen«, ergänzte die pensionierte Lehrerin. »Ich werde dir was holen«, meinte sie, ehe sie mit einem neuerlichen Kopfschütteln davonging.

Murphy nahm die Särge nacheinander aus der Kiste und klappte die Deckel auf und zu. »Wir müssen entscheiden, wer gestorben ist und wer noch lebt. Mein Dad wurde im Krieg getötet.«

»Ich weiß.« Was sollte er darauf antworten, schoss es Beckett durch den Kopf. Und was zum Teufel hatte er sich dabei gedacht, Särge für Kinder zu bauen, deren Vater gefallen war?

»Es tut mir leid.«

»Er war ein Held.«

»Ganz bestimmt.«

»Ich hab ihn nie kennengelernt, weil ich noch nicht geboren war. Aber Mom meint, er hätte mich trotzdem lieb.«

»Darauf kannst du dich verlassen. Ich bin mit deinem Dad auf die Highschool gegangen.«

»Ach ja?« Murphys Stimme drückte ebenso Trauer wie Neugier aus. »Warst du sein Freund?«

Beckett überlegte. Zwar hatten sie kaum privaten Kontakt gehabt, doch eingedenk der gemeinsamen Aktion mit Mr. Schroders Haus und der Nacht der Siegesfeier, antwortete er mit gutem Gewissen: »Ja.«

»Bist du auf seiner Beerdigung gewesen?«

»Ja.« Ein in jeder Hinsicht grauenhafter Tag, erinnerte er sich.

»Das ist gut, denn die Freunde sollten da sein, wenn jemand beerdigt wird.«

Mit einem breiten Lächeln stand der Junge wieder auf und wechselte das Thema. »Ich bring sie jetzt raus zum Sandkasten.« Er versuchte die Kiste anzuheben und bedachte Beckett mit einem treuherzigen Blick. »Sie ist zu schwer für mich.«

»Ich trag sie für dich nach draußen.«

Einen kleinen roten Korb voller Figuren in der Hand, kam in diesem Moment auch Liam angerannt, und gemeinsam drängten sie in den Garten.

»Halt, zieht erst eure Jacken an«, mahnte Alva. »Es ist heute Abend ziemlich kühl.«

»Beckett bringt die Särge!« Murphy lief den Brüdern hinterher. »Ich will graben! Ich will graben!«

»Vermutlich haben Sie unser Gespräch mit angehört«, sagte Beckett zu seiner alten Lehrerin.

»Es bricht einem das Herz.«

»Als wir die Dinger bauten, hab ich einfach nicht daran gedacht, dass sie das an Clint erinnert. Ein schwerer Fehler von mir.«

»Unsinn. Alle Jungs sind von Krieg und Tod, von Helden und Schurken fasziniert. Da bilden die drei keine Ausnahme. Außerdem wissen sie sehr wohl zwischen Spiel und Wirklichkeit zu unterscheiden. Es sind völlig ausgeglichene, psychisch stabile Kinder, was vor allem ihrer großartigen Mutter zu verdanken ist.«

»Ich weiß. Sie ist eine wirklich tolle Frau.«

»Vor allem hat sie dafür gesorgt, dass der Vater im Herzen der Söhne lebendig geblieben ist. Sie wissen, dass er ein guter Mann und liebevoller Daddy war und fürs Vaterland gestorben ist. Murphy weiß jetzt obendrein, dass du ihm die letzte Ehre erwiesen hast. Und weil du Clints Freund warst, bist du auch seiner. Das ist gut, Beckett.«

»Ich will einfach keinen Fehler machen.«

»Sogar Superhelden passiert das, sonst müsste man sie nicht in selbst gebauten Särgen im Sandkasten begraben. Bleibst du noch ein Weilchen?«

»Ich denke, dass ich auf Clare warte.«

»Fein, dann kann ich ja beruhigt nach Hause gehen und dir getrost die Organisation der Beerdigung überlassen.« Auf dem Weg zur Tür tätschelte sie Beckett kurz die Wange. »In der Küche taut gerade ein Hühnchen auf, und ich würde sagen, dass es auch für fünf Personen reicht.«

»Danke, Mrs. Ridenour.«

»Du kannst mich gerne Alva nennen, wenn du magst. Schließlich ist es Jahre her, seit du mein Schüler warst.«

Den ganzen Tag grübelte Avery über den Zwischenfall mit Sam Freemont nach, und je mehr sie sich damit beschäftigte, desto besorgter wurde sie.

»Er war immer furchtbar arrogant«, sagte sie zu Hope. »Sogar schon als Kind.«

Hope kramte weiter in einer Kiste, holte ein Bild hervor, kletterte auf einen Hocker und schlug einen Nagel in die Wand. »Sie hätte die Sache melden sollen.«

»Vermutlich ja. Je länger ich darüber nachdenke, finde ich das auch. Aber ich versteh zugleich ihre Gründe, warum sie das nicht wollte.« Unbehaglich ging Avery ans Fenster. »Es ist einfach schwierig, einen Menschen anzuzeigen, den man ewig kennt. Selbst wenn er ein Riesenarschloch ist.«

Hope angelte nach einem Kunstdruck und hängte ihn an die Wand. Dann stieg sie von ihrem Hocker, um ihr Werk zu begutachten. »Nach allem, was du mir von diesem Kerl erzählt hast, scheint er ein Stalker wie aus dem Lehrbuch zu sein.«

»Ich weiß nicht, ob man so weit gehen kann …« Trotzdem gaben ihr die Argumente der Freundin zu denken. Was, wenn sie Sam alle unterschätzten?

Hope holte sich eine kleine Wasserwaage, stellte sie vorsichtig auf den Bilderrahmen und justierte ihn, bis er ganz gerade hing.

»Du hast gesagt, dass er ständig auf sie einredet, mit ihm auszugehen, dass er sie zu Hause belästigt und immer dann im Laden auftaucht, wenn niemand mehr da ist außer ihr. Das ist höchst verdächtig. Was sonst noch? Ja, genau, er schickt ihr Blumen zum Geburtstag und ist zufällig zur Stelle, wenn sie Einkäufe zum Wagen schleppen muss.«

Avery nickte zustimmend. »Das stimmt. Aber das heißt nicht, dass er in seinem Kleiderschrank einen geheimen Altar für sie errichtet hat.«

»Woher willst du das wissen?«, fragte Hope.

»Du kannst mir glauben: Wenn er irgendwen derart in den Himmel heben würde, dann sich selbst. Dennoch ist das Ganze sehr bedenklich, und er scheint eindeutig eine Grenze überschritten zu haben.« Sie rieb sich die Arme und lief weiter auf und ab. »Glaubst du wirklich, dass er irgendwas unternimmt? Etwas Gefährliches? Bislang war er nur lästig und nervtötend.«

»Schwer zu sagen, doch Clare sollte vorsichtig sein und zumindest Beckett erzählen, was geschehen ist.«

»Ich glaube nicht, dass sie das tun wird. Er ist zwar nicht so aufbrausend wie Ryder, aber in dem Fall würde ich die Hand nicht für ihn ins Feuer legen. Mag schon sein, dass er Sam einen Denkzettel verpasst.«

»Dann sag du es ihm.«

»Oh Gott, dann käm ich mir ja vor wie eine Verräterin.«

»Hat sie dich gebeten, Beckett nichts zu sagen?«

»Nein, aber das versteht sich von selbst.«

»Frag dich mal, wie du dich fühlen würdest, falls ihr etwas zustoßen sollte, Avery. Wenn dieser Kerl handgreiflich wird – oder gar Schlimmeres im Schilde führt.«

Avery presste die Hand auf ihren Bauch. »Wenn du so redest, wird mir schlecht.«

»Du machst dir selbst Sorgen, gib's zu. Vertrau deinem Instinkt und meinem«, fügte Hope hinzu. »Sag es Beckett.«

»Kommst du mit?«

»Na klar.«

Als sie aus der Wohnung gingen, hakte Avery sich bei der Freundin ein. »Ich kann dir gar nicht sagen, wie glücklich es mich macht, dass du endlich hier lebst. Nur war ich den ganzen Tag derart mit dieser Geschichte beschäftigt, dass ich dich nicht mal gefragt habe, wie es bisher gelaufen ist.«

»Alles scheint ziemlich gut organisiert.«

»Und genügt es deinen Ansprüchen?«

Hope verzog den Mund zu einem Lächeln. »Keine Angst, das kommt noch. Ich hab den Großteil meiner Zeit im Möbellager zugebracht. Allmählich wird's.« Sie warf einen Blick zurück und freute sich, als sie die Außenlampen sah. »Sie arbeiten gerade im Penthouse. Du solltest die Fliesen des Badezimmers sehen. Sensationell. Und das Erdgeschoss ist, abgesehen vom Fliesenspiegel in der Küche, fertig. Nächste Woche werden die Schränke aufgestellt.«

»Du scheinst ja auf dem allerneuesten Stand zu sein.«

»Owen hält mich auf dem Laufenden. Wohingegen Ryder höchstens knurrend grüßt, wenn er mich sieht.«

»Er ist eben ein Mann weniger Worte.«

»Geh weiter, ohne stehen zu bleiben«, sagte Hope, als sie am Restaurant vorbeigingen. »Wenn du jetzt anfängst, dich um irgendetwas zu kümmern, kommen wir nie los.«

»Okay, ich lauf mit gesenktem Kopf vorbei, geradewegs nach hinten durch und dann rauf zu Becks Wohnung.«

Dann stand sie mit klopfendem Herzen vor der Tür. »Oh Gott, Clare wird total sauer auf mich sein – und auf dich ebenfalls, denn ich werde ihr erzählen, dass du darauf bestanden hast, Beckett einzuweihen.«

»Wir weihen ihn nur ein, weil wir uns ernstliche Sorgen um sie machen. Und irgendwann regt Clare sich bestimmt wieder ab.«

»Komm. Lass uns gehen. Er scheint sowieso nicht da zu sein, sonst hätte er längst geöffnet. Vielleicht ist er ja bei Clare, und sie erzählt es ihm gerade – dann brauchen wir es nicht zu tun. Vielleicht sollte ich …«

Als von unten Schritte zu hören waren, brach sie ab.

»Scheint so, als käme er zurück«, bemerkte Hope, um kurz darauf festzustellen, dass es Ryder war. Sie versteifte sich, denn dieser Montgomery irritierte sie, weil er sich ihr gegenüber ständig unfreundlich benahm. Ohne dass es einen erkennbaren Grund gegeben hätte.

»Hallo, ihr beiden. Feiert Beckett etwa eine Party und hat mich nicht eingeladen?«

»Nein.« Avery zwang sich zu einem gekünstelten Lachen. »Ich, das heißt wir beide wollten ihn nur kurz was fragen. Da wir gerade in der Nähe sind …«

Gott, war sie eine schlechte Lügnerin. »Aber es sieht ganz so aus, als ob er nicht da sei.«

»Ich hab mich gefragt, ob ich wohl einen Kaffeespender für den Speisesaal besorgen sollte. Und zwei Rechauds«, schaltete sich Hope ein.

Ryder bedachte sie mit einem abschätzigen Blick. »Im Gegensatz zu ihr bist du echt gut.«

»Worin?«

»Dir irgendwelchen Schwachsinn auszudenken. Sprich mit meiner Mutter über Kaffeespender und das andere Zeug, falls es sich nicht nur um einen Vorwand handelte. Also, was ist los?«, wandte er sich wieder an Avery.

»Nichts.«

»Wie lange kennen wir uns schon?«

»Hör zu, es ist nur …«

»Um Himmels willen«, fiel Hope ihr ins Wort. »Hast du einen Schlüssel?«

»Ja.«

»Vielleicht könnten wir reingehen, falls du denkst, dass es Beckett nichts ausmacht, und uns drinnen in aller Ruhe unterhalten. Jedenfalls ist es kein Gesprächsthema für die Treppe.«

Er schob sich an ihr vorbei und zog seinen Schlüsselbund hervor.

»Wollt ihr ein Bier?«

»Nein.« Avery folgte ihm in die Wohnung und verschränkte die Arme vor der Brust.

»Ich schon.« Ryder machte auf dem Weg in die Küche erst mal Licht. »Und jetzt schießt los.«

»Soll ich es ihm erzählen?«, bot Hope an, als ihre Freundin schwieg.

»Nein.« Avery fuhr sich mit der Hand durchs Haar. »Das muss ich schon machen. Okay, hör zu, es geht um Sam Freemont.«

»Das Arschloch?«

»Ja, genau«, sagte Avery und gab sich einen Ruck. »Ich hab heute Morgen seinen Wagen vor Clares Laden gesehen …«

Während Avery erzählte, betrachtete Hope den ältesten Montgomery forschend von der Seite. Er zeigte keine Reaktion, nickte bloß gelegentlich mit dem Kopf und trank zwischendurch sein Bier. Nur bei genauem Hinsehen merkte man, dass er die Kiefer aufeinanderpresste und sein Gesichtsausdruck noch abweisender wirkte als sonst.

Wenn Hope einen Zornesausbruch erwartet hatte, sah sie sich getäuscht, doch nichts konnte beängstigender sein als die Kälte, die er verströmte.

»Ich finde, Hope hat recht«, schloss Avery ihren Bericht. »Falls – auch wenn ich das für unwahrscheinlich halte – wirklich etwas passieren würde, müsste ich mir ewig Vorwürfe machen. Deshalb dachten wir, dass Beckett Bescheid wissen sollte.«

»Okay, wir kümmern uns darum.«

»Verprügeln solltet ihr ihn aber nicht.« Avery schaute Ryder flehend an. »Zwar würde er genau das eigentlich verdienen, doch ich weiß, dass es nicht in Clares Sinn wäre. Und denkt an die Leute und das Gerede … Nein, das sollten wir ihr ersparen.«

»Das ist Beckett vermutlich egal«, bemerkte Hope. »Ihm dürfte es allein darum gehen, diesem miesen Typen eine Abreibung zu verpassen – und ich muss gestehen, dass ich ähnlich denke.«

»Gesunder Menschenverstand, gepaart mit der Fähigkeit zu lügen, ohne rot zu werden. Keine schlechte Mischung«, stellte Ryder anerkennend fest.

»Ich meinte das eher prinzipiell, denn konkret mach ich mir Sorgen, dass Clare es ausbaden muss, wenn ihr dem Mann einen Denkzettel verpasst und die Situation dadurch letztlich nur noch schlimmer für sie wird. Keinesfalls darf es so weit kommen, dass sie am Ende die Rechnung zahlt.«

Ryder nippte nachdenklich an seinem Bier. »Wir werden uns um die Sache kümmern«, wiederholte er. »So oder so.«

»Ryder …«

»Avery. Du bist eine gute Freundin und hast genau das Richtige getan. Jetzt brauchst du dir keine Gedanken mehr zu machen. Du kannst sicher sein, dass wir auf Clare aufpassen.«

Zweifellos würden sie das, wie Avery wusste. Unbedingt und kompromisslos. »In Ordnung. Und falls ihr es übertreibt, stell ich für euch die Kaution, damit ihr wieder auf freien Fuß gesetzt werdet.«

»Das ist gut zu wissen. Aber warum orderst du für uns nicht erst mal eine Pizza, wenn wir Kriegsrat halten?«

»Sicher, okay.«

Nachdem die Frauen gegangen waren, klappte er sein Handy auf. »Komm rüber in Becks Wohnung«, forderte er Owen auf. »Nein, es interessiert mich einen feuchten Kehricht, ob du gerade was Wichtiges zu tun hast.«

Er legte auf, streckte sich auf dem Sofa aus und wartete auf seinen Bruder.

Wenig später joggte Beckett leichtfüßig die Treppe zu seiner Wohnung hinauf und fühlte sich rundum wohl. Der Tag hätte nicht besser sein können – und die Beerdigung der Helden und Schurken war ein Hit gewesen. Aber das Beste war, dass Clare nichts an den Särgen auszusetzen fand. Gruselige kleine Kunstwerke seien es, meinte sie und lächelte über die Begeisterung ihrer Söhne. Anschließend hatten sie gemeinsam zu Abend gegessen, und jetzt würde er noch ein wenig arbeiten und nebenbei im Fernsehen irgendwelche Sportsendungen sehen.

Doch kaum öffnete er die Wohnungstür, wehte ihm Pizzaduft entgegen.

»Verdammt, habt ihr kein eigenes Zuhause? Und trinkt ihr da etwa mein Bier?«, fuhr er seine Brüder an.

»Jetzt gehört es uns. Ein Stück Pizza ist noch übrig.« Ryder deutete auf die fast leere Schachtel auf dem Tisch. »Falls du Hunger hast.«

»Ich hab schon bei Clare gegessen. Was ist los? Was treibt ihr hier?«

»Warum setzt du dich nicht erst mal hin?«, schlug Owen vor.

Er ließ sich in einen Sessel fallen: »Also bitte, ich bin ganz Ohr.«

»Na schön«, begann Ryder. »Ich hab Avery und die brünette Freundin vorhin vor deiner Tür getroffen. Erst hat sie schrecklich herumgestammelt, bis sie mit der Wahrheit rausrückte. Sam Freemont hat heute früh bei Clares Laden heftig an die Tür geklopft und sich schließlich hineingedrängt. Und dann wurde er ziemlich aufdringlich.«

Beckett blickte den Bruder aus zusammengekniffenen Augen an. »Was willst du damit sagen? Ziemlich aufdringlich. Geht's auch genauer?«

»Ich war nicht dabei, aber Avery beschloss, als sie seinen Wagen vor der Tür entdeckte, nach dem Rechten zu schauen, und hat dann durch das Glas der Tür beobachtet, wie er Clare gegen den Tresen drückte.«

Wie in Zeitlupe stand Beckett auf. »Er hat sie berührt? Sie bedroht?«

»Auf alle Fälle war sein Verhalten dazu angetan, sie in Angst und Schrecken zu versetzen«, klärte ihn Owen auf. »Hat sich geweigert zu gehen und sie auch nicht losgelassen. Erst als Avery gegen die Tür getrommelt und meinen Namen gerufen hat, obwohl ich gar nicht in der Nähe war, gab er klein bei. Warte«, rief er seinem Bruder nach, als dieser sich zum Gehen wenden wollte. »Weißt du überhaupt, wo dieser Mistkerl wohnt?«

»Nein, aber sag's mir.« Beckett konnte keinen klaren Gedanken fassen, und vor seinen Augen tanzten rote Schleier der Wut.

Owen klopfte auf sein Handy. »Ich hab seine Adresse, halte es allerdings für keine wirklich gute Idee, wenn du jetzt zu ihm fährst.«

»Ich schon«, warf Ryder ein.

»Typisch. Lasst uns erst in Ruhe darüber reden. Und wenn ihr ihn euch dann immer noch vorknöpfen wollt, beuge ich mich der Mehrheit und bin mit von der Partie.«

»Avery hat uns versprochen, die Kaution für uns zu stellen.«

»Halt die Klappe, Ry. Du machst dir nur deshalb keine Gedanken über die möglichen Konsequenzen, weil du diesen Kerl einfach vermöbeln *willst*«, fügte Owen mit einem Blitzen in den Augen, das in deutlichem Kontrast zu seiner ruhigen Stimme stand, hinzu. »Verstehen kann ich dich ja, doch ich bezweifle, ob wir Clare damit einen Gefallen tun. Hernach lässt dieser arrogante Bastard alles an ihr aus. Schließlich ist er felsenfest davon überzeugt, dass ihm dank Papas Geld nichts passieren kann. Denk nur an die Geschichte mit unserer Cousine Darla.«

»Dafür hat er ordentlich Prügel von Ry bezogen, oder etwa nicht?«, erkundigte sich Beckett.

»Ja, aber da lag der Fall anders. Es gab keine Kinder, die in schmutziges Gerede hätten hineingezogen werden können. Ihr wisst ganz genau, dass das die Art von Rache ist, die man bei einem solchen Typen erwarten muss.«

»Und deshalb soll ich einfach nichts tun?«

»Besuch ihn morgen früh im Autosalon seines Vaters und unterhalt dich kurz mit ihm. Wenn du es nicht schaffst, diesen jämmerlichen Dreckskerl einzuschüchtern, sag ich mich von dir los. Mach ihm einfach etwas Angst, heiz ihm ein – vielleicht hört er dann mit dem Blödsinn auf. Und wenn nicht, knöpfen wir ihn uns gemeinsam vor.«

»Wobei jeder einmal an die Reihe kommt«, meinte Ryder fröhlich.

»Wenn es dazu kommt und wir ihn uns öffentlich vorknöpfen, wird das für den Angeber eine Riesendemütigung. Was übrigens ein netter Nebeneffekt wäre«, ergänzte Owen.

»Vielleicht.« Beckett streckte die Hand nach der noch halb vollen Bierflasche des Bruders aus.

»So oder so musst du mit Clare reden.«

Abermals stieg heißer Zorn in ihm auf. »Das werde ich auf jeden Fall. Warum in aller Welt hat sie nicht von sich aus darüber gesprochen?«

»Das fragt man sich wirklich«, stimmte Ryder zu. »Und vor allem sollte sie Anzeige erstatten, damit es aktenkundig wird. Also, reden wir mit dem Mistkerl, oder schlagen wir gleich zu?«

Beckett freute sich über das »Wir«, obwohl es in erster Linie natürlich seine Sache war.

»Wir gehen vor wie besprochen: Erst reden wir und dann, falls das nicht reicht, schlagen wir zu.«

»Gut. Und jetzt hol dir gefälligst dein eigenes Bier«, forderte ihn Owen auf und nahm ihm die Flasche ab.

16

Abermals öffnete Clare die Tür des Ladens vor Beginn der Geschäftszeit. Dieses Mal jedoch mit einem Lächeln im Gesicht.

»Hallo. Ich bin gerade erst gekommen. Wird also ein paar Minuten dauern, bis der Kaffee fertig ist.«

»Deswegen bin ich nicht hier.« Beckett schloss die Tür von innen ab.

»Oh, ist etwas passiert?« Instinktiv griff sie nach seiner Hand. »Gibt es Probleme im Hotel?«

»Nein. Warum hast du mir die Sache mit Sam Freemont nicht erzählt?«

Diese verfluchte Avery. Ärger und Enttäuschung stiegen in ihr auf. »Ich wollte es nicht an die große Glocke hängen.«

Sie trat hinter den Tresen und schenkte Kaffee ein, um ihn nicht direkt ansehen zu müssen.

»Sogar mit mir wolltest du nicht darüber reden?«

»Mit niemandem. Solche Dinge kommen gelegentlich vor. Es war äußerst unangenehm, aber ich betreibe in dieser Stadt ein Geschäft und will einfach kein Aufsehen.«

»Wie oft passiert es, dass ein Kunde versucht, dir an die Wäsche zu gehen? Nicht oft, oder? Also tu nicht so, als ob das normal sei.«

Clare schwieg. Sie wollte die Geschichte nicht hochspielen, weil sie den Gedanken, letztlich hilflos ausgeliefert gewesen zu sein, einfach nicht ertrug. »Weißt du, wenn ich die Tür nicht geöffnet hätte, wäre das alles nicht geschehen.«

»Warum, zum Teufel, hast du das überhaupt gemacht?«

Nachdem sie sich diese Frage bereits ein Dutzend Mal gestellt hatte und sich wegen dieses Fehlers selbst genug Vorwürfe machte, brachte sie es nicht mehr fertig, gelassen darüber zu reden.

»Hör zu, Beckett, es war einfach eine spontane Reaktion. Da stand ein Kunde vor der Tür, den ich seit Jahren kannte.«

»Dieser Kerl hat sich schon öfter an dich rangemacht und dir auf die eine oder andere Weise nachgestellt.«

»Ja, und rückblickend ist mir auch klar, dass ich ihn nicht hätte reinlassen dürfen. Und du kannst mir glauben – diesen Fehler werde ich bestimmt kein zweites Mal begehen. Das hab ich Sam übrigens unmissverständlich klargemacht. Wie dem auch sei: Avery hatte jedenfalls kein Recht, sofort zu dir zu rennen und dir alles zu erzählen. Weil das nämlich ganz allein meine Sache ist.«

»Das heißt, dass ich mich aus deinen Angelegenheiten heraushalten soll, oder wie darf ich das verstehen?«

Sie stieß einen Seufzer aus. »So hab ich es nicht gemeint.«

»Aber so hast du es formuliert, und so kommt es mir auch vor.«

Sie fühlte sich in die Enge getrieben – ein Gefühl, das sie gar nicht mochte, obwohl aus Becketts Worten ehrliche Sorge klang.

»Du übertreibst«, sagte sie lahm.

»Das glaube ich nicht. Immer wenn ich dir helfen will, muss ich erst mühsam deine Einwilligung einholen. Das empfinde ich als ganz schön stressig.«

»Ich will dich nicht ausnutzen.«

»Wer redet hier von Ausnutzen? Schließlich schlafen wir miteinander und stehen uns sehr nahe.«

»Was nicht bedeutet, dass du mir bei allem zur Hand gehen musst. Ich weiß es durchaus zu schätzen, wenn du etwas für mich tust, doch ich möchte nicht abhängig werden und nichts mehr ohne deine Hilfe erledigen können. Ich hoffe, dass du das verstehst.«

In der nun folgenden Stille hörten sie nichts als das Pochen ihrer Herzen.

»Menschen, die zusammen sind, sollten in allen Situationen füreinander da sein, denn erst das macht sie zu einem Paar. Und in einer Partnerschaft ist es normal, sich alles Wichtige zu erzählen.«

»Also bitte, Beckett. Bausch doch diese Sache nicht unnötig auf. Avery …«

»Lass sie aus dem Spiel. Ist Freemont gegangen, als du ihn dazu aufgefordert hast?«

»Nein.«

»Hat er aufgehört, dich anzufassen, als du es ihm untersagt hast?«

»Er hat mich nicht wirklich …« Doch, er hatte es zumindest probiert. Und daran änderte sich auch nichts, wenn sie es nachträglich abstritt. »Nein. Aber er wird meinen Laden nicht mehr betreten, denn er hat ab sofort Hausverbot. Die Mädchen weisen ihm die Tür, falls er nochmals zu erscheinen wagt.«

Der letzte Satz schmerzte. Sehr sogar. »Du hast es deinen Mitarbeiterinnen erzählt und mir nicht. Das ist bitter, Clare.«

»Oh Beckett.« Schuldbewusst hob sie die Hände. »Ich hab ihnen nur gesagt, dass er unhöflich und ekelhaft war und sie ihn nicht mehr reinlassen sollen. Einzelheiten kennen sie nicht. Und du weißt, es geht bei dieser Sache nicht wirklich um dich, sondern um mich.«

»Es geht um uns. Und um Vertrauen.«

»Ich vertraue dir, natürlich vertrau ich dir. Vielleicht wollte ich dir einfach nichts erzählen, weil ich deine Reaktion vorausgesehen habe.«

»Du überschätzt dich, Clare. Man kann nicht immer alles alleine regeln. Hättest du ihn ohne Averys Hinzukommen rauswerfen können?«

»Sie ist aber aufgetaucht …«

»Bitte beantworte meine Frage. Zumindest so ehrlich solltest du mir und dir selbst gegenüber sein.«

Sie wand sich, denn sie wusste es einfach nicht. »Ich glaube … ich glaube, die Situation wäre vielleicht schwieriger geworden, aber …«

»Schwieriger?« Er sah ihr ins Gesicht und nickte bedächtig mit dem Kopf. »Damit meinst du wohl gefährlicher.«

»Ich hätte es bestimmt geschafft. Das war bisher immer so. Jedes Mal.«

»Jedes Mal?« Beckett stützte sich mit beiden Händen auf dem Tresen auf. »Das heißt, er hat sich nicht zum ersten Mal an dich herangemacht?«

»Nein, doch vorher nie auf diese Art. Er tauchte gelegentlich bei mir auf, ging mir mit seinen Einladungen auf die Nerven, aber das war's dann. Ich hab mir immer gesagt, dass er nur hartnäckig und letztlich harmlos ist. Wie ein verzogenes Kind.«

»War er schon bei dir zu Hause?«

Sie dachte an das Wochenende ihres geplatzten Dates mit Beckett. »Ja, zuletzt tauchte er auf, als die Kinder krank waren. Auch vorher hat er gelegentlich geklingelt.«

»Verdammt.«

»Beckett!«

»Er ist nicht nur eine Nervensäge, Clare. Er verfolgt dich regelrecht, und das muss endlich aufhören. Du musst die Polizei verständigen.«

»Das will ich aber nicht. Unter keinen Umständen.«

»So dumm kannst du doch nicht ernstlich sein.« Er wandte sich zornig ab, lief aufgebracht in dem kleinen Raum hin und her. »Damit ich dich richtig verstehe: Er taucht im Grunde immer auf, wenn du alleine bist.«

»Ja, schon. Ich hätte ihn allerdings nicht hereinlassen müssen.«

»Egal. Er bedrängt dich, du sagst Nein und bittest ihn zu gehen. Was er nicht tut. Dann macht er dir Angst und schüchtert dich dadurch ein, dass er dich gegen den Tresen drückt. Du sagst, dass er aufhören soll, aber es interessiert ihn nicht. Auch nicht, dass du ihn erneut zum Verlassen deines Ladens aufforderst. Stattdessen fängt er an, dich anzufassen, und niemand vermag zu sagen, was ohne Avery noch alles geschehen wäre. Ist das richtig?«

»Beckett«, setzte sie an, sprach jedoch, als sie seine Miene sah, nicht weiter. Widerwillig gestand sie sich ein, dass er im Recht war, obwohl sie es nicht zugeben mochte.

»Denk übrigens mal darüber nach, was es für die Jungs bedeutet hätte, wenn die Situation außer Kontrolle geraten wäre.«

»Das ist nicht fair, die Kinder ins Spiel zu bringen.«

»Fair oder nicht, es ist eine Tatsache, der du dich nicht verschließen solltest. Alles, was dich betrifft, betrifft auch sie. So ist das nun mal. Also ruf die Polizei zumindest an und erzähl genau, was gestern früh geschehen ist, damit die Sache zumindest aktenkundig wird. Schließlich willst du, dass diese Nachstellungen aufhören, und das wäre ein erster Schritt. Du solltest lieber nicht damit rechnen, dass der Kerl sich an dein Verbot hält. Vielleicht kommt er gleich zu deinem Haus und verschafft sich dort Zutritt. Darüber darf ich gar nicht nachdenken.«

»Jetzt machst *du* mir Angst«, murmelte sie. »Also gut, ich werde die Polizei verständigen. Vermutlich hast du recht, dass er freiwillig nicht aufhört. Hoffen wir bloß, dass es ihn wirklich abschreckt, wenn ich die Polizei informiere.«

»Nun, falls nicht, wird er mich kennenlernen, und das wird ihm dann endgültig eine Lehre sein.«

»Ich wusste es.« Erbost stach sie mit dem Zeigefinger auf ihn ein. »Du willst ihn dir vorknöpfen und ein Riesenaufhebens um die Sache machen.«

»Um Himmels willen, Clare. Tu nicht länger so, als sei das eine Bagatelle. Trotzdem werde ich mich weder mit ihm duellieren noch ihn zusammenschlagen. Obwohl ich das am liebsten täte.«

»Was dann?«

»Ich werde meine niederen Instinkte unterdrücken, ihm aber überdeutlich zu verstehen geben, dass es Konsequenzen für ihn haben wird, falls er dich nicht in Ruhe lässt.«

»Das heißt, die Prügel ist praktisch nur aufgeschoben.«

Er musste lächeln. »Könnte sein. Du bist mir wichtig, Clare, und weil Menschen, die einander wichtig und obendrein zusammen sind, sich alles anvertrauen sollten, werde ich dir zu gegebener Zeit verraten, was ich mit diesem Kerl anstelle, wenn meine Drohungen nicht fruchten.«

Seine Worte brachten in ihr etwas zum Klingen, was seit Jahren stumm gewesen war. Doch sie verdrängte es gleich wieder, weil die leidige Geschichte mit Sam Freemont ihre ganze Aufmerksamkeit erforderte. Später, beschloss sie, musste sie in Ruhe darüber nachdenken.

»Ich versteh einfach nicht, was es bringen soll, einen Streit mit ihm vom Zaun zu brechen.«

»Clare.« Er umfasste ihre Hände. »Hier geht es nicht um einen Streit, sondern darum, einen aufdringlichen Mann in seine Schranken zu weisen. Das ist ein Unterschied. Und jetzt tust du bitte, was du tun musst, und zeigst diesen Typen an. Und ich werde tun, was *ich* tun muss, und falls Sam auch nur einen Funken Verstand besitzt, wird er meine Warnung ernst nehmen.«

Er drückte fest ihre Hände, bevor er sie losließ.

»Weißt du, was mir immer schon an dir und deinen Brüdern aufgefallen ist? Eure fürchterlichen Dickschädel und eure unerschütterliche Überzeugung, dass ihr stets auf alles eine Antwort wisst.«

»Wenn man für ein Problem eine Lösung weiß, ist das nicht unbedingt ein Zeichen für Sturheit, sondern für Lebensklugheit.«

Er ging zur Tür und zog sie auf. »Du bist die Frau meines Lebens«, sagte er. »Und willst du noch was über uns Montgomerys wissen? Wir passen auf die Frauen, die uns wichtig sind, auf. So hat es schon mein Vater gehalten.«

Mit diesen Worten verließ er den Laden und marschierte, die Hände in den Taschen, über die Straße hinüber zum Hotel. Er war noch immer aufgebracht und ziemlich wütend.

Auf Clare, auf den verfluchten Sam, auf die ganze, verfahrene Situation.

Auf der Suche nach den Brüdern lief er durchs Hotel, doch heute wollte beim Anblick der erzielten Fortschritte nicht wie sonst Freude und Genugtuung aufkommen. Zu sehr nagte der Ärger an ihm.

Selbst nach einer Begegnung mit Lizzy stand ihm nicht der Sinn. Als er im ersten Stock den Duft von Geißblatt wahrnahm und sah, wie in »ihrem« Zimmer die Balkontür aufschwang, murmelte er nur »Jetzt nicht!« und lief weiter nach oben, wo Ryder mit dem Aufhängen von Hopes Küchenschränken beschäftigt war.

»Gut, dass du da bist. Hilf mal.«

»Ich wollte rauf nach Hagerstown.«

»Hilf mir trotzdem kurz, dieses Ding aufzuhängen, ja? Wie ist es mit Clare gelaufen?«

»Wie hat Dad immer so schön gesagt? Man kennt Menschen erst, wenn man sie näher kennenlernt.« Er drückte den Schrank gegen die Wand, während Ryder nach dem Akkuschrauber griff. »Sie ist noch viel sturer, als ich dachte.«

»Hast du schon eine Frau getroffen, die nicht sturer ist als jeder Mann?«

Beckett dachte kurz nach. »Wahrscheinlich nicht. Zumindest ist sie inzwischen bereit, den Vorfall bei der Polizei zu melden. Und vermutlich nimmt sie es mir übel, dass sie sich hat überreden lassen.«

Ryder zog die erste Schraube an. »Ich schätze mal, du hast ihre Jungs als Druckmittel eingesetzt.«

»Klar, da liegt ihre Schwachstelle, und das hab ich hemmungslos ausgenutzt. Außerdem ist sie verärgert, weil ich mit Freemont sprechen will.«

»Du hättest auf mich hören und es ihr nicht erzählen sollen.«

»So läuft das nicht, wenn man eine Beziehung aufbauen will.«

»Du mit deinen Theorien«, meinte Ryder verächtlich, ohne seine Arbeit zu unterbrechen. »Du liest einfach zu viel.«

»Ach, du kannst mich mal.« Beckett reichte es, doch zu allem Überfluss tauchte noch Owen auf.

»Die Männer haben gesagt, dass du grußlos an ihnen vorbeigestapft bist. Was mich vermuten lässt, dass du mit Clare gesprochen hast.«

»Ja. Und jetzt fahr ich los und rede mit Sam.«

»Gut. Bist du sicher, dass du uns nicht als Verstärkung dabeihaben willst?«

»Mit Freemont werde ich alleine fertig, ob es Clare nun gefällt oder nicht.«

»Und denk dran, Clare auf dem Rückweg einen Blumenstrauß vorbeizubringen«, rief Ryder seinem Bruder in Erinnerung. »Egal, ob sie im Unrecht ist oder nicht.«

»Ich werde den Teufel tun. Ich finde nicht, dass sie Blumen verdient.« Mit diesen Worten stürmte er aus dem Raum, während Ryder den Kopf schüttelte.

»Wenn er noch was von ihr will, sollte er es sich überlegen. Eine Handvoll Gänseblümchen würde ja reichen.«

»Er hat eben seine Prinzipien.«

»Ja, nur dass sich eine Frau nicht einfach durch Prinzipientreue in die Falle locken lässt.« Er trat einen Schritt zurück und betrachtete den ersten Schrank. »Und jetzt hängen wir noch schnell den Rest auf, okay?«

»Ich bin um zehn mit Hope im Vesta verabredet, um sie in die Reservierungssoftware einzuweisen.«

»Sie kann wohl ein paar Minuten warten. Oder willst du etwa zusätzlich etwas anderes von ihr?«

»Meine Güte, du hast offenbar nichts anderes im Kopf als das. Ich werde bestimmt nicht unsere Managerin flachlegen.«

»Dann schadet es auch nicht, sie ein bisschen warten zu lassen. Los, hängen wir die Schränke auf.«

Inzwischen war Beckett in dem Nachbarort angekommen. Auf dem letzten Stück zum Autohaus Freemont atmete er noch einmal tief durch und rief sich in Erinnerung, dass man mit kühler Vernunft in der Regel mehr erreichte als mit wütenden Tiraden. Außerdem sagte er sich immer wieder, dass es nur um das Ergebnis ging und nicht um die Befriedigung irgendwelcher Rachegelüste.

Er hatte es Sam Freemont bereits auf der Highschool bei einer Gelegenheit richtig gegeben, weil er damals Denny Moser gezwungen hatte, ihm seine Hausaufgaben zu überlassen, und sich anschließend mit seinen tollen Resultaten brüstete. Nach dem ersten Treffer war der Kerl nicht mehr aufgestanden. Natürlich hatte die Sache ein Nachspiel gehabt. Freemont beschwerte sich heulend beim Direktor und beschuldigte ihn massiv, doch Dennys Aussage bewahrte ihn davor, dass seine Prügelattacke ernsthafte Sanktionen nach sich zog.

Seither machte Sam Freemont einen großen Bogen um die Montgomery-Brüder, und bestimmt würde er sich nicht freuen, einem von ihnen auf seinem eigenen Territorium zu begegnen.

Im Ausstellungsraum standen jede Menge schicker Wagen, und sofort kam eilfertig ein Verkäufer auf ihn zu. »Guten Morgen! Ist das nicht ein wunderbarer Tag, um sich einen neuen Wagen zuzulegen? Welches unserer Prachtstücke verlockt Sie denn zu einer Probefahrt?«

»Danke, keiner. Ich bin hier, um mit Sam Freemont zu sprechen.«

Der Mann war sichtlich enttäuscht, denn das Lächeln gefror auf seinem Gesicht. »Er ist hinten im Büro. Ich kann ihn rufen lassen.«

»Nein, schon gut. Sagen Sie mir einfach, wo ich ihn finde.«

»Da hinten links den Gang hinab. Das Eckbüro.«

»Danke.«

Vorbei an Büros, in denen Angestellte an Computern oder Telefonen saßen, ging Beckett bis zu einer angelehnten Tür, hinter der Sam Freemont, die Füße auf den Schreibtisch gelegt, in einem bequemen Sessel mehr lag als saß und in einem Männermagazin blätterte.

Passte zu ihm, dachte Beckett. »Tut mir leid, wenn ich dich störe – du scheinst ja schwer beschäftigt zu sein.«

Sam hob überrascht den Kopf, verzog verächtlich das Gesicht und stellte die Füße auf den Boden.

»Suchst du nach einem neuen Pick-up? Wir haben ein Economymodell, genau richtig für dich. Schließlich legt die arbeitende Klasse keinen Wert auf überflüssigen Schnickschnack. Ist doch so, oder?«

»Du bist wirklich der geborene Verkäufer«, stellte Beckett spöttisch fest und zog die Tür hinter sich zu.

»Lass die Tür auf.«

»Meinetwegen, aber dann bekommen alle mit, was ich dir zu sagen habe.« Er öffnete die Bürotür, trat einen Schritt vor und hielt kurz inne, bevor er sich in den Sessel vor dem Schreibtisch warf.

»Wenn du dich nicht für einen Wagen interessierst, hab ich keine Zeit für dich.«

»Verstehe, du musst dich über die neuen Modetrends informieren, du Möchtegerngigolo. Aber unsere Unterhaltung wird nicht lange dauern, dann kannst du dich wieder deinen Pin-up-Girls und Playmates widmen. Tu das, doch eines merk dir: Lass Clare in Ruhe. Du bist gestern ihr gegenüber eindeutig zu weit gegangen.«

»Ich weiß nicht, wovon du redest.«

»Davon, dass du sie angemacht, in die Enge getrieben und all ihre Versuche, dich in die Schranken zu weisen, ignoriert hast. Davon rede ich. Kapier endlich, dass sie an dir nicht im Mindesten interessiert ist.«

»Und deshalb sprichst jetzt du für sie?«

»Nein, ihre Meinung hat sie dir bereits selbst gesagt, nur wolltest du sie nicht hören. Ich spreche für mich und warne dich in aller Deutlichkeit, sie weiter zu belästigen.«

»Oder?« Sam schnipste eine imaginäre Fluse vom Kragen seines Jacketts. »Bist du etwa hier, um mir zu drohen? Bildest du dir ein, du könntest mir Angst einjagen?«

»Das bilde ich mir nicht ein, das weiß ich. Und selbst du bist nicht so blöd, meine Worte für eine leere Drohung zu halten – schließlich hatten wir bereits früher das Vergnügen. Also, lass die Finger von Clare, und dann hast du Ruhe vor mir. So einfach ist das.«

»Was nimmst du dir eigentlich heraus? Du kannst mir bestimmt keine Vorschriften machen.«

Beckett beugte sich ein wenig vor, und sofort wich Sam zurück.

»Mag sein. Ich leg dir nur die Fakten dar und erklär dir, was passiert, wenn du die Hände nicht von ihr lässt.«

»Du glaubst über sie verfügen zu können, nur weil sie mit dir ins Bett gegangen ist? Mit einem Proleten.« Auf Sams Wangen wurden hektische rote Flecken sichtbar. »Selbst wenn es zwischen Clare und mir gestern ein kleines Missverständnis gegeben haben sollte, geht dich das einen feuchten Kehricht an.«

Manche Menschen änderten sich einfach nie, erkannte Beckett, denn genauso hatte Sam vor Jahren argumentiert, als sie auf der Highschool aneinandergeraten waren.

»Du täuschst dich gewaltig, Sam. Clare geht mich eine Menge an, und bald wird auch die Polizei von dem angeblichen kleinen Missverständnis erfahren.«

Das saß. Brennende Röte überzog jetzt sein Gesicht. »Das würde sie niemals tun«, stieß er mit belegter Stimme hervor.

Beckett ging gar nicht darauf ein, sondern wiederholte nur seine Drohung. »Lass dich nicht noch einmal in ihrer

Nähe blicken, Sam. Und am schlauesten wäre es, wenn du Boonsboro insgesamt meidest.«

»Du tust gerade so, als würde dir die ganze Stadt gehören.«

»Nein, du musst nur endlich kapieren, dass ich für Clare erheblich weiter gehen würde als damals etwa für Denny Moser, und das sollte dir eigentlich zu denken geben. Falls du diese freundlichen Hinweise nicht beherzigst, wirst du feststellen, *wie* wichtig Clare mir ist.«

Mit diesen Worten erhob er sich und wandte sich zum Gehen.

»Deine Drohungen werden dir noch leidtun«, rief Sam ihm zitternd vor Wut hinterher.

»Wie oft muss ich es wiederholen: Ich bedrohe dich nicht. Zwing mich einfach nicht dazu, dass ich etwas unternehmen muss. Hübsche Krawatte übrigens, passt zu deiner gegenwärtigen Gesichtsfarbe«, fügte er hinzu und schlenderte lässig aus dem Raum.

Er kaufte ihr keinen Blumenstrauß, weil er das als Kapitulation betrachtet hätte, sondern erstand eine Topfpflanze und fügte ihr eine Karte bei:

Es wurde kein Blut vergossen. Beck.

Damit konnte er leben – obwohl es sich um eine blühende Pflanze handelte, war es kein Blumenstrauß und damit keine Entschuldigung.

Er brachte sie in ihrem Laden vorbei, ohne vorher ins Hotel zu gehen. Ryder sollte sein Versöhnungsgeschenk lieber gar nicht sehen, weil er ihn bestimmt damit aufziehen würde.

»Clare ist mit einer Kundin hinten«, sagte Cassie, als

er die Buchhandlung betrat. »Ich werde ihr sagen, dass du da bist.«

»Nein. Ich wollte ihr nur den Topf vorbeibringen und muss gleich weiter.«

»Wie schön. Sie mag Usambaraveilchen. Und aus welchem Anlass bekommt sie die?«

»Nur so.«

»Nur so? Das sind die besten Geschenke.«

Beckett machte auf dem Absatz kehrt und flüchtete.

Ryder war zwischenzeitlich sehr fleißig gewesen und hatte alle Schränke aufgehängt. »Und?«, fragte er.

»Sam war wie immer. Ein totales Arschloch eben. Ich hoffe nur, dass die Botschaft zu ihm durchgedrungen ist.«

»Gut, denn dann könnten wir uns vielleicht wieder auf die Arbeit konzentrieren.«

Sie schufteten ohne Pause bis zum Nachmittag, als plötzlich Frauenstimmen an sein Ohr drangen. Er schaute durch die offene Tür und sah, dass Hope, Avery und Clare erschienen, um die Fortschritte in Hopes künftiger Wohnung in Augenschein zu nehmen.

»Hallo, die Damen.«

»Owen meinte, dass ihr sicher mit den Schränken fertig wärt.« Hope inspizierte gerade einen Schrank von innen. »Sieht wirklich alles gut aus«, meinte sie.

»Wir ziehen nachher los, um uns ein paar Möbel anzuschauen«, erklärte Avery. »Dürfen wir schnell einen Blick auf die Fliesen im Penthouse werfen, bevor wir uns wieder auf den Weg machen? Die sollen ja fantastisch sein.«

»Sie sind zwar oben noch bei der Arbeit, aber ihr könnt bestimmt kurz rauf.«

»Geht schon mal vor«, bat Clare die Freundinnen. »Ich komm in einer Minute nach.«

Hinter ihrem Rücken reckte Avery einen Daumen in die Luft, ehe sie mit Hope verschwand.

»Ist zwischen dir und Avery wieder alles okay?«, erkundigte sich Beckett, sobald sie alleine waren.

»Na ja, sie hat sich mit Hope verbündet – so nach dem Motto ›Wir haben einfach Angst um dich‹ und so. Da fällt es natürlich schwer, nachhaltig zu grollen. Trotzdem bin ich nach wie vor ein bisschen sauer.«

»Und was hat die Polizei gesagt?«

»Ich hab mit Charlie Reeder telefoniert. Dem gefällt die Geschichte zwar nicht, aber um gegen Sam vorzugehen, dazu reicht es nicht. Er ist weder eingebrochen, noch hat er mich direkt bedroht. Das Einzige, was er mir in Aussicht stellen konnte, ist ein Kontaktverbot, falls er nicht aufhört mit seinen Nachstellungen. Dann erst würde er auch vorgeladen. Allerdings hatte ich den Eindruck, dass Charlie sich Sam rein privat mal vorknöpfen wird. Anscheinend löse ich reihenweise Beschützerinstinkte aus.«

»Daran siehst du, wie besorgt alle um dich sind.«

»Okay, lassen wir es dabei bewenden. Hast du mit Sam gesprochen?«

»Hab ich. Jetzt weiß er zumindest, woran er ist, und wir können nur hoffen, dass er dich künftig in Ruhe lässt.«

»Und es ging wirklich ohne Blutvergießen ab?«

»Genau.«

»Wolltest du mich mit dem Veilchen besänftigen?«

Er legte sein Werkzeug zur Seite und trat auf sie zu. »Ich wollte dir damit zu verstehen geben, dass es keinen Grund für einen Streit zwischen uns gibt.«

»Das hat mich berührt. Genau wie ein Satz, den du kürzlich gesagt hast. Dass Menschen, die zusammen sind, sich alles anvertrauen sollten. Da musste ich mich unwillkürlich fragen, ob ich vielleicht einfach nicht mehr weiß, wie man sich in einer Partnerschaft verhält. Aber mit Clint war es sowieso anders. Wenn er, was selten genug vorkam, mal zu Hause war, wollte ich Probleme von ihm fernhalten. Jemand, der im Einsatz täglich dem Tod ins Gesicht sieht, sollte nicht zusätzlich belastet werden. Verglichen mit seinen Herausforderungen hatte ich mich lediglich mit Bagatellen herumzuschlagen wie fiebernden Kindern, verstopften Toiletten und undichten Dächern.«

»Deshalb hast du es dir also angewöhnt, alles selbst zu regeln?«

»Was blieb mir anderes übrig. Ein Mann, der im Irak steht, kann wenig bei einer Reifenpanne in Kansas ausrichten.«

Beckett sah sie reglos an. »Ich bin nicht im Irak.«

»Nein, und ich bin nicht mehr in Kansas.« Sie hob ihre Hände. »Es ist einfach so, dass meine Erfahrungen mit Partnerschaft völlig anders sind als bei zwei Menschen, die immer Tag für Tag beisammen sind. Ich *musste* schließlich alleine klarkommen.«

»Das ist vorbei, Clare. Ich bin bei dir oder zumindest vor Ort. Und es geht ja nicht nur um verstopfte Rohre und undichte Dächer. Ersteres kriegst du ohne Zweifel selbst hin, doch auf dem Dach würde ich dich nur ungern herumrutschen sehen.«

Sie lachte leise, und er umfasste sanft ihr Kinn.

»Ja, es gibt wohl verschiedene Grade der Selbstständigkeit«, meinte sie. »Vielleicht brauch ich ein bisschen Zeit, um das zu unterscheiden. Und um zu lernen, dass ich mir keinen Zacken aus der Krone breche, wenn ich Hilfe annehme.«

»Wir haben alle Zeit der Welt. Jedenfalls scheint es, dass zwischen uns wieder alles okay ist.«

»Zumindest fast. Bei mir dauert es immer eine Weile, bis ich solche Differenzen wirklich als erledigt betrachte. Aber komm einfach heute zum Abendessen – das ist mein Versöhnungsgeschenk.«

»Gerne«, antwortete er und legte seine Hände sanft auf ihre Schultern. »Ich bin immer für dich da und hoffe, dass du das akzeptieren und dich irgendwann darüber ein klein wenig freuen kannst.«

»Ich mag dich.« Sie stellte sich auf die Zehenspitzen und küsste ihn zärtlich auf den Mund. »Und das zwischen uns beiden mag ich auch. Sehr sogar.«

»Das ist doch schon mal ein guter Anfang.«

»Wir sehen uns dann am Abend.« Sie küsste ihn erneut. »Danke für deine Fürsorge und die Versöhnungspflanze.« Dann war sie weg.

Er hängte die letzten Stangen in den Schrank und verzog den Mund zu einem leisen Lächeln, als ihm plötzlich süßer Geißblattduft entgegenschlug.

»Seit wann tauchst du denn auch hier oben auf? Aber bleib ruhig. Deine Gesellschaft ist mir durchaus recht, nachdem alles wieder im Lot ist.«

Er rüttelte kräftig an der Kleiderstange, um zu testen, ob sie hielt, und stellte zufrieden fest, dass sich alles gut und richtig anfühlte.

Ja, wirklich alles.

Auch der Rest des Tages verlief ganz nach seinem Geschmack. Keine Probleme, keine Pannen, lauter lächelnde Gesichter. Und dann die Aussicht auf einen Abend mit Clare.

Bevor er sich auf den Weg machte, ging er hinüber in seine Wohnung, um den Schmutz des Tages unter einer heißen Dusche fortzuspülen. Er freute sich auf das Beisammensein mit der kleinen Familie, auf das gemeinsame Abendessen und hoffte auf eine Stunde, die ihm vielleicht nur mit Clare blieb, nachdem die Kinder ins Bett gegangen waren.

Alles verlief nach seinen Wünschen, und zufrieden mit dem Verlauf des Abends dachte Beckett auf dem Heimweg über ihre Beziehung nach.

Natürlich war sie nicht mehr das sorglose junge Mädchen von einst, der Schwarm seiner Highschoolzeit, aber zu sehen, was aus ihr geworden war, wie sie ihr Leben meisterte, das war viel wertvoller und hatte seine Gefühle für sie nur vertieft. Und vor allem gehörte sie jetzt zu ihm. Die Zeit des Entsagens, des Verleugnens und der Frustrationen war vorbei. Er durfte ihr seine Liebe offen zeigen, und sie erwiderte sie. Was konnte er mehr wollen?

Zu Hause angekommen, schaute er aus dem Fenster zum Hotel hinüber, das ihm wie ein Sinnbild der Beständigkeit erschien und ihm die Zuversicht vermittelte, dass alles, was man bewahrte und pflegte, in das man Mühe und Arbeit investierte und das man mit Respekt behandelte, von Dauer sein würde. Wie dieses zweihundert Jahre alte Haus. So wollte er es halten, mit seinem Leben und mit Clare – dann ließen sich bestimmt alle Stürme und Anfechtungen überstehen.

Mit diesem Gedanken legte er sich schlafen und wachte am nächsten Morgen guter Dinge auf, um optimistisch den neuen Tag zu beginnen.

Bis er auf den Parkplatz hinunterging und die vier aufgeschlitzten Reifen und die tiefen Kratzer auf der Fahrerseite seines Pick-ups sah.

17

Beckett stand mit seinen Brüdern in der kühlen morgendlichen Brise und sah sich den Schaden an.

»Das hat niemand zum Spaß gemacht«, stellte Ryder düster fest. »Da war jemand am Werk, der sich an dir rächen wollte.«

»So würde ich das ebenfalls sehen.« Beckett trat erbost gegen einen seiner ruinierten Reifen. »Die Botschaft lässt an Deutlichkeit nichts zu wünschen übrig.«

»Damit dürfte auch klar sein, wer der Übeltäter war.«

»Oh ja, dazu braucht man kein Hellseher zu sein. Ich hätte mich bei diesem verfluchten Hurensohn gar nicht erst mit schönen Reden aufhalten, sondern ihm gleich mit den Fäusten zeigen sollen, wo's langgeht. Dieser verdammte Feigling. Schleicht sich mitten in der Nacht hier an, weil er es nicht wagt, mir offen entgegenzutreten. Außerdem finde ich das Ganze ziemlich pubertär. Den Lack mit einem Schlüssel zu verkratzen und Reifen aufzustechen, so was macht doch kein erwachsener Mann. Zumindest keiner, der richtig tickt.«

»Es soll Leute geben, die nie erwachsen werden«, stellte Owen fest. »Und der hier gehört eindeutig in diese Kategorie.« Selbst ihm, der sonst so besonnen war, stand die Verärgerung ins Gesicht geschrieben. »Solche Unreife verbindet sich oft mit sexuellen Komplexen«, fügte er noch hinzu.

»Danke für die Belehrung, Professor Freud«, murmelte Beckett.

»Ich meine ja nur. Ärgerlich ist bloß, dass wir es diesem Mistkerl nicht nachweisen und folglich nichts gegen ihn unternehmen können. Das ist echt bitter. Vielleicht solltest du jetzt doch losgehen und ihm eine verpassen.«

»Ja, genau. Hab ich schließlich von vornherein gesagt«, stimmte Ryder begeistert zu.

»Und was dann? Er wird Anzeige erstatten, und Beckett hat, obwohl er im Recht ist, auch noch Scherereien mit der Polizei. Und die halten länger an als blaue Flecken und Schwellungen im Gesicht.«

In diesem Moment bog ein Streifenwagen auf den Parkplatz ein. Owen legte eine Hand auf Becketts Schulter. »Mal sehen, was Charlie dazu sagt.«

Der Basketballstar aus Highschoolzeiten schob seine lange, dünne Gestalt vom Fahrersitz und meinte mitfühlend: »Eine beschissene Art, den Tag zu beginnen.« Er stopfte die Hände in die Hosentaschen und ging um den Pick-up herum. »Verdammt, Beck, das ist echt eine Riesensauerei.«

»Ist das die offizielle Stellungnahme der Polizeibehörde?«

Charlie atmete zischend aus. »Nein, vorerst nur ein persönlicher Kommentar, aber ich werde den Schaden auf jeden Fall aufnehmen. Du bist hoffentlich versichert, oder?«

»Ja, das schon.«

»Du solltest den Schaden schnellstmöglich melden, und

ich schieß ein paar Fotos. Wann hast du den Wagen hier abgestellt?«

»Gestern Abend gegen zehn.«

»Das Vesta ist bis elf geöffnet.« Charlie kratzte sich nachdenklich am Hals. »Hast du irgendwen auf dem Parkplatz gesehen, als du zurückgekommen bist?«

»Keine Personen, nur ein paar Autos. Unter anderem Dave Metzners Wagen – ja, da bin ich mir ganz sicher.«

»Ich werde mit ihm und all denen reden, die um diese Zeit noch arbeiten mussten und hier geparkt haben oder vorbeigefahren sind. Wann hast du den Schaden entdeckt?«

»Gegen Viertel nach sieben.«

»Okay. Ich bin ziemlich sicher, dass das hier passiert ist, als die Läden ringsum bereits geschlossen hatten. Deshalb können wir nur hoffen, dass die Bewohner der umliegenden Wohnungen zufällig etwas mitgekriegt haben. Ich werde mit allen reden, die infrage kommen. Vielleicht haben wir ja Glück.«

»Wir wissen, wer es war, Charlie«, erklärte Ryder. »Zwar kennt praktisch jeder in der Stadt Becketts Pickup und weiß, wo er ihn abends parkt, aber es gibt nur eine einzige Person, mit der er Ärger hat.«

»Dann denkt ihr also, dass Freemont die Reifen aufgeschlitzt hat?«

»Ja, denn ich hab ihn gestern früh in seinem Büro besucht und ihn zur Rede gestellt, damit er Clare in Ruhe lässt.«

Charlie stieß heftig die Luft aus. »Warum zum Teufel gehst du so eigenmächtig vor?«

»Was würdest du tun, wenn jemand Charlene nachstellt, ihr Angst einjagt und an ihr herumfummelt?«, gab Beck zurück.

»Dasselbe wie du.« Charlie stemmte seine Hände in die knochigen Hüften und nickte mehrmals. »Ich kann dich also durchaus verstehen, nur machen auch Halbwüchsige und Betrunkene gelegentlich solche Sachen. Allerdings gehe ich, unter uns gesagt, ebenfalls davon aus, dass es Sam war. Wenn niemand allerdings den Kotzbrocken dabei beobachtet hat, stehen die Chancen, es ihm nachzuweisen, denkbar schlecht.«

»Vielleicht gibt es ja Fingerabdrücke.«

Charlie blickte Owen an. »Ja, und vielleicht hat er gegen die Reifen gepinkelt und dabei seine DNA hinterlassen. Wären wir hier CSI Boonsboro, hätten wir ihn bis Schichtende überführt, aber solche Methoden stehen uns leider nicht zur Verfügung, und ich weiß auch nicht, ob sich anderswo Kriminallabore um zerstochene Reifen kümmern. Ich kann nur im Rahmen meiner Möglichkeiten versuchen, die Sache aufzuklären. Und dazu gehört, dass ich mit Freemont rede. Aber wie gesagt, Beckett, die Chancen stehen nicht gut.«

»Trotzdem vielen Dank. Vielleicht hat er sich ja auf diese Art abreagiert. Das wäre wenigstens ein kleiner Trost.«

»Tu uns allen einen Gefallen.« Charlie schlug Beckett freundschaftlich auf die Schulter. »Halt dich von ihm fern. Wenn du ihn in der Nähe von Clares Laden oder sonst irgendwo herumlungern siehst, gib mir einfach Bescheid – dann kümmere ich mich darum. Und vergiss nicht, deinen Versicherungsagenten anzurufen. Sag ihm, er kann bei mir ein Protokoll und Fotos anfordern.«

Beckett blieb nichts anderes übrig, als Anzeige gegen unbekannt zu erstatten und anschließend in seinem Büro die Schadensmeldung für die Versicherung aufzusetzen.

Als er ins Hotel kam, wussten schon alle, was geschehen war, und versicherten ihm ihr Mitgefühl und bestärkten ihn in seinem Zorn. Manche hatten auch Ratschläge auf Lager, wie er es Sam Freemont am besten heimzahlen konnte, doch er hörte nur mit halbem Ohr zu. Schließlich hatte er Charlie mehr oder weniger versprochen, auf Selbstjustiz zu verzichten, und so reagierte er seinen Frust ab, indem er sich vorstellte, er würde die Nägel in das selbstzufriedene Gesicht seines Widersachers statt in die Deckenabschlussleiste treiben.

Was, obwohl es nicht wirklich half, immerhin besser war als gar nichts.

Das wirksamste Heilmittel allerdings war Clare, die mit hochrotem Gesicht durch das Foyer geschossen kam, direkt auf seine Leiter zustürmte, eine der Sprossen umklammerte und ihn aus zornblitzenden Augen anfunkelte. Wie eine Katze in Kampfposition, dachte er.

»Ich hab gehört, was passiert ist, konnte aber nicht eher weg. Dieses verdammte Schwein! Du weißt natürlich, dass du das Sam zu verdanken hast. Am liebsten würde ich dem elenden Mistkerl eine verpassen.«

»Versprich mir, dass ich zuschauen darf.« Grinsend stieg er von der Leiter.

»Das ist nicht witzig, Beckett.«

»Nein, ist es nicht. Doch die Welt geht davon auch nicht unter.«

»Trotzdem ist es unentschuldbar.« Sie wirbelte so heftig herum, dass einer der Schreiner, der Beckett geholfen hatte, entsetzt zur Seite sprang.

»Nein, sicher nicht. Aber irgendwie schmeichelt es meinem Ego, dass er offenbar keine andere Möglichkeit sah als diese, um mir eins auszuwischen. Ist eigentlich armselig, oder?«

»Das hat er nur getan, weil du gestern bei ihm warst.«

»Na und?«

»Du hättest das nicht tun sollen.«

»O doch.«

»Männer.« Sie warf ihre Hände in die Luft und ging erregt im Raum auf und ab. »Männer, Männer, Männer. Und was kommt dabei heraus? Jetzt wirst du vermutlich erneut zu ihm fahren und ihn zur Rede stellen, woraufhin er sich eine neue Gemeinheit ausdenkt. Mit dem Ergebnis, dass die ganze leidige Angelegenheit weiter eskaliert.«

Er dachte kurz darüber nach. »Du könntest es mir ja auszureden versuchen.« Als sie zu ihm herumfuhr und ihn böse ansah, lächelte er nur. »Wenn du es schaffst, würde das *deinem* Ego schmeicheln, und ich hätte das Nachsehen.«

»Ach so, du planst gar nicht, ein zweites Mal zu ihm zu fahren«, stellte sie fest.

»Erraten, aber ein Spaß wäre es schon, ihn auf den Parkplatz vor dem Autohaus zu zerren und ihn vor aller Augen und nach allen Regeln der Kunst zu verprügeln, bis er sich windet und um Gnade fleht. Eine wahrhaft faszinierende Vorstellung.«

»Männer«, wiederholte sie. »Im Grunde seid ihr alle nichts anderes als große Jungs.«

»Vielleicht. Doch ich tu es ja nicht. Weil Charlie es mir übel nähme und mein vernünftiger Bruder mich missbilligend fragen würde: ›Hab ich dich nicht gewarnt?‹, während er ausgesprochen unwillig die Kaution für mich hinterlegt. Und diesen Triumph gönn ich ihm einfach nicht.«

Sie atmete tief durch. »Das ist wenigstens ein schwacher Trost. Es tut mir wirklich furchtbar leid, Beckett.«

»Ich schätze, das war es wert, sofern er dich jetzt in Ruhe lässt und denkt, dass wir quitt sind. Außerdem hätte ich im Winter ohnehin neue Reifen gebraucht.«

Sie umfasste sein Gesicht. »Mein Held«, murmelte sie leise und küsste ihn zärtlich auf den Mund.

»Ist das alles, was ich bekomme? Schließlich wurden *vier* Reifen und der Lack an *beiden* Türen ruiniert.«

Leise lachend gab sie ihm einen weiteren Kuss. »Mehr kann ich unter den gegebenen Umständen nicht tun.« Sie trat einen Schritt zurück und deutete in Richtung des Bades, aus dem das Kreischen der Fliesensäge an ihre Ohren drang.

»Es gibt noch jede Menge andere Zimmer.«

Doch sie schüttelte den Kopf und drehte eine Runde durch den Raum, um die Farbe der frisch gestrichenen Wände zu begutachten, streifte dann durchs ganze Stockwerk. »Ich wüsste nicht zu sagen, welches wohl mein Lieblingszimmer werden könnte«, meinte sie anschließend. »Und ebenso wenig weiß ich, welches ich im nächsten Jahr für den Hochzeitstag meiner Eltern reservieren soll.«

»Such erst mal ein Zimmer für uns beide aus.«

»Die Entscheidung fällt mir bestimmt nicht leicht, aber

ich fände es toll, überhaupt eine Nacht mit dir hier zu verbringen. Doch jetzt muss ich zurück in den Laden.«

»Wie wär's heute mit Abendessen? Ich lade dich und die Jungs irgendwohin ein.«

»Leider nein. Heute trifft sich der Buchclub, und morgen dekorieren wir für Halloween. Falls du Lust hast zu kommen, würden wir uns freuen.«

»Unbedingt. Ich bin ein Ass im Dekorieren, musst du wissen.«

»Super, dann darfst du den Kürbis schnitzen. Darin bin ich nämlich eine absolute Niete. Komm einfach später kurz rüber, damit wir alles Nähere besprechen können. Du bekommst auch einen Gratiskaffee.«

»Wenn das kein Angebot ist …«, sagte er und winkte ihr nach.

Von dem Ärger mit dem Pick-up abgesehen waren die vergangenen Tage durchaus angenehm gewesen, überlegte Beck, als er hochzufrieden mit seinen Brüdern auf der anderen Straßenseite stand und zu ihrem Hotel hinübersah. Dieses Mal bewunderten sie nicht nur die fertige Fassade, sondern auch das neue Schild, das über der Eingangstür prangte.

BoonsBoro Inn
Am alten Markt

»Sieht gut aus«, stellte Owen fest.

»Verdammt gut«, bestätigte Ryder.

»Jetzt fehlen nur noch Möbel und Bilder, Personal und Gäste, und es kann losgehen.« Beckett stopfte seine Hände in die Hosentaschen. »Verglichen damit, wie wir angefangen haben, wird das sicherlich das reinste Kinderspiel.«

Er blickte die Straße hinunter zur Geschenkboutique, wo ebenfalls ein neues Schild prangte. »BoonsBoro Inn – Geschenke. Passt.«

»Mom und Madeline schwören, dass bis zur Eröffnung am Freitagabend alles fertig ist.«

»Hauptsache, wir müssen uns dort nur sehen lassen und ein paar Krabbenbällchen in uns reinstopfen.«

Ryder richtete seinen Blick auf das Gebäude neben dem Hotel. »Ihr wisst schon, dass unsere Mutter bereits ein Auge auf dieses Haus geworfen hat. Sie findet es geradezu ideal, dort eine Bäckerei zu eröffnen.«

»Eins nach dem anderen. Wir sollten erst mal das Hotel fertigstellen«, meinte Beckett.

»Dann nichts wie ran an die Arbeit.« Ryder warf einen Blick auf seine Uhr. »Uns läuft nämlich die Zeit davon.«

»Ich muss heute Morgen mit Hope und dem Webmaster arbeiten«, erklärte Owen.

»Aber vielleicht könntest du wenigstens wegen des Parketts telefonieren. Das sollte ein paar Tage hier lagern, bevor es verlegt wird.«

»Steht schon auf meiner Liste. Beck, warum schaust du nicht schnell im Shop nach, ob da irgendwas fehlt, und bringst uns gleich einen Kaffee mit. Schön heiß bitte, damit wir innerlich etwas gewärmt werden.«

»Für heute Abend ist der erste strenge Frost angekündigt. Wir sollten zusehen, dass wir die Außenarbeiten beenden. Schleich dich also nicht mit Clare ins Hinterzimmer, sondern komm gleich zurück«, rief Ryder ihm nach. »Du bist nämlich im Dienst.«

»Ja, ja.«

Der kleine Laden war kaum wiederzuerkennen. Warm und einladend mit sonnengelben Wänden, Schaukästen voller Töpferwaren und Schmuck von einheimischen Designern sowie Bildern von Künstlern aus der Region, die entweder schon an den Wänden hingen oder noch darauf warteten, aufgehängt zu werden.

Er ging zu Madeline, die mit dem Auspacken weiterer Kisten beschäftigt war, und besprach mit ihr Details für die Eröffnung, bevor er in Clares Buchhandlung ging.

»Hallo, sie ist oben.«

»Okay, dann geh ich kurz rauf, während du mir bitte drei große Kaffee machst«, sagte er zu Cassie und stieg die knarrende Holztreppe zum Büro hoch.

Das Telefon am Ohr hob Clare einen Finger, lächelte ihm breit zu, um ihm kurz darauf in die Arme zu fallen. »Beckett, tausend Dank.« Sie gab ihm einen langen, träumerischen Kuss.

Was war denn hier los?, wunderte er sich.

»Wofür bedankst du dich eigentlich?«, fragte er mit leichtem Misstrauen.

»Für den Blumenstrauß. Er ist einfach überwältigend. Ich glaube, ich hab noch nie einen so schönen gesehen. Jedenfalls war ich überrascht, gerührt und was sonst noch …«

Sie schlang ihm die Arme um den Hals und schmiegte ihr Gesicht an seine Wange an. »Aber warum hast du nicht geklingelt? Dann hättest du gleich zum Frühstück bleiben können.«

Beckett fühlte sich, als würde eine eisige Faust nach seinem Herzen greifen. »Was für Blumen?«

Jetzt war es an ihr, verständnislos zu schauen. »Die Rosen, die vor meiner Tür lagen.«

»Von mir sind sie nicht.«

»W-was…«, stotterte sie und schaute ihn entsetzt an. »Was sagst du da?«

»Ich hab keinen Blumenstrauß vorbeigebracht.«

»Auf der Karte stand …«

»Stand was?«

Ich denke die ganze Zeit an dich.

»Oh Gott.« Ihre Knie begannen zu zittern, und eilig setzte sie sich hin. »Vor meiner Tür lag ein flacher weißer Karton, in dem sich die Blumen samt Karte befanden. Ich weiß nicht, wann sie dort abgelegt wurden, aber vermutlich erst kurz vorher, denn die Rosen hatten durch die Kälte noch keinen Schaden gelitten. Sie sind wirklich wunderschön – nur offenbar nicht nett gemeint …«

»Hast du ihn gesehen?«

»Nein, das heißt, gestern im Lebensmittelladen dachte ich eine Sekunde lang, er stünde hinter einem der Regale. Vermutlich war es eine Täuschung.«

»Warum hast du mir nicht davon erzählt?«

»Weil ich mir nicht sicher war.« Sie packte Becketts Hand. »Du unternimmst bitte nichts. Ich werde Charlie sofort anrufen und ihm erzählen, was geschehen ist. Aber du solltest dich besser zurückhalten. Je mehr Aufmerksamkeit wir dem Typen schenken, umso schlimmer wird es mit ihm.«

»Also gut, ruf Charlie an. Doch wenn du ihn das nächste Mal zu sehen glaubst, gib mir Bescheid.«

»Versprochen. Weißt du, er hat mir bereits früher ab und zu Blumen geschickt.«

»Wann?«

»Zu meinem Geburtstag. Immer rote Rosen, nur war die Karte bislang unterschrieben. Deshalb dachte ich, diesmal seien die Blumen von dir. Beckett, er war auch schon des Öfteren im Lebensmittelladen – oder zumindest bilde ich mir das ein. Manchmal denke ich, ob ich nicht Gespenster sehe.«

»Wo hast du ihn sonst noch gesehen?« Becketts Stimme klang gefährlich kalt. »Clare, denk bitte nach.«

Sie wiegte sich vor und zurück, während sie sich die Schläfen rieb. »Oh Gott, jetzt wo du so fragst … Ein paarmal ist er mir im Einkaufszentrum über den Weg gelaufen, aber das ist schließlich nichts Besonderes. Und dann vor der Bank.«

Er sah, wie sie überlegte und wie ihr urplötzlich alle Farbe aus den Wangen wich.

»Außerdem auf dem Parkplatz der Apotheke, in der Gärtnerei und … Fast müsste ich mich fragen, wo nicht. Das wird mir jetzt klar. Und immer taucht er auf, wenn ich alleine unterwegs bin. Nie waren die Jungs dabei, auch nicht Avery oder meine Mutter.«

Nach einer kurzen Pause fügte sie bedrückt hinzu: »Das kann unmöglich ein Zufall sein.«

»Nein, sicher nicht. Der Kerl verfolgt dich systematisch. Du musst unbedingt mit Charlie reden und ihm alles haarklein erzählen. Und von jetzt an vergewissere ich mich jeden Abend, dass du heil zu Hause ankommst, bis diese Sache ein für alle Mal ausgestanden ist.«

»Danke, das ist eine große Beruhigung.« Sie schlang

sich die Arme um den Oberkörper. »Irgendwas kann nicht mit ihm stimmen. Jedenfalls merke ich jetzt, dass er nicht bloß eine harmlose Nervensäge ist.«

»Ich glaube nicht, dass er das jemals war. Sprich auch mit deinen Mitarbeiterinnen über die Angelegenheit und sieh zu, dass du nie ganz alleine im Laden bist.«

»Mein Gott.« Sie rieb sich die Stirn. »Wie konnte ich bloß so blauäugig sein? Du hattest voll und ganz recht mit deinen Warnungen. Hoffentlich kann Charlie etwas gegen ihn unternehmen.«

»Sei ganz ruhig, ich bin in der Nähe. Sorg dafür, dass du immer dein Handy bei dir trägst.«

»Aber du solltest ebenfalls vorsichtig sein. Falls er das nächste Mal nicht nur auf dein Auto, sondern auf dich losgeht.«

»Keine Angst.«

Doch die hatte sie, und die ging auch nach dem Anruf auf dem Polizeirevier nicht weg. Sie traute sich nicht einmal, alleine nach Hause zu fahren, um den Karton, die Blumen und die Karte zu holen und sie Charlie zu bringen, und bat Avery, sie zu begleiten.

Die Freundin nutzte die Gelegenheit, ihr gründlich ins Gewissen zu reden und sie zur Vorsicht anzuhalten.

»Beckett hat vollkommen recht. Sam ist zwar ein feiger Hund, aber trotzdem unberechenbar. Es ist besser, wenn du so wenig wie möglich alleine bist. Weder im Geschäft noch bei dir und schon gar nicht unterwegs.«

»Glaubst du wirklich, dass er mir etwas antun könnte?« Clare wollte trotz ihrer wachsenden Verunsicherung nicht wirklich daran glauben.

»Ehrlich gesagt, ich weiß es nicht, aber wir müssen auf

Nummer sicher gehen. Und deshalb ist es sehr gut, wenn Beckett abends nach dir schaut. Und Clare, wenn du wegfährst, sperr deinen Wagen immer von innen ab, sobald du eingestiegen bist, und lass nie mehr deine Haustür offen. Nie. Versprich es mir.«

»Keine Angst, ich werde auf mich aufpassen – und ihr tut das ja ohnehin. Ich hoffe immer noch, dass er aufhört, wenn ich ihm die kalte Schulter zeige. Und auf keinen Fall darf er meine Angst spüren.«

Vielleicht, vielleicht auch nicht, dachte Avery, als sie Clare nachschaute, die zurück in ihren Laden lief, während sie selbst hinüberging ins Hotel.

Sie traf die drei Montgomerys in der halb fertigen Küche an. »Sieht toll aus«, stellte sie beiläufig fest. »Ich muss mit euch reden.«

»Hat das nicht ein wenig Zeit?«, fragte Ryder. »Wir sind gerade mitten in einem Gespräch, wollen aber sowieso in einer Stunde zu dir rüberkommen. Was für eine Farbe hast du dir denn jetzt schon wieder auf den Kopf geschmiert?«

Avery fuhr sich mit einer Hand durchs Haar. »Cherry Cola, ist ein bisschen intensiv geworden, ich weiß.«

»Was gibt es eigentlich an deiner eigenen Haarfarbe auszusetzen, dass du sie ständig änderst?«, erkundigte Owen sich.

»Nach beinahe dreißig Jahren bin ich sie einfach leid. Doch ich bin nicht hier, um über meine Haarfarbe zu diskutieren. Es geht nach wie vor um Sam Freemont. Ich weiß nicht, was zum Teufel man da noch machen kann.«

Owen steckte seinen Zollstock in den Werkzeuggürtel

zurück. »Schwierig. Ich weiß nur, was wir gerne mit ihm anstellen würden, aber das könnte uns im schlimmsten Fall hinter Gitter bringen.«

»Ihn krankenhausreif zu schlagen löst das Problem nicht. Bei ihm handelt es sich ganz eindeutig um eine krankhafte Besessenheit. Ich hab es selbst bei ihm erlebt, wenngleich in schwächerer Ausprägung. Er hatte mich nämlich eine Weile im Visier.«

»Wann?«, erkundigte sich Owen.

»Kurz nach der Eröffnung meines Restaurants, bevor Clare zurückkam. Er kam ständig vorbei, obwohl er störte, ging nicht, wenn man ihn dazu aufforderte und so weiter. Er war wie ein Blutegel, der sich an seinem Opfer festsaugt.«

»Du hast nie etwas davon erzählt.«

Sie sah Owen schulterzuckend an. »Es dauerte nicht lange, vielleicht ein, zwei Wochen, danach hatte er genug. Ich war nämlich längst nicht so höflich wie Clare, und Sam scheint nur drastische Worte zu verstehen. Wisst ihr, was ich damals zu ihm gesagt habe? Unser Schmied, der damals gerade die Dunstabzugshauben in der Küche installierte, würde seine Eier mit einem Brandzeichen versehen, wenn er nicht bald abhaut. Das hat ihn kuriert, denn offenbar traute er dem armen Luther zu Unrecht solche Brutalität durchaus zu.«

Die anderen lachten über die Geschichte. Nur war es mit Clare eben eine andere Sache, die sich jetzt schon ziemlich lange hinzog.

»Wir alle einschließlich Charlie können diesen Kerl nur im Auge behalten und gleichzeitig auf Clare aufpassen«, sagte Beckett.

»Alles schön und gut«, meinte Avery, »aber zieht ihr auch in Betracht, dass die Geschichte dadurch weiter eskalieren kann? Eigentlich ist sie das schon, denn wie krank muss einer sein, der bei der Polizei angezeigt wurde und trotzdem einen Blumenstrauß schickt. Ich will nicht tatenlos herumsitzen und weiß zugleich nicht, was man tun könnte.«

»Vielleicht mit den Nachbarn sprechen, damit die auf verdächtige Vorkommnisse achten.«

Owen blickte Ryder stirnrunzelnd an. »Noch wirkungsvoller wäre es, die Geschichte in der ganzen Stadt publik zu machen. Die Leute mögen Clare und würden bestimmt zu ihrer Sicherheit beitragen wollen.«

Averys Anspannung ließ ein wenig nach. »Für den Anfang gar nicht so schlecht. Zumindest gibt es mir ein gutes Gefühl, überhaupt etwas zu unternehmen.«

»Ich werde heute Abend mit ihr über die Installation von Bewegungsmeldern auf ihrem Grundstück sprechen. Das scheint mir eine ziemlich sichere Sache zu sein.«

»Wunderbar, klingt super.« Avery atmete erleichtert auf. »Ich muss jetzt zurück, aber verlasst euch drauf: Kein Gast geht aus meinem Lokal, ohne nicht zur Wachsamkeit verpflichtet worden zu sein.«

Beckett fackelte nicht lange, sondern kaufte gleich die Bewegungsmelder. Wozu noch diskutieren. Für die Jungen, die nichts über den ernsten Hintergrund wussten, war es ein Heidenspaß. Mindestens ein Dutzend Mal rannten sie nach draußen und klatschten begeistert in die Hände, sobald das Licht anging. Trotzdem war Beckett nicht restlos zufrieden – er wollte noch mehr Sicherheit für sie.

Am nächsten Tag suchte er Clare in ihrem Laden auf. In einem Nebenraum sortierte sie gerade Bücher und stellte sie für Kunden abholbereit in Regale.

»Hallo du, ich möchte dir gerne zwei Freunde vorstellen.«

Einen Stapel Bücher in den Händen drehte sie sich zu ihm um. »Oh, sind die niedlich! Wo hast du denn die her?«

Während sie noch fragte, hockte sie sich bereits hin und lockte die Hunde, die ihr sogleich liebevoll Gesicht und Hände leckten.

»Ihr seid aber zwei große Jungs. Beckett, wie in aller Welt willst du zwei Hunde, die ziemlich riesig werden dürften, in deiner Wohnung halten? Das sind Labradore, stimmt's?«

»Labrador-Retriever-Mischlinge wie die von meiner Mutter. Es sind Brüder. Fünf Monate alt. Sie haben bereits alle Impfungen und sind stubenrein.«

»Brave Jungs.« Sie zauste das schokoladenbraune Fell und kraulte die seidig weichen Ohren. »Sie sind wirklich entzückend – nur brauchen die nicht viel Platz, um herumzurennen und …«

Plötzlich brach sie ab und schaute Beckett aus zusammengekniffenen Augen an. »Du willst sie gar nicht für dich.«

»Sie brauchen die Gesellschaft von Kindern.«

»Beckett.« Ihre Augen waren nur noch zwei schmale Schlitze. »Wie ist dein zweiter Vorname?«

»Äh, Riley.«

»Beckett Riley Montgomery.«

Er grinste von einem Ohr zum anderen. »Wow, jetzt verwendest du die Waffen einer Mutter.«

»Das war nur ein Warnschuss.«

»Kinder brauchen Hunde, und Hunde brauchen Kinder.« Sein Grinsen wandelte sich zu einem charmanten Lächeln. »Und du hast schließlich ohnehin darüber nachgedacht, einen Hund für deine Jungs anzuschaffen.«

»Aber ich hatte mich bislang nicht entschieden, und außerdem stand nur ein einziger Hund zur Diskussion.«

»Sie sind Brüder«, rief ihr Beckett in Erinnerung. »Und die trennt man nicht.« Er hockte sich neben sie und streichelte einen der Hunde. »Du würdest ihnen die Herzen brechen. Außerdem sind sie auf diese Weise nicht einsam, wenn die Kinder in der Schule sind. Und das Schlimmste ist, dass sie kein Zuhause haben, denn das Paar, das sie gekauft hat, will sie nicht mehr. Es ist, als hätte man Babys ausgesetzt.«

»Ach, hör auf.«

In Ordnung, dachte er, vielleicht übertrieb er wirklich ein bisschen sehr. Also versuchte er es mit einer anderen Masche. »Nun ja, ich kann dich nicht zwingen. Doch ein Zuhause brauchen sie, und wenn du sie nicht nimmst, bleiben sie eben bei mir.«

»In deiner winzigen Wohnung.«

»Tja.« Er zuckte mit den Schultern. »Immer noch besser als sie zu trennen. Und ich mag sie außerdem niemandem geben, den ich nicht kenne. Es ist mir wichtig, dass sie gut aufgehoben sind.«

»So etwas nennt man Erpressung«, meinte Clare.

»Diese Mischlinge sind für Kinder geradezu ideal – treu wie Gold, unglaublich gutmütig, verspielt und auch ziemlich robust, sodass man sie nicht immer mit Samthandschuhen anfassen muss.«

»Du hast dich ja gründlich informiert.«

»Ein bisschen. Meine Mutter weiß es von Bekannten, die solche Hunde für ihre Kinder angeschafft haben. Und es klappt perfekt. Zudem sind sie ausgesprochen wachsam und schlagen an, wenn sich Fremde dem Grundstück nähern. Aber du musst keine Angst haben, dass sie beißen. Bloß wissen ungebetene Gäste das nicht. Ich würde mich erheblich wohler fühlen, Clare, wenn du außer den Bewegungsmeldern Hunde zu deinem Schutz hättest.«

Wie zur Bestätigung legte der kleinere der beiden eine Pfote auf Clares Knie und bedachte sie mit einem seelenvollen Blick. Ihr resignierter Seufzer zeigte Beckett, dass er gewonnen hatte.

»Die Kinder flippen sicher völlig aus. Gott, was brauch ich da nicht alles? Hundefutter, Spielzeug, jemanden, der mit ihnen Gassi geht, eine Bescheinigung, dass sie ungefährlich sind ... Beckett, mir schwirrt der Kopf.«

»Ganz ruhig, ich hab alles besorgt, was sie brauchen: Futter, Näpfe, Hundekörbe, Spielzeug, Leinen. Siehst du, die Halsbänder tragen sie schon.«

»Du hast diesen Hinterhalt wirklich gut geplant. Und du sagst, sie sind stubenrein?«

»Ja.« Dass einer seinen Schuh angepinkelt hatte, verschwieg er lieber. »Mag sein, dass am Anfang ab und zu etwas danebengeht, aber das kriegst du schnell in den Griff.«

»Was tu ich denn mit ihnen, wenn niemand daheim ist? Dann müssen sie im Garten bleiben und frieren, die Armen.«

»Wir werden ihnen eine Hundehütte bauen.«

»Ach so.«

»Na klar. Das ist das geringste Problem.«

Sie gab sich geschlagen und streckte erneut die Hände nach den beiden Hunden aus. »Und wie heißen sie?«

»Chauncy und Aristoteles.«

»Das ist ein Witz, oder?«

»Leider nein. Ihr könnt ja neue Namen für sie aussuchen.«

»Ich hoffe nur, dass ich keinen Fehler begehe.«

»Bestimmt nicht. Die Jungs werden schnell lernen, sich um sie zu kümmern und Verantwortung zu übernehmen. Du wirst sehen, wie gut ihnen das tut.«

Clare betrachtete die Welpen, die sich balgten. »An diesen Satz werde ich denken, wenn ich mit den beiden Gassi gehe und ihre Pfützen wegwische.«

Er beugte sich über die beiden Tiere hinweg zu ihr und gab ihr einen Kuss.

»Mit der Bemerkung, dass sie Brüder sind, hast du mich rumgekriegt. Brüder sind offenkundig meine Schwäche. Hoffentlich auch die meiner Eltern, weil die Jungs nämlich am Sonnabend bei ihnen übernachten sollen.«

»Ach ja?«

»Ja. Sie sähen es am liebsten, wenn wir erst einmal alle mit Sack und Pack bei ihnen einzögen.«

»Verständlich, dass sie sich Sorgen machen.«

»Ich muss sie jeden Abend anrufen und ihnen versichern, dass sämtliche Türen abgeschlossen sind und so. Dass sie mir Samstag freigeben, hab ich nur geschafft, weil ich angeblich mit dir verabredet bin.«

»Ich glaube, ich hab am Samstag noch nichts anderes vor.«

»Gut. Dann werde ich gegen sieben bei dir sein.«

»Du willst mich abholen? Wo fahren wir denn hin?«

»Das wirst du dann sehen.« Sie blickte auf die Hunde, die inzwischen ziellos herumstreunten und alles eingehend beschnupperten. »Du bist schließlich nicht der Einzige, der für Überraschungen gut ist.«

Entschlossen stand sie auf. »Und jetzt musst du dir überlegen, was du mit den beiden Hunden bis nach Schulschluss machen willst. Anschließend kannst du sie mit ihren Sachen zu mir bringen.«

»Am besten besorge ich uns eine Pizza, denn vor lauter Aufregung wird es wohl nichts mit einem ordentlichen Abendessen.«

»Hunde und Pizza. Die Jungs werden im siebten Himmel sein.«

Beckett hatte sich nicht überlegt, wie man am besten Hunde zusammen mit Pizza transportierte, und bereits nach kurzer Zeit wurde ihm klar, dass sich beides nicht vertrug. Zumindest nicht, wenn man die Pizza unbeschadet heimbringen wollte. Es half alles nichts: Er musste die erste Pizza opfern und für Nachschub sorgen, den er diesmal in einem bissfesten Styroporbehälter verstaute.

Doch alle Schwierigkeiten waren vergessen, als Murphy die Haustür öffnete. Seine Kinnlade fiel herunter, die Augen drohten aus den Höhlen zu springen, als er die beiden Welpen sah, die sich gleich auf ihn stürzten und ihn vor lauter Übermut umwarfen. Zwar landete er etwas unsanft auf dem Hinterteil, brach aber sogleich in lautes Lachen aus, als die Tiere anfingen ihn abzuschlecken, als seien sie seit langem beste Freunde.

»Hunde! Beckett hat zwei Hunde mitgebracht!« Mit

seinen kleinen Armen versuchte er die neuen Gefährten zu umschlingen, und als dann auch noch Harry und Liam angerannt kamen, war das Chaos perfekt. Und das Glück.

Clare kam aus der Küche, stemmte ihre Hände in die Hüften und wollte ihre Söhne zur Ordnung rufen, doch sie brachte es nicht übers Herz, diesen Moment ungetrübter Freude zu zerstören. Stattdessen beobachtete sie Beckett, der im Zentrum des Orkans stand und sich in das wilde Spiel einbeziehen ließ. Und als er den Kopf hob und sie den Schalk in seinen warmen blauen Augen blitzen sah, da war es endgültig um sie geschehen.

In diesem Augenblick wusste sie mit aller Bestimmtheit, dass sie diesen Mann liebte. Dass er mehr war als nur ein Flirt oder eine heiße Affäre. Dass sie auch in einem Monat, in einem Jahr, bis ans Lebensende mit ihm zusammen sein wollte.

Vielleicht wunderte sie sich noch ein wenig über sich selbst, aber es gab keine Angst mehr und keine Unsicherheit, denn das, was sie für Beckett empfand, war genauso stark und echt wie das Lachen ihrer Kinder.

Clare hatte sich entschieden. Für ihn.

»Mom! Mom! Hast du das gesehen?« Liam schleppte einen hechelnden Welpen an, dem die Zunge weit zum Maul heraushing. »Beckett hat zwei junge Hunde mitgebracht.«

»Sie mögen uns.« Harry drehte den Kopf hin und her, während Welpe Nummer zwei feuchte Hundeküsse auf seinem Gesicht verteilte.

»Schau sie dir mal an.« Murphy schlang die Arme um den Hund in Harrys Schoß. »Sie sind total süß und weich und stinken überhaupt nicht. Wir wollen einen Hund. Bitte, bitte, Mom.«

»Noch einen?« Sie riss die Augen auf, tat schockiert. »Sind zwei denn nicht genug?«

»Was für zwei?«

»Diese zwei.«

Und in dem Moment erkannte sie eines: Ganz egal, was die beiden Welpen je anstellen würden, ganz egal, wie oft sie hinter ihnen sauber machen und ihretwegen ihr warmes Bett verlassen musste – das alles zählte nicht angesichts der ungläubigen, grenzenlosen Freude, die sie in den Gesichtern ihrer Kinder sah.

»Sie gehören *uns*?«, stieß Harry atemlos hervor.

»Frag Beckett. Er hat sie besorgt und mich dann überredet, dass er sie euch schenken darf.«

Drei Gesichter wandten sich ihm zu, während die Welpen knabberten und leckten. »Du hast sie für uns gekauft?«, fragte Harry, als er seine Stimme wiederfand. »Und wir dürfen sie behalten? Alle beide?«

»Man darf sie nicht trennen, denn schließlich sind es Brüder.«

»Wie wir!«, schrie Liam triumphierend.

»Ja, und sie brauchen ein schönes Zuhause und Freunde, die sich um sie kümmern, die sie regelmäßig füttern, möglichst oft mit ihnen spielen und sie liebhaben.«

»Das tu ich bestimmt.« Murphy krabbelte über den Boden zu Beckett und schlang seine Arme um sein Bein. »Ich hab sie jetzt schon furchtbar lieb.«

Beckett hockte sich vor Murphy hin. »Sie zu lieben heißt, auch dann etwas für sie zu tun, wenn man müde ist oder gerade was anderes machen möchte. Es bedeutet, regelmäßig für Futter und Wasser zu sorgen, sich mit ihnen zu beschäftigen und sie auszuführen. Glaubst du, das bekommst du hin?«

»Versprochen.«

»Tja, ich schätze, dass sie dann bei dir genau richtig sind.«

»Das ist das schönste Geschenk, das ich jemals bekommen habe. Tausend Dank.« Liam umarmte erst Beckett und dann seine Mutter. »Wir haben zwei kleine Hunde, Mom.«

»Und du hast sie für uns besorgt«, wiederholte Harry und sah Beckett mit einem strahlenden Lächeln an. »Wir werden uns gut um sie kümmern, immer und ewig.«

»Ich verlass mich auf euch.«

»Warum nehmt ihr sie nicht erst mal mit nach draußen?«, schlug Clare vor. »Dann könnt ihr ihnen die Seile zuwerfen und mit ihnen Tauziehen spielen.«

»Komm mit.« Murphy zog an Becketts Hand. »Und du spielst mit. Wie heißen die beiden überhaupt?«

»Sie suchen noch passende Namen, also überlegt euch was, während ich die ganzen Sachen für sie reintrage.«

»Ich helf dir dabei.« Eifrig sprang Harry auf.

»Das ist gut, denn es gibt eine Menge zu schleppen.«

Währenddessen stand Clare unter der Haustür, beobachtete ihre Söhne und den Mann, den sie liebte, und dachte bei sich: Was machten schon Hundehaare, ein bisschen Schmutz und gelegentliche Pfützen, wenn sie dieses Glück sah, das sie alle einhüllte wie ein warmer Mantel. Es war ein wirklich geringer Preis, der mehr als aufgewogen wurde.

18

»Zwei Hunde.« Avery ordnete für die Eröffnung des Geschenkeshops Käsehäppchen auf einer silbernen Platte an. »Ich begreif es einfach nicht. So mir nichts, dir nichts von null auf hundert, Clare. Aber so warst du immer schon.«

»Ich gebe zu, dass die Umstellung mir noch ganz schön schwerfällt. Bis gestern brauchte ich mich morgens nur darum zu kümmern, meine Kinder für die Schule fertig zu machen, ihnen ihre Pausenbrote zu streichen und ihre Trinkflaschen zu füllen, und heute musste ich erst mal zwei Hunde aus Murphys Bett zerren und die Kinder mühsam überreden, zum Unterricht zu gehen, obwohl sie lieber daheimbleiben wollten, damit sich ihre Hunde nicht einsam fühlen. Auch das nächtliche Aufstehen ist gewöhnungsbedürftig. Zweimal musste ich letzte Nacht raus.«

»Vielleicht werden ihre Blasen mit dem Alter aufnahmefähiger.«

»Hoffen wir's. Außerdem hab ich Schuldgefühle, wenn ich sie alleine im Garten lasse. Deshalb fahr ich auch zwischendurch noch mal nach Hause, um mich zu überzeugen, dass es ihnen gut geht. Und ich muss nachschauen, ob Mazie mit den Hunden klarkommt. Sie passt auf die ganze Bande auf.« Sie seufzte. »Es ist alles nicht so einfach, aber die Kinder sind happy.«

»Kinder und Hunde gehören zusammen. Ich freu mich

schon drauf, den Familienzuwachs in Augenschein zu nehmen. Wie heißen sie eigentlich?«

»Nach endlosen Diskussionen und einigen Fehlstarts haben sie sich jetzt auf Ben und Yoda geeinigt. Falls du es nicht weißt: Das sind Figuren aus *Kenobi* und *Krieg der Sterne*.«

»Klingt gut.«

»Tut mir leid, ich wollte eigentlich früher kommen.« Hope stürzte durch die Küchentür herein. »Aber dann trafen noch ein paar Lieferungen ein. Im Restaurant ist ja ganz schön viel los«, sagte sie zu Avery.

»Ich denke, es sind eine Menge Leute da, die später zur Eröffnung des Shops gehen und einen netten Abend mit einem gemütlichen Essen beginnen wollen.«

»Gut für dich. Was kann ich tun?«

»Wir könnten die Sachen so langsam rüberbringen, damit Madeline sie auf den Tischen verteilt.« Jede von ihnen schnappte sich ein voll beladenes Tablett, um es vorsichtig über die Straße zu balancieren.

Draußen wehte ihnen ein kalter Wind um die Ohren und machte kurzen Prozess mit Hopes sorgfältig frisiertem Haar. Sie schüttelte missbilligend den Kopf. »Ich kann einfach nicht glauben, dass schon fast November ist. Die Zeit vergeht so schnell.«

»Ja, aber bevor der November kommt, feiern wir erst noch ganz groß Halloween«, rief Avery ihr in Erinnerung. »Das hat Tradition bei uns.«

»Dann kommt Thanksgiving, und danach dauert es nicht mehr lange bis Weihnachten.«

»Oh, sprich nicht von Weihnachten.« Clare verzog das Gesicht. »Bis dahin wartet noch viel Arbeit auf mich.«

»Und wenn Silvester vorbei ist«, fuhr Hope fort, »wird bald das Hotel eröffnet. Inzwischen nimmt das Ganze sichtbar Gestalt an, sogar Garten und Hof. Ihr müsst unbedingt mal wieder reinschauen.«

Sie hatten den Hintereingang des Shops erreicht und standen auf der neuen Terrasse. »So etwas hätte ich auch gerne«, seufzte Clare.

»Und warum hast du nicht?«, erkundigte sich Avery.

»So was kostet schließlich Geld.« Clare wartete, bis Avery, ihr Tablett auf einer Hand, die Hintertür aufgezogen hatte, und fügte hinzu: »Vielleicht sollte ich für eine Terrasse sparen und nicht für ein anderes Auto.«

Als sie das Geschäft betraten, kam Madeline mit einer wild aussehenden Frisur und riesigen Kreolen, die bei jeder Bewegung hin und her schwangen, die Treppe vom Büro herab auf sie zu. »Da seid ihr ja. Oh, Avery, das sieht alles fantastisch aus. Ich bin total aufgeregt. Meine Mädchen sind noch oben, aber sie werden euch gleich helfen, alles auf den Tischen zu arrangieren.«

»Madeline.« Clare atmete tief ein. »Hier drinnen riecht es einfach wunderbar.«

»Das liegt an den Kerzen und den Duftspendern Marke BoonsBoro Inn. Heute Abend präsentieren wir den Granatapfelduft ›Marguerite und Percy‹ – damit stellen wir gleich eine Verbindung zum Hotel her.«

»Ist das schön.« Clare blieb in der Ecke für den Küchenbedarf stehen. »Wenn ich das hier sehe, würde ich am liebsten sofort meine ganze Küche neu bestücken. Dieser Krug und diese Schalen, einfach herrlich! Ich werde sicher einen Großteil meiner Weihnachtsgeschenke bei euch kaufen.«

Sie stellte ihr Tablett auf einen Tisch, wanderte durch den Laden und betrachtete all die hübschen Dinge, die zum Kauf verführten: den ausgefallenen Schmuck, die dekorativen Gemälde und die traditionellen Töpferwaren. »Madeline, deine Auswahl ist wirklich erste Klasse.«

»Das hier hätte ich gerne für meine Wohnung.« Hope trat vor ein Bild, auf dem leuchtend weiße Kirschblüten in einen blauen Himmel ragten und sich weich in der gekräuselten Oberfläche eines Teiches spiegelten. »Es vermittelt das Gefühl, dass immer Frühling ist.«

»Wirklich schön.« Avery blickte von dem Gemälde zu Clare, die mit dem Kopf nickte. »Und weil es einfach perfekt ist, werden Clare und ich es dir zum Einzug schenken.«

»Wirklich? Tausend Dank, das nehm ich mit Freuden an.« Sie schlang den beiden die Arme um die Taillen. »Ihr seid einfach die besten Freundinnen, die man sich wünschen kann.«

»Gut«, ließ sich Madeline vernehmen, »dann versehe ich es zum Zeichen, dass es verkauft ist, mit einem roten Punkt – wenn ihr wirklich sicher seid.«

»Absolut«, erklärte Clare.

»Das erste verkaufte Stück. Meine Damen, wir sind im Geschäft!«

»Was können wir sonst noch tun, außer Geld auszugeben?«, fragte Avery.

»Im Grunde sind wir fertig und können nur noch auf die Gäste warten.«

Avery warf einen Blick auf ihre Uhr. »Okay. Ich würde sagen, dass wir jetzt noch mal kurz weggehen und in zwanzig Minuten zurückkommen und dir wieder zur Verfügung stehen. Und falls du uns schon vorher brauchst, ruf einfach auf meinem Handy an. Los, Mädels, lasst uns schnell ins Hotel gehen, damit Hope uns alles zeigen kann.«

»Ich sehe hier jede Menge Sachen, die sich später wunderbar im BoonsBoro Inn machen werden.« Hope konnte nicht aufhören, im Geiste die Räume zu dekorieren, sodass Avery sie schließlich einfach wegzog. »Jetzt komm endlich! Schließlich wolltest du, dass wir mit dir rübergehen.«

»Gut, dann notiere ich mir morgen alles, was infrage kommt. Habt ihr die Bambusschale gesehen? Sie ist wie geschaffen für die Kochinsel.«

Sie zog ihre Schlüssel aus der Tasche, als sie die vordere Veranda betraten. »Die Teakholzbänke wurden heute erst geliefert. Machen sich gut hier, oder?«

Sie stiegen die Treppe nach oben, und Clare blickte in Richtung des Elizabeth-und-Darcy-Zimmers. »Hast du ...?«

»Hin und wieder rieche ich den Geißblattduft oder höre ein leises Geräusch. Aber ich glaube, dass unser Hausgeist mir gegenüber noch ein bisschen zurückhaltend ist. Seht euch das nur an. Ist das nicht einfach spektakulär?« Hope führte ihre Freundinnen in das eindrucksvolle Nick-und-Nora-Badezimmer.

»Ich wäre nie auf die Idee gekommen, diese Farben zusammen zu verwenden«, gestand Clare. »Doch es ist wunderbar – elegant, modern und irgendwie glamourös.«

»Genau, und die schokoladenbraune Decke und die himmelblauen Wände im Schlafzimmer werden dadurch noch betont. Vor allem die Lampen sind einfach phänomenal. Ein Kristalllüster über der Wanne und links und rechts des Spiegels die passenden Leuchter, wo gibt es das sonst?«

Hope griff sich ans Herz. »Ich schwöre euch, ich liebe dieses Haus jeden Tag ein bisschen mehr.«

»Und ich liebe Beckett.«

Als die Freundinnen sie anstarrten, stieß Clare ein verlegenes Lachen aus. »Wow, das kam ein bisschen plötzlich, was?«

»Du liebst ihn?«, fragte Avery. »Mit allem Drum und Dran?«

»So ist es.« Jetzt legte Clare die Hand wie zum Schwur auf ihr Herz. »Ich hätte nicht gedacht, dass mir das in meinem Leben ein zweites Mal passieren würde. Jedenfalls nicht mit allem Drum und Dran. Es ist nicht dasselbe wie bei Clint, und das sollte es auch gar nicht sein. Trotzdem geht das, was ich für Beck empfinde, genauso tief und ist genauso echt. Ich kann einfach nicht glauben, dass mir so viel Glück vergönnt ist.«

»Du und Beckett.« Avery blinzelte gegen die Tränen an. »Richtig und wahrhaftig verliebt. Aber er hat schließlich schon als Teenager für dich geschwärmt.«

»Das war etwas völlig anderes. Doch dass es jetzt so gekommen ist, das ist einfach wunderbar. Allerdings bedeutet es nicht, dass er irgendwelche Versprechen macht oder gar um meine Hand anhält. Früher wäre das selbstverständlich für mich gewesen – heute sehe ich das anders. Da gibt es vieles zu bedenken, schon allein wegen der Kinder.«

Sie schwieg eine Weile, bevor sie fortfuhr. »Beck hat gesagt, Liebe bedeutet Arbeit, und ich denke, er hat recht

– vor allem in einer Situation wie der unsrigen. Man muss sehen, wie sich die Dinge weiterentwickeln. Dennoch bin ich bereits glücklich mit dem gegenwärtigen Zustand. Und unendlich dankbar, dass ich wieder so empfinden kann.«

»Ein herrliches Gefühl«, sagte Hope und stieß einen wehmütigen Seufzer aus, »das mir zugegeben manchmal fehlt. Deshalb freu ich mich wirklich für dich.«

»Vermutlich hat es mir die ganzen Jahre ebenfalls gefehlt, ohne dass ich es allerdings gemerkt habe. Und das, glaube ich, verleiht unserer Beziehung zusätzlichen Schwung und macht sie spannend, denn es ist wie ein unverhofftes, nicht mehr erwartetes Geschenk.«

»Wenn du glücklich bist, sind wir es auch.« Hope wirkte ehrlich gerührt.

»Ich bin sogar überglücklich, weil der Mann, den ich liebe, ein grundanständiger Kerl ist und sich überdies gut mit meinen Söhnen versteht. Was nicht selbstverständlich ist.«

»Ich hab deinen sicheren Geschmack, was Männer angeht, seit jeher bewundert«, meinte Avery.

In diesem Augenblick flog das Badezimmerfenster auf, und der süße Duft von Geißblatt wehte in den Raum. »Sie anscheinend auch«, murmelte Hope.

Was Clare immer schon an Boonsboro geliebt hatte, war die Tatsache, dass man sich dort als Teil einer Gemeinschaft fühlen konnte. Und das war auch bei der Eröffnung des Geschenkeshops zu spüren, als man in wechselnden Gruppen zusammenstand, Meinungen und Neuigkeiten austauschte und dabei an seinem Wein nippte.

Sie entdeckte unter den Gästen sogleich Averys Vater,

einen großen, muskulösen Mann mit widerspenstigem rotem Haar und sorgfältig gestutztem, silbergrau durchwirktem Bart. Er bahnte sich jetzt einen Weg zu ihr, und sie deutete mit einer leichten Bewegung ihres Kopfes auf sein Jackett. »Sie sind heute Abend aber schick.«

Eine leichte Röte stieg ihm ins Gesicht. »Justine hat verlangt, dass ich nicht in meinen üblichen Klamotten komme.«

»Da hatte sie völlig recht – schließlich gebührt Ihnen als ausstellendem Künstler besondere Ehre.«

Verlegen trat er von einem Fuß auf den anderen. »Oh nein, ich bin kein Künstler, sondern nur ein Handwerker mit einem Hobby.«

»Willy, man muss sich auf mehr verstehen als aufs Schweißen, um solche Metallskulpturen zu schaffen. Das ist echte Kunst. Und die Uhren sehen einfach großartig aus. Sie wissen, dass Hope welche fürs Hotel haben will?«

»Wirklich?«

»Die Uhr dort soll in den Speisesaal neben den Rundbogen, sodass alle sie sehen, wenn sie ihr Frühstück einnehmen oder abends noch einen Wein trinken.«

»Wahnsinn.« Er stieß ein verblüfftes Lachen aus.

Avery schob sich durch das Gedränge auf sie zu. »Esst bitte im Augenblick keine Krabbenbällchen mehr. Sie sind beinahe alle, aber Nachschub ist schon bestellt.«

»Es sind ganz schön viele Leute da«, bemerkte Clare. »Madeline und Justine können wirklich zufrieden sein.«

»Ich geh mal kurz nach draußen. So viele Menschen auf engem Raum, das ist nichts für mich.«

»Du bleibst hier«, hielt Avery ihren Vater zurück. »Madeline will, dass du potenziellen Kunden etwas über deine Arbeiten erzählst.«

»Also bitte, Avery.«

»Also bitte, Dad.« Sie pikste ihrem Vater mit dem Finger in die breite Brust. »Ich muss mich um die Krabbenbällchen kümmern. Lass ihn ja nicht aus den Augen, Clare.«

»Zu Befehl«, sagte sie mit einem Schulterzucken, doch ihr Mitleid mit dem armen Mann überwog. »Wir könnten ja gemeinsam kurz nach draußen gehen, zumal auf der Veranda bestimmt genug Leute herumstehen, die sich für Ihre Skulpturen interessieren«, bot sie augenzwinkernd an.

Er atmete erleichtert auf und folgte ihr.

»Ich hab gerade gedacht, wie schön es ist, so viele bekannte Gesichter zu sehen und ein wenig mit allen zu plaudern«, meinte Clare und musterte eingehend die verschiedenen Gruppen. Sie war dermaßen auf ihre unmittelbare Umgebung konzentriert, dass sie den Wagen, der in einiger Entfernung auf der anderen Straßenseite stand, nicht bemerkte. Und so hatte sie keine Ahnung, dass Sam Freemont ihr schon wieder nachstellte.

»Wie geht's deinen Jungs? Ihr sollt Familienzuwachs bekommen haben, wie mir Justine berichtete«, fragte Willy sie.

»Die Kids sind im siebten Himmel, wie bei kleinen Hunden kaum anders zu erwarten. Ich muss zugeben, die beiden machen viel mehr Spaß und erheblich weniger Mühe, als ich dachte«, meinte Clare, fügte aber einschränkend hinzu: »Hoffen wir, dass es so bleibt.«

»Du wirst es sicher nicht bereuen, dass du sie aufgenommen hast. Beckett soll sie für euch ausgesucht haben. Stimmt das?«

»Er hat mich praktisch vor vollendete Tatsachen gestellt«, bestätigte Clare und erzählte Willy die ganze Geschichte.

»Weißt du, Justine freut sich riesig, dass du Beckett regelmäßig triffst. Sie hat dich und deine Söhne wirklich gerne.«

»Ich weiß. Aber da wir gerade davon sprechen – ich muss langsam heim und Mazie ablösen.«

»Kaum dreh ich dir den Rücken zu, machst du dich an mein Mädchen ran.« Beckett kam auf die Terrasse und versetzte Willy einen spielerischen Fausthieb.

»Gegenüber hübschen Frauen bin ich einfach machtlos«, antwortete Averys Vater, bevor er hinüber zum Hotel deutete. »Sieht echt gut aus. Tommy wäre mächtig stolz auf seine Söhne.«

Willy war seit Kindertagen der beste Freund von Thomas Montgomery gewesen, und auf der Beerdigung hatte er hemmungslos geweint, so nahe ging ihm der Verlust.

»Ja, da magst du recht haben, und bestimmt hätte er heute Abend seinen Spaß gehabt.«

»In seinem Element wäre er gewesen, dein Vater. Er liebte jede Form von Geselligkeit. Übrigens würde ich mir das Haus gerne mal von innen ansehen, wenn ich darf.«

»Wann immer du willst«, erklärte Beckett. »Du weißt, dass du jederzeit willkommen bist.«

»Dann schau ich demnächst einfach mal vorbei.«

»Willy.« Justine trat durch die Tür und stemmte die Hände in die Hüften. »Komm sofort wieder ins Haus und misch dich unter die Gäste.«

»Also bitte, Justine.« Er atmete geräuschvoll aus. »Aber es hat wahrscheinlich keinen Sinn, mit dir zu streiten.«

»Er ist wirklich süß«, meinte Clare, nachdem ihr Begleiter widerwillig ins Haus zurückgekehrt war.

»Er ist fünfundsechzig und wiegt um die hundertzwanzig Kilo. Wie kann so jemand süß sein?«

»Keine Ahnung. Ich weiß nur, dass er es ist. Ich muss langsam heim, obwohl ich lieber noch bleiben würde. Und vergiss nicht, morgen Abend hol ich dich ab.«

»Warte einen Augenblick.« Er nahm ihren Arm und schüttelte den Kopf. »Du fährst nicht alleine.«

»Es ist nur ein Kilometer, Beckett, und ich kann beinahe bis zu meiner Haustür auf der Hauptstraße bleiben.«

»Ich fahr hinter dir her, bis ich dich in Sicherheit weiß, und bring anschließend Mazie heim. Du hast gehört, was Willy gesagt hat. Es ist sinnlos, mit einer oder einem Montgomery zu streiten. Also lass es lieber gleich.«

Sie fand es zwar übertrieben von ihm, dass er deswegen die Gesellschaft verließ, doch sie widersprach nicht und fühlte sich bei dem Gedanken, dass er auf sie aufpasste, irgendwie sicherer. Also begleitete sie ihn erst zu seinem Pick-up, bevor sie gemeinsam zu ihrem Wagen fuhren, der hinter der Buchhandlung parkte.

Er ließ sie nicht aus den Augen, bis sie die Haustür hinter sich abgeschlossen hatte und zum Zeichen, dass alles in Ordnung war, das Licht auf der Veranda an- und wieder ausschaltete. Erst da setzte er aus der Einfahrt zurück und bog hupend auf die Straße ein, um Mazie nach Hause zu bringen.

Ein paar Häuser weiter hockte Sam auf der anderen Straßenseite in seinem Wagen und beobachtete das Ganze.

Er war wütend und ratlos. Hunde und Bewegungsmelder. Hatte sie sich diese Dinge etwa seinetwegen zugelegt? Sie tat ja so, als sei er ein verdammter Einbrecher. Nein, so behandelte man einen Freemont nicht.

Bestimmt steckte dieser elende Montgomery dahinter. Clare käme nie auf eine solche Idee, dazu war sie viel zu weichherzig. Und bestimmt wollte sie das alles nicht, brachte es nur nicht fertig, es diesem besitzergreifenden Bastard zu erklären.

Also würde er es für sie tun.

Sam glaubte zu wissen, was sie brauchte. Einen Mann mit Geld, mit Stil und mit Format. Einen Mann, der ihre Kinder auf teure Internate schickte, damit ihnen später angesehene Berufe offenstanden. Einen Mann, der sie aus diesem blöden Laden herausholte, der mit ihr reiste und ihr wertvollen Schmuck und teure Kleider kaufte, damit er mit ihr glänzen konnte.

Das alles brauchte sie, auch wenn sie es abstritt. Aber er, Sam, würde schon dafür sorgen, dass sie es endlich einsah. Schließlich wollte er nur ihr Bestes.

Er lehnte sich auf seinem Sitz zurück, während hinter ihren Fenstern Lichter an- und ausgingen, und erst nach einer knappen Stunde, als auch ihr Schlafzimmer im Dunkeln lag, fuhr er davon.

Er hatte einen Plan gefasst.

Am nächsten Tag ging es hoch her im Hotel, denn die Badewannen sollten installiert werden, und alle warteten gespannt, wie es wohl aussehen würde.

Auch Beckett war mit von der Partie. Zum einen, weil in der Endphase jede Hand gebraucht wurde, und zum anderen, weil Lizzys Räumlichkeiten als erste drankamen. Er war neugierig, ob ihr die frei stehende weiße Wanne samt dem ganzen Ambiente gefiel und ob sie irgendwelche Zeichen der Zustimmung oder der Ablehnung von sich gab.

Er jedenfalls war zufrieden. Helle, warme Farben und auf eine angenehme Art altmodisch, dachte er, als er die Fliesen betrachtete, die sich gut vertrugen mit dem dunklen Ton der Bronzearmaturen und dem wie ein Telefonhörer geformten Wasserhahn.

Geduldig wartete er, doch von Lizzy keine Spur. Vermutlich störte sie der Klempner, der die Wanne gerade anschloss, und so ging er wieder hinunter, um beim Transport der restlichen Wannen, Becken und Toiletten einschließlich Zubehör zu helfen, die von Hope und seinem Bruder sorgfältig beschriftet worden waren, damit nichts verwechselt wurde.

Hope selbst traf er mit diversen Unterlagen bewaffnet auf einem der Gänge. »Ich wusste gar nicht, dass du hier bist.«

»Ich war drüben im Lagerraum, um alles noch einmal durchzugehen und richtig zu sortieren beziehungsweise um zu überprüfen, ob alle Lieferungen vollständig sind.«

»Ihr habt doch alles beschriftet«, rief ihr Beckett in Erinnerung. »Da kann eigentlich nichts vertauscht werden.«

»Sagst du.« Sie sah ihn grinsend an. »Ich schau trotzdem lieber noch mal nach. Es sind so viele kleine Teile: Duschsysteme, Wannen- und Beckenarmaturen, Handtuchwärmer, Abflussrohre, Spiegel, Bademantelhaken.«

Sie zog eine ihrer fein geschwungenen Brauen hoch. »Soll ich weitermachen?«

»Nein, denn all das und noch viel mehr hab ich schließlich eigenhändig in den ersten Stock geschleppt. Zum Teil wenigstens.«

»Wie nett von dir. Aber du kannst dich ja heute Abend bei deinem Date ausgiebig entspannen.«

»Weißt du etwa, was Clare geplant hat?«

Sie lachte. »Klar, doch ich verrate es nicht. Oh, ich muss dir etwas zeigen.« Sie öffnete ihre voluminöse Handtasche und zog ein kleines Büchlein heraus, dessen Einband stilisierte Feen zierten. »Ich werde mit deiner Mutter sprechen, ob wir nicht eine Art Tagebuch in jedes Zimmer legen könnten, das zu dem jeweiligen Motto passt. Wäre doch hübsch, oder?«

»Geht von mir aus in Ordnung.«

»Gut. Und natürlich brauchen wir auf jeden Fall ein Gästebuch, in das man nach Belieben etwas hineinschreiben oder einfach nachblättern kann, wer sich darin bereits verewigt hat. Oh, und dann kam heute das hier.«

Erneut wühlte sie in ihrer Tasche und hielt Beckett eine cremefarbene Mappe mit eleganter Fadenbindung hin. »Als Information für die Gäste. Hinein gehören ein paar Bogen Briefpapier mit dem Logo des Hauses, wichtige Telefonnummern, eine Liste der Kunstwerke, die hier zu kaufen sind, ferner eine kleine Karte der im Hotel erhältlichen Speisen und Getränke und eine große vom Vesta für den Lieferservice und was sonst so für die Gäste von Interesse sein könnte.«

»Du hast eindeutig zu viel Spaß an deinem Job.«

»Den hab ich tatsächlich, aber warte erst mal, bis ich

richtig mit meinen Einkäufen beginne. Ach ja, da ich gerade einen von euch am Wickel habe – gestern Abend sind mir noch ein paar Dinge eingefallen.«

Sie griff erneut in ihre Tasche und angelte nach einem großen Block.

»Beckett!«, brüllte Ryder in diesem Moment und unterbrach das Gespräch über Hopes neueste Ideen. »Willst du den ganzen Tag da unten herumstehen und dich mit der Managerin unterhalten, oder beteiligst du dich wieder an unserer Arbeit?«

Hope steckte ihren Notizblock ein. »Du gehst wohl besser. Aber sag mir bloß noch eines: Wird er mich je mit meinem Namen ansprechen oder bleibe ich für ihn ›die Managerin‹?«

»Du musst dir erst dann Gedanken machen, wenn er dich als ›verdammte Managerin‹ tituliert.«

Sie lachte und warf zugleich einen eisigen Blick nach oben, doch der verflixte Kerl war nirgends mehr zu sehen.

Inspiriert durch die luxuriösen Bäder im Hotel, erwog Beckett erstmals eine Renovierung seines eigenen Badezimmers, in dem es nicht mal eine Wanne, sondern nur eine Dusche gab. Außerdem, er musste es gestehen, taten ihm alle Knochen weh, und er sehnte sich nach einem langen, heißen Bad.

Während er sich mit einer ausgiebigen Dusche begnügte, dachte er über mögliche Verschönerungsmaßnahmen sowie über Ergänzungen nach, die wie etwa eine Massagedusche oder ein Whirlpool der Wellness dienten. Allerdings waren das eher Pläne, die für ein Haus und nicht für eine Etagenwohnung taugten. Aber bislang hatte er den Gedanken an die Fertigstellung seines Hauses erfolgreich verdrängt. Zudem hatte er vorerst die Nase voll von jeder Bautätigkeit. Selbst die versprochene Hundehütte war ihm fast zu viel.

Eines schönen Tages, so hoffte er, würde er nur noch mit seinem Zeichenbrett, seinen Computerprogrammen sowie mit Lineal und Blaupausen an seinem Schreibtisch sitzen und den anderen sagen, wo sie zu hämmern, zu sägen und zu schleppen hatten. Und dann fände er vielleicht auch Zeit, über sein eigenes Domizil nachzudenken. »Oh ja«, murmelte er und versuchte sich vorzustellen, dass kochend heißes Wasser aus diversen Düsen seine müden Muskeln massierte.

Er bückte sich ächzend, um seine schmutzige Kleidung aufzuheben und wegzuräumen. Schließlich würde Clare heute kommen und das Bad vielleicht benutzen.

Da er keine Ahnung hatte, was sie vorhatte, wusste er nicht, was er anziehen sollte, und entschloss sich vorsichtshalber für eine konventionelle Variante: schwarze Hose, ein blau-grünes Hemd mit einem dezenten Karo und dazu passend eventuell Schlips und Sakko, was er jedoch erst im letzten Moment anziehen würde. Beckett hasste Krawatten.

Eigentlich verspürte er keinerlei Lust, das Haus zu verlassen, und würde sich am liebsten mit Clare einen gemütlichen Fernsehabend machen und irgendwelches Essen kommen lassen. Aber daraus würde wohl nichts. Außerdem hatte Clare, die nicht allzu viel rauskam, eindeutig einen amüsanten Samstagabend verdient. Hoffentlich wollte sie nicht tanzen gehen, bloß das nicht.

Er sah sich in der Wohnung um und fand sie halbwegs aufgeräumt und sauber, was vor allem daran lag, dass er kaum zu Hause gewesen war und keine Treffen mit Brüdern und Hunden bei Bier und Chips und Pizza vor dem Fernseher stattgefunden hatten.

Würde ihm das künftig fehlen?, fragte er sich und wusste sogleich, dass ihm das neue Leben lieber war. Mit einer Frau wie Clare und – ja, auch das gehörte dazu – mit ihren manchmal anstrengenden, aber entzückenden Söhnen. Also Schluss mit dem Gejammer, mahnte er sich und richtete sich entschlossen trotz schmerzenden Rückens kerzengerade auf.

In diesem Moment hörte er ein Klopfen an der Tür. Als er öffnete, drängten sich Avery und Hope, die Arme voller Tüten, einfach an ihm vorbei.

»Tu einfach so, als ob wir nicht da wären«, empfahl Avery und marschierte weiter in die Küche.

»Was zum Teufel …?«

»Hallo.« Clare gab ihm im Vorübergehen einen schnellen Kuss. »Wir bereiten nur kurz alles vor. Wird nicht lange dauern.«

»Gut. Und was bereitet ihr vor, wenn ich fragen darf?«

»Dies und das. Zu viel, als dass ich es alleine tragen könnte.«

»Wir sind unsichtbar.« Avery räumte den Klapptisch im Wohnzimmer leer, an dem er manchmal aß. »Stell dir einfach vor, wir seien nicht da, und bevor du dich's versiehst, sind wir wieder weg.«

Hope faltete eine weiße Decke auseinander und legte sie auf den Tisch, während ihre Freundin einen Korkenzieher aus der Tasche zog, eine Flasche Rotwein öffnete und sie in einen silbernen Flaschenkorb legte wie in einem Nobelrestaurant.

»Ich dachte, wir essen einfach hier. Okay?«, sagte Clare, als sie seinen verwunderten Blick bemerkte.

Sprachlos folgte Beckett ihr in die Küche, wo sie einen Bratentopf in den Ofen schob. »Du willst zu Hause bleiben?«

»Außer dir missfällt diese Idee.«

»Nein, ich dachte nur, dass du …«

Sie trug ein kurzes, schmal geschnittenes dunkelblaues Kleid und schimmernde rote Schuhe mit hohen, stecknadeldünnen Absätzen.

»Du siehst umwerfend aus«, flüsterte er, während ihm ein verführerischer Duft entgegenschlug. »Was ist das da im Ofen?«

»Schmorbraten.«

»Im Ernst?«

Sie lächelte zufrieden. »Ich hab deine Mutter gefragt, und sie meinte, das sei dein Lieblingsessen. Ich hoffe nur, er schmeckt dir ebenso gut wie bei ihr.«

»Bestimmt, wenn du ihn für mich zubereitet hast …«

»Schluss jetzt, schenk uns lieber schon mal ein Glas Wein ein, während ich hier beschäftigt bin.«

Er wollte gerade gehen, als er etwas auf der Anrichte entdeckte. Vorsichtig hob er den Deckel an. »Apfelkuchen? Du hast für mich auch noch gebacken? Echt?«

»Gerüchten zufolge deine Lieblingsnachspeise. Ich backe übrigens gerne, sofern ich Zeit genug habe.«

»Clare, du hast bestimmt einen ganzen Tag mit den Vorbereitungen zugebracht. Und das bei deiner vielen Arbeit! Das hättest du nicht tun müssen.«

»Und warum nicht?«, fragte sie. »Schließlich tust du so viel für mich. Da fand ich es an der Zeit, mich mal zu revanchieren.«

»Na schön, dann sag ich einfach Danke. Es ist nur ...«

»Das ist nichts im Vergleich zu dem, was du so alles für mich und die Jungs anschleppst. Ich sage nur Hunde und Bewegungsmelder. Außerdem schenkst du uns jede Menge Zeit und Aufmerksamkeit. Und deshalb möchte ich endlich etwas zurückgeben.«

Ihre Worte brachten ihn vollkommen aus dem Gleichgewicht und berührten ihn zutiefst. »Ich glaube, das ist das Schönste, was mir jemals widerfahren ist.«

»Dann macht es mich glücklich. Und jetzt hol endlich den Wein.«

Er verließ die Küche und starrte verwundert seinen Klapptisch an, der elegant mit Kerzen und Blumen eingedeckt war, während im Hintergrund romantische Musik von einer CD erklang.

Mit gefüllten Gläsern kehrte er in die Küche zurück, wo Clare gerade verschiedene Olivensorten auf einen Vorspeisenteller legte. »Sieht wirklich beeindruckend aus, was die beiden da drüben gezaubert haben. Erinnert fast an die berühmten Heinzelmännchen.«

Sie nahm ihr Weinglas und stieß leise mit ihm an. »Darauf, dass wir heute Abend ganz alleine sind«, sagte sie und schmiegte sich an seine Brust.

Dann saßen sie gemeinsam am Tisch, und Beckett fand es richtig schön, einfach mit ihr dazusitzen, zu reden und sich verwöhnen zu lassen. Langsam fiel die Anstrengung des Tages von ihm ab und machte einem Gefühl von Wohlbehagen und Dankbarkeit Platz.

Als er den ersten Bissen Schmorbraten zwischen die Lippen schob, schaute sie ihn erwartungsvoll an. »Und, wie ist er?«

»Genauso gut wie der meiner Mutter.«

Sie lachte. »Kein Wunder, denn wir haben unsere Rezepte verglichen. Schließlich wollte ich nicht, dass du von meinen Kochkünsten enttäuscht bist und es bedauerst, nicht ausgegangen zu sein.«

»Ach Clare, du ahnst nicht, wie froh ich bin, dass wir hiergeblieben sind. Den ganzen Tag hab ich Wannen, Becken und alles mögliche andere die Treppen hochgeschleppt. Am Ende fühlte ich mich wie achtzig – und in dem Alter hat man es nicht mehr so mit dem Ausgehen. Da sind Schmorbraten und Apfelkuchen wie Weihnachten und Ostern an einem Tag.«

»Aber die Schufterei hat sich gelohnt, finde ich. Mittlerweile sieht es fast fertig aus. Ich kann mich noch an den Tag erinnern, bevor ich meinen Laden eröffnete. Als die Regale und der Tresen aufgestellt wurden und ich die ersten Bücherkisten auspackte, da hatte ich mit einem Mal das Gefühl, dass ein Traum Wirklichkeit wurde. Und ähnlich geht es dir sicher mit dem Hotel.«

»An den meisten Tagen denkt man nur daran, was als Nächstes noch erledigt werden muss. Doch wenn man zur Ruhe kommt so wie jetzt, dann realisiert man, dass etwas Großartiges entstanden ist. Und mit dir diesen Gedanken nachzuhängen, das ist das Beste daran.« Er schenkte ihnen beiden Wein nach. »Sag mir bitte, dass du heute Nacht bei mir bleiben wirst.«

Sie lächelte ihn an. »Ich dachte schon, du würdest mich nie fragen.«

19

Nachdem sie den Apfelkuchen gegessen hatten, wäre er gerne einfach noch mit ihr am Tisch sitzen geblieben, aber sie wollte zunächst abräumen und abspülen, und da der ganze Abend ihre Idee gewesen war, widersprach er ihr nicht. Allerdings bestand er darauf, ihr zu helfen, und entdeckte, dass ihm sogar die Küchenarbeit Spaß machte. Weil er es gemeinsam mit Clare tat, sie sich dabei unterhielten und im Hintergrund leise Musik spielte.

»Noch mal vielen Dank für das Essen und die gelungene Überraschung.«

»Ach, das war doch nichts gegen deine Überraschungen. Wenn ich nur an die Hunde denke ... Nein, Spaß beiseite. Ich genieße es selbst, mal bei einem gemütlichen Essen an einem schön gedeckten Tisch zu sitzen ohne Kinder und Diskussionen um Halloweenkostüme oder um Weihnachtswünsche.«

»Glauben deine Jungs noch daran, dass Santa Claus durch den Kamin kommt und die Geschenke unter den Baum legt?«

»Harry eher nicht mehr, obwohl er so tut, als ob, die Kleinen schon. Jedenfalls sind alle drei bereits fleißig dabei, ihre Wunschzettel zu schreiben, auf denen nichts fehlt, was im Fernsehen gerade beworben wird.«

»Haben wir doch auch gemacht – ich jedenfalls.«

»Ich bezweifle, dass du dir je eine Barbiepuppe gewünscht hast. Liam will eine.«

Beckett grinste. »Braucht er sie für seine Rollenspiele als Geisel, Opfer oder unschuldige Passantin?«

Clare schlug mit dem Geschirrtuch nach ihm. »Männer! Ihr seid wirklich alle gleich. Egal in welchem Alter bleibt ihr große Jungs.«

»Mag sein, und wenn ich darüber nachdenke, würde ich mir an Liams Stelle zusätzlich Barbies Auto wünschen, damit man einen Überfall mit Geiselnahme richtig nachstellen kann. Das fände er bestimmt cool.«

»Du bist unmöglich! Letztes Jahr standen noch Winnie Puh und Springteufel auf dem Wunschzettel.«

»Die Zeiten ändern sich nun mal.«

Clare seufzte. »Ja, und zum Glück nicht immer zum Schlechteren. Für euch etwa wird nächstes Jahr Weihnachten etwas ganz Besonderes sein, weil ihr es erstmals in eurem Hotel feiern könnt.«

»Da müssen wir uns mit der Dekoration ernstlich etwas einfallen lassen. Den Gästen sollen die Augen aus dem Kopf fallen.«

»Vielleicht könnt ihr in diesem Jahr schon ein bisschen schmücken, speziell im Foyer, und einen Tag der offenen Tür veranstalten, damit alle, die es interessiert, das Hotel anschauen können. Und nachdem bereits vieles fertig ist, werden die Leute euch die Tür einrennen. Für die ganze Gemeinde ist das BoonsBoro Inn schließlich ein Ereignis, und für euch wäre es eine hervorragende Werbung.«

»Hm. Mal sehen. Ich werde mit den anderen darüber sprechen.« Beckett wusste schon jetzt, dass seine Mutter hellauf begeistert sein würde.

»Ich überlege übrigens, meine Buchhandlung auch sonntags zu öffnen, sobald das Hotel seinen Betrieb aufgenommen hat, speziell für Wochenendgäste, die Bücher über die Gegend suchen.«

Sie sah sich zufrieden in der aufgeräumten Küche um. »Schenkst du uns noch den Rest des Rotweins ein, während ich mich kurz frisch mache?«

Wie gut, dass er das Bad aufgeräumt hatte, dachte er, als er mit seinem Glas zum Fenster ging und über Clares Vorschläge nachdachte. Bestimmt hatte sie recht, dass es lohnenswert war, das Hotel vor der Eröffnung zur Besichtigung freizugeben, zumal der Aufwand eher gering sein dürfte. Und die Idee, es weihnachtlich geschmückt zu präsentieren, gefiel ihm ebenfalls. Wenn er die Augen schloss, meinte er es schon mit Girlanden und Kränzen im Glanz der Lichterketten erstrahlen zu sehen.

Ja, er würde seinen Brüdern die Geschichte schmackhaft machen.

Er dachte daran zurück, wie das Gebäude noch vor einem Jahr ausgesehen hatte: düster und verfallen, mehr ein Schandfleck im Stadtbild als ein Schmuckstück. Wirklich erstaunlich, wie viel sich in relativ kurzer Zeit verändert hatte.

Auch in seinem Leben. Clare war bei ihm, gehörte zu ihm, und das würde im nächsten Jahr noch so sein. Weil etwas anderes einfach undenkbar war.

»Beckett? Kannst du mal kurz kommen?«

Er nahm die beiden Gläser und ging zu ihr hinüber. Hoffentlich hatte sie nicht doch irgendwelche schmutzigen Überbleibsel entdeckt. »Ich hatte nicht viel Zeit, um …«

Er brach ab, als er an der Tür des Schlafzimmers vorüberkam, denn dort stand Clare im warmen Kerzenlicht und wartete auf ihn.

Sie hatte überall im Raum Kerzen verteilt, die ein sanftes, romantisches Licht spendeten und überdies einen leichten Blumenduft verströmten. Die Bettdecken waren zurückgeschlagen und die Kissen einladend drapiert.

Der strahlende Mittelpunkt des Raumes jedoch war eindeutig sie selbst. Ihre langen Haare, die offen auf die nackten Schultern fielen, und die seidig weiche Haut schimmerten im Schein der Kerzen, und sie trug ein rüschenbesetztes Etwas aus mitternachtsblauer Spitze, das ihre Schultern freiließ, ihre anmutigen Rundungen betonte und weich bis zu ihren Oberschenkeln fiel. Müsste er sich einen werbewirksamen Namen für dieses Dessous ausdenken, er würde es »Verführung in Blau« nennen.

»Ich dachte, dass du nichts dagegen hast.«

»Dein Anblick verschlägt mir einfach den Atem.«

»Das war beabsichtigt. Und ich hoffe, dass du endlich etwas näher kommst.«

Er stellte ihre Gläser auf den Nachttisch, trat auf sie zu und glitt mit seinen Fingerspitzen über ihre Schultern, ihre Arme, ihren Rücken. »Wenn ich an Harrys mahnende Worte denke, dass ich bei Annäherungen an dich seine Erlaubnis brauche, fürchte ich, dass ich den Jungs für das, was ich gleich mit dir tun werde, einen ganzen Wurf junger Hunde schulde.«

Als sie leise lachte, beugte er sich über sie, presste seine Lippen fest auf ihren Mund und enthob sie einer Antwort.

Wie sehr hatte sie sich einen solchen intensiven Moment vollkommener Harmonie von Körper und Seele gewünscht. Sie fühlte sich wie ein Klippenspringer, kurz bevor er sich kopfüber in die Tiefe stürzt. Und sie spürte, dass auch er so empfand. Sie begehrte ihn so wie er sie, drängte sich an ihn, um zu nehmen und genommen zu werden.

Heute wollte sie alles geben und alles genießen, und sie tat es in der Gewissheit, dass sie wieder in der Lage war zu lieben. Diese Nacht würde für sie eine einzige Feier sein.

Sie schmiegte ihre Wange sanft an sein Gesicht, während sie nach den Knöpfen an seinem Hemd tastete. »Es ist herrlich, so viel Zeit zu haben. Zeit, die man einfach vertrödeln kann«, flüsterte sie.

Er konnte den Blick nicht von diesem blauen Etwas lösen. »Hast du dieses Ding etwa den ganzen Abend über angehabt?«

Sie blickte lächelnd zu ihm auf, und er fragte sich, ob Frauen wussten, dass sie einen Mann mit einem solchen Blick zum Sklaven machen konnten.

»Ja, ich hab mich die ganze Zeit darauf gefreut, mein Kleid auszuziehen und mich dir so zu zeigen«, sagte sie, während sie ihm sein Hemd von den Schultern streifte. »Und mir ausgemalt, wie du mich dann begehren wirst.«

»Ich begehre dich in jeder Minute, egal ob ich dich sehe oder nicht, ob ich schlafe oder wach bin. Einfach immer und überall, zu jeder Tages- und Nachtzeit.«

»Und du kannst mich haben.« Sie öffnete den Reißverschluss seiner Hose und spürte, wie ihn ein Schauer durchlief. »Es fällt mir nicht gerade leicht, lange herumzutrödeln, wenn du so aussiehst wie jetzt.«

»Leg dich einfach hin, entspann dich. Du hast schließlich heute hart gearbeitet.« Sie stieß ihn spielerisch gegen die Schulter, damit er sich aufs Bett fallen ließ.

Er ahnte, was sie vorhatte. Sie würde die Regie übernehmen und ihn langsam erregen. O Gott, dachte er, das wäre sein Tod, doch zumindest würde er mit einem Lächeln auf den Lippen sterben.

Sie schwang sich rittlings auf ihn, schüttelte die Haare aus und legte ihre Hände sanft auf seine Schultern.

»Ich kann deutlich fühlen, dass diese Muskeln etwas geleistet haben.« Sie fing an, sie zu massieren, und glitt dann mit ihren Händen hinauf zu seinem Hals. »Und diese hier auch«, erklärte sie, während sie über seine Oberarme strich. »Das ist wunderbar erregend. Und deine Hände haben ebenfalls viel getan.« Sie presste ihre Handflächen gegen seine. »Sie sind hart und stark. Und das Wissen, dass sie mich bald berühren und Dinge mit mir machen werden, von denen außer dir und mir niemand weiß, bringt mich fast um den Verstand.«

Sie verschränkte ihre Finger mit seinen, beugte sich zu ihm herab und küsste ihn begehrlich auf den Mund.

Wie schaffte es sein Körper nur, gleichzeitig vollkommen entspannt und derart aufgewühlt zu sein? Sie beruhigte und erregte ihn, löste die verhärteten Muskeln und ließ zugleich eine neue Anspannung in seinem Innern entstehen, indem sie mit ihren Lippen über seinen Unterkiefer strich und verführerische, federleichte Küsse auf seinen Hals hauchte.

»Ich möchte dich berühren.«

»Das kannst du gleich auch«, murmelte sie. »Weil ich es nämlich will.« Trotzdem hielt sie weiter seine Hände fest und glitt mit ihren Lippen erst über seine Brust und danach quälend langsam über seinen Bauch.

Sie empfand es als ein Geschenk, dass er sie gewähren ließ, dass sie mit ihm machen durfte, was sie wollte. Und es war ein herrliches Gefühl, ihn unter sich zu spüren und seine Haut, seine Muskeln, seinen ganzen Körper zu erforschen und ihn zu schmecken und zu riechen.

Sich so lange an ihm zu erfreuen, wie es ihr gefiel.

Sie konnte einfach nicht genug bekommen, musste ihn immer wieder anfassen und streicheln und genoss es, wie er auf sie reagierte, wie er sich schon bei der kleinsten Berührung anspannte, wie er sich unter ihr wand und keuchte. Weil er sie begehrte. Und auch das war ein Geschenk.

Sie trieb ihn bis an den Rand der Klippe und hielt ihn dort fest, bis er nur noch mühsam Luft bekam. Richtete sich wieder auf und zog seine Hände auf ihre Brüste, die nur hauchdünne Spitze bedeckte. Jetzt endlich ließ sie sich von ihm berühren. Seufzte vor Lust und Verlangen, eingetaucht in warmes Kerzenlicht.

Er zwang sich, nichts zu überstürzen, nicht an dem zarten Stoff herumzuzerren. Ganz behutsam öffnete er einen Haken nach dem anderen, bis das dunkelblaue Etwas heruntenglitt und er alles von ihr sah.

Sie zog ihn an ihre Brust, hielt ihn fest und drängte sich ihm entgegen, als seine Lippen sie umfingen. Dann drückte sie ihn abermals zurück aufs Bett, stützte sich auf seinen Schultern ab, sah ihm ins Gesicht und nahm ihn stöhnend in sich auf, fing an, sich zu bewegen. Langsam und bedächtig, bis er nichts mehr sah und nichts mehr spürte außer ihr. Außer seiner wunderbaren Clare.

Die Zeit schien stillzustehen. Quälende Minuten lang hielt sie ihn fest am Rand der Klippe – bis sie ihn schließlich in den Abgrund stieß.

Am Morgen verwöhnte Beckett sie, indem er das Frühstück zubereitete und es ihr ans Bett brachte. Ein ungewohnter Luxus für Clare. Als er ihre Freude sah, bedauerte er, dass er am Vortag nichts Besonderes eingekauft hatte und er ihr nur Omelette und ein Stück Käse bieten konnte, während er selbst zu ihrer Verwunderung ein Stück Apfelkuchen auf seinem Teller hatte.

»Du isst Kuchen zum Frühstück?«, fragte sie.

»Warum nicht? Immerhin enthält er Obst«, meinte er, weil er nicht sagen wollte, dass die Eier nicht für zwei Personen gereicht hatten. »Anderswo wird morgens generell Süßes gegessen.«

»Sag das bloß nicht, wenn die Kinder in der Nähe sind. Gott, ich sitze hier im Bett, trinke Kaffee, esse Rührei … Ich hab das Gefühl, als befände ich mich mit einem Mal in einer völlig anderen Welt.«

»Wenn es dort auch Apfelkuchen gibt, wäre das auch für mich okay. Und was liegt heute bei dir so an?«

»Der Tag ist total verplant. Meinem Vater hab ich versprochen, im Garten Kräuter zu pflücken, die getrocknet werden sollen, dann muss ich noch in den Supermarkt, und zu Hause wartet jede Menge Papierkram auf mich, um nur ein paar Dinge zu nennen. Und du?«

»Papierkram steht bei mir ebenfalls auf dem Programm, dazu fallen ein paar Arbeiten in der Werkstatt an, zu denen ich bisher nicht gekommen bin. Aber ich würde den Tag lieber mit dir verbringen.«

»Du könntest uns morgen zum Abendessen treffen. Wir gehen ins Vesta, um eine ordentliche Grundlage zu schaffen, bevor die Jungs losziehen. Morgen ist Halloween, falls du es nicht mehr weißt.«

»Ich bin auf jeden Fall dabei. Soll ich euch abholen?«

Sie schüttelte den Kopf und aß den Rest von ihrem Ei. »Wir sind vorher bei meinen Eltern, die für ihre Enkel Berge von Süßigkeiten aufgehäuft haben und überdies ihre Kostüme sehen wollen. Ich schätze mal, dass wir so gegen fünf bei Avery sind.«

»Okay, dann treffen wir uns dort.«

Widerwillig ließ er sie gehen, aber die Pflicht rief. Sie ebenso wie ihn. Und so konnte er nur noch an sie und die vergangene Nacht denken, nachdem sie sich verabschiedet hatte und er sich an seinen Schreibtisch setzte.

Der Alltag hatte Clare endgültig wieder, als sie bei den Eltern eintraf, um ihre Söhne abzuholen. »Haben sie sich auch anständig benommen?«, wollte sie von ihrer Mutter wissen.

»Wie immer«, antwortete Rosie und fügte, als ihre Tochter fragend die Brauen hob, gleichmütig hinzu: »Großeltern legen bei ihren Enkeln einen anderen Maßstab an als früher bei ihren Kindern. Das ist einfach so. Sie sind recht wild mit den Hunden, aber die beiden sind wirklich total süß. Beckett ist einfach ein Schatz – er hat den Jungs eine Riesenfreude gemacht.«

»Stimmt.«

»Und wie war euer Date?«

»Einfach perfekt. Vom Schmorbraten bis zum Frühstück, das ich im Bett serviert bekam.«

»Klingt, als ob es was Ernstes wäre.« Und als Clare sie fragend anschaute, fügte sie hinzu: »Jetzt tu doch nicht so …«

»Wir sind erst seit dem Sommer zusammen, und ich will nicht … Ach Mom, ich bin total in ihn verliebt.«

»Mein Liebling.« Rosie nahm ihre Tochter zärtlich in den Arm. »Das ist schön.«

»Ja, das ist es. Nicht nur schön, sondern rundherum fantastisch. Ich bin total glücklich. Wir sind total glücklich, aber ich mache keine Pläne. Auch wenn das für mich eher untypisch ist, nehme ich es im Augenblick so, wie es gerade kommt, und genieße jede Minute, ohne darüber nachzudenken, wie es vielleicht weitergeht. Ich bin furchtbar gerne mit ihm zusammen, die Kinder sind verrückt nach ihm – und er nach ihnen. Also bin ich einfach glücklich, und alles Weitere wird sich ergeben.«

»Hallo.« Ihr Vater steckte den Kopf durch die Tür. »Wirst du mir jetzt draußen bei den Kräutern helfen oder nicht?«

»Bin schon unterwegs.«

»Unser Hobbygärtner hat in diesem Jahr mehr gezogen, als wir beide in drei Jahren verwerten können. Du kriegst also jede Menge mit«, warnte ihre Mutter.

»Dann fang ich wohl besser gleich an«, lachte Clare und ging nach draußen, während ihre Mutter nachdenklich ans Fenster trat und den Enkeln zuschaute, die mit den Welpen im Garten herumtobten. Sie freute sich für ihre Tochter, aber sie kannte sie gut genug, um zu wissen, dass sie sehr wohl an die Zukunft dachte, auch wenn sie das momentan vehement bestritt. Clare war kein Typ, der einfach in den Tag hineinlebte.

Als Beckett am Montag aufwachte, war er froh, dass er nicht schon wieder schwere Sachen schleppen musste, und glücklich, weil er Clare abends sehen würde.

Kurz vor fünf richtete er sich für Halloween her. »Zieht ihr heute auch um die Häuser?«, fragte er die Brüder.

»Ich auf jeden Fall«, erklärte Owen. »Hope verteilt nämlich vor dem Hotel Süßigkeiten.«

»Obwohl wir noch gar nicht aufhaben?«, grummelte Ryder.

»Sie hat Schokokaramellbonbons und Erdnussbutterriegel gekauft.«

Letztere waren, wie Owen wusste, Ryders Schwäche. »Na schön, vielleicht bleib ich kurz und schau mir das Treiben an. Was zum Teufel machst du da?«

»Meinen Umhang umlegen«, antwortete Beck, der sich gerade ein leuchtend rotes Stofftuch um die Schultern schlang. Ergänzt wurde der Aufzug durch eine Schutzbrille und Arbeitshandschuhe, und zum Schluss drückte er Owen eine Rolle schwarzes Isolierband in die Hand. »Kleb mir bitte ein großes X aufs Hemd. Möglichst in die Mitte, ja?«

»Und was zum Teufel soll das darstellen?«, erkundigte sich Ryder.

Beckett sah an sich herab. »Ich bin Schreinermeister X. Schneller als eine Handkreissäge und stärker als eine Nagelpistole. Ich kämpfe für Wahrheit, Gerechtigkeit und das Ansehen der Handwerker.«

»Haha, nicht gerade spannend.«

»Ich wette, dass die Kinder das anders sehen. Und bestimmt steckt man mir jede Menge Süßigkeiten zu.«

»Weil die Leute Mitleid mit dir haben«, rief ihm Ryder hinterher.

»Ein echt gutes Kostüm dafür, dass er es sich aus dem Stegreif überlegen musste«, stellte Owen anerkennend fest.

»Ja, nicht schlecht, aber das sag ich ihm sicher nicht.«

Im Vesta herrschte Hochbetrieb. Sie waren offenbar nicht die Einzigen, die zunächst etwas essen wollten, bevor sie loszogen. Fast alle, auch die Erwachsenen, trugen Kostüme. Avery hatte sich eine langhaarige blonde Perücke auf den Kopf gestülpt und warf zur Freude der Superhelden, Dämonen und Prinzessinnen den Pizzateig hoch in die Luft.

»Hannah Montana?«, fragte Beckett, doch sie klopfte auf den Plastikpflock in ihrem Gürtel. »Seh ich etwa aus, als ob ich singen würde? Nein, ich bin Buffy, die Vampirjägerin.«

»Reizend.«

»Nicht wenn du ein Vampir bist«, warnte sie.

Amüsiert ging er hinüber an den Tisch, an dem Clare mit ihren Superhelden saß, und sah sie fragend an. Mit ihrer weißen Punkperücke, dem engen schwarzen Rock und den schenkelhohen Stiefeln sah sie eindeutig aus wie Storm von den X-Men.

»Entschuldigen Sie, Ma'am, ich suche drei Jungs. Sie sind ungefähr so groß.« Er deutete nacheinander die verschiedenen Größen an. »Und sie heißen Harry, Liam und Murphy.«

»Tut mir leid, die hab ich nicht gesehen. Ich bin Storm, und das hier sind meine Freunde und Kollegen Wolverine, Deadpool und Iron Man.«

»Freut mich, Ihre Bekanntschaft zu machen. Ich bin Schreinermeister X.«

»Du bist Beckett!« Murphy glitt von seinem Sitz und zeigte auf sein Gesicht.

»Tagsüber bin ich Beckett Montgomery, brillanter Architekt und schönster Mann der Stadt. Aber nachts, wenn die Schurken auf den Straßen regieren, bin ich Schreinermeister X, Beschützer von Boonsboro und des Staates Maryland.«

»Hast du auch Superkräfte?«

»Ich hab meine außergewöhnliche Intelligenz, meine katzengleiche Geschmeidigkeit und meine Superstärke.« Er schnappte sich den Mini-Deadpool, hob ihn schwungvoll über seinen Kopf und setzte ihn sich auf die Schultern.

»Wir sind's«, flüsterte Murphy ihm ins Ohr. »Murphy und Harry und Liam und Mom.«

»Einen Augenblick.« Er hob das Kind wieder herunter und drehte es zu sich herum. »Du meinst, du hast mich die ganze Zeit an der Nase herumgeführt und mir verheimlicht, dass du nicht der echte Deadpool bist?«

»Nur an Halloween.« Murphy hob seine Maske etwas an. »Siehst du?«

»Was soll ich dazu sagen?« Er setzte sich und nahm den Kleinen auf den Schoß. »Da hast du mich aber ganz schön reingelegt.«

»Murphy vergisst ständig, dass wir heute anders heißen und uns nur mit den neuen Namen anreden dürfen.«

»Nur Beckett weiß es jetzt, und er ist schließlich einer von uns.«

»Ich hab keinen Hunger.« Harry runzelte die Stirn, als

seine Mutter ihm ein Stück von der Pizza hinlegte, die Heather soeben gebracht hatte.

»Na gut, aber dann werden auch die ganzen Süßigkeiten, die ihr heute einsammelt, aufgehoben, bis du wieder hungrig bist.«

»Gib mir einfach dein Stück, denn ich hab einen Bärenhunger.« Beckett streckte die Hand nach Harrys Teller aus.

»Nein, ich ess die Pizza doch«, murmelte Harry beleidigt und zog ihm den Teller weg.

»Ist es in Ordnung, wenn ich mit euch herumziehe?«, fragte er die drei.

»Dafür bist du doch viel zu alt«, stellte Harry fest.

»Du irrst dich, Wolverine.« Schreinermeister X schüttelte nachdrücklich den Kopf. »Für Süßigkeiten und Pizza ist man nie zu alt. Weil das schließlich, wie jeder weiß, die Lieblingsspeisen aller Superhelden sind.«

Ab sechs schwärmten die Superhelden, Popstars, Feen sowie viele Untote aus, um die Straßen zu bevölkern. Teenager rannten in Horden die Gehwege hinab, und Eltern schoben Buggys voller Clowns, Kaninchen und Katzen vor sich her, trugen Kleinkinder auf den Armen oder hielten sie fürsorglich an der Hand. Andere wiederum begleiteten ihre Sprösslinge von Tür zu Tür und von Haus zu Haus.

Hope saß auf der Eingangstreppe des Hotels und hielt eine große Schale voller Süßigkeiten auf dem Schoß. »Stärkungsmittel für die Superhelden«, rief sie gut gelaunt und hielt den Jungen, als sie »Süßes oder Saures« riefen, ihre Schüssel hin.

»Schreinermeister X. Meine Nagelpistole ist immer geladen.«

»Das hab ich bereits gehört. Toller Abend übrigens«, meinte sie und lehnte sich entspannt zurück. »Ich weiß nicht, was ich genau erwartet habe, aber es ist einfach nett und witzig und gibt einem die Gelegenheit, die Leute zu beobachten. Nur fürchte ich, dass die Süßigkeiten nicht reichen werden.«

»Du kannst dir welche aus meinem Laden holen«, meinte Clare. »Oder von Avery. Wir kaufen nämlich beide immer zu viel.«

»Mom!« Liam vergaß seine Anweisung wegen der Namen. »Lass uns endlich weitergehen, sonst sind die besten Süßigkeiten weg.«

Clare lachte, ließ sich aber bereitwillig von ihren Superhelden weiterziehen.

»Halloween ist immer ein Spaß, doch mit Kindern, das merke ich erst jetzt, ist es besonders lustig«, sagte Beckett und schaute Clare liebevoll an.

»Und wenn ihnen morgen schlecht ist von den Süßigkeiten, krieg ich sie kaum in die Schule.«

»Tja.« Er legte einen Arm um sie, und gemeinsam folgten sie den Jungen. »Vielleicht haben sie Glück und es schneit noch, sodass die Schule ausfällt.«

Händchenhaltend liefen sie den Gehweg entlang, blieben hin und wieder kurz stehen, um sich mit irgendwelchen Leuten zu unterhalten. Clare fröstelte, denn ein kräftiger Wind war aufgekommen und trieb das Laub durch die Straßen.

»Ich hätte die Jacken der Jungs nicht im Wagen lassen sollen«, meinte Clare.

»Ist dir etwa kalt? Das würde mich wundern, weil du nämlich ziemlich heiß aussiehst.«

Sie sah ihn mit einem verführerischen Lächeln an. »Dann hat sich der Kauf der Strumpfhose ja gelohnt. Allerdings wärmt sie nicht sonderlich.«

»Wir sind ja nicht mehr lange unterwegs. Wir könnten noch kurz in deinen Laden gehen, bevor wir heimfahren, und uns alle mit einer heißen Schokolade aufwärmen.«

»Himmel, noch mehr Schokolade. Trotzdem ist die Idee gut.«

Von der anderen Straßenseite aus beobachtete Sam Freemont sie. Er trug eine Hockeymaske, eine Jogginghose und einen Kapuzenpulli und fand es in höchstem Maße erregend, sie beobachten zu können, ohne sich verstecken zu müssen. Ohne dass jemand ihn erkannte.

Süßes oder Saures, dachte er. Bald würde er ihr von beidem etwas geben, sehr bald.

Zufrieden und gut gelaunt ging er die beleuchtete Hauptstraße hinunter, und niemand achtete auf ihn.

Ein beinahe erotisches Gefühl von Macht ergriff zunehmend von ihm Besitz und steigerte seine Erregung, die wie eine heiße Woge durch seinen Körper strömte. Wenn er nur daran dachte, was ihn erwartete … Zu Fuß lief er bis zu ihrem Haus und sah sich unauffällig um, bevor er in den Schatten der Bäume glitt.

Er war oft genug hier gewesen, hatte ihr Kommen und Gehen verfolgt und wusste ganz genau, wie er die Sicherungsvorkehrungen umgehen konnte. Als die Welpen an den Zaun gerannt kamen, beruhigte er sie mit Hundekuchen, die er vorsorglich besorgt hatte. Sofort wedelten sie mit den Schwänzen und machten sich über die Köstlichkeiten her.

Unterdessen ging er zum Küchenfenster und zog die Brechstange hervor.

Welch jämmerliche kleine Hütte, dachte er, als der Rahmen knirschend nachgab. Genauso dürftig wie ihr gesamtes Leben. Doch er würde das ändern – sie musste nur endlich begreifen und schätzen, wie viel er ihr bieten konnte. Er steckte sein Werkzeug wieder ein, schwang sich über den Sims und zog das Fenster von innen wieder zu.

Gegen acht war die Süßes-oder-Saures-Runde beendet, und an einem Tisch im Vesta begutachteten die Jungen die Beute des Abends. Drei Stück nach Wahl durfte jeder essen, und auch Beckett hielt sich freiwillig an diese von Clare verordnete Rationierung. Er wählte für sich ein Snickers, einen Erdnussbutterriegel und ein kleines Päckchen Fruchtdragees – und anschließend war ihm ein bisschen schlecht.

Nicht so den Kindern, die, allen voran Liam, verstohlen die Hand nach einer vierten Süßigkeit ausstreckten, doch Clare, die es bemerkte, kannte kein Erbarmen. »Erst morgen wieder.«

Auch Harrys Bitte um ein paar Münzen für die Spielautomaten beschied sie abschlägig. »Es ist längst Schlafenszeit.« Sie blickte auf Murphy, der in seinen dritten Schokoriegel biss, als hinge sein Leben davon ab. »Zeit zu gehen, Deadpool.«

»Ich fahr hinter dir her, bis du zu Hause bist.«

»Oh Beckett. In den letzten Tagen gab es nichts Auffälliges mehr. Außerdem brechen Joe und Alva gerade auf und könnten mir, wenn du unbedingt darauf bestehst, Geleitschutz geben. Ich finde, das reicht.«

»Wenn du meinst, geb ich mich damit zufrieden.«

Schnell lief sie hinter ihren Nachbarn her, um die Sache zu besprechen, während die Jungs noch Beckett belagerten.

»Können wir dich noch mal im Hotel besuchen? Ich würde so gerne die nette Dame in dem langen Kleid wiedersehen«, wollte Murphy wissen.

»Wenn das für deine Mom in Ordnung geht.«

Derweilen bettelte Harry wegen der Spielautomaten. »Bitte, nur ein Spiel, ganz bestimmt nur ein einziges.«

Beckett, der Mitleid mit dem Jungen empfand, versuchte ihn abzulenken. »Wisst ihr was? Wenn eure Mutter damit einverstanden ist, fahren wir am Wochenende in die Spielhalle und vergnügen uns dort bis zum Umfallen.«

»Super! Aber nicht am Samstag, weil wir da bei Tyler zum Geburtstag eingeladen sind. Vielleicht Sonntag?«

»Kein Problem.«

In diesem Moment kam Clare mit Joe zurück, der Liam über das zerzauste Haar strich. »Hallo, Beckett, wir begleiten diese mutigen Kämpfer gegen das Verbrechen gerne heim.«

»Sonntag fahren wir in die Spielhalle«, klärte Harry ihn gleich auf und tat dabei sehr wichtig, während Clare überrascht die Brauen hochzog.

»Ach ja?«

Beckett trat ihm unter dem Tisch gegen das Bein. »Wir haben bisher nur über die Möglichkeit gesprochen – vorausgesetzt eure Mutter hat nichts dagegen.«

»Ich werde mir die Sache wohlwollend überlegen, wenn ihr drei Superhelden jetzt ohne Maulen mit nach Hause kommt.«

Sie musste lächeln, als sie sah, wie gut Bestechung bei ihren Söhnen nach wie vor funktionierte. Sofort sprangen sie auf, riefen »Auf Wiedersehen« in die Runde und rannten Richtung Tür.

Beckett begleitete sie noch nach draußen.

»Wir sehen uns dann morgen«, meinte er und gab Clare einen sanften Kuss. »Fröhliches Halloween.«

Clare drückte ihm leicht die Hand. »Iss nicht mehr so viele Süßigkeiten.«

Er blickte ihnen nach, als sie über die Straße zum Parkplatz liefen, und mit einem Mal wurde ihm klar, wie gerne er sie begleitet hätte. Nicht nur damit sie gut nach Hause kamen, sondern um dabei zu sein, wenn die Kinder ins Bett mussten, und in ihre abendlichen Rituale einbezogen zu werden. Unversehens hatte er offenbar in ihrer Beziehung einen weiteren Schritt nach vorne getan und malte sich den Alltag mit ihr und den Kindern aus.

Sie waren dabei, Teil seines Lebens zu werden, und es reichte ihm nicht mehr, sie erst am nächsten Tag wiederzusehen. Das fand er einfach zu wenig.

Er kehrte zurück ins Restaurant und setzte sich an den Tresen, um noch ein Bier zu trinken.

»Heute Abend ist wirklich Hochbetrieb«, sagte er zu Avery.

»So ist es jedes Jahr an Halloween. Ein Riesenspaß, aber anstrengend. Gott, tun mir die Füße weh. Deshalb setz ich mich erst mal hin und sag Dave, dass er die letzten Gäste heimschicken und dann zusperren soll.«

»Trinkst du was mit mir?«

»Warum nicht?« Sie zog ihre Schürze aus, holte sich ebenfalls ein Bier, ließ sich neben ihm auf einen Hocker sinken und stieß mit ihm an.

»Fröhliches Halloween.«

20

Sam genoss es, ungehindert in Clares Haus herumzulaufen. Zu tun und zu lassen, was er wollte.

Er durchstreifte alle Zimmer, betrachtete die Fotos auf den Tischen und Regalen und stellte sich vor, er sei selbst darauf zu sehen.

Denn das wäre schließlich bald der Fall. Er brauchte sie nur alleine zu erwischen, um ihr klarzumachen, was das Beste für sie war. Damit sie endlich zugab, dass sie zu ihm gehörte und zu niemand anderem sonst.

Schließlich nahm ein echter Kerl sich, was er wollte. Zu lange schon hatte er Geduld mit ihr bewiesen, und es schien ihm allerhöchste Zeit zu sein, ihr zu demonstrieren, wo's langging.

»Die erste Lektion erhält sie heute Nacht«, murmelte er vor sich hin, als er sich nach oben begab.

Immer wieder beschäftigte ihn die Schäbigkeit ihres Hauses, das er bei sich als Schuhkarton bezeichnete. So pflegte nämlich seine Mutter voller Geringschätzung kleine Häuser zu nennen. Aber damit würde bald Schluss sein.

Er betrat ihr Bad und stieß angesichts der Enge und schlichten Ausstattung erneut einen Seufzer aus. Sein Kleiderschrank zu Hause war ja größer als dieser Raum. Wirklich erbärmlich. Er verstand nicht, dass es ihr scheinbar nichts ausmachte. Hingegen nickte er zufrieden mit dem Kopf, als er in ihrem Medizinschränkchen eine angebrochene Packung Antibabypillen entdeckte.

Gut, sehr gut, dachte er. Es sollte ihnen schließlich keine Panne unterlaufen, die dann behoben werden musste. Sam hatte nämlich nichts übrig für Kinder, und die drei, die bereits da waren, fand er schlimm genug. Er würde sie in einem teuren Internat unterbringen und sie sich dadurch vom Hals schaffen. Dann erst hatte er wirklich freie Bahn bei ihr.

Er schnupperte an Cremes und Bodylotions und rümpfte die Nase. Auch billiges Zeug. Seine Mutter würde Clare in ihr Wellnessinstitut mitnehmen müssen, um sie in die Raffinessen der Kosmetik und Körperpflege einzuführen, damit ihre Schönheit richtig zur Geltung kam. Sam beanspruchte für sich eine Frau, mit der man repräsentieren konnte.

Als er ihr Schlafzimmer betrat, war er ein wenig überrascht. Hier erkannte er ihr Bemühen, den Raum trotz der begrenzten Mittel, die ihr zur Verfügung standen, ansprechend zu gestalten. Natürlich reichte es für seine Ansprüche bei Weitem nicht, und sie konnte dankbar sein, von ihm bald ein ungleich luxuriöseres Ambiente geboten zu bekommen.

Ob sie wohl mit Montgomery in diesem Bett geschlafen hatte? Es war wirklich allerhöchste Zeit, das Heft in die Hand zu nehmen und solche Sachen zu unterbinden. Allerdings würde er ihr, falls sie Einsicht zeigte, den Fehltritt großmütig verzeihen. Frauen mangelte es schließlich an Willensstärke.

Er öffnete die Tür ihres Schrankes, streichelte die Kleider und Blusen, die dort hingen, und stellte sich vor, wie sie darin aussah. Vieles kannte er außerdem, denn schließlich hatte er sie oft genug heimlich beobachtet, ob nun im Supermarkt, im Einkaufszentrum oder in ihrem eigenen Laden.

Um sich mit ihm zu zeigen, musste allerdings eine völlig neue Garderobe her. Diese Aussicht müsste sie doch begeistern, dachte er. Schließlich freute sich jede Frau über neue Kleider. Er malte sich aus, wie er ihr beim Aussuchen half oder alleine loszog, um hübsche Sachen für sie zu kaufen. Ja, so wollte er es halten – zumindest bis sie selbst einen sicheren Geschmack entwickelte und wusste, was sich für die Frau an seiner Seite schickte.

Überhaupt gab es so vieles, was er ihr beibringen musste.

Neugierig trat er vor die Kommode, zog die Schubladen heraus und inspizierte Wäsche und Nachthemden. Unzufrieden schüttelte er den Kopf, weil das, was er dort sah, ebenfalls nicht seinen Vorstellungen von Stil und Status entsprach. Und darauf wollte er selbst in den privatesten Momenten nicht verzichten.

Plötzlich stieß er auf zwei Stücke, die vollkommen anders waren als der Rest, nämlich sexy und verführerisch. Sein Puls fing an zu rasen, als er vorsichtig mit seinen Fingerspitzen über die hauchzarte Seide strich und sich vorstellte, sie würde sie für ihn tragen.

Dann aber fiel es ihm wie Schuppen von den Augen: Sie hatte diese Reizwäsche für Montgomery gekauft, diesen elenden Proleten. Die Stücke ekelten ihn mit einem Mal an. Nutten trugen so was, keine Damen der Gesellschaft. Er würde sie zwingen, sie vor seinen Augen zu verbrennen, und ihn auf Knien zu bitten, ihr zu verzeihen.

Ihm wurde so schwindelig vor Zorn, dass er beinahe das Bellen der Hunde überhört hätte.

Clare kam zurück.

Vorsichtig und leise schob er die Schubladen wieder zu und versteckte sich in ihrem Schrank, lauschte auf die Geräusche, die von unten heraufdrangen. Mein Gott, dachte er, war das ein widerlicher Lärm, den die Bälger veranstalteten. Er lächelte. Oh ja, auch sie würden bald lernen, dass es ratsam war, seine Regeln zu befolgen, und dass selbst der kleinste Ungehorsam äußerst schmerzhafte Folgen nach sich zog.

Nichtsahnend, was zwischenzeitlich in ihrem Haus geschehen war, rannten die drei kleinen Superhelden direkt zur Hintertür, um die Hunde hereinzulassen.

Fünf Minuten, dachte Clare. So viel Zeit gab sie ihnen, um noch ein bisschen zu toben und sich abzureagieren, aber dann mussten sie endgültig ins Bett, denn die normale Schlafenszeit war längst überschritten. Was allerdings an Halloween auch in anderen Familien die Regel sein dürfte, tröstete sie sich.

Sie legte die Tüten mit den Süßigkeiten ganz weit nach hinten auf die Arbeitsplatte in der Küche, unerreichbar für neugierige Hunde und nach Süßigkeiten süchtige Kinder, und nahm erleichtert die juckende Perücke vom Kopf und begann sich aus dem Kostüm zu schälen. Nur das Make-up musste sie noch aus dem Gesicht waschen.

Obwohl der Abend vergnüglich gewesen war, freute sie sich darauf, zum Ausklang des Tages noch eine Stunde für sich zu haben. Sie sehnte sich nach ein wenig Ruhe, einem großen Becher Tee und einem guten Buch.

»Wie es aussieht, habt ihr kein Interesse daran, am Sonntag in die Spielhalle zu fahren«, wies sie ihre Söhne zurecht, als diese das Zubettgehen ständig hinauszuzögern versuchten.

»Doch, natürlich!« Harry starrte sie ebenso entgeistert wie empört an.

»Jungen, die mit ihren Müttern streiten, fahren bestimmt nicht dorthin. Also bitte: Zieht auf der Stelle eure Schlafanzüge an und putzt die Zähne, aber mindestens doppelt so gründlich wie sonst. Auf geht's!«

Sie scheuchte sie nach oben und blieb kurz bei ihnen stehen, damit es nicht erneut zu einem Aufstand kam. »Werft eure Kostüme nicht einfach auf den Boden, sondern legt sie ordentlich in den Karton. Und während ihr euch fertig macht, steig ich auch schon in mein Schlafzeug.«

»Können wir die Sachen Sonntag wieder anziehen?«, fragte Liam.

»Vielleicht. Trotzdem packt ihr sie vorerst weg.«

Sie ging über den Flur hinüber in ihr eigenes Zimmer, blieb vor dem Spiegel und setzte grinsend die Perücke, die sie in der Hand gehalten hatte, nochmals auf. »Tja, du bist natürlich nicht Halle Berry, aber trotzdem siehst du ganz passabel aus.«

In seinem Versteck hielt Sam den Atem an, starrte angestrengt durch einen schmalen Spalt der Schranktür. Sein Herz fing an zu rasen, als ihm mit einem Mal klar wurde, dass er bei ihr eingebrochen war und ihr auflauerte wie ein … Jedenfalls wie jemand, mit dem er nicht gleichgesetzt werden mochte. Ein unerträglicher Gedanke.

Was, wenn sie die Schranktür aufzog? Was sollte er dann sagen? Und was zum Teufel tun?

Doch sogleich hatte er eine Ausrede parat. Schließlich war sie an allem schuld, weil sie ihn durch ihr hartnäckiges Verweigern überhaupt erst in diese Situation getrieben hatte. Jetzt musste sie es ausbaden. Und als er sah, wie sie sich komplett entkleidete, alles ordentlich auf einen Hocker legte und ihr Haar löste, sodass es ihr offen auf den Rücken fiel, da vergaß er die kurze Anwandlung von Unbehagen vollends.

Dann trat sie in einem schlichten weißen BH und Slip direkt vor die Schranktür, und er merkte, dass auch einfache Unterwäsche sexy aussehen konnte – und wunderbar erregend. Jetzt wusste er wieder, warum er hergekommen war. Um sich zu nehmen, was er wollte.

Schon hob er eine Hand, um die Schranktür aufzustoßen.

Aber im selben Augenblick rief Liam lautstark aus dem Badezimmer: »Mom! Harry gibt uns nichts von der Kaugummizahnpasta ab!«

»Ich komm gleich. Es ist genug für alle da.«

Langsam zog er seine Hand wieder zurück. An die Kinder hatte er gar nicht mehr gedacht. Er konnte ja nicht gut über sie herfallen, wenn die noch herumliefen und ein Riesengeschrei anstimmten. Nein, er musste warten, bis die lästige Bande schlief.

Zum Glück bot Clare ihm noch einiges, denn sie zog jetzt BH und Slip ebenfalls aus, stand einen Moment ganz nackt vor ihm, bevor sie in eine Jogginghose stieg und sich ein weites T-Shirt überstreifte.

Als Geräusche aus dem Badezimmer drangen, die nicht im Entferntesten nach Zähneputzen klangen, lief sie eilig hinüber ins Bad, wo die beiden Ältesten mit ihren Zahnbürsten Schwertkampf spielten und Murphy Hundebälle in das randvolle Becken warf, nach denen die Welpen aufgeregt sprangen.

»Ich wollte nur den Ball waschen, weil er total voll Hundespucke war.«

»Er ist jetzt sauber, also lass das Wasser ab«, wies sie den Kleinen an und inspizierte anschließend bei allen die Zähne, bevor sie die Jungs in ihr Zimmer scheuchte.

»Ab ins Bett, und du, Murphy, holst dir noch ein anderes Pyjamaoberteil. Deines ist nämlich ziemlich nass.«

»Dann muss ich auch eine andere Hose anziehen, weil es sonst nicht zueinanderpasst.«

»Murphy …« Sie wollte ihn schon energisch zurechtweisen, ließ es dann jedoch. Hauptsache, er verschwand endlich im Bett. »Okay, aber beeil dich, ja?«

Sie wischte noch Waschtisch und Boden trocken, bevor sie ins Kinderzimmer ging, und fand Murphy zusammen mit Yoda in einem der Hundekörbe, während Ben sich gerade zappelnd unter Harrys Decke schob. Einzig Liam lag alleine in seinem Bett und hatte den abwesenden Blick, der ihr verriet, dass er schon fast schlief.

»Murphy, du schläfst nicht im Hundekorb.«

»Er fühlt sich einsam ohne mich.«

»Das ist er ganz sicher nicht. Weil er schließlich mit Ben in einem Körbchen schlafen kann.«

»Aber Mom!«

Sie fragte sich, wie oft sie diese beiden Worte am Tag eigentlich hörte, und wandte sich dann Harry zu. »Ben kann nicht oben schlafen. Wenn er runterfällt oder springt, kann er sich verletzen. Das willst du doch sicher nicht. Also reich ihn mir runter. Es ist wirklich spät.«

Sie nahm ihm den Hund ab und setzte ihn in sein Körbchen, während Murphy sich in dem anderen schlafend stellte.

»Keine Chance.« Sie hievte ihren Jüngsten hoch und verfrachtete ihn wenig sanft in sein eigenes Bett.

»Bleibt, wo ihr seid«, wies sie die Hunde an, bevor sie jedem ihrer Söhne einen Gute-Nacht-Kuss gab. »Das gilt auch für euch. Schlaft gut.«

Sie verließ das Kinderzimmer, doch bereits draußen auf dem Gang verrieten ihr gedämpftes Kichern und das leise Tapsen weicher Welpenpfoten, dass Murphy vermutlich gerade beide Hunde unter seine Decke ließ.

Spätestens ab morgen würden wieder strengere Regeln gelten, sagte sie sich und beschloss, sich jetzt endlich einen Tee aufzubrühen und es sich gemütlich zu machen. Vorher aber wollte sie sich noch abschminken.

Sie bemerkte die Bewegung, als sie auf dem Weg in ihr eigenes kleines Bad war, und wirbelte herum. Was sie sah, ließ das Blut in ihren Adern erstarren: Sam Freemont stieg aus ihrem Kleiderschrank und drückte die Türen ordentlich hinter sich zu.

»Du solltest besser leise sein«, meinte er lächelnd. »Du willst doch nicht, dass deine Söhne aufwachen und ihnen etwas passiert.«

Beckett saß noch immer mit Avery bei einem Bier und fand es einfach gemütlich, ein bisschen zu entspannen, ohne sich groß unterhalten zu müssen.

»Gehst du noch rüber auf Chucks und Lisas Party?«, fragte sie.

Die beiden wohnten nur zwei Häuserblocks entfernt,

und viele seiner Freunde sowie seine beiden Brüder waren sicher dort. »Ich glaube, ich verzichte.«

»Weil Clare nicht da ist?«

»Haha. Und was hast du für eine Entschuldigung?«

»Meine Füße. Ich kann einfach nicht mehr stehen und gehen, sonst wäre ich rübergegangen. Was ist bloß mit uns beiden los, Beckett? Schließlich waren wir sonst für jede Party gut.«

»Du hast recht, und weißt du was? Lass uns einfach noch kurz vorbeischauen – immerhin haben wir einen Ruf zu verteidigen.«

»Nur wenn du mich trägst«, sagte sie und schickte sich an, sich mühsam zu erheben, als Hope hereinkam.

»Gut, dass ich euch noch antreffe.« Sie klang atemlos.

Beckett sah sie fragend an. »Gibt es ein Problem?«

»Schon, denn irgendwas stimmt im Hotel nicht. Oben gehen ständig irgendwelche Lichter an und aus. Deshalb wollte ich nachsehen, was los ist, und musste feststellen, dass ich mit meinem Schlüssel die Tür nicht mehr öffnen kann. Komisch, oder?«

Er stand auf und blickte hinüber zum BoonsBoro Inn. Tatsächlich ging gerade auf einem der Balkone die Lampe an und aus. Beckett schaute genauer hin und erkannte, dass es sich um das Elizabeth-und-Darcy-Zimmer handelte. Lizzys Refugium.

»Sie war die letzten Tage seltsam drauf«, sagte er nachdenklich und fügte, als Hope die Brauen hochzog, hinzu: »Lizzy. Am besten geh ich kurz rüber und schau nach.«

»Ich komm mit. Irgendwie ist mir die Sache unheimlich, denn am Nachmittag funktionierte der Schlüssel noch.«

»Wartet, ich will auch mit!« Avery stand auf und humpelte ihnen hinterher. »Für alle Fälle, schließlich bin ich Buffy, die Vampire jagt.«

»Ich glaube nicht, dass dieses Talent gefragt wird«, bemerkte Beckett, als sie über die Straße gingen.

»Man kann nie wissen. Auch aus der Kontrolle geratene Gespenster stellen kein Problem für mich dar.«

Inzwischen waren sie beim Hintereingang angekommen. »Probier's bitte mit meinem Schlüssel, damit ich weiß, ob ich mich nur blöd angestellt habe.« Er tat ihr den Gefallen, und als das Schloss problemlos aufsprang, bedachte er sie mit einem vielsagenden Blick.

»Ich schwöre es dir, dass sich vor fünf Minuten nichts bewegte. Falls dein Hausgeist dahintersteckt, frag ich mich bloß, warum Lizzy sauer auf mich ist.«

»Wie gesagt«, Beckett machte im Empfangsraum Licht, »sie war bereits in den letzten Tagen ziemlich komisch.«

Er hatte kaum zu Ende gesprochen, als die Lampe an der Rezeption zu flackern begann und ein Stockwerk höher krachend ein paar Türen zufielen.

»Aber hallo«, murmelte Avery.

»Ich werde nachsehen, was da los ist. Ihr bleibt besser erst mal hier.«

»Auf keinen Fall«, beschied ihn Avery energisch, griff allerdings leicht ängstlich nach der Hand der Freundin. »Vielleicht ist es ja einfach ihre Art, Halloween zu feiern.«

»In meinen Ohren klingt das nicht gerade nach einem amüsanten Fest«, stellte Hope sarkastisch fest, und im selben Augenblick flogen die Balkontüren auf, während jetzt auch im Zimmer die Beleuchtung in raschem Wechsel an- und ausging.

»Sie wirkt irgendwie arg gereizt.«

»Vielleicht sollten wir einen Geisterjäger bemühen«, raunte Avery den anderen zu.

»Okay, Lizzy, jetzt ist es gut!« Becketts Stimme klang verärgert, zumal in diesem Moment auch noch dichte Schwaden weißen Dampfes aus dem angrenzenden Bad quollen.

»Was zum Teufel soll das? Gefällt dir vielleicht das Fliesenmuster oder die verdammte Wanne nicht? Dann zieh einfach um.«

»Beckett.« Hope legte die Hand auf seinen Arm und fuhr mit unsicherer Stimme fort. »Schau dir mal den Spiegel an.«

Sie mussten die Augen zukneifen, um durch die wabernden Nebel etwas zu erkennen, und entdeckten schließlich eine Reihe krakeliger Buchstaben, die ein unsichtbarer Finger ungelenk auf das beschlagene Glas gemalt hatte.

»Helft«, buchstabierte er. »Lizzy, wenn du in Schwierigkeiten bist …«, begann er, während seine Freundin aus dem Geisterreich weiterschrieb.

Helft Clare.

Macht schnell!

»Oh Gott.« Noch bevor Avery und Hope sich aus ihrer Erstarrung lösten, war Beckett schon an ihnen vorbeigeschossen. »Ruft die Polizei«, rief er ihnen zu. »Und meine Brüder. Jetzt, sofort. Sagt, dass sie zu Clares Haus kommen sollen.«

Hope wählte bereits die Notrufnummer, während Avery Owens Handy anwählte. »Warte, wir kommen mit.«

Sie durfte nicht schreien, sagte sich Clare. Um nichts in der Welt. Sonst riskierte sie, dass die Jungs sie hörten und aus ihrem Zimmer kamen, um nach ihr zu sehen. Also bemühte sie sich, ihre Angst niederzukämpfen.

»Du bist in mein Haus eingebrochen.«

»Ja, doch du hast mir keine andere Wahl gelassen. Außerdem ist es allerhöchste Zeit, dass wir beide mal in aller Ruhe miteinander reden. Damit du verstehst, wie es in deinem Leben weitergehen wird. Warum setzt du dich nicht hin?«

»Weil ich nicht will.«

»Noch einmal: Setz dich hin, und zwar auf der Stelle. Als Erstes wirst du lernen müssen zu gehorchen. Was ich anordne, wird getan.«

Um ihn nicht unnötig zu reizen, nahm sie auf der Kante ihres Bettes Platz.

»Es war ein Fehler, Sam, dass du hier bei mir eingestiegen bist. Das ist strafbar. Aber wenn du jetzt einfach gehst, belassen wir's dabei, und ich unternehme nichts.«

»Etwas völlig anderes war ein Fehler – nämlich dass du mir die Polizei auf den Hals hetzen wolltest.« Er hob abwehrend beide Hände. »Nun, das will ich dir noch einmal nachsehen – allerdings unter der Voraussetzung, dass du mich gebührend respektierst. Und endlich lernst, mich als den Menschen zu sehen, der ich wirklich bin.«

»Oh, das hab ich eigentlich immer getan.«

Er ignorierte den Sarkasmus in ihrer Stimme. »Natürlich weiß ich, dass es dir an Selbstbewusstsein mangelt und du deshalb immer so spröde tust. Deshalb wollte ich dir auch genug Zeit geben. Aber jetzt reicht es. Du lässt mich schon viel zu lange zappeln. Dabei hätte niemand all die Jahre rücksichtsvoller und geduldiger sein können als ich. Trotz der unmöglichen Situation, in die du dich gebracht hast. So einfach mit Clint Brewster durchzubrennen – das war schließlich nicht gerade die feine Art.«

»Clint war mein Ehemann.«

»Und jetzt ist er tot. Hat dich mit zwei Bälgern und einem Braten in der Röhre hängen lassen, sodass dir nichts anderes übrigblieb, als reumütig in dieses Kaff zurückzukriechen.«

Immer heißer stieg die Wut in ihr auf, überlagerte fast ihre Furcht. Was bildete sich dieser Mistkerl eigentlich ein? Wusste er überhaupt, was er da redete? Ganz zweifellos war er verrückt, aber zugleich gefährlich und unberechenbar. Deshalb durfte sie ihn nicht provozieren, musste an ihre Kinder denken, sie schützen. Nicht auszudenken, dass er sich am Ende an ihnen vergriff.

»Warum redest du so? Ich bin damals heimgekommen, weil meine Eltern hier leben …«

»Du hättest gar nicht erst von hier verschwinden dürfen, doch Schwamm drüber. Auch das will ich dir verzeihen. Wirklich schlimm und unentschuldbar ist, dass du mich seit Jahren an der Nase herumführst.«

»Wie meinst du das?«

»Denkst du, ich wüsste nicht, was in dir vorging, wenn du mich lächelnd zurückgewiesen hast? Weil du angeblich keine Zeit für einen Restaurantbesuch oder eine kleine Spritztour hattest? Ich hab deinen Blick ganz genau gesehen und mich trotzdem weiter um dich bemüht. Oder etwa nicht?«

Da seine Stimme immer lauter, immer erregter, immer zorniger wurde, nickte sie schnell mit dem Kopf. »Bitte, kannst du ein bisschen leiser sein? Wir sollten die Kinder schlafen lassen.«

»Dann hör mir gefälligst zu. Ich will, dass dieses Spiel ein Ende nimmt. Und zwar sofort, denn meine Geduld ist endgültig erschöpft. Du hast diesen Montgomery benutzt, um mich eifersüchtig zu machen, und das ist nun wirklich unter deiner Würde. Ich wünsche nicht, dass du jemals wieder auch nur ein Wort mit diesem Typen wechselst. Hab ich mich verständlich ausgedrückt?«

»Ja.«

»Gut. Und jetzt …«

»Ich werde ihn sofort anrufen und die Sache beenden«, bot sie an, stand auf und machte einen Schritt in Richtung Tür.

Er packte ihren Arm und zerrte sie zurück. »Hab ich nicht gesagt, nie wieder ein Wort? Auch nicht am Telefon. Richte dich danach und bleib gefälligst sitzen, bis ich dir erlaube aufzustehen.«

»Tut mir leid.« Sie bückte sich, hob ihre Bürste vom Boden auf, die runtergefallen war, und nahm sie mit zum Fußende des Bettes.

Eine armselige Waffe, aber ihre einzige.

»So ist's besser.« Er atmete tief durch und sah sie lächelnd an. »Viel besser. Und jetzt werde ich dir sagen, was wir beide tun werden. Du packst eine Tasche, nur ein paar Sachen fürs Erste, alles andere kaufen wir neu. Das alte Zeug brauchst du nicht mehr. Und dann machen wir eine Reise, du und ich, wir beide ganz allein. Wir nehmen uns ein paar Tage frei. Ich hab bereits eine Villa in diesem Resort, das mir so gut gefällt, für uns beide reserviert. Sie kennen mich dort seit Jahren, und deshalb werden sie dich behandeln wie eine Königin. Meine Königin.«

Wie früher, wenn er sie eingeladen hatte, lächelte er sie dabei an und zwinkerte ihr zu. Es sah irgendwie so harmlos aus. Wie hatte sie sich nur derart in diesem Mann täuschen können?, dachte Clare. Sie fand ihn schmierig, lästig, nervtötend, doch das Wichtigste war ihr verborgen geblieben: seine Gefährlichkeit.

»Du wirst sehen, was ich dir alles bieten kann. Ich erwarte nicht viel dafür. Nur dass du deine Lektionen lernst und meinen Befehlen gehorchst. Und mir das gibst, was wir beide schon so lange wollen.«

»Das klingt wunderbar. Ich muss nur jemanden finden, der nach meinen Kindern sieht. Am besten rufe ich schnell meine Mutter an. Sie wird …«

»Meine Kinder, meine Kinder«, äffte er sie nach und bekam vor lauter Zorn hektische rote Flecken im Gesicht. »Ich bin es einfach leid, ständig von ihnen zu hören. Sie schlafen tief und fest, oder etwa nicht? Liegen sicher in ihren Betten und werden von den sabbernden Kötern bewacht. Ich benachrichtige *meine* Mutter, sobald wir im Resort angekommen sind. Sie wird jemanden schicken, der nach ihnen sieht. Und in New York gibt es ein exzellentes Internat, in das wir sie baldmöglichst schicken werden. Dann wirst du hoffentlich endgültig begreifen, dass ich die Nummer eins in deinem Leben bin. Ich will großzügig für sie sorgen und ihnen eine gute Ausbildung zukommen lassen, obwohl es die Söhne eines anderen sind, aber ich dulde nicht, dass sie mir und meinen Bedürfnissen weiterhin im Weg stehen. Hast du mich verstanden?«

»Völlig. Soll ich jetzt packen?«

»Ja. Du wirst sehen, wir werden ein wunderbares Leben

haben und jede Menge Zeit, um uns zu amüsieren. Ohne deine Kinder und diesen lächerlichen Laden.«

Langsam stand sie auf. Sie spürte keinerlei Angst mehr, nur noch eine grenzenlose Wut und eine tödliche Entschlossenheit. Doch das durfte sie sich nicht anmerken lassen, und so spielte sie weiter die Unterwürfige, obgleich sie den Kerl am liebsten zur Hölle geschickt hätte.

»Ich muss dir wohl danken«, sagte sie und schaute zu Boden, trat zögernd auf ihn zu. »Ich war irgendwie verwirrt die ganze Zeit über, fühlte mich hin- und hergerissen, aber inzwischen ist mir alles klar.«

Sie hob den Kopf, sah in sein lächelndes Gesicht, holte kraftvoll mit der Bürste aus und legte alle Wut in diesen einen Schlag.

Als das Blut aus seinem Mund schoss, rannte sie zur Tür. Wollte zu ihren Kindern, um sie zu schützen. Doch er war schneller und riss sie am Arm zurück. Erneut kroch lähmende Angst in ihr hoch, als er sie zu Boden zog und ihre Tritte abwehrte, indem er sie fast bewusstlos schlug.

»Miststück!«, fauchte er, und wieder traf seine Hand ihre Wangenknochen. »Sieh nur, was du angerichtet hast. Ich will dir alles geben, aber du begreifst es einfach nicht – willst es nicht begreifen. Deshalb muss ich dir wohl zeigen, was mit jemandem passiert, der sich meinen Wünschen widersetzt.«

Während er an ihrem T-Shirt riss, fuhr sie ihm mit ihren Fingernägeln durchs Gesicht, kratzte seine Haut blutig und unternahm gleichzeitig verzweifelte Anstrengungen, sich irgendwie unter ihm wegzurollen.

Sie glaubte schon nicht mehr, dass sie es schaffte, doch mit einem Mal war sie frei.

Schluchzend kroch sie Richtung Tür, rappelte sich auf … Und plötzlich waren da Arme, die sie umfingen.

»Clare, Clare, Clare.« Avery hielt ihre Freundin fest umklammert, bis diese ermattet zu Boden sank. »Es ist alles gut.«

»Meine Jungs.«

»Pst. Hope ist bei ihnen. Beruhige dich. Alles ist in Ordnung.«

»Ich muss …« Jetzt erst merkte sie, dass da noch jemand war, und drehte vorsichtig den Kopf.

Vor ihrem Bett lag Sam auf dem Boden, während Beckett auf ihm saß und mit seinen Fäusten ein ums andere Mal auf sein blutendes Gesicht eindrosch.

»Oh mein Gott.«

Becketts Brüder, die kurz darauf ebenfalls eintrafen, waren es, die die hemmungslose Prügelei beendeten, bevor Schlimmeres passierte.

»Lass es gut sein, Beckett! Stopp! Verdammt, hör auf!«, brüllte Owen. »Er rührt sich ohnehin nicht mehr. Verflucht, Ry, hilf mir endlich, sonst bringt Beckett dieses Schwein noch um.«

Mühsam zerrten sie den Bruder von seinem Opfer weg, und zum Glück tat Clares Anblick ein Übriges.

Beckett kümmerte sich nur noch um sie.

»Er hat dir wehgetan.« Langsam trat er auf sie zu und berührte vorsichtig mit seinen Fingerspitzen ihr geschundenes Gesicht. »Er hat dir wehgetan.«

»Aber ich habe ihm genauso zugesetzt. Und du erst recht.« Sie klammerte sich zitternd an ihn. »Oh Gott, Beckett.«

»Da kommt die Polizei.« Hope beobachtete aus dem

Fenster den Streifenwagen, der mit heulenden Sirenen näher kam. »Am besten geh ich schnell runter, damit sie nicht zu viel Lärm machen und die Kinder wecken. Oh, vielleicht sollten sie gleich einen Krankenwagen anfordern. Obwohl es keine Eile damit hat, diesen miesen Kerl zu verarzten.« Sie blickte verächtlich auf Sam, der leise wimmernd am Boden lag, und verließ den Raum, während Ryder ihr mit einem grimmig-zustimmenden Grinsen hinterherschaute.

»Ich bring dich weg von ihm.« Beckett trug Clare entschlossen aus dem Raum. »Du kannst uns im Wohnzimmer erzählen, was passiert ist.«

Ihr schwindelte, und erschöpft ließ sie ihren Kopf an seine Schulter sinken, blickte aber erneut die Freundin an. »Avery.«

»Ich werde nach den Jungen sehen. Keine Angst.«

»Er hat gesagt, er will mit mir wegfahren, noch heute Abend«, erklärte Clare, als Beckett sie nach unten trug. »Wir würden verreisen und die Jungs einfach alleine lassen – bis er sie auf einem Internat angemeldet hätte. Sie seien ihm im Weg, sagte er.«

»Er wird weder dich noch deine Kinder jemals wieder anrühren, das versprech ich dir.«

»Als er mir gesagt hat, dass ich ein paar Sachen packen soll, hab ich so fest es ging mit meiner Bürste zugeschlagen, und ich glaube, er hat dabei einen Zahn verloren.«

»Geht am besten erst mal rauf«, sagte er zu Charlie Reeder, den er am Fuß der Treppe traf, und setzte sogleich das Gespräch mit Clare fort. »Du hast mit deiner Bürste auf ihn eingedroschen.«

»Sie war alles, was ich hatte.«

»Nein.« Er setzte sich und zog sie an seine Brust. »Du hast mehr – viel, viel mehr. Nämlich uns.«

Er hielt ihre Hand, als sie der Polizei zu Protokoll gab, was geschehen war, und drehte nicht einmal den Kopf, als man den in Handschellen gelegten Sam auf einer Trage nach draußen brachte.

Nachdem alles aufgenommen und die Polizei wieder aus dem Haus war, setzte Ryder den zerbrochenen Fensterrahmen instand, Hope goss Tee auf, und Avery stellte eine Suppe vom Vortag auf den Herd. Dann saßen alle am Küchentisch.

Ryder wandte sich an seinen Bruder. »So, jetzt würde ich gerne von dir wissen, was du Charlie und seinen Kollegen verschwiegen hast. Woher wusstest du eigentlich, dass Clare in Schwierigkeiten war?«

»Von Lizzy.« Beckett legte eine Hand auf Clares und erzählte von den Vorkommnissen im Hotel.

»Echt clever für eine tote Frau«, bemerkte Ryder mit einem Blick auf Hope. »Mit der bekommt die Managerin ganz bestimmt noch jede Menge Spaß.«

»Die Managerin hat auch einen Namen«, warf Hope ein.

»Hab ich bereits gehört.«

»Hope und ich bleiben bis morgen hier.« Avery schob Owen einen Teller Suppe hin. »Ich bekäm sowieso kein Auge zu, wenn ich jetzt nach Hause fahren würde.«

Clare stieß einen abgrundtiefen Seufzer aus. »Lizzy hat dir also erzählt, dass ich Hilfe brauche. Und du hast dich sofort auf den Weg gemacht.« Sie drückte seine Hand. »Ihr alle habt euch sofort auf den Weg gemacht. Ihr seid wirklich wunderbare Freunde.«

Beckett blieb an ihrer Seite, bis sie eingeschlafen war, warf dann Harrys Spider-Man-Schlafsack in seinen Wagen, fuhr zum Hotel und bereitete sich auf dem nackten Boden in Lizzys Zimmer ein Lager.

»Sie ist okay, und das verdankt sie dir. Er hat ihr zwar wehgetan, aber ohne deine Warnung wäre es ihr ungleich schlimmer ergangen.«

Er setzte sich hin und zog seine Arbeitsstiefel aus. »Jetzt liegt er im Krankenhaus, wird dort von der Polizei bewacht, und sobald die Ärzte es erlauben, wandert er ins Gefängnis. Er hat übrigens Kiefer und Nase gebrochen und zwei ausgeschlagene Zähne. Ich weiß nicht, ob das Clare mit ihrer Bürste oder ich mit meinen Fäusten war. Jedenfalls kann er von Glück sagen, dass er so glimpflich davongekommen ist.«

Erschöpft und zugleich aufgedreht streckte er sich auf dem Boden aus. »Wie dem auch sei, ich dachte, ich campiere heute hier, wenn das für dich in Ordnung ist. Vielleicht freust du dich ja über etwas Gesellschaft – ich bin quasi der erste Gast, der in diesem Hotel übernachtet, zumindest der erste lebende.«

Während er in Harrys Schlafsack auf dem Boden lag und blicklos gegen die Decke starrte, kam es ihm vor, als würde etwas Kühles über seine wunden Knöchel streichen, und dann wurde das Licht im Badezimmer, das er angelassen hatte, gelöscht.

»Danke. Gute Nacht.« Er schloss seine Augen und schlief auf der Stelle ein.

Sonntagmorgen holte Beckett Clare und die Kinder ab. Als er auch die Hunde in das Auto schob, protestierten die

Jungs: »Aber wir wollten doch in die Spielhalle. Du hast es uns versprochen.«

»Das machen wir heute Nachmittag. Vorher möchte ich euch noch etwas zeigen – es ist nicht weit.«

»Klingt ja ganz schön geheimnisvoll«, meinte Harry.

Er warf einen Blick auf Clare. Trotz aller Mühe waren die Schürfwunden und blauen Flecken unter dem Make-up noch zu sehen. Bestimmt hatten ihre Söhne danach gefragt, und er war sich ziemlich sicher, dass sie ihnen sogar von sich aus erzählt hatte, was letzte Nacht passiert war. Nicht in allen Einzelheiten, jedoch in groben Zügen.

Trotzdem wirkte alles wieder ziemlich normal. Liam und Harry stritten über irgendeinen Film, während Murphy den Hunden ein Kinderlied vorsang, zu dem sie im Rhythmus heulten.

Beckett, noch immer sehr besorgt, wie sie Sams Attacke verkraften würde, wandte sich an Clare. »Ich kann auch alleine etwas mit ihnen unternehmen, falls du dich lieber ausruhen möchtest.«

»Beckett, er hat mir ein paar Schläge ins Gesicht verpasst, sonst ist nichts geschehen. Nur die Angst war richtig schlimm, aber zum Glück ist es ja vorbei. Ein für alle Mal«, sagte sie so leise, dass nur er es hören konnte. Und wusste zugleich, dass er es nie vergessen würde.

»Hope hat mit einer Freundin gesprochen, einer Psychologin aus Washington«, fuhr Clare genauso leise fort. »Sie meinte, Sam sei ein pathologischer Narzisst und Stalker, kein harmloser also, sondern einer, der in Therapie gehört. Wirklich unglaublich, wie er sich eingeredet hat, dass ich ihn eigentlich will, es bloß nicht zugebe und er deshalb zu meinem Besten entscheiden muss. Er war so besessen von der Idee, dass sie für ihn zunehmend real war. Hopes Freundin glaubt, dass er am Ende, als du ins Spiel kamst, eine richtige Psychose entwickelte. Vermutlich wird er jetzt weggesperrt, bis er diese Sachen überwunden hat. Sofern das überhaupt gelingt.«

»Solange er hinter Schloss und Riegel sitzt, können sie ihn von mir aus nach Herzenslust therapieren.«

»Jedenfalls leg ich keinen Wert darauf, ihm jemals wieder zu begegnen.« Sie blickte aus dem Fenster. »Wohnt nicht deine Mutter hier irgendwo?«

»Nicht weit von hier. Aber wir werden sie nicht besuchen. Ich denke, du hast genug von wohlmeinenden Freunden, Verwandten und Nachbarn.«

»Weiß Gott. Ich wünsche mir nichts sehnlicher als einen stinknormalen, ruhigen und ereignislosen Tag.«

Er bog in einen Kiesweg ein und fuhr eine kleine Anhöhe hinauf. »Da hinten lebt Ryder und dort drüben Owen«, meinte er und deutete erst in die eine, dann in die andere Richtung. »Nicht wirklich weit voneinander entfernt, jedoch auch nicht so nah, dass man sich auf die Nerven geht.«

Er hielt vor einem noch recht unfertigen Rohbau an. Drei Kinder und zwei Hunde sprangen sogleich aus dem Wagen und ergriffen Besitz von dem Terrain, das ein idealer Platz zum Spielen und Toben war.

»Das Grundstück ist etwas über drei Hektar groß, und hinter dem Haus – oder hinter dem, was einmal ein Haus werden soll – fließt ein kleiner Bach.«

»Dein Grundstück, stimmt's? Oh Beckett, es ist wunderschön hier. Du wärst total verrückt, wenn du dieses Haus nicht fertig baust und darin lebst.«

»Vielleicht.«

»Gehören die Bäume, die Wiesen und das alles dir?«, wollte Harry wissen. »Dann könnten wir hier ja mal zelten, oder?«

»Ganz bestimmt.«

Clare hob abwehrend die Hand. »Ohne mich. Ich zelte nirgendwo.«

»Wer hat dich überhaupt gefragt, ob du dabei sein willst?« Beck schnappte sich Harrys Ball, warf ihn in die Luft, und sofort machten sich Kinder und Hunde begeistert auf die Jagd.

»Das hier ist genau das, was ich im Augenblick brauche«, meinte Clare, während sie über das Grundstück gingen. »Eine wunderschöne Umgebung und eine wohltuende Ruhe – beides ist Balsam für meine Seele. Du musst uns genau erzählen, wie das Haus aussehen wird, wenn es fertig ist.«

Als Architekt hatte er natürlich sehr konkrete Vorstellungen, wie alles werden sollte, wo die Terrasse hinkam und wo der Garten. In seinen Gedanken war das Haus bereits fertig, obwohl er den Ausbau bislang immer hinausgezögert hatte.

Er nahm ihre Hand und hielt sie fest. »Ich war letzte Woche mehrmals hier, um mir anzuschauen, was ich angefangen, aber nie beendet habe. Und da stellte sich mir unwillkürlich die Frage nach dem Warum. Warum mochte ich irgendwie nicht weiterbauen, obwohl ich alles hier liebe?«

»Und?«

Er sah sie eindringlich mit seinen blauen Augen an. »Weil ich noch auf jemanden gewartet habe, Clare, der mit mir einzieht. Ich möchte es für dich, für die Jungs, für uns als Familie fertig bauen.«

Ihre Augen wurden groß. »Beckett!«

»Ich kann die Pläne noch verändern und zusätzliche Schlaf- und Spielzimmer schaffen. Platz ist schließlich genug.«

Während die letzten Blätter des Herbstes um sie herum zu Boden wirbelten, deutete er auf eine Stelle neben dem Rohbau. »Da könnte ich einen großen Platz anlegen, der asphaltiert wird. Dort könnten sie Fahrrad fahren oder Basketball spielen, wenn man einen Korb aufhängt. Sie hätten hier endlich genug Platz – und wir beide auch. Ich möchte dir geben, was du haben willst, du brauchst mir nur zu sagen, was du möchtest. Und das Gleiche gilt für die Jungs. Bitte …« Er unterbrach sich. »Mist. Einen Moment.«

»Was ist?« Clare fand nur mühsam die Sprache wieder.

»Tut mir leid, bin gleich zurück.« Er lief eilig dorthin, wo die Kinder Stöcke suchten, um sie für die Welpen zu werfen. »Harry.«

»Sie knabbern die Stöcke an. Schau mal, sie beißen wie wild darauf herum.«

»Ich hab dir vor einiger Zeit etwas versprochen«, begann Beckett. »Dass ich nämlich mit dir reden würde, bevor ich deine Mutter bitte, mich zu heiraten. Das möchte ich jetzt tun und muss von dir wissen, ob das für dich in Ordnung geht.«

Harry blickte auf den Stock in seiner Hand, und seine beiden Brüder starrten ihn mit großen Augen an.

»Warum willst du sie heiraten?«

»Weil ich sie liebe, Harry. Und ich liebe dich ebenfalls und Liam und Murphy und wünsche mir, dass wir eine richtige Familie werden.«

»Wirst du dann in ihrem Bett schlafen?«, erkundigte sich Liam.

»Das gehört dazu.«

»Wir schlafen auch manchmal in ihrem Bett, wenn es draußen donnert oder wir schlecht träumen.«

»Dann brauchen wir eben ein sehr großes Bett, in das alle passen.«

Die drei Jungen sahen einander an, und er wartete schweigend ab. Er wusste schließlich, wie es ist, wenn Brüder stumme Zwiesprache halten.

»Meinetwegen, wenn sie will.«

»Danke.« Er schüttelte Harrys Hand und zog dann alle drei an seine Brust. »Danke. Wünscht mir Glück.«

»Wir drücken dir die Daumen«, rief Murphy ihm hinterher.

Wäre er nicht so nervös gewesen, hätte Beckett während des gesamten Weges zurück zu Clare gelacht.

»Was war denn das?«, begrüßte sie ihn.

»Ein Gespräch unter Männern.«

»Also bitte, Beckett. Erst fängst du von Schlafzimmern und einem asphaltierten Platz an, und dann lässt du mich einfach stehen, weil du ein Gespräch mit meinen Söhnen führen musst?«

»Es handelte sich um einen Deal zwischen Harry und mir. Ich hatte ihm ein Versprechen gegeben, das ich halten wollte. Um ihm zu beweisen, dass man sich auf mich verlassen kann.«

»Das ist natürlich richtig, aber …«

»Bevor ich dich bitte, meine Frau zu werden, musste ich seine Zustimmung einholen. So war es abgemacht. Zum Glück meinte er, es sei für ihn okay, sofern du es willst. Und ich hoffe inständig, dass ich nicht in wenigen Minuten wie ein Trottel vor den Kindern stehe.«

Die Hand, mit der sie sich gerade die Haare aus dem Gesicht streichen wollte, hielt mitten in der Bewegung inne, und Clare starrte ihn ungläubig an. »Du hast meinen nicht mal neunjährigen Sohn gefragt, ob du um meine Hand anhalten darfst?«

»Er ist schließlich der Älteste.«

Sie wusste nicht, was sie sagen sollte.

»Ich liebe dich. Diese Erklärung hätte ich wohl besser an den Anfang gestellt, aber wenn es um dich geht, gerate ich aus dem Konzept. Ich liebe dich von ganzem Herzen, Clare, wie ich noch nie jemanden geliebt habe. Früher warst du mein Schwarm, doch jetzt bist du die Liebe meines Lebens. Die Frau, mit der ich zusammenbleiben möchte. Du bist so bodenständig, klug und stark. Ich liebe den Menschen, der du bist, liebe alles an dir, wie es ist. Und ich liebe deine Jungs und hoffe nur, dass du mir das ebenfalls glaubst.«

»Ich weiß, dass du das tust.« Einen Augenblick lang richtete sich ihr Blick auf die Bäume, um die aufsteigenden Tränen zu verbergen. »Selbst wenn du das nicht tätest, würde ich dich lieben, aber in diesem Fall könnte ich dich niemals heiraten. Um diesen Schritt zu tun, brauche ich die Gewissheit, dass du die Kinder liebst und immer gut zu ihnen sein wirst. Und die habe ich. Ich liebe dich, Beckett.«

Jetzt erst wandte sie ihm wieder ihr Gesicht zu, in dem

die Augen noch feucht schimmerten. »Ich liebe dich, Beckett, und zwar ohne jede Angst und ohne jeden Vorbehalt. Und weil das so ist und weil ich gesehen habe, dass du alles für die Kinder tust und längst ihr Herz gewonnen hast, will ich dich auch heiraten.«

Sie schlang ihm die Arme um den Hals. »Du allerdings, du hast nicht die geringste Ahnung, worauf du dich da einlässt.«

»O doch, das weiß ich ganz genau und freu mich darauf.«

»Na dann. Hallo, was steckt denn da in deiner Hosentasche?«

»Ach so, das hätte ich beinahe vergessen.« Er zog eine kleine Schachtel hervor und hielt sie ihr hin. »Eine neue Haarbürste.«

Erst schaute sie verwundert, dann lachte sie. »Ich hoffe nicht, dass ich sie wieder als Waffe benutzen muss. Aber du hast recht: Die alte hat wie die bösen Erinnerungen in unserem neuen Leben nichts mehr zu suchen.«

Er zog sie in seine Arme, schwenkte sie im Kreis herum und machte hinter ihrem Rücken das Siegeszeichen.

Woraufhin sofort ihre, seine, nein ihrer beider Jungen jubelnd angestürzt kamen, gefolgt von zwei übermütig bellenden Hunden.

Von Nora Roberts bei Blanvalet bereits erschienen:

Mitten in der Nacht · Das Leuchten des Himmels · Ein Haus zum Träumen · Im Sturm der Erinnerung · Im Schatten der Wälder · Die letzte Zeugin · Ein dunkles Geschenk · Die Stunde der Schuld · Am dunkelsten Tag · Nach dem Sturm · Im Schutz der Nacht · Rache im Blick

Die Irland-Trilogie: Töchter des Feuers · Töchter des Windes · Töchter der See
Die Templeton-Trilogie: So hoch wie der Himmel · So hell wie der Mond · So fern wie ein Traum
Die Sturm-Trilogie: Insel des Sturms · Nächte des Sturms · Kinder des Sturms
Die Insel-Trilogie: Im Licht der Sterne · Im Licht der Sonne · Im Licht des Mondes
Die Zeit-Trilogie: Zeit der Träume · Zeit der Hoffnung · Zeit des Glücks
Die Ring-Trilogie: Grün wie die Hoffnung · Blau wie das Glück · Rot wie die Liebe
Die Nacht-Trilogie: Abendstern · Nachtflamme · Morgenlied
Die Blüten-Trilogie: Rosenzauber · Lilienträume · Fliedernächte
Die Sternen-Trilogie: Sternenregen · Sternenfunken · Sternenstaub
Die Das Tal der Grünen Hügel-Trilogie: Mondblüte · Himmelsblüte · Sonnenblüte

Entdecken Sie auch J. D. Robb, die andere Seite der Nora Roberts:

Rendezvous mit einem Mörder · Tödliche Küsse · Eine mörderische Hochzeit · Bis in den Tod · Der Kuss des Killers · Mord ist ihre Leidenschaft · Liebesnacht mit einem Mörder · Der Tod ist mein · Ein feuriger Verehrer · Spiel mit dem Mörder · Sündige Rache · Symphonie des Todes · Das Lächeln des Killers · Einladung zum Mord · Tödliche Unschuld · Der Hauch des Bösen · Das Herz des Mörders · Im Tod vereint · Tanz mit dem Tod · In den Armen der Nacht · Stich ins Herz · Stirb, Schätzchen, stirb · In Liebe und Tod · Sanft kommt der Tod · Mörderische Sehnsucht · Ein sündiges Alibi · Im Namen des Todes · Tödliche Verehrung · Süßer Ruf des Todes · Sündiges Spiel · Mörderische Hingabe · Verrat aus Leidenschaft · In Rache entflammt · Tödlicher Ruhm · Verführerische Täuschung · Aus süßer Berechnung · Zum Tod verführt · Das Böse im Herzen · So tödlich wie die Liebe · Im Namen des Todes · Der liebevolle Mörder · Im Licht des Todes · Eiskalte Nähe · Sein teuflisches Herz · Kälter als die Lüge · Blutige Verehrung · Teure Rache · So böse sein Ende · Der Kuss der schwarzen Witwe · Mörderspiele. Drei Fälle für Eve Dallas · Mörderstunde. Drei Fälle für Eve Dallas · Mörderlied. Vier Fälle für Eve Dallas

Nora Roberts ist J. D. Robb:
Ein gefährliches Geschenk